11,80

Karine Silla

L'Absente de Noël

Éditions de
L'Observatoire

ISBN : 979-10-329-0074-1
Dépôt légal : 2017, août

170 *bis*, boulevard du Montparnasse, 75014 Paris

À Roxane, Iman, Tess et Pablo.

Prologue

Avant l'invention de la montre, il était fréquent d'installer à sa porte un cadran solaire. Lorsqu'on voulait savoir l'heure, il suffisait de passer la tête à sa porte et de regarder le cadran. Et s'il était midi, on voyait midi à sa porte. Chacun avec son propre cadran solaire pouvait ne pas voir midi au même moment.

Acharné dans sa quête à mesurer le temps, l'homme a tout tenté avant d'arriver à la précision. Les cadrans solaires, les obélisques, un système proche de l'horloge qui fonctionne grâce à l'écoulement de l'eau, puis des sabliers plus précis. Vinrent ensuite l'horloge à mercure, l'horloge à poids, l'horloge à échappement, l'horloge à alarme, l'horloge astronomique puis, avec les recherches de Galilée, l'horloge à balancier, le ressort à spirale et, finalement, les aiguilles pour calculer les secondes.

Grâce à l'invention de la montre, les hommes ont appris à mesurer le temps avec exactitude mais, malheureusement, ils n'ont pas inventé de système, de cadran en chacun, qui permette de définir la vérité, si complexe soit-elle, pour l'entrevoir tous sous le même angle.

Les gens continuent à voir midi à leur porte. Chacun tient toujours à sa version des faits et ne peut imaginer qu'il soit midi ailleurs que devant sa porte.

Avant le départ

1

C'est une époque étrange où les jeunes sont à la fois archi-persos et en même temps archibio, trieurs de déchets, pas trop branchés sexe, un peu homos un peu hétéros, plutôt sectes que religions, donneurs de leçons maintenant qu'ils sont montés d'un étage avec leur accès direct à l'information et ont le sauvons-la-planète comme nouveau rock'n'roll.

Sophie, ma fille aînée, veut faire du volontariat. Partir loin avec son amie Pamela. Des agences proposent des circuits humanitaires clés en main. Le Ghana est en pleine effervescence avec un accès direct aux pauvres. Bâtir des maisons, des écoles et enseigner le français. Plusieurs propositions pour le Cambodge aussi, où, armés de bonnes intentions, les volontaires vont chercher les enfants dans les familles les plus démunies pour remplir les orphelinats qui ont poussé comme des fleurs sauvages. Gabriel, mon mari, à qui elle a demandé conseil, n'aime pas cette nouvelle économie du tourisme humanitaire. Il trouve dangereuses ces nouvelles structures sans réflexion intellectuelle. Il s'oppose à la charité désorganisée sans structure ONG. Avec ma fille, ils ont longuement débattu le sujet. Gabriel reste dubitatif quant à l'efficacité de ces élans de générosité narcissiques, souvent condescendants, voire colonialistes. Il l'a charriée sur ces pauvres enfants à qui elle allait apprendre le français alors qu'elle ne connaît même pas son passé simple et continue à faire des fautes d'orthographe dans chaque texto qu'elle lui envoie. Sophie a fait semblant de s'intéresser à la carte du monde qu'il a déployée comme un vieux ringard pour lui proposer des alternatives. Évidemment, elle n'en a fait qu'à sa tête. Elle ne va pas se laisser monter la *cabeza*, comme elle dit si bien, malgré toute la tendresse qu'elle porte à son beau-père, par un vieil intello de dix ans de plus que sa mère qui a fait le tour du monde dans les années 1980. Quand la jeunesse décide qu'elle sait, il n'y a pas grand-chose à dire. En quelques clics sur l'écran lumineux, c'était fait. Va pour l'orphelinat en Afrique. Le Sénégal. Pays d'origine d'Omar Sy et de Youssou N'Dour. Elle ne connaît même pas Senghor, se lamente Gabriel. Mais il ne se décourage pas. Habité par sa vocation de professeur, il est convaincu que quelques paroles efficaces peuvent traverser le mur de l'indifférence. Il cherche un texte dans sa bibliothèque. Sans ses lunettes, ce n'est pas facile. Senghor. *Poème à mon frère blanc*. Sur Internet, Sophie trouve avant lui :

« Quand je suis né, j'étais noir,
Quand j'ai grandi, j'étais noir,
Quand je suis au soleil, je suis noir,
Quand je suis malade, je suis noir,
Quand je mourrai, je serai noir.
Tandis que toi, homme blanc,
Quand tu es né, tu étais rose,
Quand tu as grandi, tu étais blanc,
Quand tu vas au soleil, tu es rouge,
Quand tu as froid, tu es bleu,
Quand tu as peur, tu es vert,
Quand tu es malade, tu es jaune,
Quand tu mourras, tu seras gris.
Alors, de nous deux,
Qui est l'homme de couleur ? »

« Cool ! Il a de l'humour ton copain ! » lance Sophie avant de filer s'enfermer dans sa chambre pendant des heures, à l'abri des vieux *has been*, pour débriefer avec son amie Pamela.

Gabriel, qui avait enfin mis la main sur le livre, n'a pas le temps de lui dire qu'on ne peut pas toujours se fier à Internet : le poème qu'elle vient de lire a été faussement attribué à Senghor.

2

Sophie est la meilleure amie de Pamela. Son objet de fascination. Une moitié à qui elle aimerait ressembler. C'est pour elle qu'elle a accepté de partir au Sénégal. Avant de la connaître, elle pensait que son premier grand voyage serait le Vietnam. Un conte, une photo, les longs cheveux noirs et luisants d'une fille à l'école, un chapitre dans un livre, et l'idée du rêve était faite. Elle voulait voir la baie d'Along. Pour sa beauté. Pour son mystère. Mais Sophie a remplacé sa baie d'Along.

Sophie ressemble à une princesse en exil, sans royaume, abandonnée à la naissance dans un camp de gitans. Elle est si belle avec ses cheveux longs d'un blond magique toujours emmêlés, ses grands yeux couleur miel, son long cou, ses attaches fines, son bracelet autour de la cheville, sa bague en argent au pied, ses pulls en cachemire filés et ses shorts en jean usés qu'elle porte hiver comme été. Sexy mais classe. Distante. Le genre de fille que les garçons respectent d'emblée, à qui on donnerait le rôle de la reine si elle avait été comédienne. Et Pamela ? Le rôle de la bonniche, sans doute. Chacun sa place.

Elle pourrait faire n'importe quoi pour Sophie. Elle l'aime. Elle n'est pas homo mais, s'il n'était pas question de sexe, elle aurait pu l'épouser. Tout le monde doit se dire qu'elle est une pauvre fille, qu'elle devrait se trouver une vie, mais c'est tout l'inverse : la chance lui a souri ; Sophie est un premier prix, de ceux qu'on n'arrive jamais à décrocher dans les fêtes foraines.

L'intérêt qu'elle lui porte la met en valeur. Envers elle-même et dans le regard des autres. Elle est enfin sortie du rang des filles invisibles jamais invitées nulle part. Certains jaloux, ceux qui jugent mais n'y comprennent rien, l'accusent de la suivre comme un chien. Mais mieux vaut suivre un maître et aller quelque part qu'être soi-même et rester chez soi. Alors être le chien de Sophie, si c'est comme ça que les autres la voient, ne la gêne pas. Elle l'a choisie, elle, Pamela Lewis, qui de la maternelle à la fin de la seconde n'avait jamais intéressé personne. Un miracle. Elle avait fait depuis longtemps une croix sur l'amitié quand, un jour, Sophie lui avait proposé de déjeuner avec elle. Un grand merci à leur professeur de français qui leur avait donné un exposé à faire ensemble. Deux jours plus tard, Sophie l'avait invitée à une fête. Elle n'avait rien à se mettre mais, bien sûr, elle avait dit oui. Elle y était allée en vraie ringarde mais le sourire aux lèvres. Une expression peu habituelle pour elle. Elle se souvient encore de la douleur dans ses joues tellement elle souriait. Un grand jour. Elle aurait presque pu ressortir son camping-car de Barbie, si sa mère n'avait pas tout donné à l'Armée du Salut, pour rattraper toutes ces années où elle y avait joué seule.

Et, de fil en aiguille... elles partent au Sénégal dans dix jours.

Dans la chambre de Sophie, des images sont épinglées au mur en vrac, une tarte aux fraises, son dessert préféré, Rihanna, Bob Dylan, des dessins de tatouages, des photos de ses copines, de ses parents jeunes... Sur le bureau, un pot transparent avec des billets de concerts, de métro et des pièces de monnaie. Un peu d'encens brûlé sur le bord de la table de nuit. Des fils d'écouteurs, de chargeurs entremêlés. Une bouteille de Yop vide couchée à côté d'un paquet de chips. Des habits à moitié sortis de la commode. Jonchant le sol, des partitions de musique et des dizaines d'espadrilles de toutes les couleurs. Converse, sa chaussure fétiche. Au milieu de son lit, encore défait, une guitare et des feuilles de cours éparpillées. Ses parents n'entrent jamais dans sa chambre. Allongée par terre comme presque tous les soirs, la musique à fond, Sophie poste des clichés sur Instagram. Elle adore les réseaux sociaux. Pamela, elle, s'en fiche. Elle préfère aider Sophie à faire ses mises en scène de grandes fêtes alors qu'elles n'ont pas quitté la chambre. Un coin dans la pièce, au milieu du bordel, ne sert qu'à ça. Vraies vies de mythomanes. Partir en Afrique, trouver de vrais décors et vivre une vraie aventure va leur faire du bien.

1er décembre

3

Sophie part trois semaines et sera de retour pour les fêtes. Cette année, c'est un petit Noël, nous ne sommes que tous les cinq, Gabriel, les filles, mon père et moi. Pour une fois, la famille de Gabriel sera par monts et par vaux.

C'est son premier grand voyage. Elle et Pamela se sont rencontrées en première, ont passé le bac ensemble, puis Sophie s'est inscrite en fac de droit parce qu'elle ne savait pas quoi faire. Et Pamela l'a suivie. Elle dit amen à tout. Sophie, ce qu'elle voulait, depuis qu'elle était enfant, c'était faire de la musique. Bassiste puis guitariste. Mais on lui a dit que ce n'était pas un métier. Qui ? Je ne sais plus. Pas moi. Je n'aurais pas eu le cran de la décourager. Mais je pense lui avoir transmis la peur de l'incertain. La méfiance de la passion. Je ne sais plus qui a dit qu'il valait mieux mourir une fois que trembler toujours. Je préfère trembler et rester vivante. Traverser la vie sur un mur bien large plutôt qu'un fil. Trop loin de moi l'idée du funambule avec le vide comme terrain de jeu. Je préfère la terre ferme aux mers agitées. Les bouées. Les gilets de sauvetage. Les caissons à oxygène. Tout sauf mourir.

L'heure approche. Pour une fois, c'est elle qui m'attend, je n'ai pas eu besoin de la réveiller dix fois. Sa valise est déjà dans l'entrée. Excitée par son voyage, elle était prête bien avant l'heure. Elle me presse. Elle passe dans la chambre de mon père pour l'embrasser. Mon père, René, vit chez nous depuis quelques mois en attendant de trouver un logement. Locataire d'un appartement depuis une trentaine d'années, il l'a quitté après la mort du propriétaire, quand ses enfants ont voulu vendre.

Depuis la cuisine, où je prends mon petit déjeuner à la va-vite, j'entends la voix excédée de Sophie. « Maman ! » Je ne réponds pas, comme les enfants qui font les sourds quand on les appelle. Gabriel aussi s'impatiente, il déteste partir à la dernière minute. En me levant, je renverse le lait sur le sol de la cuisine. On m'attend. J'éponge avec nervosité le liquide gras qui s'infiltre dans les rainures du carrelage.

Dehors, la température est en dessous de zéro. La météo a annoncé hier soir une vague de froid. Je cherche un bonnet pour couvrir mes cheveux encore humides de la douche.

Je n'ai jamais aimé partir ni voir partir. L'angoisse monte sur ce palier de transition juste avant la séparation. Je comprends la dérive, les troubles obsessionnels du comportement. Je piétine. Je pense, comme toujours, avoir oublié quelque chose. Je vérifie, je cherche souvent les clés de chez moi parce que sans elles je ne pourrais pas revenir. Mes pensées tremblent, ne s'alignent pas. J'essaie de raisonner, mais l'émotion prend le dessus. Il paraît que c'est une peur archaïque : les hommes n'ont jamais aimé s'éloigner de leurs cavernes ; l'inconnu, c'est le danger.

J'aime l'idée du voyage, même si je ne suis jamais partie très loin, mais je n'aime pas quitter. Tout départ me ramène à la possibilité d'un non-retour. D'une mort possible. J'ai toujours peur, en m'éloignant, de perdre les gens que j'aime, qu'ils meurent en mon absence. Comme si ma présence seule était l'antidote contre la mort. Dans le même temps, je leur souhaite d'être heureux, même loin. Mais éternels.

Je respire profondément. Je suis épuisée d'avoir si mal dormi. Je ne peux m'empêcher de penser aux avions qui disparaissent, au terrorisme, aux accidents, aux maladies, à tout ce qui pourrait nous frapper par surprise. J'entends souvent dire, quand a lieu une catastrophe, que c'était inimaginable. Inimaginable que la vie puisse basculer ainsi en quelques secondes. Pourtant, moi, j'y pense tout le temps. L'avalanche, l'éboulement, la vie qui nous tombe dessus. La mort. Alors je remercie tout le temps parce que jusqu'ici tout va bien.

Nous l'accompagnons au point de rendez-vous du covoiturage qui les emmène, Pamela et elle, à Bruxelles. Elles ont cinq heures de route avant de prendre l'avion. Je la regarde mettre son bagage dans le coffre. C'est ma petite fille dans un corps de femme. Elle a gardé quelque chose de son enfance. Sa chevelure, longue et d'un blond hors du commun. Et son insouciance, pas seulement celle de la jeunesse mais un trait profond de caractère. Depuis qu'elle est sortie de mon ventre, elle trimballe avec elle cette insouciance si contraire à ma gravité. Elle ne se soucie tout simplement jamais de la mort, ne connaît pas son angoisse.

Ce qui préoccupe Sophie, c'est sa naissance. Pourquoi étais-je seule à l'hôpital ? Où était son père ? Elle trouve les circonstances obscures. Elle était un secret sans en être un. Un silence tacite, pesant. Un entre-deux. Une identité reconnue mais cachée. La fierté sans lumière éclatante pour son père. Toujours un peu dans l'ombre. Sa naissance n'a pas seulement apporté de la joie, elle a apporté du chagrin. Personne ne le lui dit mais elle le sait. Des mots qui traînent derrière une porte. Son prénom murmuré - jamais crié - sur tous les toits. Une culpabilité sans en connaître la cause. Elle veut que je lui raconte encore et encore, dans les moindres détails, et fronce les sourcils, comme si j'omettais des fragments qui l'empêchent de comprendre l'hostilité de certaines personnes, « là-bas », chez son père.

Elle et Pamela ont l'air très heureuses de partir. Elles rient sans raison, d'un rire propre à leurs 20 ans.

Sophie donne son téléphone à Gabriel pour qu'il immortalise ce moment. Tout se filme dans cette époque consacrée à l'immédiat. Les images ne conservent plus comme autrefois le souvenir mais sont une mise en scène permanente de la vie, plus importante que la vie elle-même. L'important est l'instantané. Le décor. Des milliers d'images sur les écrans lumineux. Souvenirs jetables que l'on répand sur les réseaux sociaux en attendant les commentaires. Adieu la nostalgie, l'impression papier, le silence. L'attente de l'image que l'on ne découvre que quand elle sort de la boîte noire. Les regards qu'on essayait de déchiffrer sur le visage des gens. La mémoire qu'on tentait de contenir pour raconter ce qu'on avait vécu dans un passé sans spectateurs.

Sophie se jette dans mes bras et me serre fort. Je n'ai pas de mots. Je ne parle jamais quand je suis émue. Elle n'a plus été aussi tendre depuis longtemps. J'ai oublié tout ce que je voulais lui dire, les recommandations banales et encombrantes d'une mère inquiète. Je sens contre moi toute la fougue de sa jeunesse et de notre histoire. Avant l'arrivée de Gabriel dans notre vie et la naissance de Chloé, nous étions toutes les deux, presque seules. Le père de Sophie est un homme charmant mais souvent absent. Marié au moment de sa naissance, il l'est toujours, avec la même femme, Fanny.

Quand Sophie est née, j'avais à peu près son âge aujourd'hui. Je rêvais de voyage au bout du monde, moi aussi. Je rêvais d'être romancière et de parcourir la Terre, comme Hemingway. Qu'ai-je fait de mes rêves ? J'ai tourné en rond. Ce n'est jamais trop tard, dit-on, mais nos rêves de jeunesse se perdent souvent en route. À 40 ans, on ne s'autorise plus à voir la vie en grand.

Je vais bien, je suis heureuse et pourtant cette sensation lancinante de ne vivre qu'à moitié ne me quitte jamais. Je me rassure en permanence, ma vie est réussie, tout va plutôt bien dans tous les domaines, j'ai de la chance, ce n'est pas donné à tout le monde, même si des regrets se profilent, on ne peut pas tout avoir, le chemin parcouru est plus important que le but à atteindre. Je rêvais d'être écrivain, de publier mon premier livre à 18 ans et de devenir, d'une pierre deux coups, comme Françoise Sagan, romancière et *rock star* ! Je suis libraire. Je suis heureuse.

Sophie reprend son téléphone, embrasse son beau-père avec tendresse et monte dans la voiture. Ils ont construit une douce amitié. C'est beau de les voir ensemble.

Un dernier baiser envoyé derrière la vitre. Mon cœur se serre. Mes yeux se remplissent de larmes. La tristesse de l'éloignement mêlée à la joie de la voir rire.

Gabriel, transi par le froid, court s'abriter dans notre vieille Ford Escort blanche. Moi, j'attends. Je piétine pour me réchauffer.

Je laisse la voiture dans laquelle ma fille est montée disparaître derrière la gare avant de remonter dans la mienne.

Au revoir, Sophie. Le son joyeux de sa voix demeure en moi.

21 décembre

4

« Le Père Noël n'existe pas et, de toute façon, nous n'avons pas de cheminée ! »

C'est ce que j'ai répondu à Sophie quand elle m'a posé la question. J'étais seule à décider. Son père, Antoine, était chez lui, « en famille », comme chaque année depuis la naissance de Sophie. C'est un fervent défenseur de toutes les coutumes de Noël, calendrier de l'avent, sapin décoré, lutins et compagnie, crèche, messe de minuit. Il ne croit pas en Dieu mais la messe de minuit n'a rien à voir avec la foi, dit-il. C'est une simple affaire de tradition.

Il aurait aimé que sa fille croie au Père Noël mais les absents ont souvent tort. Nous nous sommes tant disputés à cause de ses absences opaques. Ses Noëls dans la famille de sa femme, dont il prétendait être séparé mais qu'il n'arrivait pas à quitter complètement. Elle était dévastée de ne pas pouvoir avoir d'enfant, le vivait comme une honte suprême et l'absence de son mari pendant Noël aurait été une humiliation de trop. Sa famille, extrêmement bourgeoise, avait des règles intransigeantes. Le beau-père avait investi dans la petite société d'Antoine et leur avait prêté de l'argent pour qu'ils puissent acheter une maison. Le château de cartes pouvait s'écrouler à tout moment. Antoine était toléré tant qu'il respectait le contrat de mariage. L'existence de Sophie n'était pas un sujet, tant qu'elle restait une rumeur.

Antoine me disait que tout était une question de temps, qu'il serait bientôt libre. La situation était un enfer pour lui aussi, il avait même des palpitations cardiaques qui l'inquiétaient. Alors il fallait que je sèche mes larmes, que je comprenne que c'était moi qu'il aimait et que, même s'il vivait sous le même toit que sa femme, ils faisaient chambre à part depuis des années.

C'était ma première véritable histoire d'amour et je le croyais, aussi fou que cela puisse paraître.

Jusqu'au jour où, comme la Vierge Marie, sa femme tomba enceinte par miracle d'un fils. Ironie du sort, ils l'appelèrent Paul, comme le copain de Jésus. Antoine avait bien tort de ne pas croire en Dieu. Je l'aurais peut-être trouvé sympathique s'il avait joué la carte du miracle, plutôt que celle du faux-cul qui ne comprenait pas comment sa femme avait pu tomber enceinte de lui. Ce fut la trahison ultime et la fin de nous.

Heureusement, les larmes sèchent et nous avons la faculté de pouvoir rire des tragédies du passé.

J'ai épousé Gabriel parce que la vie est plus gaie avec lui. Il a élevé Sophie comme si elle était sa fille. Sophie l'adore même si, pour ne pas avoir la sensation de trahir son père, elle ne l'exprime pas souvent. Gabriel a le don de réchauffer les cœurs. Pour lui, la magie de Noël n'est pas une tradition bourgeoise ni religieuse, mais une occasion supplémentaire de tordre le cou à l'ennui du quotidien. Il a été élevé par des parents amoureux et fantasques qui ne perdaient aucune occasion pour amuser leurs cinq enfants.

Quand les filles étaient petites, c'était Gabriel qui leur racontait des histoires, le soir. Il a commencé pour Sophie, qui avait 6 ans, et a continué avec Chloé, qui est née un an plus tard. Il cachait les dents pour la souris, faisait sonner les cloches pour Pâques et se livrait à tous ces petits rituels qui reviennent comme des automatismes quand on a des enfants. Pour Noël, il était déchaîné. Il imaginait des mises en scène extrêmement élaborées avec des bouts de carottes - mâchouillées par les rênes - et des verres de lait à moitié vidés - par le Père Noël. C'était perdu pour Sophie mais il tenait à ce que Chloé croie au célèbre vieillard aux joues roses, tout vêtu de rouge, qui riait à gorge déployée derrière sa barbe blanche.

Lorsque Chloé eut 5 ans, elle me dit en me regardant droit dans les yeux avec son petit regard noisette qui me demandait de ne pas la prendre pour une idiote : « Maman, je veux bien croire à toutes ces histoires de lutins et de Père Noël, mais c'est impossible que les rennes volent : pour voler il faut des ailes ! »

Je lui répondis du tac au tac : elle avait raison, le Père Noël n'existait pas, on avait tout inventé. Immédiatement après avoir prononcé ces quelques mots, un peu trop sèchement, je me sentis comme un hippopotame dans une maison de verre. Chloé me regarda, incrédule, le menton tremblant et les yeux remplis de larmes qui ne coulaient pas. Elle ne voulait pas que je comprenne sa déception ; elle croyait encore au Père Noël. Son père, ce héros, lui avait dit qu'il existait. L'hippopotame que j'étais n'avait pas pris en compte la complexité des sentiments. J'avais tout simplement brisé le verre de la maison des rêves. Sophie m'avait lancé un regard noir, glaçant, silencieux, plein de reproches. M'en voulait-elle de leur avoir dit, à elle comme à sa sœur, la vérité ? Elle protégeait Chloé comme une louve ; elle ne devait jamais être triste ni déçue. Du haut de ses 12 ans, Sophie était la gardienne acharnée du temple de tous les rêves de sa petite sœur. Elle l'aimait plus que tout. Elle aimait aussi, sans doute, l'image de l'enfance parfaite qu'elle incarnait, entourée par un père et une mère sans zone d'ombre.

Tout me gêne dans cette histoire de Père Noël. Le mensonge et sa chute. La brutalité de l'aveu, leur expliquer que tout était manigance de notre part. Je n'ai jamais voulu faire partie de cette entreprise mensongère. J'ai uniquement joué le jeu pour ne pas décevoir mon mari. Gabriel m'en a voulu. Fin psychologue, sociologue, humaniste, philanthrope, Gabriel observait les autres avec finesse et précision. Il remettait sans cesse les choses dans leur contexte, considérait nos rapports aux autres comme un gigantesque jeu de Mikado qu'il manipulait avec la plus grande des délicatesses. Pour lui, la pensée magique chez l'enfant était essentielle et disparaîtrait bien trop vite. Il m'a reproché de ne faire aucun effort pour laisser rêver les enfants, de toujours vivre en profondeur, sans jamais remonter à la surface pour respirer, alors que la légèreté était une composante essentielle au bonheur. « Pense à la libellule, me disait-il, qui danse au-dessus de l'eau avec grâce et agilité. »

En trois mots : arrête de nous plomber. Impossible.

Souvent, face aux questions des enfants, je me sentais découragée : ils semblaient avoir une connaissance plus sûre du monde dans lequel nous vivions. De ma propre enfance, je me rappelais que chaque question posée à un adulte était une vérification, un test de leur capacité à dire la vérité.

Gabriel restait persuadé qu'on ne pouvait pas vivre dans un monde sans mystère.

Sophie, lorsqu'elle a grandi, m'a reproché aussi mon obsession de la vérité, me disant qu'elle n'en avait que faire, puisque cette vérité était seulement la mienne.

« Mais comment vit-on si rien n'est vrai ? » avais-je demandé à mon père quand j'avais 8 ans.

Il avait répété l'anecdote à mon mari le jour de mon mariage en lui donnant une claque dans le dos : « Bonne chance mon vieux ! »

24 décembre

5

Ce soir, c'est Noël. Nous sommes tous les quatre, Gabriel, Chloé, mon père et moi, dans le salon. La table est mise, avec nos plus belles assiettes et nos verres de couleur. Une guirlande lumineuse clignote sur le petit sapin blanc. Personne ne bouge. Le petit transistor de papa est allumé. On entend les sermons d'un prêtre en guise de messe de Noël puis des chants. Je veux lui demander de l'éteindre mais je n'ai pas le courage.

Sophie devait arriver vers 19 heures. Gabriel me regarde sans rien dire. Chloé pianote sur son téléphone. Je suis accablée. Mille pensées traversent mon esprit. Sophie a raté son avion. Elle a prolongé son voyage. Elle est insouciante alors elle ne prévient pas. Elle n'a jamais pris en compte mon inquiétude. Combien de fois a-t-elle découché sans prévenir, en promettant le lendemain de ne pas recommencer ?

« C'est promis, Maman ! Mais si tu savais ce qui m'est arrivé... »

Son charme légendaire et son humour cinglant. Il m'a toujours été impossible de ne pas lui pardonner. Personne n'est aussi drôle que Sophie, imitatrice hors pair qui sait trouver la corde sensible du rire, la clé magique pour désamorcer la colère. Je n'ai jamais pu la punir, ni lui en vouloir. Elle ressemble tant à son père.

Mes yeux tombent sur son couvert, sur sa place vide. Les bougies se sont consumées trop vite, elles ne tiendront pas la soirée. L'attente. Où est-elle ? Une impression de naufrage. La peur monte puis se transforme en colère. Qu'a-t-il pu lui arriver ?

Je tais mes angoisses pour écouter mon instinct. Elle n'est pas en danger. Le téléphone va sonner. Peut-être n'arrive-t-elle pas à nous joindre avec toutes ces lignes téléphoniques encombrées par les fêtes. Foutu Noël !

Gabriel fait les cent pas. Il ne peut penser qu'en marchant. Je regarde sur le mur derrière lui les photos - toute notre vie immortalisée. Sophie petite. Chloé qui vient de naître. Chloé encore, dans les bras de Sophie qui arbore un air malicieux, de fierté et de jalousie mélangées, qui semble dire : « Pourquoi ce n'était pas aussi simple pour moi ? »

Parce que j'étais jeune, ma chérie. Comme dirait Gabriel, la jeunesse, à force de ne rien prendre en compte, complique les conséquences. Sur une autre photo, encadrée de paillettes par Chloé pour la fête des Mères, Sophie sourit, plus grande, elle doit avoir 16 ans, toujours avec cette somptueuse chevelure blonde. Gabriel la regarde avec une tendresse paternelle. On pourrait s'y tromper, les prendre pour père et fille. C'est la dernière photo en date, preuve du temps qui passe affiché sur nos murs. Le reste de notre vie est enfermé dans nos portables.

J'essaie de ne pas envisager le pire. Ce n'est peut-être qu'un retard. Un avion manqué. Pas de message parce que pas de connexion internet. Avec ce contact permanent, quelques heures sans nouvelles et c'est la fin du monde.

Gabriel raccroche tout juste avec Pamela, elle est rentrée sans Sophie. Je marmonne quelques mots incompréhensibles. Je sais que je dois prévenir son père. Gabriel me le répète en boucle. J'ai laissé un message, il y a une heure, sur son portable. Je ne l'ai jamais appelé à son domicile. Je sais qu'il est là-bas, le foyer à Noël, pour Antoine, c'est sacré. Je n'ai pas besoin d'y avoir mis les pieds pour imaginer son intérieur bourgeois, sans fantaisie, ses meubles un peu vieillots, sa cheminée pleine de cadeaux, son sapin de Noël de deux mètres décoré et illuminé à la perfection. Je sais aussi que c'est Antoine qui se déguise pour amuser cette joyeuse et grande famille très catholique, les beaux-parents, le frère d'Antoine, les trois sœurs de Fanny et tous les petits neveux et nièces avec leur médaille de baptême autour du cou et leur ruban en velours dans les cheveux, qui croient sagement au Père Noël ou font semblant d'y croire parce que, dans cette famille, personne ne pose de questions.

Sa femme, qui adore les fêtes de famille parce qu'elle la rassemble, le clan qui trinque ensemble, les dindes bien fourrées, les chocolats pralinés, la bûche, les marrons glacés pour son père. Les mêmes personnes qui ouvrent les huîtres, les mêmes qui cachent les cadeaux, ceux qui les empaquettent parce qu'ils ont l'art de l'emballage, celle qui fait le foie gras parce que c'est elle qui a la meilleure recette, celle qui fait la crèche parce qu'elle collectionne tous les petits personnages... Tous ces détails que je soutirais à Antoine pour imaginer sa vie « là-bas », quand il n'était pas avec nous. Mille fois, j'ai déroulé ce film dans ma tête. Offrons, suivons l'étoile tels les Rois mages venus de Galilée, partageons, pardonnons et aimons-nous les uns les autres mais, surtout, faisons semblant que la fille d'Antoine n'existe pas. Aucun d'eux en vingt ans n'a tendu la main vers elle. L'illégitime. Comme cet apôtre qui ne croit que ce qu'il voit, ils ne la voient pas, donc elle n'existe pas.

Je compose pour la première fois le numéro de son domicile. La terreur de pénétrer dans cette zone interdite fait battre mon cœur. « Là-bas » personne ne sait que l'époque des « bâtards » est révolue. Antoine ne doit même pas savoir que j'ai ce numéro d'urgence. C'est moi qui l'ai noté. Quand j'ai rencontré Antoine, quelqu'un m'appelait et raccrochait sans cesse depuis ce même numéro.

Ça sonne.

C'est Antoine qui répond, imitant le rire tonitruant et faussement joyeux du Père Noël, qui fait pleurer la plupart des enfants.

« Allô ! Oh, oh, oh ! »

Je ne le vois pas mais j'entends sa voix se crisper au son de la mienne. Vingt ans plus tard, on en est toujours là. L'eau ne passe jamais sous certains ponts.

Je le sais, *là-bas*, tous les regards sont rivés sur Antoine. Il éclate à nouveau de ce faux rire de Père Noël insupportable. Silence. Il est blême. Il arrache sa fausse barbe en synthétique blanc sous le regard furieux des adultes et ahuri des enfants.

« Comment ça, Sophie a disparu ? »

Je l'accable d'un flot de paroles mêlées de sanglots. Les premiers depuis l'absence inexpliquée de ma fille. Gabriel fronce les sourcils comme si quelque chose lui échappait. Pourquoi pleurer sur l'épaule d'Antoine ?

« Enfin, Virginie, calme-toi... Calme-toi, me répète Antoine. Et sa copine ? Comment ça, elle est rentrée ? Maintenant ? C'est impossible... Je... Je sais que c'est ma fille, me dit-il en baissant la voix, mais enfin... C'est Noël... Tu sais bien que c'est compliqué pour moi ce soir. »

Il chuchote.

« Demain... Je pourrai... »

Je ne le laisse pas finir. Son chuchotement me rend hystérique. Sa voix qui baisse quand il dit « ma fille ». Notre fille. Je me mets à hurler. Chloé se lève et part s'enfermer dans sa chambre. Mon père éteint sa radio. Gabriel, stoïque, me prend le téléphone des mains et s'adresse à Antoine d'une voix monocorde, sans affect, lui demandant avec fermeté de noter l'adresse de Pamela pour nous rejoindre au plus vite, puis il raccroche, enfile son manteau et empoche ses clés de voiture.

6

Chamboulé par les sanglots de Virginie, Antoine reste figé, le combiné dans les mains, comme un wagon qui se détache d'un train et laisse la locomotive s'éloigner. Pendant quelques minutes, sa vie s'est séparée des autres. Les invités, adultes et enfants, tous membres de sa famille, sont devenus lointains comme des étrangers. Le souffle coupé, il regarde son épouse. Fanny est prête pour la messe de minuit dans son tailleur jupe bleu marine, un peu trop moulant pour elle, surpiqué d'un fil argent, histoire de marquer la fête. Elle est coiffée d'un chignon duquel pas une seule mèche ne dépasse. Ses cheveux châtains ont perdu leur couleur naturelle, voilée par la teinture. Elle a des rides sur le front et au coin des yeux. Des jambes un peu trop lourdes. Elle est fatiguée d'être restée debout toute la journée à préparer cette fête de Noël.

Antoine pose le combiné dans un silence qui résonne malgré la musique des enfants. Fanny le regarde sans compassion. Glaciale. Sans tendresse. Sans larmes. Des yeux assassins, au-delà du reproche. Cette femme est si différente de la jeune fille passionnée, amoureuse, libre, avec sa silhouette si fine, si délicate, qui l'avait tant fait rêver quand il l'avait rencontrée. Dans leur grande ville de province où il avait perdu son père, mort dans la misère, cette fille de bourgeois, cette princesse avait été prête à se fâcher avec toute sa famille pour épouser ce « Viking », surnommé ainsi à cause de sa corpulence et de son mètre quatre-vingts à 13 ans, fils d'un ivrogne qui n'avait jamais réussi à joindre les deux bouts, laissant des ardoises et de la honte chez tous les commerçants. Cette même princesse, trente ans plus tard, a un regard sévère et porte dans ses bras un petit chihuahua ridicule surnommé Minou, habillé de rouge pour la fête. C'est le troisième chien identique et baptisé de la même façon depuis qu'ils sont mariés. Antoine ne peut pas encadrer ces bestioles qui dorment depuis vingt ans au pied de son lit. Au début, il leur était reconnaissant de tenir compagnie à son épouse délaissée. Aujourd'hui, cette chose au petit aboiement ridicule centralise toutes ses lâchetés, tout ce qu'il n'ose pas dire. C'est à ça que pense Antoine après que Gabriel a raccroché, à ce chien.

Fanny, transformée en statue de glace, ne dit toujours rien. Son fils, Paul, qui vient tout juste d'avoir 17 ans, sort subitement de son ennui, intrigué. Avec son physique fragile, ses cheveux trop longs et son teint diaphane, impossible d'imaginer qu'il est le fils de son père.

Antoine raccroche. Les regards de l'assemblée sont braqués sur lui, consternés.

« Ne m'attendez pas pour les cadeaux. »

C'est tout ce qu'il sait dire. Un neveu pleure sur les genoux de sa mère parce que Antoine n'est pas le vrai Père Noël. Fanny se décompose. Ses mains tremblent légèrement. Sa sœur encourage les enfants à ouvrir leurs cadeaux et la tire dans la cuisine pour essayer de comprendre ce qu'il se passe. Antoine attrape les clés de la voiture.

Son beau-père le rejoint dans le garage, le scrute de ses yeux bleu acier, avec un regard de bienveillance sous condition, comme pour lui rappeler qu'il est sur un siège éjectable. C'est Fanny qui tient la télécommande, il suffit qu'elle appuie sur *off* pour que démarre le refrain « Je t'avais prévenue, cet homme n'a aucune éducation, on ne change pas les rayures d'un zèbre ». Mais cet homme-là ignore, malgré sa position sociale, que quand on tire sur un zèbre, on ne peut pas seulement tirer sur ses rayures noires. Son manque d'estime pour Antoine ravage le cœur de sa fille chérie.

« Où allez-vous, Antoine ? »

Antoine aimerait lui répondre mais Sophie reste taboue. Un prénom qu'on ne prononce pas. Un obstacle infranchissable. Une muraille consolidée par des années de silence. Pourtant, dans cette famille, il a escaladé bien des obstacles pour pouvoir épouser la princesse. Mais il est plus facile de se battre quand on est seul. La défaite n'engage personne d'autre. Il voulait protéger Sophie. Ne pas l'exposer à l'humiliation. Il voulait qu'elle garde la tête haute, ce port de reine hérité de la mère d'Antoine. Quand elle était petite, il avait émis l'idée qu'elle passe Noël avec eux et de la présenter à ceux qui ne la connaissaient pas. Mais Fanny l'avait regardé d'abord avec hostilité, puis avec inquiétude, comme s'il devenait fou. Il n'avait pas insisté. Ensuite, c'était trop tard. Il regrettait parfois de ne pas avoir su faire la révolution. C'était un courageux de l'instant. Il savait foncer dans les murs, provoquer des duels et les combattre mais pas s'attaquer aux valeurs les plus profondes. Celles qui demandent de l'endurance, de l'honnêteté et une absence de compromis. Petite, Sophie était si jolie avec son grain de beauté au milieu du front comme un troisième œil et son sourire effronté ! Antoine avait pris l'habitude de lui apporter, la veille de Noël, des montagnes de cadeaux, pour se faire pardonner. Il lui aurait décroché la lune si elle le lui avait demandé, trop heureux d'apercevoir le sourire qui creusait des fossettes au milieu de ses joues. Sans la regarder dans les yeux, toutefois, parce qu'il avait honte de partir comme un voleur enfiler son costume de Père Noël pour faire la fête ailleurs. Dans le même temps, avec ce bonheur schizophrène d'un homme qui aime ailleurs, il était heureux d'ouvrir les huîtres chez lui et de sortir l'échelle pour allumer l'étoile du sapin sous le regard satisfait de sa femme.

« Antoine ? » lui répéta avec autorité son beau-père.

Le Viking bredouilla quelques mots insensés en guise de réponse avant de s'enquérir : « À quelle heure commence la messe ? »

Silence.

« Antoine, rentrons. Il fait trop froid dans ce garage. »

À côté de son beau-père, Antoine se sent diminué alors qu'il le dépasse d'une tête. Peu de gens l'impressionnent mais malgré son front dégarni, son corps malingre et ses épaules qui semblent avoir cessé de s'élargir à l'adolescence, cet homme, qui se tient toujours droit et ne doute jamais, lui fait perdre tous ses moyens.

Son propre père était tout l'inverse. Très grand, il avait toujours le dos courbé, les mains enfoncées dans ses poches ou triturant sa casquette quand les commerçants lui reprochaient ses ardoises. Il s'étalait parfois de tout son long quand il venait le chercher à l'école et avait trop forcé sur la bouteille. Antoine changeait alors de trottoir et faisait semblant de ne pas le connaître. Il ne peut pas oublier ce sentiment de honte, inscrit dans sa chair, aussi indélébile que ses tatouages. Ce n'était pas de son père ivrogne qu'il avait honte, mais pire : d'un homme sur lequel le malheur s'acharnait. Si humble, si bon, dévasté par le deuil au point de ne plus pouvoir accomplir son métier, sculpter le bois. Pendant longtemps, Antoine, sa mère et son frère avaient vécu honnêtement grâce à lui, dans une maison chauffée par une cheminée qui ne manquait jamais de bois, où on mangeait tous les jours de la viande. Il était ébéniste. Un savoir-faire transmis de père en fils, avant que l'artisan soit détrôné par l'industrie. Humilié par le capitalisme. Colonisé par ses semblables. Antoine avait grandi dans le déclin de son père, devenu presque fou à la mort de sa femme, renversée par une camionnette à cent mètres de leur maison. Ce matin-là, la mère d'Antoine était particulièrement gaie : c'était le premier jour de l'été. Le ciel avait tenu ses promesses, il faisait très beau et elle avait pu mettre ses sandales. Elle avait le bonheur facile, rendait chaque jour le sourire à son mari et, comme un galet qu'on jette à la surface de l'eau, les ondes de sa joie se propageaient dans toute la maison. S'ils avaient vécu dans un palais, ils n'auraient pas été plus heureux. Son bouquet de marguerites posé sur la table pouvait faire pâlir d'envie les roses les plus majestueuses parce que c'était en chantant qu'elle arrangeait ses fleurs. Aujourd'hui encore, Antoine n'aimait aucune fleur davantage que les marguerites. Elles avaient pris le visage de sa mère, dont il a oublié les traits, la voix, l'odeur, le visage, le sourire, tout. Son portrait aux couleurs passées posé sur la cheminée ne peut rien faire pour la mémoire enfouie. Il se rappelle que son père l'appelait « Ma reine » pour son port de tête et sa noblesse de cœur. Il ne se souvient pas d'avoir jamais aimé autant. Ce sentiment immense demeure, comme un fantôme de son enfance.

Elle est morte toute seule sur la chaussée, Lucie, surnommée « Lulu », l'optimiste. Dans une mare de sang. Le crâne fendu en deux. Le conducteur ne s'est pas arrêté. D'après un témoin, le chauffard conduisait avec des plaques étrangères. Très vite, les gendarmes ont classé l'affaire. Son père, pulvérisé par le chagrin à l'annonce de l'accident, était tombé à genoux en poussant un hurlement de bête qu'on égorge. Antoine ne pourrait jamais oublier ce cri animal. Son père avait sculpté lui-même le cercueil, passant des nuits entières à orner de fleurs la dernière demeure de son épouse. Quelques mois plus tard, une boutique de meubles marocains ouvrit en face de l'atelier, qui sentait l'ailleurs et proposait des prix beaucoup plus bas. Petit à petit, son père perdit ce qui restait de sa clientèle, qui lui reprochait de travailler trop lentement. En face, on recevait les clients avec du thé à la menthe et le sourire aux lèvres. Son père rendit les clés de son petit atelier surendetté et mourut cinq ans après, le même jour que sa mère. Son cœur fatigué s'arrêta un soir, en présence d'Antoine, qui avait 14 ans. Il l'avait veillé toute la nuit avant de réveiller son frère. Son chagrin avait été moins soudain que pour sa mère. Le jour de l'enterrement, il n'avait pas pleuré et s'était même senti soulagé de fermer le cercueil d'un homme dont la faiblesse le dégoûtait. Sa jeunesse avait soif de puissance. Son père incarnait tout ce qu'il ne souhaitait pas devenir. Plus tard, après la naissance de son fils, la tristesse avait surgi du passé. Son chagrin n'avait tenu qu'à l'odeur d'une cire appliquée sur un meuble, la même que son père avait souvent sur les mains. Il était sorti fumer une gitane et une cascade de larmes l'avait secoué. Tous ses choix étaient le produit de sa fuite. Fuir son père, les rêves brisés, la misère, l'humiliation de la classe sociale, la laideur, l'absence des femmes...

Son beau-père n'a pas bougé. Stoïque. Bien planté sur ses deux pieds. Sans piétinement. Sans hésitation. Dominant, les bras croisés dans le dos, il le regarde, conscient de son influence sur lui : « Réfléchissez. Il ne faut jamais agir sur un coup de tête. Méfiez-vous de votre nature impétueuse, Antoine, elle vous perdra. »

Son assurance impressionne Antoine, de nature plus imprévisible et souvent débordé par ses émotions.

« Vous savez, l'ordre, c'est important... Surtout dans une famille. Sinon, on court au désastre. Vous aurez tout le temps demain de faire les choses dans la discrétion. C'est un jour férié mais vous trouverez sûrement des choses à faire au bureau. Un homme a toujours de quoi faire au bureau. Ce soir, c'est Noël et c'est l'heure de la messe. Allez, rentrez Antoine... Pensez aux enfants », lui dit-il en le regardant droit dans les yeux.

Le portable d'Antoine sonne et affiche le numéro de Virginie. Il ne répond pas mais, sans regarder son beau-père, avec, intactes, sa force et son insolence d'enfant terrible, il monte dans sa voiture, appuie sur la télécommande qui déroule le rideau de fer du garage, desserre son frein à main et appuie sur l'accélérateur.

7

Je voulais qu'on reste dehors à pleurer sous la neige. Qu'on interroge Pamela dans la tempête en hurlant. Se battre contre les éléments pour écarter les images de terreur qui m'envahissent. Et si ? Et si tout basculait ? Et si toutes ces horreurs n'arrivaient pas qu'aux autres ?

Nous sommes sortis de la voiture sans rien dire. Gabriel n'a pas su trouver les mots pour apaiser l'angoisse qui me déchire le ventre. La peur de perdre le fruit de mes entrailles. On ne coupe pas le cordon. Pas celui qui nourrit nos enfants, pas celui de Freud qui les empêche de grandir, mais le cordon invisible, celui qui relie nos âmes aux leurs. Il demeure, puissant, indestructible, jusqu'à notre dernier souffle. Un lien au-delà des mots, au-delà des théories les plus savantes, à la hauteur du miracle de pouvoir mettre au monde un être humain. Un enfant qui disparaît, c'est la Terre entière sous nos pieds qui tremble. Prête à nous engloutir.

C'est dans cet état d'angoisse que je prononce à mon mari les mots les plus injustes. Sophie n'est pas ton enfant. Tu ne peux pas savoir. J'annule son chagrin. Je reprends ce qui est mien. Mais quand l'espoir revient, le sang et la mémoire de son amour circulent à nouveau dans mon corps et je regrette. Je tends la main vers lui. Et lui entrelace nos doigts avec tendresse. Sans l'ombre d'un reproche. Parce qu'en amour, Gabriel a du génie.

On franchit le palier du domicile de Pamela comme la frontière d'un nouveau monde. L'appartement est aux rires et à la fête. Cette famille a l'art de célébrer. La musique bat son plein, entraînant les invités éméchés sur une piste de danse improvisée au milieu du salon, dans une lumière psychédélique. La joie déborde de partout. J'ai envie de pleurer quand tout le monde rit. Tout m'agresse dans ce foyer de gens réunis et ensemble. J'aimerais crier pour que ça s'arrête et mettre le monde entier sur « pause ». Ma fille a disparu. Hurlement sourd. Comme dans un cauchemar, personne ne m'entend. Après tout c'est Noël.

Gabriel a gagné une autre pièce pour interroger Pamela.

Quand elle nous a ouvert la porte, je ne l'ai presque pas reconnue. Elle a vraiment une drôle de tête sans ses lunettes rondes. Après nous avoir accueillis sans enthousiasme, visiblement agacée de devoir répondre à nouveau à nos questions après nous avoir parlé au téléphone, elle nous a indiqué où nous pouvions nous installer pour discuter. Je l'ai regardée avancer, engoncée dans sa robe de fête lamée argent, le profil de son visage rond, trop blanc, rougi par le soleil, ses cheveux presque roux tressés à l'africaine avec des coquillages. Elle fait partie de ces personnes à l'identité floue qui changent de visage selon les circonstances. La Pamela qui était partie avec ma fille trois semaines plus tôt n'est plus la même. Je me méfie de tout.

Gabriel n'a jamais eu de sympathie particulière pour Pamela. Il la trouve mal élevée et ennuyeuse. Ce soir, je le sens particulièrement agacé par son regard lymphatique. Elle s'est installée à la table de la salle à manger, désertée par les convives, pour finir son assiette, posée sur la nappe de velours rouge entre les cotillons et les figurines de Noël. Elle n'hésite pas à mastiquer sa dinde et à engloutir une bouchée de purée entre chaque réponse. Une pose qu'elle semble prendre pour réfléchir. Inventer ? J'ai l'impression qu'elle ment. Ses mots sont trop nombreux pour être exacts. Le contour huileux de sa bouche me donne un haut-le-cœur. Je m'apprête à intervenir pour soulager Gabriel, lui demander calmement si elle ne peut pas s'arrêter de manger quelques instants, quand j'entends une voiture. C'est sûr, c'est Antoine. Je le guettais, l'attendais, même si je craignais qu'il ne vienne pas. Il aurait pu rester terré chez lui, dormant pour éviter les emmerdes, après avoir absorbé un Lexomil, ou deux, ou trois parce qu'il est excessif, ne lit jamais les notices, persuadé d'être le seul à savoir ce que son corps réclame. Cet hypocondriaque est impossible à soigner : il sait tout mieux que tout le monde. Non pas parce qu'il est prétentieux, mais parce qu'il ne fait confiance à personne.

Je le vois saluer la mère de Pamela à la porte. Il n'a pas quitté son costume de Père Noël. Elle reste quelques instants, hésitante, avant de comprendre que c'est le père de Sophie et que lui aussi est là pour voir sa fille. *Welcome and merry Christmas.* Elle est irlandaise. Antoine tente de baragouiner quelques mots en anglais, des mots français qu'il mâchonne avec un accent grotesque pompé dans les séries américaines que regarde son fils. Il ne fait aucun effort, il déteste parler anglais. Il prétend que les Anglo-Saxons, surtout les Américains, l'ennuient, l'emmerdent, le font profondément chier, pour parler comme lui. Il est devenu américanophobe après un voyage d'affaires en Amérique. Son beau-père avait mis plusieurs mois à le convaincre et avait fini par prendre les billets sans lui demander son avis. Il avait erré pendant deux jours et avait fini par atterrir à 5 heures du matin, mort de faim, abruti par le décalage horaire violent de la côte ouest, congelé, dans une grande surface à taille inhumaine ouverte vingt-quatre heures sur vingt-quatre. Il y faisait un froid polaire pendant qu'on frisait la canicule à l'extérieur, on lui avait servi un café dans une tasse qui devait contenir un litre d'un liquide terne accompagné d'une montagne de crêpes pâteuses baignées dans du beurre et du sirop d'érable. Lui n'avait qu'une envie : des rognons de veau, un bon fromage aux truffes, une miche de pain dorée, un vin généreux, dans un petit bistrot sans prétention. Et leur souffler des bouffées de gitanes à la gueule. À ce peuple de dégénérés, psychopathes, tueurs en série, puritains, pro-peine de mort, obèses, incultes, prônant la liberté tout en construisant Guantánamo, patriotes à en vomir, se prosternant devant leur drapeau aux cinquante étoiles comme si c'était le symbole de toute l'humanité, donneurs de leçons, tous devenus non-fumeurs, sans gluten et écolos au volant de leurs voitures hybrides, que le monde entier suivait comme des chiens parce qu'ils étaient les premiers à avoir marché sur la Lune et fait rêver la planète avec leurs westerns, leurs extraterrestres, leurs stars de cinéma, les Kennedy et tout leur bazar parce qu'il faut l'avouer, ils sont imbattables dans l'art de fasciner la jeunesse qui ne porte plus que des Nike et a pour nouveau Dieu le génie pieds nus, Steve Jobs. Leur rêve américain, c'est une dictature qui vous chope dans ce que vous avez de plus vain. Même leurs atrocités, le Vietnam, le Japon et le massacre des Indiens, ils arrivent à nous les faire avaler avec des pilules de superhéros et de *mea culpa* mis en scène par les génies du septième art. C'est vrai que les têtes des Apaches qui tombent, ça devenait presque poétique sur la musique de Sergio Leone, et que, sans leur lignée et leurs têtes de play-boys, on aurait enfermé les frères Kennedy pour l'assassinat de deux ou trois filles qu'ils avaient fini de baiser. L'art de l'emballage et de nous prendre pour des cons, ça, ils connaissent, les Amerloques ! *Tes* Amerloques, il dit, quand il dresse son portrait noir de l'Amérique, qui empire chaque fois qu'il doit aligner deux mots d'anglais ou qu'il est impuissant devant les nouvelles technologies. Parfois, il en fait des tonnes juste pour amuser Sophie. Elle sait l'imiter à merveille et plus c'est violent, caricatural, *borderline*, plus on rit. Il n'y a pas plus français qu'Antoine. Aussi patriote que ses copains les Américains.

Il s'approche de moi et m'embrasse rapidement. Il est surpris que l'on ait mis si peu de temps avec ces routes pleines de neige. Il fait signe à Gabriel mais reste planté devant moi pour que je lui résume les faits en cinq minutes et qu'il puisse régler la situation en deux minutes. Il est là mais, très vite, il va se sentir coupable à l'égard de « là-bas. »

« Toujours pas de nouvelles ? Elle dit quoi, la copine ?

– Pas grand-chose... Attends j'écoute. »

Pamela répond à Gabriel en jetant des regards curieux à Antoine, débraillé dans son costume rouge et blanc qui ne ressemble plus à rien. Il me semble qu'elle se pince les lèvres pour ne pas rire. Elle boit quelques gorgées de son verre et reprend :

« Je crains le pire... La dernière fois que j'ai vu Sophie... c'était deux jours avant le départ, au salon de coiffure.

– Et puis plus rien ?

– Non. »

Elle s'arrête pour manger un bout de farce aux marrons.

« Je ne vous ai rien proposé... Vous voulez manger, boire, quelque chose ?

– Non merci, lui répond froidement Gabriel. Mais je ne comprends pas, tu n'as pas essayé de l'appeler ? Deux jours ?! »

Pamela mange. Elle doit réfléchir. Sophie n'a pas pensé à cette question. C'est la merde.

Antoine me chuchote, alors que je sens qu'il veut crier :

« Il peut lui demander de poser sa fourchette à Hildegarde !

– Pamela ! Elle s'appelle Pamela !

– Si tu veux. »

Elle continue : « Je... Non, on avait l'habitude de ne pas s'appeler là-bas. C'est compliqué sans Wi-Fi... Et j'étais sûre de la retrouver à l'aéroport. »

Silence.

« On voulait se faire des tresses... »

Antoine regarde la coiffure de Pamela avec des yeux ronds, imaginant Sophie avec la même. Il hausse le ton : « Des tresses ? »

Elle lève les yeux vers lui : « Ben oui, pour un souvenir local ! »

Antoine cherche à comprendre.

« Elle me parlait mal. On s'est disputées. Elle est partie... Ils n'étaient même pas à la moitié de sa coiffure... Sophie ne supporte pas qu'on lui tire les cheveux et c'est vrai que, là-bas, elles les arrachent. Elles tirent comme des dingues. Question d'habitude sûrement... Elles ont les cheveux crépus, tout serrés sur leur tête... Je sais pas... Elles ne doivent pas sentir la douleur, c'est comme si elles avaient un faux crâne. Moi, je disais rien parce que je ne voulais pas les vexer, surtout la patronne, qui n'avait pas l'air commode. La coiffure, là-bas, c'est un peu comme les œuvres d'art des Aborigènes. Quand Sophie m'a demandé de partir, comme ça, la tête même pas à moitié faite, j'ai pas osé. Alors, elle s'est levée et elle est partie. Toute seule. »

« Des cheveux crépus ? » demande Antoine.

Gabriel essaie de ne pas s'emporter malgré son agacement. La stupidité avec laquelle Pamela explique les choses et les gestes qu'elle emploie pour ponctuer toutes ses phrases, ne lâchant jamais sa fourchette, sont crispants.

« Mais tu ne pouvais pas lui demander où elle allait ? Quand on part dans un pays étranger avec une copine, on fait attention de ne pas se séparer, c'est le B.A.BA ! C'est quand même fou d'être aussi...

– Gabriel !

– Je pensais qu'elle allait revenir.

– Il ne fallait pas penser. Il fallait agir ! Jamais laisser partir quelqu'un comme ça sur un coup de tête ! Tout ça pour une coiffure ?! »

J'ai peur qu'il la braque. Je m'approche. Pamela est assise, seule à la table du salon entourée de chaises vides. Sophie a disparu. Comment aurait-elle pu prolonger son voyage sans nous prévenir ? Pamela hésite à parler. Chaque détail dont elle peut se souvenir me rattache à Sophie. Des pièces de puzzle minuscules qui me permettent de garder un espoir quand je vois où les poser. Continue. Parle-moi. Je l'encourage du regard. Elle pose sa fourchette, lève ses yeux larmoyants sur moi et, après un silence, elle se retourne vers Antoine, ridicule avec ses épaules et son ventre qui explose dans son costume en feutrine synthétique plus du tout à sa taille : « Je ne voulais pas vous gâcher Noël... Surtout vous, monsieur, Sophie m'a dit à quel point c'était important pour vous, les fêtes de famille, *là-bas*, avec votre femme, votre fils et tout... »

Sujet explosif. Dans la bouche d'un tiers. Silence. Antoine se dérobe. Pamela, après avoir allumé la mèche, poursuit son récit. Gabriel fronce les sourcils mais ne dit rien. Antoine serre et desserre son trousseau de clés avec agitation. Elle parle doucement, scrutant nos réactions pour être sûre de pouvoir continuer. Elle ressemble à un petit animal apeuré qui comprend qu'il faut qu'il soit très habile s'il veut échapper au piège. Elle a compris que nous ne partirons pas d'ici avant d'avoir tous les détails sur la disparition de notre fille.

« On avait un billet retour. Je pensais que j'allais la retrouver à l'aéroport. Elle n'était pas là. Pourtant je l'ai cherchée... Je vous promets... Mais c'était noir de monde. »

Elle ricane, sans conviction, sans doute pour essayer de nous adoucir et reprend : « Pas dans le sens *noir*, je veux dire qu'il y avait beaucoup de gens... »

Antoine me tire par le bras et me glisse : « Je ne comprends rien à ce qu'elle raconte ! Quel rapport avec Sophie ? Ça n'y va pas fort au niveau des neurones ! Et elle est en deuxième année de fac, une abrutie pareille ? Ben mon vieux ! Comment t'as pu la laisser partir avec cette conne ? »

Je lui jette un regard noir. Je n'aime pas sa façon d'insulter les gens. Même s'il a raison d'être excédé par cette fille qui nous exaspère tous. Elle suit toujours Sophie à la trace, comme si sa vie en dépendait, et, au moment où c'est vital, la lâche dans la nature dans un pays étranger et rentre en France tranquillement pour se mettre les pieds sous la table. Je trouve quand même Antoine odieux et brutal. *Borderline*. Toujours vif à franchir cette ligne qui rend les gens racistes, sectaires, méchants, parfois cruels, rien que par leur langage. En disant cela, il nous tend le miroir de la laideur dans lequel on plonge malgré nous parce qu'il nous la fait voir comme la conne qu'il décrit. Notre impuissance et notre mauvaise foi attribuent toutes les fautes à Pamela alors que cette fille, qui est par surcroît la meilleure amie de notre fille, n'y est pour rien. Je sens bien qu'elle est gênée par la présence d'Antoine et que cette gêne la rend stupide, comme souvent les gens mal dans leur peau. Alors elle s'enfonce et continue sur sa lancée :

« Enfin, il y avait aussi beaucoup de Noirs, c'était impressionnant... Beaux... très beaux... Longs... Et les femmes... des statues... avec leurs habits de couleur... leurs cambrures... Vraiment, c'était impressionnant, très surprenant quand on arrive d'ici.

– En Autriche ?! » s'exclame Antoine.

Gabriel fronce les sourcils.

« La chaleur aussi... En même temps c'est normal là-bas », continue Pamela sans faire attention à la stupeur d'Antoine.

Je me tourne vers lui. Pourquoi parle-t-il de l'Autriche ? Gabriel comprend avant moi et me dit en s'approchant : « J'en étais sûr. Je te l'ai dit. Quand elle est rentrée du déjeuner avec lui, elle faisait une drôle de tête. Elle lui a menti. »

Il se tourne vers Antoine.

« Elle t'a dit qu'elle allait où ?

– Menti sur quoi, Virginie ? me lance Antoine.

– Elle t'a dit qu'elle partait en Autriche ?

– Elle n'a pas osé te le dire », lui dit Gabriel.

Silence de notre côté. On entend une musique irlandaise, avec sa cornemuse entêtante, un peu étouffée par la double porte vitrée qui nous sépare.

« Elle est partie où ? demande Antoine.

– Faire du volontariat dans un orphelinat au Sénégal », lui répond Gabriel.

Silence glacial malgré le brouhaha et le bruit insupportable d'une fourchette qui racle l'assiette. Pamela s'est remise à manger avec nervosité, la tête plongée dans son plat.

Antoine est sonné par la nouvelle.

« En Afrique !?

– C'est ça, lui répond Pamela, et il faut vous dépêcher d'y aller. Je pense que ça craint. »

Laissant à nouveau tomber sa fourchette, elle s'est mise à parler avec excitation, comme pour parer au drame qu'elle sent arriver. Antoine, quand il est en colère, peut faire très peur avec sa carrure de boxeur, son nez cassé, ses yeux qui passent du bleu au noir et cette attitude qu'il tient de son adolescence à avoir erré dans les rues. Il a le sang chaud, toujours prêt au combat, relevant immédiatement ses manches, laissant apparaître ses bras tatoués. Le langage du corps à corps. Définir qui est le plus fort. Très vite, il quitte sa pose de bourgeois, avec ses chemises et ses mouchoirs brodés de ses initiales, pour laisser sa nature revenir au galop et redevenir le hors-la-loi qui a risqué deux fois la détention pour mineurs. Il protège son territoire. Pamela n'ose pas le regarder. Il est évident qu'elle était au courant du mensonge de Sophie. Gabriel comprend qu'elle est beaucoup moins idiote qu'elle n'y paraît.

Et si tout ça était un jeu ? Un guet-apens pour faire sortir Antoine un soir de Noël ? Une manigance des deux filles. Un jeu pervers. Sadique. Une vengeance élaborée par Sophie. Ces pensées grotesques me traversent l'esprit. Je m'en veux. Personne ne s'amuse à disparaître. Ma fille ne ferait jamais une chose pareille.

Pamela se retourne vers moi avec son air d'animal apeuré, au moment où justement je commençais à douter.

« Elle faisait beaucoup trop confiance aux Africains. Ils sont en alerte et en état d'urgence avec leur frontière avec le Mali et je pense qu'on n'est pas très loin du Nigeria et de Boko Haram. Les gens à l'orphelinat nous demandaient de ne pas trop nous éloigner ni nous mêler aux locaux. Ça l'a énervée, Sophie, et elle leur a répondu. Tout en ironie. J'avais honte... Je ne savais plus où me mettre, elles se donnent un mal fou, les religieuses dans cette association avec tous les petits enfants africains. Elle leur a lancé qu'elle avait l'impression de vivre dans *Tintin au Congo*. Vous vous rendez compte du malaise ? Vous voyez Tintin dans sa Jeep avec son boy Coco et son allure de colon ? Elles, elles avaient l'air de s'en souvenir, de cette bande dessinée, parce que ça leur a fait tilt. Comme un coup de massue sur la tête. Ça n'a pas arrangé nos rapports avec l'association. Déjà que Sophie était toujours en rébellion et souvent énervée... Elle disait souvent qu'elle avait honte d'être blanche...

– Comment ça, honte d'être blanche ? la coupe Antoine.

– Ben oui, monsieur, c'est ce qu'elle pensait depuis un moment...

– Ils l'ont embrigadée, ces connards. C'est comme ça que ça commence la merde. Honte d'être blanc ! Mais comment on peut dire des conneries pareilles ? Depuis qu'elle est petite, je vous le dis. Faites attention avec vos grandes idées de rassemblement. Ça peut lui faire perdre le nord de son identité ! Eh bien, on y est ! Aujourd'hui elle a honte d'être blanche et puis demain elle ira... qui sait... »

Gabriel le regarde, excédé. Il pousse nerveusement la chaise devant lui avec son pied. Je la rattrape avant qu'elle ne tombe. Antoine se tait. Il sait d'instinct qu'il faut se méfier de la violence incontrôlée des calmes. Il n'a pas de temps à perdre. L'heure est peut-être grave mais elle tourne aussi. Il voudrait en finir au plus vite avec cet interrogatoire qui ne mène nulle part pour pouvoir rentrer et rattraper les pots cassés chez lui. Le regard de son beau-père, quand il a fait démarrer sa voiture pour sortir du garage, lui glace encore le dos. Il est plus de 1 heure du matin. La messe doit être finie. Fanny est-elle restée à la maison pour l'attendre ou a-t-elle chanté comme tous les ans les cantiques de Noël comme si de rien n'était ? Elle sait si bien dissimuler ses sentiments. Plus les années passent, plus elle se renferme derrière les apparences. Une question d'éducation qui a du bon, dit-elle. Rigide. Presque militaire, qui a enfermé sa jolie main de velours dans un gant de fer. On ne dit pas « Je t'aime » à la maison. On ne dit pas « Je souffre ». On ne parle pas de Sophie. On se tait et on attend que ça passe. Le silence autour de sa fille, c'est le prix qu'Antoine a à payer pour des crises d'hystérie apaisées et un sourire retrouvé. Un adultère pardonné.

Gabriel approche de sa limite. Il y a quelques années, Sophie devait avoir 12 ans, les choses avaient failli dégénérer. Antoine avait fait une réflexion politique absurde à la bleu-blanc-rouge, comparant les musulmans à des envahisseurs sournois prêts à nous coloniser. Il avait dû l'entendre le matin au comptoir en buvant son café et il la répétait comme par hasard à Gabriel qui lui ramenait sa fille. Il savait pertinemment que ça le rendait fou. La présence de Sophie n'était pas anodine. Un geste. Un regard. Une parole avait suffi pour exciter la jalousie d'Antoine, qui se sentait menacé par le lien intellectuel liant sa fille à son beau-père. À son admiration se mêlaient la tendresse et l'attachement, l'amour et la complicité du quotidien qu'ils partageaient et qu'Antoine ne pouvait pas lui offrir. Antoine espérait le discréditer, montrer à sa fille qui était le plus fort comme un sale gamin qui frappe en dessous de la ceinture.

Il avait quitté définitivement l'école à 12 ans et en gardait un complexe encombrant qui pouvait le rendre brutal. De longues absences déjà à l'école primaire, à traîner dans la rue avec des plus grands qui cherchaient les ennuis, l'avaient mis du côté des cancres. Il accumula des lacunes. Fautes d'orthographe. Aucune base solide de grammaire. Il bloquait sur de simples opérations arithmétiques. Sophie avait vite compris et ne s'adressait jamais à lui pour un devoir, sa pensée étant trop vagabonde pour entrer dans un cahier d'école. Trop émotif pour être intellectuel. Il avait rattrapé seul le temps perdu en lisant comme un boulimique. Tous les sujets l'intéressaient. Il était doté d'une mémoire hors norme et d'une sensibilité à fleur de peau, il avait une telle manière à lui, si particulière, de manier la langue que dans une autre vie il aurait pu être poète. Qui ne connaissait pas son histoire pouvait penser qu'il avait fait des études. Mais ces années primordiales sur les bancs de l'école, pour la formation de la pensée, l'élaboration de la raison, l'humilité de s'en remettre à un maître, l'évaluation de la progression par les bulletins, la fierté des bonnes notes et l'échec des mauvaises, lui avaient manqué. Il avait gagné en liberté et perdu en raisonnement.

Je mets ses débordements sur le compte de ce complexe d'un esprit formé sur le tard. Gabriel ne peut pas comprendre. Il a eu la chance de grandir encadré et entouré d'une famille qui lui a transmis un héritage culturel précieux. On lui a permis d'aborder le monde à travers les voyages et les rencontres, avec une telle intelligence que tout lui semble naturel et qu'il ne s'interroge même plus sur les origines de cette faculté. Comme si tout était inscrit dans l'ADN. D'un côté, les racistes et, de l'autre, ceux qui naturellement ne voient pas la différence.

Je défends Antoine comme je peux, n'hésitant pas à m'enfoncer dans la mauvaise foi, prenant au passage la défense de la femme en moi qui a été amoureuse de lui. Difficile d'admettre qu'on a pu se tromper. L'amour ne se place pas toujours au même endroit que nos idéaux.

J'étais arrivée à temps pour les séparer. Gabriel était dans un état de rage comme je ne l'avais jamais vu. Il avait mis toute sa colère sur le compte des propos déplacés d'Antoine, trouvant qu'il frisait l'extrême droite. Sa violence était justifiée mais n'était pas seulement liée aux mots scandaleux d'Antoine. Gabriel avait de multiples facettes, comme tout le monde. Il n'était pas seulement un courageux défenseur des droits de l'humanité. Des mots se glissaient pour reprocher à Antoine ses absences dans la vie de Sophie. Antoine, piqué au vif, en avait rajouté une couche en hurlant le droit d'être français pure souche, faisant une vulgaire comparaison avec le vin qui n'avait ni queue ni tête, comparant les origines françaises aux souches de la vigne, produisant un vin meilleur qu'un autre, de quoi faire grimper Gabriel au mur. Le soir, je m'étais à mon tour disputée avec mon mari en tentant de lui expliquer qu'Antoine n'était pas raciste mais qu'il était en permanence dans la provocation. Gabriel me rappelait l'importance du langage, la vigilance. Qu'est le racisme sinon un langage qui dérape et exprime une pensée plus profonde ? Étais-je sûre de sa pensée intime ? Qu'est-ce qui le différenciait des fachos quand il parlait comme ça ? Les fils de ses reproches entremêlaient l'idéal et l'intime. D'une part, l'entrave à l'idéologie familiale : nous étions envers et contre tout des gens de gauche ; je ne pouvais donc pas défendre Antoine. D'autre part, l'opacité de mes sentiments : étais-je encore amoureuse de lui ? C'était la seule raison pour laquelle je lui pardonnais l'impardonnable. Je n'aurais accepté ces paroles de personne d'autre. Sauf de lui. Antoine. C'était important pour Gabriel que je me montre radicale sur ces deux points. D'une part, que je ne continue pas à aimer deux hommes à la fois. D'autre part, que nous transmettions à nos enfants des idées claires. Une ligne définie entre l'inadmissible et le discutable. Sophie devait comprendre ce jour-là que les mots de son père étaient inadmissibles. Certaines choses ne se disent pas. Nous devions nous orienter de manière dogmatique vers la pensée juste.

Gabriel a de la chance : son idéalisme ne faiblit pas avec les années. Mes sentiments et mes idées sont clairs mais mon énergie à les affirmer n'est plus la même. Encore moins face à Antoine. Mille fois j'ai tenté d'escalader l'Himalaya qui nous séparait, mille fois j'ai échoué. J'essaie d'obtenir une seule chose de lui : qu'il s'occupe de sa fille. À sa manière, mais qu'il ne l'abandonne pas.

« L'histoire d'aller à ce salon de coiffure, c'était ridicule, reprend Pamela. Je lui ai dit. Un quartier entier où il n'y a aucun Blanc. Mais vous connaissez Sophie, elle n'a peur de rien et elle n'écoute personne. Surtout quand on lui dit quoi faire et... surtout moi... elle ne m'écoute jamais. Quoi que je dise... C'est comme si je lui parlais dans le vide. Elle me tape toujours des vents », finit-elle avec une pointe de tristesse, comme si elle venait de réaliser ce qu'elle venait de dire.

« C'est elle qui a voulu qu'on quitte l'orphelinat et qu'on aille à l'hôtel et comme son père lui avait donné de l'argent... »

Je regarde Antoine avec un air de reproche.

« Ben oui, ça coûte cher le ski », lance-t-il, sarcastique.

Depuis que Sophie est enfant, je lutte avec lui contre ça. Ses promesses non tenues de vacances compensées à coups de cadeaux. Comment Sophie avait-elle pu accepter qu'il achète à nouveau ses absences ? Elle avait joué le jeu du dépaysement capitaliste et avait empoché les billets de son père pour quitter sa mission et dormir à l'hôtel comme une princesse gâtée.

« C'était tentant, vraiment l'orphelinat était pourri. Mais dans l'hôtel qu'elle a trouvé, il n'y avait aucun Blanc non plus. Comme si elle faisait exprès... Cela dit, ils étaient tous très gentils. Musulmans. Mais très gentils. Vraiment gentils. Ils prient l'islam dans la rue sur leur tapis cinq fois par jour ! C'est normal, en même temps, ils sont musulmans. Mais pas ceux qui font peur. Les femmes ne sont pas toutes voilées et on pouvait mettre nos minijupes sans problème et nos shorts aussi... Vraiment c'était cool. »

Gabriel, grinçant des dents depuis qu'elle s'était mise à décrire leur périple, coupe le moulin à paroles absurdes qui s'est déclenché pour parer à notre hostilité. Mis à part le décor de la salle à manger, on pourrait se croire dans un commissariat, avec le policier ferme qui s'en tient aux règles (Gabriel), le *borderline* qui serre les poings pour ne pas taper dans les murs (Antoine) et la gentille vicieuse qui fait semblant de s'intéresser à la personne mais n'hésitera pas à la faire pleurer pour mieux la consoler, parce que tout ce qu'elle veut, c'est savoir ce qu'elle cache (moi). Quelle est la meilleure méthode ? Faire comme Gabriel, qui, même inquiet, ne perd jamais le Nord ? Faire comme Antoine et provoquer des réactions ? Ou comme moi, pour éviter le conflit ?

« Des hommes ? des femmes ? qui ? À qui elle parlait ? Tu as des noms ? des adresses ? » lui crie Gabriel pour qu'elle l'entende dans ce vacarme mêlé de rires et musique. Le volume sonore était monté d'un coup. Je traverse rapidement la pièce pour refermer la porte entrouverte. Je prends quelques secondes pour essayer de la bloquer.

« J'ai l'adresse de l'hôtel... Les Flamants roses... C'est pas dans le centre-ville mais c'est pas loin non plus. Et puis l'orphelinat, ça, vous l'avez... Puisqu'on avait décidé ça ensemble », continue Pamela.

À travers la vitre, j'aperçois la mère de Pamela qui danse avec un homme à la barbe longue et touffue. Depuis combien de temps n'ai-je pas dansé ? Si ma fille a disparu, je ne danserai plus jamais. Je me fais cette promesse ridicule en un millième de seconde, sans perdre un mot de ce qui se dit derrière moi.

« Mais qu'est-ce qu'elle est partie foutre dans un orphelinat en Afrique, bordel ? » hurle Antoine en donnant un coup sur la table qui fait rebondir l'assiette.

La violence du coup me fait bondir. Aucun de mes regards ne peut le calmer.

Le menton de Pamela tremble et ses larmes sont prêtes à couler. Je réponds d'un ton ferme à Antoine :

« Faire de l'humanitaire.

– Depuis quand elle fait du bénévolat ? Jamais je n'aurais payé son voyage. Je lui ai filé du pognon, un tas de pognon, pour qu'elle parte à la montagne faire du ski, pas pour qu'elle aille faire la boniche dans le tiers-monde ! En plus elle est tombée sur des religieuses ! Des connes ! Une bande de gonzesses imbaisables et bien pensantes qui ont dû lui faire la morale matin, midi et soir. C'est pour ça qu'elle s'est barrée. Pas la peine d'aller chercher plus loin ! Honte d'être blanche ! Tu rends compte de la folie, de ce que ça veut dire ? Il manque plus que la burqa et on y est ! »

Gabriel lui jette un regard noir.

« Tais-toi, Antoine ! j'interviens, sentant la situation dégénérer.

– Virginie, il faut y aller ! me dit Gabriel.

– Où ? quand ? comment ? demande Antoine.

– Il ne faut pas tarder !

– Il faut laisser faire la police ! Vous les avez prévenus ? me demande Antoine, ignorant Gabriel comme si j'étais seule dans la pièce.

– Elle est majeure. C'est ce qu'ils nous ont répondu. La plupart du temps, quand les jeunes disparaissent, ce sont des fugues. Ils nous ont dit d'attendre et de prendre notre mal en patience.

– Bordel ! dit-il en serrant les poings. Tu leur as dit à ces mollassons que ce n'était pas le profil de Sophie ? Qu'elle n'avait rien à fuir, qu'elle était libre ?

– Justement. Elle est majeure. On me l'a répété plusieurs fois. Elle n'a aucune obligation de nous dire où elle va. Elle peut très bien décider de nous laisser sans nouvelles.

– Impossible !

– Non. Ce n'est pas impossible, dit Gabriel, on ne connaît jamais vraiment nos enfants. »

Antoine hausse les épaules.

« C'est ma fille, je la connais !

– Pourtant elle t'a dit qu'elle partait en Autriche sans l'ombre d'une culpabilité. Elle a même certainement inventé des détails pour que tu lui donnes assez d'argent, lui dis-je.

– Oui, mais toi aussi, tu m'as menti !

– Quoi ?

– Par omission. Tu sais très bien que si j'avais su qu'elle partait en Afrique, je ne serais jamais resté les bras croisés. Tu as fait exprès de ne pas m'appeler pendant toute cette période de manigances. Et Sophie ne m'a pas menti, elle a tout simplement essayé de ménager comme d'habitude la chèvre et le chou.

– Qu'est-ce que tu racontes ? Tu ne vas pas quand même dire... »

Gabriel m'arrête avant que je me justifie. Il essaie de ne jamais entrer dans les pièges tendus par Antoine.

« On doit pouvoir trouver un vol qui part demain ! »

Antoine transpire, pris par l'émotion. Je l'ai vu chanceler, frappé de plein fouet par le mensonge de sa fille, les descriptions de Pamela, la peur de l'étranger et la détermination de Gabriel. Quand il souffre, il préfère foncer violemment dans les barrières comme un taureau blessé plutôt que de fondre en larmes. L'incompréhension le rend brutal. La timidité le fait rire. Là, je vois dans son regard un mélange d'impuissance, d'inquiétude et de peur. Il a horreur des voyages, il est presque agoraphobe. S'il y a bien un endroit qui l'effraie, c'est l'Afrique. Et Sophie le sait. C'est pour ça qu'elle a menti sur sa destination. Ça me frappe seulement maintenant, mais c'est certainement aussi pour ça qu'elle a choisi d'y aller. Elle avait un choix infini, Pamela voulait aller en Asie, mais non, Sophie était décidée à partir en Afrique.

« Et le boulot ? Vous croyez qu'on se barre quand on veut ? C'est vrai que toi, Gabriel, tu ne te fais pas chier avec ton métier qui te laisse coller tes dates de congés en même temps que les gosses ! Mais Virginie, elle fait comment avec la librairie ? Et moi ? Je me barre de ma boîte juste à la période où on fait le plus de chiffre et je file les clés et ma caisse aux employés ? »

Antoine possède une société qui installe des systèmes d'alarme et c'est vrai que les congés sont une période chargée. Ce qui l'arrange, parce que c'est un hyperactif qui déteste les vacances. Il ne prend jamais Sophie pendant les vacances scolaires. Je ne lui reproche rien. Je m'accommode. Je sais bien que Sophie en souffre mais les reproches ne pourront rien changer. Antoine a un handicap. Il ne sait pas aimer sans faire mal. Antoine est un antihéros en amour. C'est un doux colosse aux mains dangereuses. Il essaie de caresser avec douceur ce qu'il aime mais ne peut pas s'empêcher de faire mal. Il ne sait pas maîtriser sa puissance, ni la puissance des sentiments qu'il déclenche.

« Nous, c'est décidé on part demain, lui lance Gabriel.

– Enfin... je pense », lui dis-je un peu surprise.

Gabriel ne prend d'habitude jamais aucune décision sans m'en parler.

« Oui, excuse-moi chérie...

– Non, tu as raison... Je pense qu'il faut y aller.

– En Afrique ?! Je te préviens, Virginie, moi je ne fous pas les pieds dans ces pays de barbus ! Je ne vais pas me livrer à béqueter aux terroristes. Ça saute de partout, ils dézinguent les touristes à la kalachnikov. C'est de la folie !

– Qu'est-ce que tu racontes ? » lui dis-je d'une voix étranglée par la terreur de toutes les images qu'il me communique en quelques secondes.

Gabriel me serre dans ses bras pour me rassurer.

« Ne t'inquiète pas, chérie, on va la retrouver. Il n'y a pas de terrorisme au Sénégal. Je ne l'aurais pas envoyée n'importe où. On ne peut pas se laisser aller à la panique ni à imaginer le pire. Mais je pense que si demain matin nous n'avons aucune nouvelle, il faut y aller. On ne va pas rester ici à tourner en rond. »

Je me laisse aller dans ses bras. Je ressens une pointe de douleur dans le bas des reins. Une contraction pénible. C'est horrible de ne pas savoir. D'instinct, l'idée de la fugue ne me paraît pas insensée. Elle est restée de son plein gré. Un murmure lointain, irrationnel, qui essaie de briser le mur de l'angoisse. Avant qu'elle ne décide de partir, j'avais l'impression que nous nous étions un peu éloignées. Comme si, pour la première fois, elle me glissait des mains. Elle réinventait son enfance avec son regard le plus noir.

« On ne décide pas de faire un enfant dans n'importe quelles conditions. Tu pouvais avorter ! » m'avait-elle dit un soir.

Aller à l'hôpital toute seule pour accoucher, je trouvais ça courageux. Elle trouvait ça pathétique. Même si le lendemain elle revenait sur ses mots, le mal était fait. La graine du doute. J'étais mortifiée. Sophie avait été toute ma vie. L'amour absolu. Mon soleil. Ma jeunesse. Le flambeau de ma féminité. Je me suis sentie vraiment femme en devenant mère, alors qu'aujourd'hui je dois fuir la mère pour retrouver la femme en moi. Sophie est née dans un moment où la vie me faisait moins peur. Je m'y lançais sans filet. Je ne cherchais pas d'explication à l'amour. Nous étions libres. Deux petits troubadours. Des hors-la-loi qui ne respectaient pas les codes de la famille. C'était rude mais joyeux. Tout le monde avait son mot à dire. L'entourage était désorienté qu'on ne tourne pas dans le bon sens de l'horloge. La société m'avait donné le statut de mère isolée. Mais peu importe. Ma vie avec elle était gaie. J'avais le sentiment d'avoir protégé notre histoire envers et contre tous. Gabriel a souvent la frustration d'avoir raté un moment important de mon existence. Comme une fête joyeuse à laquelle il n'aurait pas été convié. Longtemps, j'ai pensé que Sophie supporterait mal la naissance de sa petite sœur mais c'est Chloé qui manifeste de la jalousie. Elle trouve que la vie de sa sœur est beaucoup plus rock. Qu'il est plus cool de naître hors mariage. Elle trouve minable d'être la petite sœur. Minable d'être née comme dans les contes de fées avec un prince pour père, sans histoire extravagante à raconter. La famille est son lieu de bataille. Les cris, les pleurs, les portes claquées, les transformations vestimentaires, son visage trop grimé de maquillage à deux balles. Elle est un Mai 68 à elle toute seule.

Sophie, elle, n'a jamais fait de crise d'adolescence. Elle m'a habituée au calme. Je ne pensais pas qu'elle piétinerait un jour nos souvenirs. J'ai été blessée, humiliée qu'elle s'enferme dans cette amitié fusionnelle et dans sa chambre pour lui raconter tout ce que je n'avais pas su faire. Pamela. Tous les jours collée à ma fille et parfois, quand elles nous font l'honneur de dîner à table en famille, elle me sourit avec ce petit regard satisfait de m'avoir volé la complicité de ma fille. J'ai envers cette gamine des sentiments épouvantables, injustes, inavoués. Je la défends avec hypocrisie auprès de Gabriel mais ne peux pas l'encadrer.

J'ai mis l'éloignement de Sophie sur le compte d'une crise d'émancipation et cette fusion avec une amie sur le besoin vital de briser les liens trop forts qui la rattachaient à moi.

L'an dernier, j'ai été rassurée par l'article d'un pédopsychiatre de renom : les enfants, dit-il, se construisent seulement dans la séparation et les inquiétudes maternelles peuvent être néfastes. Alors j'ai laissé, avec beaucoup d'efforts, s'installer la distance pour qu'elle prenne son envol. Mais au point de partir sans rien dire ? Sans une lettre. Si loin de la maison. Plantant sa meilleure amie, son indissociable, à deux jours du retour. Non, ce n'est pas Sophie. Quelque chose ne colle pas. Pamela ne dit plus rien. Je me suis assise sur la chaise à côté d'elle. Épuisée.

« Si tu veux, tu restes ici avec ton père et Chloé, et j'y vais seul », me dit Gabriel en se penchant vers moi.

Antoine le regarde. Il se sent atteint dans sa virilité. La rivalité brille dans ses yeux. Gabriel a pris une place qu'il n'a jamais pu occuper parce que nous n'avons jamais vraiment vécu ensemble. Nous nous sommes définitivement séparés avant la naissance de Paul. Mais pendant longtemps, il aurait aimé que je reste sa propriété. Il aurait pu être un polygame comblé. Mon mari n'était pas le bienvenu.

C'était un réel chagrin pour lui de ne pas pouvoir vivre le quotidien de Sophie et, souvent, il avait l'impression que Gabriel, impliqué dans son éducation, lui avait volé sa fille. Gabriel, qui veillait avec délicatesse à ne jamais prendre le rôle du père, trouvait ce sentiment injuste, déplacé et d'une mauvaise foi insoutenable. Il ne supportait pas qu'Antoine se dérobe de tout. Il ne roulait que pour lui, ne s'engageait auprès de personne réellement, avait des opinions politiques trop floues et, sous prétexte qu'il n'avait pas eu d'éducation, ne s'encombrait d'aucune morale.

Gabriel croise son regard et ne lâche pas son étreinte. Il me tient contre lui calmement. Antoine lui lance avec une agressivité moqueuse teintée de désarroi : « Tu n'as qu'à jouer à Zorro, moi je ne pars pas sur un coup de tête dans un pays de sauvages qui rêvent de tous nous faire sauter. »

Silence. Pamela s'est levée et replie les serviettes nerveusement. Sa mère, son verre à la main, s'approche et demande si tout se passe bien. Quelques mots d'anglais à Pamela, qui lui répond en français qu'elle arrive tout de suite. La mère repart danser. Il est temps pour nous de rentrer.

Mal à l'aise, Antoine, sur le pas de la porte, essaie de me convaincre : « Virginie... Avec tout ce qui se passe aujourd'hui dans les avions, les hôtels. C'est l'enfer. Ce n'est pas prudent. Il faut réfléchir. Voyons-nous demain. Je vais leur parler, moi, aux flics. Tu vas voir, ils feront moins les malins. Mais peut-être qu'ils ont raison... C'est leur boulot, ils ont l'habitude de ce genre de situation. Nous, on s'affole mais... »

Presque mielleux, il continue : « Elle a peut-être juste décidé de rester quelques jours de plus, tu la connais... Elle peut faire ce genre de choses sans nous prévenir. C'est une drôle de fille, parfois. Réfléchis. Vous ne vous êtes pas disputées ? »

Je ne réponds rien. Je l'attendais. C'est de ma faute. Lui n'y est jamais pour rien. Il répète : « C'est une drôle de fille, imprévisible parfois, un peu sauvage. »

Et comme s'il avait lu dans mes pensées : « Je sais, les chiens ne font pas des chats », me dit-il pour essayer de m'adoucir.

En matière de disparition sans prévenir, en effet, il en connaît un rayon.

Je suis encore plus triste. Je suis partie de chez Pamela sans dire au revoir à Antoine, ce rétropédalage sans conviction, après avoir élaboré les pires scénarios d'enlèvement, me rappelle les trop mauvais souvenirs de notre histoire d'amour avortée.

Antoine n'était pas là le jour de la naissance de Sophie. Cloué chez lui avec une crise de colique néphrétique qui avait commencé pratiquement en même temps que mes contractions. Je me suis rendue seule à l'hôpital avec ma vieille voiture, priant pour qu'elle ne tombe pas en panne, trois semaines avant le terme définitif. Sophie n'a pas voulu attendre. Elle est arrivée à l'improviste. Trop impatiente de voir le monde. Déjà pleine d'énergie et décidée à n'en faire qu'à sa tête. Je ne m'y attendais pas. L'après-midi, mon obstétricien m'avait assuré que le col était bien fermé. Le soir, après avoir mangé deux crêpes fourrées au fromage que j'avais mal fait décongeler, je me suis installée dans un bain chaud parfumé à la rose et, sur une musique de Marvin Gaye, j'ai tiré trois taffes d'un joint. Merveilleux. Un cadeau de mon voisin qui faisait pousser une herbe de folie au grand jour sur son balcon. Pas de culpabilité. Vers 22 heures, j'ai perdu les eaux devant une émission nulle à la télé. Un vague épisode de télé-réalité où les gens pleuraient pour de faux en nous racontant une vie inventée par la chaîne. J'ai tout de suite appelé Antoine, qui n'a pas répondu. J'ai laissé un message puis un deuxième plus fébrile, avant de me décider à partir à la clinique sur ordre de ma sage-femme. Je ne pouvais pas croire qu'Antoine ne viendrait pas. Fol espoir. J'étais pourtant abonnée aux montagnes russes qui peuvent dérailler à tout moment pour vous emmener dans le mur, avec lui. La double vie. Les vérités inutiles. Blessantes. Les mensonges grossiers d'un homme marié qui prétend être séparé depuis le premier jour de notre rencontre. Les déclarations sans lendemain. Sans morale. Sans valeur. Les soirées annulées à la dernière minute. Les voyages reportés à jamais. Les promesses envolées, mais pas brisées : il m'assurait que la vie était longue et qu'il aurait tout le temps pour se rattraper. Les regards fuyants puis enflammés. Les bouquets de mille fleurs pour se faire pardonner, celles que je préfère, les roses anciennes aux couleurs fanées mélangées à quelques fleurs sauvages. Les lettres dignes d'un poète. Une chanson murmurée à l'oreille. Un bijou qu'il avait choisi pour une pierre émeraude qui avait la couleur de mes yeux. Des bras puissants qui juraient de me protéger de tous les dangers. Un repas préparé avec amour. Les mots pour me faire rire et ceux qui me promettaient un avenir éclairci. Il était capable du meilleur comme du pire. Ce jour-là, celui de la naissance de notre enfant, j'espérais le meilleur. Folle d'amour, la source de mes illusions était intarissable.

Je n'ai appelé ni mes parents ni ma meilleure amie, pour ne pas l'humilier. J'étais trop énervée pour lui trouver des excuses. Les gens que j'aime feraient comme d'habitude semblant de me croire mais il m'était impossible de supporter à ce moment-là le cynisme des bienveillants.

Sur le chemin de la clinique, je me suis arrêtée à tous les feux rouges. Pour respirer. Expirer. Compter les contractions comme une bonne élève qui fait exactement ce qu'on lui a appris dans les cours d'accouchement naturel. Le poignard déchiquetait mes reins, mes jambes, mes pieds. Je ne savais même plus où était la douleur. Je regrettais de ne pas avoir fumé tout le pétard. Le sac entier d'herbe verte. La plantation même, et le balcon avec. Il n'y avait rien de noble. L'âme n'existait plus. J'étais bestiale. Je hurlais toute seule dans ma voiture. Revenir neuf mois en arrière et changer d'avis. Ne plus être mère. Personne ne m'avait dit que c'était barbare. On disait avoir mal, on ne parlait pas de torture. Il paraît qu'il n'existe pas de douleur que l'humain ne peut supporter. Faux. Dans cette souffrance de l'enfantement, il n'y a plus de religion, toutes les femmes sont une, dans la même communion. Égales. Nous accoucherons toutes de la même manière. Dans la douleur. Sans coutume. Pendant les contractions, aucune femme ne peut croire en Dieu. Il n'y a rien de sacré. Tout est concret. Peu importe ce qu'on met au monde, du moment que ça sort et que l'on est délivrée du mal.

J'étais seule mais sur le moment, je n'y pensais pas. La douleur physique annulait toutes les autres. Je me moquais de l'amour. Je ne pensais plus à Antoine. Cette intrusion dans ma chair était un parfait remède contre le chagrin. Je m'étais promis d'accoucher naturellement. J'avais même été tentée par des brochures qui proposaient des accouchements dans l'eau. Foutaises. Je comprenais à la dure que je n'étais pas un dauphin. Et, pendant que le médecin soulageait Antoine d'une piqûre de morphine, l'anesthésiste m'installait la péridurale que j'exigeais en hurlant. Une longue aiguille qui cherchait sa place entre deux vertèbres. On aurait pu me la planter entre les deux yeux pourvu que la douleur cesse.

Antoine aussi hurlait ses maux. Sa manière à lui de se mettre sur la même longueur d'onde. Pile. Hypersensible. Face. Le maître de la contre-attaque. Souffrir juste un peu plus que moi pour justifier de m'avoir laissée seule. Il était exsangue : les contractions n'étaient rien à côté des coliques néphrétiques. Qu'est-ce qu'il en savait, ce cher médecin de famille ? Avait-il déjà tenté de sortir un petit être humain de quatre kilos dégoulinant de matière visqueuse par son sexe ?

Et puis, elle est née, la divine enfant. Joie instantanée. La douleur avait disparu. En quelques secondes, la naissance de ma fille a transformé le mal en souvenir lointain. On l'a posée sur mon ventre. J'ai versé des larmes de tendresse et d'épuisement. Elle cherchait mon sein. C'était bouleversant. Pour elle, j'étais prête à tout recommencer. Il ne me restait plus qu'à la prendre dans mes bras.

Telles furent les conditions de la naissance de Sophie. Un mélange de douleur, de lâcheté, de joie, d'amour, d'impuissance, de trahison, de passion, de silence, de solitude, de chagrin, de colère, de douceur et d'émerveillement.

C'est seulement quelques jours après qu'Antoine est passé voir sa fille. Elle était déjà sortie de la maternité. Allongée dans son petit lit blanc comme une reine, vêtue d'une grenouillère blanche dentelée un peu trop grande, avec ses yeux bleu marine de nourrisson bien ouverts qui ne voyaient pas encore mais qu'elle fixait sur nous avec assurance dès qu'on s'approchait de son berceau. C'était très impressionnant, ce regard aveugle qui nous dévisageait. Ce petit être dépendant dont toute notre vie dépendrait désormais. Notre premier enfant à tous les deux.

En la prenant dans ses bras, Antoine n'avait pas pu crier cette victoire insensée au monde. Son sentiment de fierté était freiné par la culpabilité envers sa femme. Elle pleurait et comptait les mois de grossesse comme une hystérique : il était impossible, prétendait-elle, que Sophie soit la fille d'Antoine puisque seulement huit mois étaient passés et que neuf mois en arrière, Antoine était avec elle en Ardèche. Dans son déni acharné, elle refusait de s'en remettre à la science, qui établissait le terme d'une grossesse entre trente-sept et quarante et une semaines.

8

Il est 2 heures du matin. Pamela est restée un long moment seule dans la salle à manger, face à la baie vitrée, à regarder la neige tomber. Elle n'est rentrée que depuis quelques heures mais l'Afrique est déjà loin.

Elle se lève, encore sonnée par la visite de cette famille au bord de la crise de nerfs, et hésite à rejoindre sa cousine irlandaise de passage en France pour les fêtes. Dans le salon, les invités, ivres, dansent et parlent fort. Son père est enfoncé dans son fauteuil, un whisky à la main, l'air triste, dépité de ne pas savoir danser. Il regarde sa femme, déchaînée sur un rock parmi les invités qui l'encouragent en riant et en tapant des mains. Ses seins débordent de son haut en dentelle rose qui ressemble à un sous-vêtement. Un homme danse un peu trop collé à elle, laissant ses mains glisser sur ses fesses. Elle rit en jetant sa tête en arrière, séductrice de fin de soirée. Pathétiques, les vieux qui draguent. L'image de ses parents qui baisent traverse l'esprit de Pamela. Ce n'est pas pour rien qu'on a inventé l'histoire des cigognes. *Come on, baby! Shake it, baby, shake it!* Sa mère adore danser, rire fort et parler anglais quand elle est bourrée. Une partie d'elle est restée en Irlande. Ses enfants, français, n'y ont rien changé. Elle a toujours été plus femme que mère. Laissant toujours son mari changer les couches – elle, rien ne la dégoûtait plus que d'avoir les mains dans la merde. Impatiente de les voir grandir et partir : elle le leur a répété sans cesse, à elle et à son frère, maintenant engagé dans l'armée. Il suffisait que l'un d'entre eux pleure ou soit malade au milieu de la nuit pour qu'elle leur dise qu'elle n'était pas faite pour avoir des gosses. Son frère, le premier enfant, elle l'avait eu pour donner du sens à son mariage ; Pamela, la seconde, était un accident. Quelques spermatozoïdes passés inaperçus malgré le stérilet, un terme trop dépassé pour songer à un avortement et elle était là. Elle avait compris d'instinct qu'il ne fallait pas qu'elle moufte. Elle restait la plupart du temps enfermée dans sa chambre avec ses livres. Ses parents l'ont quand même aimée. Surtout son père. Et puis, ne pas avoir ses parents sur le dos, ça lui permettait de passer tout son temps avec Sophie.

Sa mère est maintenant assise sur les genoux de son cavalier. Pamela n'aime pas la regarder se livrer en spectacle, désinhibée par l'alcool. Vulgaire. Accoutrée d'une jupe trop courte pour son âge, dévoilant des jambes diaphanes marbrées de veines bleues et enflées. La honte l'envahit. Elle préfère monter dans sa chambre plutôt que d'affronter le regard navré de sa cousine, qui se hâtera, dès son retour en Irlande, de raconter à quel point sa tante a eu tort de quitter son pays.

Tout avait si bien commencé. Les préparatifs de ce dîner de Noël avaient été joyeuses. Son père avait enfilé la chemise aux motifs africains qu'elle lui avait rapportée du Sénégal, il l'avait gardée pour la fête. Elle trouvait qu'elle lui allait bien. Mais maintenant, seul dans son fauteuil dans cette chemise exotique, essayant de garder la face devant sa femme dévergondée, il lui paraît déguisé. *Out of place*, comme dirait sa mère.

Encore une soirée qui va mal finir entre ses parents. Des cris. Des pleurs. Des insultes. Putain. *Asshole*. Soupçons d'infidélité. Sa mère jettera ses habits en vrac dans une valise qu'elle sera allée chercher dans la cave, projetant de partir le soir même, demandant le divorce, déplorant sa vie gâchée et sa liberté perdue. Regrettant amèrement sa jeunesse irlandaise. Haïssant la France de son mari. Pour qu'elle ne le quitte pas, son père, après lui avoir balancé quelques insultes ruminées pendant toute la soirée, s'aplatira devant elle sans violence, sans dignité, anéanti par l'ivresse. Elle cédera à condition qu'il dorme sur le canapé, au milieu des cotillons et des chapeaux pointus en carton jonchant le sol. Le lendemain, la maison empestera le tabac froid et l'alcool mal digéré. Sa mère fera la grasse matinée et, quand elle se lèvera avec ses yeux bouffis et sa gueule de bois, son mari aura tout nettoyé. Elle lui dira, comme s'il ne s'était rien passé la veille : « C'est tellement gentil, *darling*. »

Lui sourira sans rancune, laissant apparaître ses dents jaunies par le café et la cigarette.

Elle monte à l'étage, épuisée par cette soirée de Noël. Les deux ampoules du plafonnier de sa chambre ne marchent plus. La pièce est à peine éclairée par une lampe de chevet. Dans son refuge, elle n'entend plus le bruit. Tout est reposant ici. Le mobilier tout blanc. Les murs mauves, tapissés d'images récentes de copains et d'idoles de son adolescence. Elle saisit son ordinateur et se laisse tomber sur son fauteuil en forme de lion en peluche. Jamais elle ne pourra s'en débarrasser. Il l'a tant consolée. Elle part dans quelques mois pour s'installer ailleurs. Sa mère a déjà mis de côté des cartons dans la cave pour faire le ménage et récupérer la pièce. Elle aimerait que ses parents ne touchent à rien, que sa chambre reste sa chambre, qu'ils ne raient pas les preuves de son enfance parce que, même si elle n'était pas toujours géniale, c'était la sienne. Elle hait l'idée de mettre sa vie dans des cartons. Sensation d'enterrement. Mais les projets d'avenir de ses parents vont à l'encontre de ses souvenirs.

Depuis le départ des sauvages, son front est moite et ses mains tremblent. Un match serré. Seule contre trois. Des regards de fauves braqués sur elle. Surtout le père. Un fou déguisé en Père Noël. Ses yeux la transperçaient. Le sol se dérobait. Vomir, rire, pleurer, avouer, tout lui est passé par l'esprit. Elle s'est sentie seule mais n'a jamais perdu le nord. Rester loyale malgré la transpiration qui coulait dans son dos. Elle avait juré sur l'honneur. Elle en était capable. Même pas peur. Elle avait l'habitude de couvrir Sophie. Un garçon qu'elle trompait. Une fête en banlieue où elle voulait aller en stop. Pamela acceptait d'être son alibi pour tout. Elle aurait pu en faire son métier. Sophie avait toujours quelque chose à cacher, comme si elle vivait en permanence dans une double vie, mais c'était la première fois qu'elle faisait une chose aussi stressante. Son cœur palpitait face à la colère dirigée contre elle. Malgré les yeux implorants de Virginie, elle n'a pas lâché sa fourchette. Une bouchée quand elle ne savait plus quoi répondre. Les yeux rivés sur son assiette. Réfléchir. Ne pas se laisser impressionner. Ne pas remettre en questions le choix de Sophie. Laisser croire à la disparition. Mission difficile. Cacher les mensonges sous la vérité pour rendre le tout crédible. Ne pas hésiter à faire l'idiote. Éviter les pièges. Les terrains minés. Se méfier des armes subtiles de la culpabilité. Manipuler et ne pas se laisser embobiner. Elle pense avoir assuré. Sophie l'a fait répéter en boucle pendant deux jours. Un plan diabolique. Leur faire peur, mais pas trop, juste de quoi les déstabiliser. Qu'ils arrêtent de croire qu'ils sont les rois du monde, de décider de sa vie à sa place. Ses parents aussi étaient égocentriques, convaincus de savoir ce qui était le mieux pour elle alors qu'ils étaient complètement à côté de la plaque, mais Pamela n'aurait jamais osé un mensonge aussi énorme. Disparaître sans laisser de nouvelles. Il fallait du cran pour passer à l'acte et laisser l'avion partir sans elle. Sophie avait déjà fantasmé plusieurs fugues. Personne ne s'était douté que derrière son sourire d'enfant comblée, elle avait mille fois élaboré sa fuite.

Elles en parlaient toutes les nuits pendant leur voyage. Ses parents l'aimaient trop. Elle manquait d'air. Ne savait pas qui elle était. On avait toujours tout décidé pour elle. Des petits choix qui paraissaient anodins mais qui avaient forgé sa vie de manière insidieuse. Des injonctions perverses. Sophie est comme ceci. Elle a toujours aimé faire cela. Elle ne se reconnaissait dans rien de ce que ses parents disaient d'elle, ne pouvait plus formuler un désir ou une seule envie propre. Tout était filtré par cette folie de croire qu'elle leur appartenait.

Loin d'eux, pendant ce voyage au Sénégal, avec ce Wi-Fi capricieux, elle avait entrevu la liberté. La possibilité de ne pas dépendre de leur appréciation. Être elle-même. Sortir enfin la tête de ce trio infernal. Arrêter de leur faire plaisir et de leur dire ce qu'ils avaient envie d'entendre : « Vous avez été parfaits. »

Fuir cette période de Noël avec son père injoignable au téléphone qui prenait les jambes à son cou dès le 23 au soir, sa petite sœur en crise parce qu'elle pensait avoir 18 ans, être son égale et négociait sa sortie du Jour de l'an, sa mère qui ne croyait en rien et son beau-père qui croyait en tout, par idéalisme, avec ses idées bien propres qui s'opposaient systématiquement à celles de son père. Seul son grand-père allait lui manquer avec son petit poste de radio et ses costumes coquets. Lui au moins ne la regardait pas grandir avec un microscope pour essayer de la comprendre tout en lui disant quoi faire. Il savait qu'elle pouvait dire quelque chose et penser le contraire. Les moments qu'elle passait avec lui étaient les seuls où elle perdait sa trop grande conscience d'elle-même. Elle n'était plus un projet que les autres avaient fait d'elle. La vie était légère. Il n'attendait rien. Elle ne pouvait pas le décevoir. Il aimait danser et adorait la faire rire. Il était joyeux par lui-même. Elle n'avait pas le pouvoir de le rendre triste.

Les autres, il fallait les repousser. Les inquiéter. C'est ce que Sophie voulait. Les mettre en danger au plus profond d'eux-mêmes.

Ce soir, Pamela avait donc suivi à la lettre ses recommandations. Faire attention à Virginie, qui avait tendance à désespérer et à imaginer les gens morts quand ils étaient absents. Mais l'inquiéter suffisamment. Elle avait un instinct redoutable, presque surnaturel, surtout quand il s'agissait de ses enfants. Gabriel semblait prendre les décisions, Antoine tempêtait, mais tous les deux écoutaient sa mère comme le Messie, elle était le véritable centre entre ces deux hommes, même si elle prétendait ne pas s'en rendre compte.

Sophie lui avait mimé, pour la faire rire, toutes les questions et réponses de chacun. Elle ne s'était presque pas trompée... sauf qu'elle ne s'était pas attendue à ce qu'on lui parle comme à la terroriste qui avait enlevé Sophie.

Elle s'assoit face à l'écran de son ordinateur, impatiente de savourer les compliments de Sophie sur ce qu'elle considère être une victoire. Malgré la résistance d'Antoine. Un dur à cuire. Mais Sophie le sait et ne lui en tiendra pas rigueur. C'était un miracle qu'il ait rappliqué chez elle, elles n'étaient pas sûres de réussir à lui faire franchir cette première étape un soir de Noël. Or il était indispensable qu'ils vivent tous la situation et n'aient pas la possibilité de prendre des décisions chacun de leur côté. Elle comptait sur le phénomène de groupe pour ne pas avoir à composer avec l'ego de chacun. Elle n'agissait pas contre sa mère, son beau-père ou son père. Son mal-être tenait à l'ensemble, à tout ce qu'ils étaient. Un tête-à-tête avec l'un d'eux n'aurait servi à rien pour rassembler les pièces dispersées de son puzzle.

C'est pendant leur voyage que l'idée de ne pas rentrer avait germé dans la tête de Sophie. Pamela avait essayé de la convaincre qu'elle ferait mieux de rentrer avec elle comme prévu, de discuter avec ses parents et pourquoi pas de faire un gros scandale, histoire de leur gâcher les fêtes. Et si jamais rien ne se passait, elle avait toujours l'option d'aller vivre dans un squat. Au moins, elle serait en France. Mais Sophie avait fondu en larmes : elle préférait mourir plutôt que continuer à vivre comme ça. Plutôt se pendre. Se tirer une balle dans la tête. Sauter par la fenêtre. S'ouvrir les veines. Faire une overdose de médicaments. Sophie était douée en images. Elle s'était lancée dans son monologue morbide à la tombée de la nuit, entre chien et loup, pile l'heure propice à l'angoisse. Une scène surréaliste. Angoissante. Dehors, un tam-tam résonnait. Ses yeux brillaient, embués de larmes. Pamela était restée sans voix. Même si elle savait que Sophie exagérait parfois, elle n'aimait pas entendre ces mots graves, tragiques. Et surtout pas le mot « mort ».

Elle avait accepté de mentir malgré son malaise et son appréhension. Elle n'avait aucun talent pour le mensonge ni aucune disposition pour la comédie. Sophie avait fini par la convaincre que c'était pour une bonne cause et que ses parents finiraient par la remercier.

Don't worry. Respire. Elle s'était préparée, essayant de chasser le trac comme quand elle devait faire un exposé en classe. Cette confrontation ce soir n'était pas grand-chose. Juste un sale moment à passer, par rapport à ce que Sophie avait entrepris. Il fallait avoir du cran pour organiser sa propre disparition. Jamais elle n'aurait osé. Elle aurait eu trop peur de se retrouver toute seule. Personne ne serait venu la chercher. Ses parents ne se seraient jamais inquiétés. Chez elle, cette manigance aurait forcément échoué.

Le mystère de Sophie repose sur ce paradoxe. Le doute profond qu'on puisse l'aimer mais la certitude sans faille qu'on ne peut pas vivre sans elle.

9

Il fait encore nuit. Une nuit qui n'en finit pas. Sans sommeil. Sans nouvelles de Sophie. Je me sens seule. Antoine m'a envoyé un texto que j'ai effacé sans le lire.

Dès notre retour de chez Pamela, nous avons réservé nos billets pour le Sénégal. Quand Gabriel décide, plus rien ne l'arrête. Mon instinct me dit qu'il a raison. Les passeports sont posés sur la table. Mon père vient avec nous, il ne nous a pas laissé le choix. Gabriel ne veut pas laisser Chloé en pleine crise d'adolescence chez une amie comme elle nous l'a demandé. On ne se sépare plus. Le vol est dans l'après-midi. Tout a été organisé dans un brouillard. Seule perce la voix de Gabriel. Une voix précise. La mienne l'est nettement moins. Je repense à tout ce que nous a dit Pamela. J'essaie de retracer leur itinéraire dans ce pays lointain. Les cailloux blancs d'Hansel et Gretel jetés dans la forêt. Les enfants qui veulent à tout prix rentrer chez eux.

J'essaie de ne pas me laisser dévaster par l'émotion. Je réfléchis. Ma fille. Je pense à notre dernière étreinte et à Sophie petite. Tout est décousu. Des fragments de souvenirs. Ma gorge se serre. J'ai peur. Je me lève. Dans le salon, les lumières du sapin artificiel clignotent. Noël est triste. J'éteins la guirlande. Dehors tout est blanc, éclairé par la Lune. Je voudrais réveiller ma famille pour ne pas affronter cette solitude au milieu de la nuit. Dans l'immeuble d'en face, une seule fenêtre est éclairée mais personne n'est là pour me faire signe.

J'entre dans la chambre de Sophie. Elle a choisi la plus petite, au bout du couloir, face à celle de Chloé. Tout est à sa place. Je cherche un signe. Un objet qui pourrait me parler. Un petit caillou blanc. Je m'en veux d'avoir rangé après son départ. J'ai trié, jeté, déplacé et effacé les traces de son quotidien en râlant. J'ai bouleversé sa poésie. La froideur de cette chambre parfaitement rangée amplifie ma solitude. Je déplace une paire de Converse au milieu de la pièce mais il est impossible de réinventer son désordre. Chacun a son pinceau pour peindre son art de vivre. Je pleure d'avoir abîmé sa toile.

25 décembre

10

Antoine est au volant de sa voiture, en route pour l'aéroport. Fanny est assise côté passager. Elle ne peut s'empêcher de lui lancer des regards interrogateurs. Elle regarde ses lèvres, quand il lui parle de tout et de rien. Ses yeux fixés sur la route, ses deux mains serrées sur le volant, lui qui d'habitude conduit nonchalamment, d'une main. Elle lui demande de lui dire la vérité. Sans un mot, avec la seule énergie de son corps, chaque parcelle l'interroge, le supplie de ne pas partir si loin en la laissant dans le doute.

Leur nuit a été longue. Antoine tournait dans le salon comme un lion en cage. Fanny voulait savoir mais il ne répondait que des choses contradictoires. Injustes. Cruelles. Il se sentait au pied du mur. Déboussolé. Trahi. Il ne voulait plus qu'on décide pour lui. Les murs de cette maison se resserraient autour de lui et l'étouffaient. Fanny avait compris qu'il se passait un événement urgent. Dans ce chaos, elle avait saisi un mot : « disparition ». Encore un piège de l'autre ?

Elle savait qu'Antoine avait un autre enfant qu'il ne voyait presque jamais. Pour qu'il parte en Afrique ainsi, sur un coup de tête, la situation devait être grave. Jamais ils n'avaient voyagé aussi loin. Des années auparavant, elle avait émis l'idée de faire un voyage en Inde mais Antoine s'était braqué. Elle n'avait pas insisté : le plus important pour elle, ce qui lui procurait le plus de bonheur, son projet de vie, c'était Antoine. Il avait comblé tous ses rêves d'exotisme.

L'annonce de ce départ pour l'Afrique avait fait trembler les murs de la maison. Elle avait essayé de le décourager, puis de le convaincre de les emmener, Paul et elle. Son refus avait été catégorique. Son voyage serait expéditif, ils partaient entre hommes, avec le beau-père de l'enfant. L'autre, la mère, la traînée restait en France.

Depuis que cette femme était entrée dans la vie de son mari, l'ombre du doute régnait entre eux, tout le temps. Antoine était persuadé que l'enfant était de lui mais c'était impossible ; neuf mois avant sa naissance, ils étaient en vacances ensemble, en Ardèche. Cette femme immorale avait fait reconnaître cet enfant alors qu'il n'était même pas de lui. Et Antoine, benêt désemparé, n'avait même pas fait le calcul des semaines de grossesse. Fanny avait exigé qu'il fasse un test de paternité. Il avait refusé. Tout était dit, cet enfant n'était pas de lui. Elle était sûre qu'il le savait. Le mariage et le temps ne pouvaient jouer qu'en sa faveur.

Paul avait insisté pour accompagner son père à l'aéroport. Il avait horreur de la voiture mais voulait pouvoir entendre des bribes du secret. Il espérait que des mots échapperaient à ses parents avec lesquels il pourrait reconstituer une histoire. Hier, dans la nuit, il avait entendu sa mère pleurer et tenter d'empêcher son père de partir. Il en était sûr maintenant : il avait bien une sœur. Sophie. Son cousin Clément le lui avait avoué quelques mois auparavant sous le sceau du secret. Il avait fouillé dans le livret de famille mais n'avait trouvé aucune preuve tangible. Rien. Pas même une photo. Sa sœur aurait trois ans de plus que lui. Vingt ans, donc. Ses parents étaient mariés depuis trente ans. Une sœur née pendant le mariage de ses parents. Mystère.

Ce matin, son père avait inventé une raison insensée qui le forçait à partir pour l'Afrique. Paul était resté muet. Incrédule.

Déçu. Il pensait qu'enfin son père lui annoncerait l'existence de cette sœur mystérieuse. Mais Antoine avait quitté la cuisine sans boire son café ni se justifier.

Paul, assis à l'arrière de la voiture avec Minou, le chihuahua, fait une tentative.

« Papa ?

– Oui ?

– Pourquoi on ne vient pas, nous ?

– Où ça ?

– Ben, en Afrique !? »

Silence.

« Papa ?

– Oui, Paul ?

– Tu n'as pas de société en Afrique...

– Non.

– Alors c'est un voyage personnel ?

– Pas tout à fait.

– Un peu quand même, a répondu Fanny.

– Je ne comprends rien, dit Paul.

– Je t'expliquerai quand je rentre, mais là... »

Paul ne le laisse pas finir. Il a tellement l'habitude qu'on lui ferme la porte au nez qu'il préfère prendre les devants.

« Fais attention quand tu mets tes chaussures. Il y a des serpents minute au Sénégal qui se planquent dans tes godasses et, en une minute, tu es mort.

– Qu'est-ce que tu racontes ?

– C'est le principe de la minute... Et du serpent... Et de l'Afrique... »

Antoine hausse les épaules.

Au lieu de s'engouffrer dans le parking, il longe l'aéroport pour accéder au dépose-minute. Fanny lui demande pourquoi il ne va pas au parking. Elle aimerait prendre le temps de lui dire au revoir. Antoine semble nerveux.

« Chérie... Tu sais bien que je n'aime pas ça... Les avions... Les départs... Je serai là dans trois jours au plus. Je t'appelle quand j'arrive ! Au revoir, Paulo ! Occupe-toi bien de ta mère ! »

Paul n'a pas l'air enchanté par le projet. Antoine s'éloigne rapidement avec sa valise et rejoint la porte 8. Dans le rétroviseur, Fanny le regarde disparaître à travers les portes tournantes. Elle accuse le coup. Le trop-plein d'humiliations menace de déborder.

Pour qui se prend-il de la traiter comme ça un soir de Noël devant toute sa famille ? De la congédier devant son fils comme si tout était normal ? Sur l'autoroute, elle pensait qu'il ferait demi-tour, se rendrait compte de ce qu'il était en train de leur faire vivre. Mais non, il avait les mêmes yeux hagards qu'il y a vingt-deux ans, quand il lui avait dit, tard dans la nuit, alors qu'elle mourait d'inquiétude de ne pas le voir rentrer, qu'il était tombé amoureux d'une autre. Désorienté comme un toxicomane, il commettait son adultère puis rentrait et la suppliait à genoux de le pardonner. Elle n'en parlait à personne, ni à sa sœur, qui avait toujours su choisir les sentiers les moins douloureux dans son existence, ni surtout à son père, qui l'avait si souvent mise en garde contre Antoine. Elle se sentait horriblement seule. Des mois durant, elle ne pouvait pas regarder une femme sans se demander si c'était elle. L'autre. Elle savait qu'elle était plus jeune qu'elle. Et elles étaient si nombreuses, les femmes plus jeunes qu'elle. Toutes des prédatrices. Est-ce qu'une seule d'entre elles lui aurait laissé son mari si elle l'avait suppliée ? Quelles étaient les solidaires ? Quelles étaient les cruelles ? Au premier regard, elle savait que certaines n'auraient aucune pitié. Celles-là, elle les regardait longuement avec désespoir pour voir si elles reconnaîtraient sa douleur et lui accorderaient une grâce. Elle errait dans la vie, l'âme ébouillantée, après qu'il lui avait annoncé qu'il en aimait une autre. Qu'elle était interchangeable. Que ce qu'elle avait de plus précieux pouvait disparaître du jour au lendemain, faisant table rase de toutes les promesses passées. Infidélité. Un corps qui se détourne. Comment faisaient-elles, les autres, pour tenir debout ? Faisaient-elles semblant ? Elles puisaient sans doute, comme elle, dans leur passé, ce mari infidèle qui n'existait pas encore. Elles puisaient dans un autre bonheur qu'elles dressaient entre elles et le chagrin pour ne pas se laisser anéantir. Et puis la colère prenait le dessus. Une rage inconnue qui déliait l'imagination la plus cruelle. Et quand la haine retombait, la tristesse s'incrustait partout, jusque dans ses mains, qu'elle tordait sans cesse. Elle pensait avoir atteint son seuil maximal de souffrance mais non : il y eut l'enfant. Elle, elle ne pouvait pas en avoir. Ils avaient essayé pendant dix ans. Rien ne marchait. Elle voulait adopter mais Antoine refusait. Il disait avoir fait son deuil de la paternité. Elle voulait des enfants. Une famille. Un sens à leur couple. Elle ne supportait plus son ventre vide. Elle rêvait sans cesse de grossesses qui duraient des mois et des mois sans que l'enfant naisse. Et puis un jour, elle avait surpris Antoine en larmes. Il lui avait avoué que l'autre avait accouché d'une fille qui portait leur nom de famille. Celui qu'elle avait été si fière de prendre quand elle l'avait épousé. Elle avait quitté le sien, impatiente de le rendre à son père, pour devenir Fanny Berger. De fille à femme. Un nom pour sa famille à elle. Sa propre descendance. Fanny n'avait rien dit devant ses rêves écrabouillés. Elle n'était pas morte, le chagrin ne l'avait pas achevée. Elle n'avait plus de larmes. Elle lui avait demandé de se taire. Parce que chacun de ses aveux était un coup de poignard. Elle souffrait comme la princesse morte de Montherlant qui avance avec un glaive enfoncé dans son cœur et à chaque pas se déchire. Un enfant pour lui. Pour elle, l'autre. Une barbarie. La preuve concrète de leur union. L'intimité de leurs sexes. Leurs jouissances. Le sperme.

Le premier enfant de son mari porté dans un ventre capable de concevoir la vie. Elle était exclue sauvagement. Sans pitié. Il avait le meilleur. Elle souffrait du pire. Ses prières les plus profondes à toutes les saintes dédiées à la maternité n'avaient pas été entendues. Un enfant avec une autre. La même. La plus jeune. Celle de l'amour. Du premier aveu. Le cauchemar récurrent. Le fantôme qui rôde toujours dans chaque étreinte avec le mari impardonnable. La traînée. La cruelle. La voleuse. Celle qui savait enfanter et qui avait fait voler son bonheur en éclats. Pourtant, devant son désarroi, il lui avait promis qu'il ne la voyait plus. Un enfant ? Elle l'avait piégé, la sorcière. Fanny, au bord de la folie, avait hurlé à l'aide. Mais qui pouvait l'entendre ? Elle avait demandé à Antoine de partir mais il ne voulait pas divorcer. Il ne pouvait pas vivre sans elle. Alors, elle se ravisait, lui demandait des promesses et, lui, il jurait sur la tête de sa mère, morte depuis bien longtemps, qu'elle pouvait lui faire confiance. Il jurait sur la mémoire de sa mère adorée qu'il avait perdu la tête, comme s'il avait été ensorcelé, mais que tout était rentré dans l'ordre et que tout ça n'avait plus d'importance. Des années de délire pendant lesquelles elle avait accepté tout ce qu'elle s'était promis de ne jamais accepter. L'infidélité. Le mensonge.

Baisser l'échine. Serrer les poings. Le cœur brûlant. Le cœur glacé. Exténuer la douleur. Endurer. Persister. Parce que l'amour n'a pas de dignité.

Fanny hésite avant de s'engouffrer sur l'autoroute et soudain fait demi-tour vers le terminal. Elle appelle Antoine, qui ne répond pas. Il a deux choix. Ne pas partir ou partir avec eux. Elle ne repartira pas seule chez elle. Elle n'a plus la force de faire semblant et ne continuera pas à mentir à Paul.

11

Le départ s'est fait dans un mouvement fébrile. Nous n'avons pas eu le temps de peser le pour et le contre. Je ne sais même pas comment nous avons pu réunir des bagages pour ce voyage qui n'en est pas tout à fait un. Les préparatifs se sont faits sans joie. Nous sommes restés concentrés sur le nécessaire. Mon père, René, a insisté pour offrir les billets. Gabriel ne voulait pas en entendre parler. Mais pour mon père, tout ce qui touche à ses petites-filles est sacré et il comptait bien faire ce qu'il souhaitait de ses économies après une vie de travail, de compromis et d'efforts jamais relâchés. Impossible de le contredire. Nous étions partis moins de trois heures, entre le trajet et l'interrogatoire chez Pamela. À notre retour, nous étions face à un homme parfaitement réveillé et déterminé, plein d'une autorité calme. Mon père a été soumis toute sa vie, à ses parents puis à ma mère, et il fond devant moi comme neige au soleil. Il suffit que je lui lance un regard implorant pour qu'il cède à mes volontés. Mais là, je n'ai pas insisté, une lueur inconnue dans son regard m'intimidait. Tôt ce matin, il a posé devant sa porte son bagage et sa canne en bois d'ébène.

Pendant que Gabriel attend pour imprimer les cartes d'embarquement, je me dirige vers la pharmacie pour acheter les médicaments contre le paludisme. Je guette mon téléphone. Antoine devrait être là d'un instant à l'autre. Je l'ai eu quelques minutes dans la matinée. Il a pris la décision de venir au Sénégal mais n'a su me parler que de la date du retour. Sa pudeur l'empêche souvent d'énoncer le présent. Lui qui vit si pleinement donne toujours cette impression contraire qu'il voudrait se débarrasser de la vie. Passer à autre chose. Faire comme si. *Never let them see you sweat*, comme diraient les Anglais. Sauf que, sur son visage, tout se voit et que tout le monde doit pâtir de ce qu'il ressent. Il anéantit tout sur son passage. Libre et décomplexé. Puissant et lâche. Audacieux et peureux. Poseur bourgeois mais dépourvu de galanterie, car rebelle aux bonnes manières. Antoine est un cocktail exubérant de liberté affichée et de respect des conventions d'une classe sociale qu'il a tant souhaité rejoindre.

Chloé, furieuse d'avoir quitté ses copines, et mon père nous attendent, très mal installés, sur les fauteuils en plastique gris aux dossiers biscornus de l'aéroport.

Je ne pense pas que ce soit une très bonne idée que mon père vienne. La météo annonce une vague de chaleur inhabituelle en cette saison à Dakar. Il ne supporte pas la chaleur. En plein hiver, il coupe le chauffage dans sa chambre et dort la fenêtre ouverte. Mais impossible de le raisonner, il a même haussé le ton pour me dire : « Depuis quand le sens des permissions s'est-il inversé ? Je suis ton père, pas ton fils et je fais ce que je veux ! »

L'histoire était pliée. Nous n'avions vraiment pas le temps de tergiverser. C'était peut-être l'inquiétude pour Sophie qui le rendait si désagréable. Au fond de moi, j'étais heureuse qu'il soit à mes côtés.

12

Ce départ a mis René de fort bonne humeur. Il était encore réveillé quand ils sont rentrés de chez Pamela et a essayé de dissiper leurs inquiétudes tant bien que mal, mais plus personne ne l'écoute vraiment. Comme si l'âge retirait l'autorité de penser. Comme si l'intelligence s'usait. Pourtant, il passe beaucoup de temps avec ses petites-filles et ses conseils auraient pu être précieux. Pour lui, c'est clair : Sophie a fait une fugue. Mais impossible de se faire entendre.

En revanche, il n'a pas lâché sur ce départ improvisé en Afrique pour retrouver sa petite-fille. Voyager loin était un de ses rêves inaccomplis. Il était aussi passé à côté de l'amour de sa vie. Contrairement à son père, héros de guerre plusieurs fois décoré, René avait rarement eu la force de ses convictions et l'addition, aujourd'hui, était souvent douloureuse. Son existence était parsemée de petits échecs, parce qu'il avait souvent déclaré forfait pendant les combats. Le fantasme de son véritable amour ne l'avait jamais lâché. La veille du départ de Sophie, il se trouve qu'ils en avaient parlé longuement, pour la première fois. Ils s'étaient rencontrés à Rennes sur les bancs de la faculté. Une fille brillante. Le coup de foudre. Il avait encore sur lui la douceur de sa peau. Comme de la soie. Et sa voix un peu éraillée quand elle riait, il l'entend encore. Certains souvenirs deviennent plus vifs avec l'âge. Sa petite-fille l'avait embrassé sur le front et lui avait dit avant de se coucher : « T'inquiète, papi, ta vie est encore longue. »

Il sait qu'elle lui a dit ça pour lui faire plaisir, Sophie est gentille, mais quand on a 20 ans, un vieux comme lui de 70 ans sent déjà le sapin. Le bois de son cercueil. La vie est mal faite : plus le temps presse, moins nos jambes avancent vite.

13

Chloé est appuyée contre son grand-père. Il la charrie gentiment à propos de son téléphone qu'elle ne lâche jamais. Elle lui sourit tendrement. Elle adore ce grand-père qui n'a rien oublié de sa jeunesse. Il lui rappelle souvent que le monde tourne autour de nous mais que nous ne changeons pas, au fond. Les distractions évoluent mais l'amour, le chagrin, la solitude, la joie, la vie, la mort, la peur, la jalousie, la méchanceté, tout ce qui nous rend humains, traverse les générations avec la même intensité. Les parents de Chloé passent leur temps à dresser des murs entre eux et la jeunesse, qu'ils ont du mal à comprendre. C'est son grand-père qui la réconforte derrière les portes claquées de frustration.

« Sèche tes larmes... Laisse-les prendre du recul, poussin. Ils comprendront que ce sont eux les idiots. »

Avec René, Chloé est adorable. Il nous répète sans cesse d'être moins durs avec elle. Elle ne fait rien de grave, dit-il. Si je l'attrape en train de fumer : ce n'est pas comme si elle était impliquée dans un trafic de stupéfiants au Mexique. Si elle ment : elle n'est quand même pas Rocancourt. Il lui trouve toutes les excuses possibles et imaginables pour la protéger envers et contre tout. Mon père est un anarchiste dans le placard. Faussement soumis. Encombré d'une trop grande gentillesse qui l'empêche de se servir avant les autres. Fils de résistant, il a toujours vu au mur de la chambre de son père la baïonnette avec laquelle il avait tué un Allemand. Son camion et son chien avaient été réquisitionnés par l'occupant. Son père était allé les récupérer en pleine nuit, avait repeint le camion et changé les plaques. Il ne recevait d'ordres de personne. Malgré la terreur de son épouse, il avait caché une famille juive dans le grenier des mois durant. Arrêté, condamné, il avait été emmené à la tombée de la nuit pour être fusillé. Mais il ne s'était pas résigné : il s'était mis à courir, il connaissait les bois voisins comme sa poche, s'était échappé et caché chez les jésuites. Mon père était son fils. Cette liberté sommeillait en lui.

Antoine me parle avec tendresse. Il essaie de m'expliquer ses hésitations de la veille, me questionne sur mes craintes et cherche à m'apporter du réconfort. Il tente en vain de dissiper mes angoisses. Dans ses yeux, je lis l'inquiétude et la fatigue d'une nuit sans sommeil. Je le rassure à mon tour. Il ne faut pas écarter l'idée de la fugue, qui me paraît la plus vraisemblable. Antoine ne comprend pas la logique du séjour humanitaire prolongé en fugue. J'essaie d'être optimiste, de ne pas sombrer dans mes démons. Une flambée de gaieté, pas un véritable enthousiasme, en lui parlant du bonheur de Sophie de découvrir l'Afrique. Tout a une autre couleur maintenant qu'elle n'est plus là. Les mots légers deviennent lourds. Antoine s'enferme dans les redites de la veille. Pourquoi le mensonge sur l'Autriche ? Pourquoi l'avoir laissée partir en Afrique. Pourquoi n'en avons-nous pas parlé ensemble ? Je lui rappelle que nous ne nous échangeons que des banalités depuis six mois. Il m'accable puis s'excuse maladroitement. Je suis trop fatiguée pour répondre. Je sais qu'il a remarqué les traces de larmes sur mes joues.

14

Fanny marche en recomposant encore et encore le numéro d'Antoine. Pas de réponse. La colère monte. Elle tient grâce à Paul, mais avec tant d'efforts ! Elle pourrait se mettre à hurler pour soulager sa frustration, un grand cri de guerre ou plusieurs petits cris d'Apache puisés dans ses entrailles, là, au beau milieu de l'aéroport, sans se soucier des gens qui la prendraient pour une folle. Pour Dakar, le tableau des départs indique la zone 4. Elle marche de plus en plus vite pour être sûre de ne pas les rater, ni Antoine, ni l'avion. Paul la suit de près. Ne pas la lâcher pour ne pas la perdre. Il connaît sa mère, quand elle adopte cette démarche déterminée, rien ne peut l'arrêter. Elle serait même capable de s'accrocher aux ailes de l'avion ou de faire le voyage dans le train d'atterrissage. Il a été étonné de la voir si résignée quand son père s'est éloigné avec sa valise à roulettes, tout à l'heure. Plus il était gentil, plus c'était pénible pour elle. Paul le sait, il l'a vu sur son front, sa mère cache difficilement ce rictus de douleur. Il a appris à lire son visage.

Fanny s'arrête brutalement dans sa course. Elle a reconnu Antoine. Il ne répond pas à ses appels parce qu'il est en pleine conversation avec elle. L'autre. La tête un peu penchée sur la droite, il boit ses paroles. C'est elle, elle a tout de suite compris. Elle fait encore plus jeune qu'elle se l'imaginait. Paul aussi voit son père parler à une toute jeune fille. Sa sœur ? Sa mère ne dit rien, comme si elle était figée dans la glace.

« C'est qui, maman, la fille avec papa ? »
Silence.
« Maman, si on reste plantés là, il va pas nous voir. Tu veux que j'aille le chercher ? »
Silence.
« Maman ?
– Tais-toi, Paul.
– Alors, parle ! Qu'est-ce qu'on fait là ? Tout le monde nous regarde ! C'est la honte. »
Les gens les contournent sans faire attention à eux. Seul Paul imagine que le monde se rend compte en même temps qu'eux qu'ils ont été bafoués.
Plusieurs fois, cette nuit, Antoine a répété à Fanny qu'il partait seul, avec le mari de l'autre. Sans elle. Bien sûr. Jamais il ne partirait avec elle sans le lui dire, lui a-t-il encore juré – sur la mémoire de sa mère. Bien sûr. Il n'avait plus rien à cacher. Fanny l'a cru, encore. Croyante depuis toujours. Éducation religieuse. La messe le dimanche. L'ennui souvent sur les bancs d'église. L'inexpliqué. L'inexplicable. Croire aveuglément à ce qu'on veut croire par nécessité.
« Maman ? Qu'est-ce qu'on fait ? » demande à nouveau Paul à Fanny.

15

Dans la salle d'embarquement, je suis assise entre Antoine et Gabriel. Une femme d'une cinquantaine d'années, bourgeoise, au regard sévère, accompagnée d'un jeune garçon, se dirige vers nous sous le regard abasourdi d'Antoine. La tension est dans l'air. En quelques secondes, je comprends que c'est sa femme et son fils. Pourquoi Antoine ne m'a rien dit ? Elle vient prendre place à côté de lui, qui n'ose rien dire. Personne ne bouge. Je me penche pour tenter gentiment de lui tendre la main malgré mon cœur qui bat dans ma poitrine à tout rompre. Je ne l'ai jamais rencontrée. J'étais l'ennemie et elle la victime. J'avais piétiné leur passé. Abîmé leur couple que tous leurs amis admiraient. J'étais l'imposteur et elle la légitime. Elle ne partirait jamais, elle me l'avait dit un jour au téléphone. *Je préférerais le savoir mort qu'avec vous.* Sa voix glacée résonne encore en moi. Personne ne m'avait jamais parlé avec autant de haine. J'étais responsable de son malheur et du déséquilibre d'Antoine qui s'était perdu dans l'adultère. Son mari était devenu menteur à cause de moi et il en souffrait. Il avait perdu ses repères. Elle connaissait des facettes de la vie d'Antoine que j'ignorais : ils avaient partagé leur jeunesse. Il était beaucoup plus fragile qu'il ne le paraissait. Sans socle, cet homme était perdu. Cette culpabilité m'avait terrorisée. J'avais peur de faire du mal. La gentillesse était mon cheval de bataille. Ma qualité première. Mon identité. La raison pour laquelle on m'aimait. Virginie est gentille. Je l'entends depuis que je suis enfant. Celle qui comprend, qui pardonne, qui laisse sa place à l'autre. Mais avec Antoine, j'étais devenue un bourreau. La tête de sa femme sur un échafaud. Lui n'y était pour rien. J'étais le serpent qui l'avait charmé.

Je tends ma main en guise de salut ; ce n'est pas une proposition de paix, juste un réflexe de politesse, un exemple à donner aux enfants. C'est pour Sophie, Chloé et Paul, qui ose à peine me regarder, que j'insiste sur ce geste. Elle ne la prend pas. Son éducation bourgeoise ne parvient pas à contenir sa haine. Les années passées et ma nouvelle vie non plus. Je me lève et m'éloigne pour rejoindre mon père. Antoine est gêné. Il tapote nerveusement la tête de son fils et se penche vers sa femme. Il a toujours l'art de me mettre dans des situations épouvantables.

« Je ne comprends pas ce que tu fais, dit Antoine à sa femme.

– Tais-toi, Antoine. »

Silence. Paul s'assoit sans rien dire, toujours persuadé que tout le monde les regarde. L'affolement dans les yeux de son père lui fait de la peine. Une pulsion de solidarité masculine. Il sait déjà, malgré son jeune âge, à quel point les filles sont imprévisibles et capables de tout dès qu'il s'agit d'affaires de cœur. Elles n'ont pas peur de leurs sentiments, qu'elles laissent s'exprimer avant toute forme de raison. Il regrette de ne pas avoir pensé tout à l'heure, pendant que sa mère prenait les billets sans réfléchir aux conséquences, à envoyer un texto à son père pour le prévenir et éviter ce coup de théâtre. Antoine a tenté de rappeler Fanny depuis la salle d'embarquement, mais elle n'a pas décroché et a interdit à son fils de prendre son appel.

« Qu'as-tu fait de la voiture ? » demande Antoine.

Fanny ne répond pas. Paul vient au secours de son père : « On l'a laissée au parking. »

Minou, le chien, sort sa tête du sac. Fanny le repousse gentiment. Leur vie est en train de s'écrouler et Antoine lui parle de la voiture. Il ne lui demande pas ce qu'elle fait là, il n'essaie pas de justifier la présence de l'autre, il préfère se concentrer sur le montant du ticket du parking.

On appelle les passagers. Paul marche entre son père et sa mère. Jusqu'ici tout va bien, personne ne crie, personne ne pleure, les gens peuvent retourner à leurs affaires.

Dans l'avion, Antoine demande à une femme de changer de place pour s'asseoir à côté Fanny. Elle accepte. Il s'installe. Fanny, silencieuse, garde la tête tournée vers le hublot puis se plonge dans la lecture du magazine *Air France*. Elle ne répond à aucune de ses questions. Rien n'impressionne plus Antoine que le silence. Elle le sait.

Très peu de temps après le décollage, des trous d'air agitent l'appareil. Fanny, habituée des somnifères, s'est endormie. Antoine sort son paquet de gitanes sans filtre. Ses voisins le regardent comme s'il était fou, comme s'il avait sorti une bombe, une arme de destruction massive. L'hôtesse, affolée, lui demande de ranger ses cigarettes. Antoine insiste : il est nerveux et ça le rassure de savoir que, s'il meurt, il peut fumer une dernière cigarette. Un steward s'approche pour renforcer l'interdiction. Antoine enrage, le traite d'Américain mais rempoche son paquet. Fin des turbulences. Détachement des ceintures. Son paquet de gitanes dépassant de sa poche de chemise, Antoine gagne les toilettes, exiguës, où il a à peine la place de se retourner sur lui-même. Il tire sur la languette pour s'enfermer et s'assoit sur le siège des toilettes. Il sort une cigarette pour la renifler. La notice est claire. Une bouffée peut entraîner des poursuites. Une peine de prison certainement. Ce monde de flics, antitransgressif, l'emmerde. Qu'est-ce que ça peut leur faire ? Enfermé dans un caisson en guise de toilettes, il n'empoisonne personne. Il est seul à cracher le goudron de ses poumons dans l'évier s'il est pris d'une quinte de toux. Ils n'ont pas autre chose à foutre, ces agents de l'air ? Ils pourraient traquer du terroriste. Il y en avait deux assis dans les sièges devant lui qui n'avaient pas l'air clairs. Il les a vus en passant écrire sur des tablettes quelque chose en arabe. Toujours en train de conspirer et de nous prendre pour des cons. Le matin, quand il boit son café au PMU du coin, déjà qu'il est énervé de ne plus pouvoir griller sa gitane, il est entouré de plus en plus d'étrangers. Ce n'est pas qu'il est raciste, il y en a même un ou deux qu'il aime bien, c'est le nombre qui l'inquiète. Il y en a de plus en plus et il n'a pas envie de se sentir en minorité chez lui. C'est ça, le vrai danger : qu'eux continuent à faire de plus en plus de gosses et les Français de moins en moins. Alors ils feraient mieux de lâcher l'affaire avec cette histoire de cigarettes et de faire leur boulot.

C'est à tout ça qu'il pense, Antoine, frustré de ne pas pouvoir tirer sur sa cigarette et effrayé par le sort que sa femme lui réserve avec ses lèvres fermées mais ses yeux qui en disent long.

Il préfère s'en prendre aux autres pour conjurer sa peur. Toute une armée de terroristes ne peut lui faire plus peur que la situation dans laquelle il se trouve. Sa vie n'est qu'une montée en puissance de mensonges, l'un entraînant l'autre. Mécanique diabolique. Un Escalator sans fin qui traverse tous les plafonds de la moralité.

De l'extérieur, le voyant lumineux affiche « Occupé » depuis plus d'une dizaine de minutes. Devant la porte, les hôtesses de l'air se concertent sur la fiabilité du détecteur de fumée.

Gabriel s'est endormi avant le décollage. Il dort très peu depuis le départ de Sophie. Se doutait-il de quelque chose ? Je me lève pour aller boire un peu d'eau et rassurer l'équipage. Antoine ne fumera pas. Il est rebelle mais pas fou.

16

L'avion s'est arrêté au milieu de la piste. Il fait nuit. Les portes s'ouvrent et laissent entrer un air humide et chaud. Une odeur de mer et d'arachides grillées.

Nous marchons vers l'aéroport de Dakar. La queue des passeports est interminable. Un bébé pleure. Sa mère le ventile avec une feuille de papier pliée en deux. Certaines personnes ont déjà enfilé leurs sandales, prêtes à attaquer les plages et la joie des vacances.

Plusieurs vols sont arrivés en même temps de plusieurs pays d'Afrique. Je me renseigne auprès d'un homme qui semble être un porteur. Il m'indique le tapis : « Les bagages nationaux à gauche ! Et les internationaux à droite ! »

Il rit et poursuit : « Mais le tapis de droite est foutu alors tous les internationaux doivent rejoindre les nationaux à gauche ! Ce soir, c'est la guerre des nerfs ! Je peux vous aider à porter. Vous savez, on me surnomme "Mitterrand". "Président Mitterrand". C'est moi qui gère tout ici. »

Gabriel est dépité. Il regarde la foule se précipiter pour récupérer les valises avant qu'elles ne soient jetées sur le côté. Antoine transpire. Il se fraie un passage pour atteindre le seul tapis qui fonctionne. Il redresse les valises amoncelées les unes sur les autres qui bloquent le mécanisme. Je reconnais la valise de papa. Je cours vers le tapis et me débats avec les porteurs qui se disputent pour récupérer les bagages des toubabs. Chloé me suit en filmant la pagaille avec son téléphone.

« Qu'est-ce que tu fais ? Range-moi ce téléphone et aide-moi ! »

Elle fait comme si elle ne m'entendait pas, comme si je parlais une langue étrangère. C'est arrivé d'un coup, il y a six mois. Avant, nous étions tout pour elle, elle ne pouvait même pas aller dormir chez une amie sans nous appeler au milieu de la nuit pour qu'on vienne la chercher. Et puis, un jour, elle a attrapé l'adolescence comme on attrape la varicelle.

« On rentre quand à la maison ? Tu te rappelles ma fête, le 31 ? »

Silence. Je fais comme elle. Je l'ignore.

« Maman, tu m'écoutes ? Tu m'avais dit oui pour la fête ! »

Je me concentre sur les valises. Sur mon père fatigué. Sur la froideur menaçante de Fanny. Antoine au regard fuyant et Gabriel vaillant qui essaie de prendre les manettes de cette étrange famille décomposée.

« Maman ?

– Tu crois que c'est le moment ? Que nous sommes ici pour les vacances ? Tu te rends compte que Sophie a disparu ?

– T'inquiète. »

Je me retiens de la gifler.

« Sophie, c'est son truc. T'as pas compris ? Il faut que tout tourne toujours autour d'elle. Elle n'a pas disparu, elle fait son intéressante et moi, j'ai pas envie de rater ma fête pour elle ! C'est moi qui mets la musique, en plus ! »

Ma Chloé, mon adorable enfant, transformée en tyran.

Antoine s'accroche à ses sacs. Son visage est rougi par la chaleur. Mon père, assis un peu plus loin, attend patiemment. Son regard est attiré par de petites affiches assez comiques d'avis de recherche. L'une d'elles représente un homme sénégalais vêtu comme un play-boy, d'un costume un peu trop grand, et une inscription en dessous : « Recherche mari disparu, rançon à définir ». René rit.

Paul, que sa mère a dû oublier de surveiller dans la panique de l'arrivée, semble lui faire la conversation. Il a l'air sympathique. Je ne connais pas ce jeune homme mais il est le frère de ma fille. Connexion étrange. Je suis passée devant lui dans l'avion et j'ai fait un bond tant son visage endormi ressemblait à celui de Sophie.

Nous passons la douane facilement. Aucun bagage n'attire leur attention et nous n'avons rien à déclarer... à part un chien caché dans la manche d'Antoine qui n'a pas retiré sa veste malgré la chaleur. Son visage est tellement coupable qu'il semble transporter des kilos de cocaïne. Mais les douaniers lui sourient et l'un d'eux lui lance : « La chaleur, ici, il faut la prendre comme une première épouse. Elle ne va pas vous quitter ! »

Il ne pense pas si bien dire. Fanny le suit à la trace.

Ils se dirigent vers une enseigne de location de voitures. Gabriel les suit. J'en profite pour acheter de l'eau, installer mon père avec Chloé sur des fauteuils et leur laisser les bagages. Un Père Noël africain très grand, très maigre, dans son costume misérable, nous frôle en faisant sonner sa cloche et nous souhaite un joyeux Noël sans enthousiasme.

Au comptoir de location de voitures, Antoine et Fanny font face à une très belle jeune femme. Long cou gracieux, sourire magnifique et mains d'une finesse insensée ornées de bagues en or tressé. Antoine ne peut s'empêcher de les remarquer. Somptueuses. Il adore les mains. Fanny serre Minou tout ramolli dans ses bras et l'évente en lui donnant des petites gorgées d'eau de sa bouteille. Gabriel attend son tour. Il ne pensait pas que sa décision de venir chercher Sophie l'entraînerait dans un tel périple. Il pensait partir seul avec Virginie, sans sa fille, sans beau-père et était persuadé qu'Antoine ne viendrait pas. Il était loin d'imaginer les pièces rapportées. Fanny, son fils et ce chien qui ne ressemble à rien. Quel choc de rencontrer Paul. L'hérédité est une chose étrange. Ils n'en ont pas parlé mais Virginie n'a pas pu passer à côté de la ressemblance flagrante de ce jeune garçon aux cheveux trop longs avec Sophie, jusque dans ses expressions, sans mimétisme puisqu'ils ne se sont jamais rencontrés et que ce ne sont pas celles d'Antoine. Peut-être un même ancêtre se baladait-il par hasard au moment de la conception à trois ans d'intervalle ?

Paul est missionné par son père pour la surveillance des bagages. Il jette des regards curieux à Chloé, la sœur de sa sœur, il l'a compris maintenant, qui boude, la tête appuyée tendrement contre son grand-père.

Débarrassé du chien, Antoine a enfin pu retirer sa veste. Il dégouline de sueur. La jeune femme d'Hertz Location lui tend une serviette en papier et retourne à son ordinateur.

« Le problème, c'est les fêtes, la double fête Tabaski-Noël, l'anniversaire de l'Enfant Jésus, le sacrifice du mouton et la fête pour le changement d'année... C'est l'encombrement des festivités, dit-elle en nous livrant des détails pour chaque fête avec lenteur tout en pianotant sur son clavier à toute vitesse.

– Vous n'avez rien réservé ?

– Non.

– Toutes les voitures sont réservées. Le choix est faible... Il reste une quatre-places sans la clim ou un minibus dix places sorti tout droit du garage à un très bon prix avec clim et GPS.

– On va prendre la voiture quatre places, lance Fanny. »

Depuis le départ, elle a dû prononcer trois mots, et encore, ils étaient adressés à son chien. Antoine pousse un cri :

« Sans la clim ?

– Eh bien oui ! Qu'est-ce que tu proposes ? Ce n'est pas moi qui nous ai entraînés dans cette galère ! »

Antoine regarde la jeune fille :

« La voiture avec clim, c'est quoi ? une Renault Espace ?

– Non un minibus dix places... Tout neuf du garage. Une aubaine !

– C'est pas mal ça... C'est bien l'espace, quand il fait chaud... Comme ça Paul peut s'allonger sur tout un rang pour dormir... Toi aussi... si tu es fatiguée.

– Nous sommes trois, on ne va pas prendre une voiture pour dix personnes, répond sévèrement Fanny.

– Il est hors de question que je monte dans une voiture sans la clim ! Je vais crever. Mon cœur va exploser ! Madame, vous êtes sûre que vous avez bien regardé ? »

Elle pianote à nouveau sur son clavier : « Une quatre-places Clio sans la clim ou un minibus dix places avec la clim ! »

Gabriel s'approche et leur propose de prendre le minibus tous ensemble. Ils sont sept. Antoine semble d'accord. Fanny, sous la chaise, lui donne un grand coup de pied avec sa chaussure pointue qui se veut à la discrétion de tous. Antoine pousse un cri d'exaspération davantage que de douleur. En se massant la jambe, il essaie de se calmer.

« Tu es complètement malade ! »

Fanny est gênée par toutes ces personnes qui ont tourné les yeux vers eux. Elle esquisse un sourire tendu à Gabriel, qui semble plus amusé qu'agacé.

« Ça fera du bien au petit chien, un peu de clim », lui dit-il, cherchant à adoucir la situation.

La femme derrière le guichet s'impatiente. Elle doit bientôt fermer boutique.

« Le vol vient d'arriver, madame, vous n'allez pas fermer maintenant », lui dit sèchement Fanny, essayant de garder son calme et de ne pas sauter à la gorge d'Antoine pour lui cracher au visage tout le venin accumulé au fond de son cœur depuis tant d'années. Le serpent rôde autour du cœur de Fanny, prêt à tuer l'amour qui lui reste pour son mari. Une seule goutte de poison peut assassiner. La trahison peut avoir raison de l'amour le plus fou.

La jeune femme commence à rassembler ses affaires.

« Je n'ai plus que deux voitures et qu'est-ce qu'un loueur de voitures sans voiture ? C'est comme un cordonnier sans chaussure ou une vache sans lait, un crocodile sans dents ! » conclut-elle en riant.

Gabriel, Fanny et Antoine ne réagissent pas. Si le contexte avait été différent, ils auraient pu rire ensemble de cette réflexion qui ne manquait pas d'humour. La jeune femme lance à Gabriel un regard charmant :

« Bon ! Monsieur le réparateur, va pour le minibus ?

– Pardon ?

– Il y a le réparateur de voitures et le réparateur de discordes. Vous avez mis les gens d'accord, alors c'est à vous que je remets le contrat et les clés ! »

Gabriel, amusé par cette comparaison, s'empare du contrat qu'elle lui tend, avant que Fanny ne change d'avis. Il sait qu'il est bien loin d'avoir réparé quoi que ce soit. Dès qu'il a vu la femme d'Antoine débarquer dans la salle d'attente avec son air furieux, il a compris que les jours à venir ne seraient pas simples.

« Et en plus, il y a un GPS... ça pourra être utile », dit-il avec douceur à Fanny, en apposant sa signature au bas de la page.

Quelque chose en cette femme l'attendrit. Les gens ne sont jamais aussi durs qu'ils paraissent, pensait-il, optimiste. Gabriel est un philanthrope qui a tendance à croire que personne n'est mauvais au fond de lui, mais que c'est la vie, parfois cruelle, qui fait des ravages.

17

À l'extérieur de l'aéroport, la foule est dense. Un policier armé d'un sifflet fait circuler les voitures et les taxis et les empêche de s'arrêter. Un grand panneau indique : « Défense d'argumenter le stationnement ».

Un chauffeur sort de son taxi pour attraper des clients. Le policier l'aperçoit et, furieux, court vers lui. Le chauffeur, hilare, saute dans son taxi et démarre.

Je suis restée à l'intérieur, avec mon père et Chloé, le temps que Gabriel fasse le tour avec la voiture. Je m'impatiente de ne pas le voir arriver. Je me lève, me rassois quelques secondes, me lève à nouveau. J'espère avoir bien compris où nous devons nous retrouver. Pas de Wi-Fi, pas de téléphone. Impossible de s'appeler plusieurs fois comme d'habitude pour tout et rien, « J'arrive dans dix minutes », « dans cinq minutes », « tout de suite », « Mets-toi dehors pour que je te voie », « Je te vois », « Attends, reste au téléphone au cas où je ne te verrais plus ». Sans téléphone, je suis livrée à moi-même. J'hésite à m'avancer au cas où nous nous serions mal compris. Mon père me calme, me conseille de patienter. Il a raison. Je me rassois.

Gabriel inspecte le véhicule avec la belle jeune femme. Avant de lui remettre les clés, elle assène une série de recommandations détaillées sur la conduite au Sénégal, et conclut dans un grand sourire : « Celui qui klaxonne en premier a la priorité ! »

Gabriel prend le volant. Antoine s'installe côté passager en râlant : il a laissé son permis de conduire dans la poche de sa veste, au fond de sa valise. Fanny et Paul sont à l'arrière. Ils sortent enfin du parking dans le minibus orange rutilant.

Au niveau du hall des arrivées, Gabriel ralentit, tentant de nous voir dans cette foule compacte. La ronde des taxis continue de plus belle. Chauffeur. Policier. L'un sort, l'autre siffle, le premier rit et redémarre, et ainsi de suite.

Je m'avance. Un Sénégalais vêtu d'un maillot de l'équipe de France de foot ordonne aux passagers qui sortent de laisser leurs bagages sur le côté. Chloé et moi avons les épaules chargées de sacs et poussons des chariots débordant de bagages. Elle ne me lâche pas avec cette histoire de fête. Je lui dis oui pour qu'elle se taise. Papa nous suit tant bien que mal avec sa canne d'ébène au pommeau d'argent. L'homme nous hèle et nous ordonne de déposer nos bagages le long du mur en crépi.

« Les bagages ne doivent pas entraver le passage !

– Je n'entrave rien du tout, je cherche mon mari. »

Mon père est quelques pas en arrière, je lui crie de se dépêcher.

« Je peux vous aider, je suis un guide diplômé !

– Non merci, tout va bien. »

L'homme continue à nous suivre. J'aperçois enfin Antoine, le bras sorti par la fenêtre d'un minibus orange criard, et Gabriel, au volant. C'est le chaos. Je n'ai pas le temps de me demander ce qu'ils font ensemble. Je cours en direction du minibus en leur faisant de grands signes.

Le policier s'approche du véhicule, son sifflet à la bouche.

Antoine m'aperçoit au même moment.

« Arrête-toi, Gabriel !

– Je vous demande de circuler ! Ce n'est pas une zone d'arrêt ! » lui hurle le policier.

Gabriel essaie de négocier avec lui pour pouvoir s'arrêter cinq minutes, je cours un peu plus vite, les bagages me déchirent les épaules. Mon père s'énerve contre moi : je refuse qu'il porte quoi que ce soit. Le voyage. La fatigue. La chaleur. Il manquerait plus qu'il fasse un lumbago. Je ne me souviens plus à quel moment les choses se sont inversées, quand je me suis mise à m'occuper de lui.

Fanny est hors d'elle : « Il faut qu'on avance, Antoine ! Tu ne vois pas qu'on bloque tout le monde ? »

Le policier hurle : « Circulez, j'ai dit ! Tu fais le désordre ! »

Antoine lui indique le panneau « Dépose-minute ».

« Le panneau est faux ! »

L'homme au maillot de foot trottine toujours derrière moi.

« Si ton mari lui donne un peu d'argent pour les fêtes, le panneau peut devenir vrai. »

Qu'il me lâche ! Je n'ai pas besoin de ses conseils. Je n'aime pas la corruption et ne prendrai pas le risque de me retrouver en prison ici. On ne connaît pas les lois. Tout le monde se rappelle *Midnight Express*... Je serre mes sacs contre moi et continue à marcher vite sans regarder l'homme. J'y suis presque. Papa encore un peu loin même s'il fait un effort surhumain pour nous rattraper. Intérieurement, je peste contre Gabriel. Attendre ici avec les bagages pendant qu'il s'occupe de la location, c'était son idée. Mais attendre où ? Tout est en mouvement ici, rien n'est fait pour l'attente. Tout ça pour louer une voiture avec mon ennemie ! C'est un désastre.

Le minibus est arrêté. Antoine ignore le policier et nous lance : « Dépêchez-vous ! Montez ! »

Il se tourne vers Gabriel.

« Mais pourquoi vous avez emmené le grand-père ? C'est de la folie ! Il peut à peine avancer !

– On n'a pas eu le choix. Mince, le flic revient ! Dis à Virginie que je vais m'arrêter plus loin.

– Où plus loin ? T'as vu le bordel ?

– Cir-cu-lez ! »

Gabriel redémarre doucement. Chloé et moi sommes tout près, nous suivons le véhicule en trottinant. L'homme au maillot de foot trottine avec nous.

« On m'appelle Zizou. Vraiment, madame, vous avez la tête dure comme la noix de coco. Laissez-moi vous aider avec vos bagages. Vous avez trop à charger. Tout va tomber ! »

Je suis impressionnée par sa détermination mais je suis contaminée par Antoine et sa phobie du vol depuis qu'on a atterri. *Tu perds ton passeport, t'es foutue. Ils cherchent tous des papiers français pour fabriquer des faux.* Je ne lâche pas mes sacs. Aucun signe ne rattache Zizou à l'aéroport et son surnom prouve qu'il doit être stratège et courir vite.

Le policier furieux trottine avec nous, laissant le désordre s'accumuler derrière lui.

« Je n'ai pas dit comme la tortue, j'ai dit comme le lièvre ! »

Papa le rattrape.

« Et lui, là, c'est qui ? C'est ton vieux ? »

Antoine acquiesce en marmonnant.

« Et alors, qu'est-ce que tu fais ? Pourquoi ton frère ne s'arrête pas ?

– Quel frère ? »

Gabriel continue à rouler lentement, sans comprendre.

Le policier siffle un coup très fort.

« Stationnez, j'ai dit ! Il y a ton vieux là, tu ne le vois pas ? Tu es aveugle comme le koala ? »

Gabriel s'arrête.

« Le koala ? » répète Antoine.
Le policier regarde Gabriel sévèrement.
« Ton vieux s'approche et toi, tu continues ? Insolent !
– Vous nous avez dit de... »
Le policier tourne les talons en maugréant dans un mélange de wolof et de français. On entend « Toubab... pas de respect pour leurs vieux ! »
Mon père sourit et fait tournoyer sa canne avant de monter tranquillement s'installer dans le minibus.

Il fait désormais nuit noire. D'après le GPS, la ville est à quinze kilomètres. Dieu Peul, c'est le nom du quartier. L'hôtel est dans la quatrième rue à droite après la station essence. Une bâtisse rose pâle logée entre deux grands arbres, avec un grand jardin à l'arrière et une piscine cinq étoiles ! Il faut être très attentif, leur a dit la jeune femme : de nombreuses rues de Dakar ne portent pas de nom et, quand on ne fait pas attention à elles, elles jouent à cache-cache !
« À quoi sert le GPS alors ?
– Il va vous guider gratuitement, contrairement aux guides, mais il faut ouvrir les yeux. La machine ne fera pas tout le travail ! »
Antoine n'a pas pu s'empêcher, en nous racontant leur échange, de l'imiter avec un accent africain ridicule.
« Ils parlent français mais franchement autant parler zoulou, on ne comprend rien ! » continue-t-il, pour détendre l'atmosphère.
« Et le flic avec ses koalas et ses tortues... Franchement, tu y comprenais quelque chose ? demande-t-il à Gabriel en riant. Ça dort derrière ? » insiste-t-il encore dans le silence général.
Son fils ne détourne pas la tête de la fenêtre. Sa femme reste de marbre. Gabriel lui rappelle sérieusement que la langue du

Sénégal est le wolof, les Zoulous sont un peuple d'Afrique du Sud. Chloé a été la seule à rire. Elle ne voit pas souvent Antoine mais le trouve hilarant. Plus il est incorrect, plus elle le trouve drôle. Sophie a de la chance d'avoir un père comme lui, nous dit-elle souvent, avant de claquer la porte de sa chambre au nez de son père, qu'elle trouve tellement lourd avec ses explications de professeur, ses références à tout sujet et sa politesse insupportable.

Le minibus s'enfonce dans la nuit. Nous prenons une ruelle sombre pour rejoindre la grande route qui nous mène vers Dakar. Au milieu de la rue, un groupe d'hommes s'écarte lentement pour nous laisser passer. Très noirs, leurs visages disparaissent dans la nuit comme une hallucination. Découvrir un pays étranger la nuit accentue la perte des repères. Je pense à Sophie qui est elle aussi arrivée de nuit. A-t-elle eu peur ? Pendant quelques instants, je mesure mon inconscience de l'avoir laissée partir seule avec une amie dans un pays inconnu. Deux jeunes femmes livrées à elles-mêmes dans cette obscurité. Deux Blanches dans cette Afrique noire. Quand elle est arrivée ici, il y a trois semaines, je dormais à poings fermés. Un sommeil profond. Merveilleux. Sans rêve particulier. La sensation d'être portée par un nuage léger. Malgré le petit pincement au cœur au moment du départ, j'étais soulagée. Sa présence à la maison, parfois hostile, me forçait sans cesse à la remise en question. J'ai honte. Je me sens coupable de cette nuit dépourvue d'inquiétude. À quoi sert une mère si elle n'est pas inquiète ? Notre amour se loge dans ce tourment. Ma tendre chérie. Pardonne-moi. Comment es-tu arrivée jusqu'à Dakar ? Je ne te l'ai même pas demandé. Les religieuses de l'orphelinat ne les attendaient pas à l'aéroport avec une pancarte. J'envie aujourd'hui le Club Med et ses clients, que j'avais il y a quelques jours encore le snobisme de dénigrer. À l'aéroport, en essayant d'échapper à Zidane, je les ai vus embarquer tous ensemble avec joie dans un grand bus. On leur avait déjà passé un collier de fleurs autour du cou et servi un punch dans un gobelet en plastique. J'aurais voulu qu'ils m'emmènent dans leur pays où il est impossible de se perdre.

« Dans cent mètres, tournez à droite en direction de Dakar centre-ville », indique la voix monocorde du GPS.

Quelle heure est-il ? Presque minuit. Devant nous, sur le bord de la route faiblement éclairée par quelques lampadaires, des enfants s'amusent et courent derrière une chèvre. L'animal traverse la chaussée. Les enfants, sans se soucier des voitures, n'hésitent pas à la suivre. Ils paraissent invincibles. Des hommes mangent appuyés contre les échoppes qui longent la route. Des enfants dansent. Pourquoi ne dorment-ils pas ? Qui sont les parents de ces bambins qui se rient de l'obscurité et n'ont pas peur des monstres ? Qui sont ces mères inconscientes qui les livrent à la mort au milieu des voitures ? Les arachides grillent. Les brochettes circulent. Les plateaux de fruits sont en équilibre sur la tête des femmes. Des scènes de plein jour, la nuit, comme si les Sénégalais vivaient de manière continue.

L'ambiance dans le minibus est tendue. Fébrile. Même Antoine ne cherche plus à combler le silence. Otages du destin qui nous lie malgré nous, nous roulons tous ensemble vers l'inconnu. Chacun dans sa solitude.

Gabriel s'arrête à un feu rouge. Une petite main tape à la vitre. Antoine sursaute.

« Qu'est-ce qui se passe ? » demande Gabriel.

Antoine lui montre les ombres, dehors.

« Ce sont des enfants ! »

Le feu passe au vert, Gabriel veut démarrer mais il est arrêté par une corde que d'autres enfants tendent devant le véhicule. Plusieurs d'entre eux tambourinent sur les vitres et crient en tendant leurs boîtes de conserve vides coupées à mi-hauteur pour récolter de l'argent : « *Toubab diwline niankatan ! Toubab meyma niar dorom !* Un franc pour mettre de l'huile dans le riz ! »

Gabriel pourrait avancer, la corde n'est pas très haute, mais il a peur de faucher un enfant.

« Toubabs ! Toubabs ! Un franc, un franc pour les fêtes ! »

L'excitation monte. Une dizaine d'enfants tapent sur les portières avec leurs bâtons. Heureux d'avoir arrêté ce grand minibus de touristes, fiers comme s'ils avaient tiré de la mer un filet rempli de poissons.

« Toubab ! Toubab ! »

Gabriel hésite. Le feu est rouge. Je cherche des pièces dans mon sac. Trop tard. C'est vert. Ne le voyant pas démarrer, Antoine panique et lui hurle d'avancer. Gabriel appuie sur l'accélérateur, les roues crissent, les enfants lâchent la corde et regardent le minibus s'éloigner. Gabriel les voit dans le rétroviseur nous dire au revoir de la main. Sans rancune.

« Ils voulaient juste une pièce. On aurait pu les écraser !

– Tu parles ! Ils sont malins comme des singes. »

Gabriel serre les dents. Antoine enchaîne :

« Ils balancent les enfants pour nous amadouer mais les mecs cagoulés sont pas loin ! Ils se cachent dans les buissons.

– Quels buissons ? Où vois-tu des buissons ?

– Là dans la brousse ! Tu vois pas parce que tout est noir. Mais je te dis, ils sont là. À guetter... »

Nous sommes sur la grande route, les panneaux publicitaires défilent les uns après les autres, le dernier iPhone, des vols bon marché pour l'Europe, Orange Banque, Orange Communication, Orange partout, des yaourts Yoplait, des défrisants pour les cheveux, Stromae en concert... Aucun signe de la brousse. Antoine poursuit son monologue.

« Les routes sont dangereuses. Ils attendent les voitures aux carrefours et quand ils voient des Blancs...

– Où ça, maman, des hommes cagoulés ? » me demande Chloé, la gorge serrée par la crainte.

Je la serre contre moi pour la rassurer. Elle se laisse faire, elle est épuisée. Depuis quelques minutes, elle lutte pour garder les yeux ouverts.

« Rien. Tu vois bien qu'il n'y a personne. Antoine, c'est ridicule. Tu fais peur à tout le monde. »

Silence. Antoine soupire. À chacun ses fantômes.

Puis il s'adresse à moi sans se retourner et me parle avec douceur comme si nous étions seuls. Comme s'il était seul.

« Écoute, mon chat, je te dis ce que j'ai lu. Les faits divers, je ne les invente pas, et ça n'arrive pas qu'aux autres. La chasse aux étrangers en Afrique, on te saucissonne, on te fout dans le coffre, c'est connu. Pour te piquer ton pognon... ou se venger de je ne sais quoi. Il n'y a pas plus rancunier qu'un Africain. Si tu penses que, quand il est dans sa case, il ne fait que prier, tu te trompes. Il complote. Il suffit de lire la presse, de se renseigner. La haine de l'ancien colon... Ils veulent tous nous dézinguer. C'est écrit partout. C'est le danger du siècle. La nouvelle malédiction. Tuer le Blanc au nom d'Allah ! »

Silence. On n'entend que les halètements du chien.

« On se demande vraiment dans quel monde tu vis, poussin. »

Fanny et Gabriel se sentent soudain de trop. Leurs yeux se croisent dans le rétroviseur. Pendant quelques secondes, Fanny ne détourne pas le regard, le fixe, comme un appel au secours. Gabriel la trouve triste. Elle. L'autre. La maléfique. Cette femme, ce mythe de méchanceté, ce personnage épouvantable, cette bourgeoise cruelle, qui vit dans l'ombre de leur vie depuis tant d'années, le bouleverse tant sa peine est flagrante. Que fait-elle là ? Dans cette chaleur africaine, habillée d'un costume d'hiver en flanelle, auprès d'un mari qui ne semble pas s'apercevoir de la cruauté de la situation.

L'égoïsme d'Antoine l'insupporte. Il fait des efforts considérables parce que c'est le père de Sophie, les choses sont déjà assez compliquées pour elle et partir en croisade contre un sociopathe qui n'a aucune empathie s'avérerait inutile.

« Tu vois des noms de rues ? lui demande-t-il.

– Pas un seul depuis qu'on a quitté l'aéroport ! Tiens ta droite, on va se prendre une bagnole ! »

Un taxi jaune les dépasse à toute allure sans se soucier des trous dans la chaussée. Où peut-il aller à cette heure tardive ?

Gabriel se penche à la fenêtre pour essayer d'apercevoir des noms de rues.

« Ils doivent bien être quelque part.

– Ils ne sont pas foutus... À quoi il sert, ce putain de GPS avec sa soi-disant avenue William-Ponty, sa rue Jeanne-d'Arc... Rien, pas un nom. Ils les ont peut-être mis dans les arbres... Tournez à droite, tournez à gauche, on fait que ça, crétine !

– Je vois un nom de rue mais il est couvert par la poussière, ça doit être ça la rue Hugo », dit mon père, qui n'a pas ouvert la bouche depuis que nous avons quitté l'aéroport.

Nous roulons depuis quarante minutes. Nous sommes entrés dans Dakar, avons fait le tour d'une place, non loin de ce qui semble être un embarcadère, en suivant les indications de la machine, et nous voilà revenus place du Tirailleur. Une statue en bronze y représente un poilu et un tirailleur sénégalais côte à côte, marchant de concert, comme des frères, un rameau d'olivier, symbole du combat commun, à la main.

« Si possible, faites demi-tour », nous martèle la voix féminine du GPS.

Je n'en peux plus. Chloé n'a plus de batterie dans son téléphone pour écouter sa musique et me demande toutes les cinq minutes si c'est encore loin. Elle ne veut pas dormir, elle préfère lutter. Elle a toujours été rebelle au sommeil. Je ressens l'énergie hostile de Fanny, sa haine froide et inquiétante, et suis agressée par l'odeur de son chien mélangée à son parfum écœurant. Fleur en flacon et chien mouillé. Mauvaise pensée. Sadique. J'essaie de contenir ma violence et de ne pas lui hurler l'injustice de sa haine et la mollesse de la mienne. Si j'avais du courage, je lui arracherais son animal, qu'elle berce comme un enfant, et le jetterais par la fenêtre. Rien ne m'exaspère plus que les disciples de Brigitte Bardot qui traitent les animaux avec plus d'égards que les êtres humains, préfèrent les aboiements au dialogue, la fidélité aveugle aux nuances de l'amour. Si on ne trouve pas cet hôtel dans les cinq minutes qui viennent, je vais vomir et commettre un meurtre. Tant qu'à inspirer de la haine, autant y aller gaiement. Un petit passage à l'acte dans cet étau du silence ne ferait de mal à personne.

On tourne en rond. À nouveau la place du Tirailleur. Les frères d'armes coulés dans le bronze. Cette fois, nous sommes arrêtés au feu rouge. Je pose les yeux sur la plaque en cuivre : « À nos morts, honneurs et reconnaissance éternelle de la nation. À la mémoire des soldats et marins morts pour la patrie. » La patrie ? Notre patrie. La leur. Difficile à imaginer que ce pays étranger et sombre, il y a soixante-dix ans, c'était la France.

Gabriel ne démarre pas tout de suite quand le feu passe au vert. Il réfléchit. Nous sommes perdus. Je ne comprendrai jamais pourquoi les hommes se refusent à demander de l'aide quand ils sont égarés. Comme si reconnaître qu'on s'est égaré était une atteinte directe à leur virilité, aussi humiliante qu'une panne sexuelle. Ils veulent trouver leur chemin tout seuls, c'est une question d'honneur. Une femme aurait craqué à cette heure avancée de la nuit, avec ces tours incessants qui nous ramènent sans cesse au même point de départ. Ce fichu monument aux Morts ! Je prends sur moi puis, d'une voix la plus neutre possible, je dis : « On ne va pas tourner en rond comme ça toute la nuit. Il faut demander... Il y a des gens qui passent. Nous ne sommes pas seuls. Arrête-toi, Gabriel ! »

Il ne me répond pas. Ses yeux continuent à chercher. Absurde. Il laisse passer un taxi, deux Mobylette, une vieille Renault cabossée, deux piétons qui traversent, sans rien leur demander. Son orgueil a encore raison de sa fatigue. Je le connais par cœur. Dans deux minutes, il va se garer sur le côté, sortir son plan de Dakar qu'il a laissé dans son sac à l'arrière, le déplier lentement et, après avoir réajusté ses lunettes de vue, chercher avec son doigt une rue qui n'a pas de nom mais qui devrait logiquement se trouver dans la parallèle nord d'une rue qu'il a repérée. La lenteur de ses gestes – contrairement à la majorité des gens, plus il est énervé, plus il ralentit – va me rendre folle. Alors j'anticipe avant de perdre mon sang-froid. J'ouvre la fenêtre et fais un grand signe de la main. Un homme sur une Mobylette ralentit à ma hauteur. Je lui donne le nom de l'hôtel. Il réfléchit. Il pense que c'est ça. C'est juste après la mosquée centrale. L'homme sans casque, enturbanné dans un tissu bleu touareg, certainement pour se protéger de cette poussière de sable qui nous remplit les narines, nous indique de tourner à droite. Antoine a une moue sceptique mais ne dit rien, prêt à risquer le guet-apens s'il y a une seule chance que ces indications nous mènent vers l'hôtel. Gabriel tourne à droite. Ouf ! On a échappé à la carte et au carnage du chien.

« Votre adresse se trouve dans la direction indiquée. »

Antoine donne un petit coup sur le GPS.

« Eh ben oui, ma poulette, maintenant qu'on a trouvé, tu fais la maligne ! Comment on éteint ce machin ?! Où qu'on aille, c'est pareil, dit-il en manipulant l'objet dans tous les sens. Pas foutu d'inventer le bouton pour éteindre ce bordel !

– Dans trois cents mètres, tournez à gauche. »

On longe la fameuse station essence, celle qui fait le coin avec la rue de l'hôtel. Le repère ! « Vous trouvez Total et vous y êtes », leur a dit la loueuse de voitures. La rue est sombre. On avance lentement. Enfin, j'aperçois l'enseigne de l'hôtel. Les Flamants roses.

18

La dernière fois que j'ai parlé à Sophie, sur un ton exalté, elle m'a dit : « Maman tu ne peux pas t'imaginer comme c'est joyeux, le Sénégal ! Les gens rient tout le temps, comme si tout le monde était sous ecstasy, et ils ne boivent même pas d'alcool ! Je ne savais pas qu'on pouvait être heureux comme ça pour rien. On a envie de leur ouvrir la tête pour comprendre comment ça marche. Même les gens qui n'ont rien et vivent dans la misère semblent avoir la clé du bonheur, comme s'ils la portaient tous autour du cou. La moindre chose insignifiante devient belle. La dépression et la solitude n'existent pas. Et le pays, c'est tellement magnifique ! Les paysages, la lumière, le ciel… Il fait toujours beau. J'adore. C'est sublime ! Toi aussi, maman, tu adorerais. Tu en aurais fini de tes angoisses et de tes psys sans empathie parce que ici il y a des philosophes à chaque coin de rue qui veulent vraiment savoir comment tu vas et qui te balancent de petites formules pleines de sagesse comme dans les biscuits de fortune mais en mieux parce que c'est dans tes yeux qu'ils les puisent. Ça paraît bateau comme ça quand je le raconte mais je te jure que c'est vrai. »

Tout de suite après avoir raccroché, portée par son enthousiasme, même si je sais à quel point la sublimation d'un ailleurs peut entraver notre perception, j'ai imaginé, même si je ne crois pas aux contes de fées, un pays inondé de bonheur. Tout en couleurs. Plein d'espoir. Dépourvu de chagrin. Sans damnés.

Un endroit sur la planète où la nuit ne tombe jamais. Un petit point dans l'univers à l'abri des tourments. Un microclimat où la chape de plomb ne s'abat jamais. Où la mort existe mais sans l'effroi parce que tous les habitants de ce jardin d'Éden la prennent comme un prolongement naturel de la vie. Ma fille m'appelait du paradis. Elle avait trouvé le pot d'or à la pointe de l'arc-en-ciel.

La chute, comme chaque fois que nous sommes confrontés à la réalité, est vertigineuse. Un pays lumineux ? joyeux ? C'est elle qui devait être sous l'emprise d'une drogue pour voir ce pays comme elle me le décrivait. Depuis que nous sommes arrivés, je n'entrevois qu'un long cauchemar. On court mais on n'arrive jamais nulle part. On hurle mais personne ne nous entend. On est poursuivis par un individu qui nous veut du mal. Mauvais rêve. Tout est hostile. Poussiéreux. Nauséabond depuis que nous sommes entrés dans la ville de Dakar. Dévastés, découragés devant la porte fermée de cet hôtel misérable que nous cherchions avec autant de ferveur qu'une oasis dans le désert. Nous pensions enfin avoir trouvé. Mais l'histoire sans fin continue. Dans cette nuit inquiétante, aucune porte ne veut s'ouvrir. Je regarde la façade à la peinture écaillée, sombre, qui ressemble davantage à un corbeau noir qu'à un flamant rose. Deux arbres aux ombres tortueuses, inquiétantes, encadrent la bâtisse. Nous sommes si loin de la douceur de nos chênes. J'aimerais à tout moment crier « Au secours, délivrez-nous de cet enfer ! »

Antoine, comme un automate, répète en boucle en regardant l'insigne : « Les Flamants roses... Hôtel. C'est bien ici. On n'a pas pu se tromper... Regardez... Les Flamants roses. »

Pas de cloche, pas de sonnette, aucune pancarte qui nous indique où il faut s'adresser quand on arrive après minuit. Je repense à ce que nous a dit Pamela. Sophie a choisi un hôtel où il n'y avait aucun Blanc. J'ai honte mais j'y pense. J'ai vu assez d'Africains pour ce soir. Je rêverais de voir apparaître un hôtelier français qui me rassure et des touristes belges ou allemands attablés autour d'une bière. L'Italie. L'Espagne. Il faudrait que l'Angleterre revienne aussi, il nous faudrait l'Europe tout entière pour faire barrage à ce pays menaçant qui a englouti ma fille. Accablée, je m'assois sur une valise à côté d'un banc en bois posé dans le sable sur lequel papa somnole. Chloé, appuyée sur son épaule, ne demande plus rien. Elle a compris ma limite. Nuit noire. Pas une lumière. Aucun signe de vie. Un lieu désincarné. Vide de sens et d'histoire. Pas une ombre. Pas un fantôme. Loin de l'Afrique accueillante que j'imaginais, vivante, joyeuse, multicolore, noyée de lumière avec des sons exotiques, harmonieux, de la musique qui ne s'arrête jamais et des punchs à la noix de coco servis dans de grands verres trempés dans le sucre cristallisé rose ou bleu.

Quelques chiens errants passent devant nous. Sans collier. Sans maître. Indifférents. Très maigres. Les côtes saillantes. Les yeux hagards enfoncés dans leur crâne comme des rescapés de la famine. Fanny les regarde avec pitié. Ils secouent la queue. Il me semble qu'en langage chien ça veut dire qu'ils sont heureux. Antoine tambourine sur la porte pour la énième fois. Il siffle comme un voyou. Un son strident et puissant, semblable à celui des Sioux. Des années d'entraînement pour franchir les murs et avertir les copains qu'on les attend. Aucune réponse. Paul fait les cent pas. Des allers et retours compulsifs. Même dans sa façon de se déplacer, il ressemble à Sophie. C'est troublant. Quand Sophie était enfant, plus elle était fatiguée, plus elle s'agitait, jusqu'à ce qu'elle s'écroule comme une masse et que plus rien ne puisse perturber son sommeil. C'est étrange de me retrouver en présence de son frère juste au moment où je l'ai perdue de vue. Paul, le prénom aux accents douloureux du jeune garçon au visage d'ange, symbole de ma séparation avec Antoine. *Ma femme est enceinte. – Combien de mois ? – Sept. – Espèce de lâche.*

– Ce n'est pas de ma faute. – Menteur. – Écoute-moi. – Dégage ! – Mais je t'aime. – Tais-toi. Cet adolescent frêle, sans le savoir, m'avait aidée à quitter son père. Je l'observe en biais depuis quelques heures. Sans lui dire un mot. J'aimerais le rassurer, le prendre dans mes bras, le sentir pour peut-être reconnaître l'odeur de Sophie, lui proposer de s'asseoir à côté de Chloé, lui dire qu'elle peut se pousser pour lui faire une place. Je sais qu'il est épuisé. Mais je n'ose pas m'avancer dans cette propriété privée, c'est le fils de la folle qui l'a placé sans rien dire dans une zone interdite. Je sais qu'elle guette chacun de mes mouvements.

Gabriel fait le tour de l'hôtel et revient sans succès. Tout est éteint. Même les lampadaires. De l'autre côté de la route, plusieurs hommes sont assis par terre sur une natte en plastique. Ils semblent amusés par notre infortune. Ils nous observent sans gêne, sans discrétion, comme s'ils étaient au spectacle. Le spectacle joyeux de sept petits Blancs perdus en Afrique. L'un d'eux s'approche pour voir la scène de plus près et s'adresse à Antoine avec un petit sourire en coin :

« Ça va ?

– Ben non, vous voyez bien que ça ne va pas !

– Ah ! tu as perdu ta clé ? » lui demande-t-il en le tutoyant, comme s'il le connaissait.

Silence.

« Et les enfants, ça va ? »

Antoine ne répond pas. Il utilise son téléphone pour éclairer la façade.

L'homme rit.

Antoine se hisse à la hauteur d'une fenêtre et tape si fort que j'ai peur qu'elle se casse.

« Il y a quelqu'un ?

– Peut-être qu'ils dorment, continue l'homme en souriant.

– Je ne vois aucune lumière, dit Fanny à Antoine.

– C'est la coupure de courant dans tout le quartier ! Et ça va durer », répond l'homme, s'immisçant dans la conversation comme s'il faisait partie de notre groupe.

Tout le monde l'ignore mais il ne se décourage pas. Il s'approche de Fanny, qui tient son chien dans les bras. L'animal aboie furieusement en regardant d'un œil agressif cet étranger qui fait un pas de trop vers sa maîtresse. L'homme fait un bond en arrière en poussant un cri aigu. Ses copains hurlent de rire en se tapant les cuisses.

« Ton animal est furieux comme le lion ! Il n'aime pas sa cage. Tu le serres trop fort.

– De quoi je me mêle ? lui dit Fanny.

– Il faut le laisser trotter », lui rétorque l'homme en regardant ce chien minuscule avec méfiance.

Fanny serre Minou encore plus fort et demande à Paul, qui s'est arrêté de marcher pour observer les hommes d'en face, de ne pas s'éloigner.

« C'est quand même dingue ! Vous les avez bien prévenus qu'on arrivait ce soir ?! crie Antoine.

– Ben oui, lui répond Gabriel dépité.

– Le 25 ?

– Oui. J'ai parlé à une femme ce matin qui savait très bien que le vol arrivait tard. Elle m'a dit qu'ils avaient l'habitude et qu'il y avait toujours un gardien pour nous ouvrir au cas où le vol prendrait du retard.

– Peut-être que c'est une chaîne, Les Flamants roses, et qu'on n'est pas au bon endroit.

– C'est quand même étrange qu'il n'y ait aucune lumière, Antoine... Ils devraient avoir un groupe électrogène, dit Fanny.

– Peut-être que le groupe est bousillé », dit l'homme en mâchouillant un bâtonnet.

Antoine regarde à l'intérieur en se collant à la vitre, encerclant son visage de ses mains. L'homme l'imite.

« Pas de système d'alarme. Rien. Je pense que je peux passer par la fenêtre du haut. »

Gabriel le regarde, dubitatif.

« Je pense que tu es trop gros, commente l'homme.

– Monsieur, je pense... »

Je suis sûre que Fanny allait lui faire une réflexion sur ce tutoiement et cette familiarité qui la fait grincer des dents, mais Antoine ne la laisse pas finir.

« Ou faire passer Paulo s'il monte sur mes épaules », dit-il, les yeux fixés vers la fenêtre qui lui semble tout compte fait un peu petite pour le laisser se faufiler avec ses kilos accumulés sur les années.

Paul n'a pas l'air enchanté par la cascade. Fanny trouve que c'est une mauvaise idée. On ne sait jamais, ce n'est pas prudent que son fils entre en premier, il y a peut-être quelqu'un armé qui garde la propriété.

L'homme interpelle ses amis en wolof. Grands éclats de rire. Je ne vois vraiment pas ce qu'il y a de si drôle à voir des gens à la rue assis sur leurs bagages.

« Vous êtes là pour les vacances ? »

Silence

« Vous allez voir... C'est beau, le Sénégal. Il y a des plages en pagaille. Vous aimez la plage ? »

Gabriel frappe encore une fois, fort, puis quelques coups sans conviction. Je me lève pour être à ses côtés. Je sais qu'il s'en veut d'avoir entraîné tout le monde dans cette galère. Il prend toujours tout sur lui. Il se sent responsable de nous et des autres en général. C'est son rôle. Celui qui prend les devants, trouve les solutions et protège sa famille. De nous voir comme ça, épuisés, échevelés, débraillés, après ce long périple, tels des romanichels sans caravanes, sans lieu pour dormir, devant la porte fermée d'un hôtel en Afrique, sans âme qui vive et sans lumière, c'est trop pour lui. Il faut qu'il se passe quelque chose. Un miracle. Un petit coup du destin qui nous rassure. Là, maintenant, dans les secondes qui suivent. Il insiste. Encore un coup faible sur la porte et l'espoir revient.

On entend une voix et des pas qui se précipitent. Deux tours dans la serrure. La porte s'ouvre. Une femme d'une soixantaine d'années, tout juste sortie du lit, nous accueille chaleureusement. Elle tient une lampe à pétrole dans une main et rassemble ses cheveux en chignon de l'autre.

« Bon, au revoir mes amis ! La chance vous a souri, dit l'homme, demain le soleil sera là, la rage sera partie et vous allez retrouver la parole ! Si vous avez besoin d'un guide, je m'appelle Souleymane... »

La dame qui nous réceptionne l'interrompt sévèrement de quelques mots en wolof. Il s'en va avec un dernier signe de main. Sans rancune. L'hôtelière se retourne vers nous, affichant un grand sourire : « Bienvenue aux Flamants roses ! Je m'appelle madame Diop mais vous pouvez m'appeler Soukeyna. Vous êtes ici dans mon établissement et je suis ravie de vous accueillir ! »

Antoine, cynique, bougonne dans sa barbe :

« Elle va pas nous la faire à l'américaine, sinon je me barre !

– Entrez, suivez-moi. Vous êtes arrivés tard. Je vous ai veillés longtemps. Je pensais que vous ne viendriez plus. J'avais laissé les recommandations au gardien pour qu'il me réveille dès votre arrivée. Par ici, faites attention de ne pas faire de faux pas, il y a une marche... Suivez-moi. »

Nous nous rapprochons naturellement les uns des autres pour suivre la faible lumière de sa lampe qui nous guide.

Soukeyna mène la voie. Ses fesses imposantes, moulées dans un pagne aux motifs fluos qui brillent dans la nuit, se balancent gracieusement. Nous la suivons, chargés de nos bagages. Antoine se prend les pieds dans un corps allongé au sol. Il pousse un cri de frayeur qui saisit tout le monde. Fanny aperçoit le corps inerte et crie cette chose insensée : « Un cadavre ! »

Soukeyna approche sa lampe pour éclairer le sol.

« Mais non, c'est le gardien. Je le cherchais justement, celui-là ! Dès qu'il ferme les yeux, il dort comme s'il avait été piqué par la mouche. »

Elle le secoue énergiquement pour qu'il se lève et nous aide à porter les bagages. Le gardien ouvre difficilement les yeux, se lève lentement pour enfiler ses tongs, pas du tout gêné de s'être profondément endormi. Soukeyna, agacée, lui fait signe d'accélérer.

« Laissez vos valises ici et venez manger. On va vous déposer tout ça à l'étage. Le courant nous a lâchés mais les lits sont prêts et on vous a préparé du bon poulet braisé avec des frites et des fruits aussi. Je suis sûre que vous allez trouver votre bonheur. Par ici, les rafraîchissements ! Le voyage, ça ouvre l'appétit ! »

Cette manie qu'ont ces gens ici d'agir en pleine nuit comme s'ils étaient en plein jour est assez déconcertante. Je ne sais pas qui a vraiment faim à cette heure de la nuit mais nous la suivons sans rien dire, soulagés d'être enfin arrivés quelque part, dans ce qui ressemble à une salle à manger. La pièce embaume le poulet et l'oignon frit. Sur la table, de grands plats couverts de papier aluminium, des verres, du jus de fruits en carafes et quelques fleurs. Un vrai banquet nous attend. Mon père se sert une assiette généreuse. Chloé fait la même chose. Puis Paul, suivi finalement de tout le monde. Nous mangeons comme des affamés. Antoine se lèche les doigts en commentant la qualité du poulet, qui, d'après lui, a plus le goût et la taille de petits coquelets. Il en est à son deuxième poulet entier englouti avec la moitié du plat de frites quand nous en sommes encore à la cuisse. Chloé s'en amuse. Paul a l'air gêné de voir le fils de Gargantua alias son père se lécher les doigts sans discrétion.

Soukeyna nous a laissés quelques instants pour aller chercher les clés. On entend des pas précipités au-dessus de nos têtes. Des portes qui s'ouvrent et se ferment. La voix de l'hôtelière qui semble presser le gardien. Je suis étonnée de n'entendre aucun client se plaindre. Soukeyna revient dans la salle à manger avec un grand sourire. Elle s'est changée et porte une robe vert et blanc avec de grandes manches bouffantes. Mon père sourit comme devant une apparition. Il a toujours été sensible à la toilette des femmes. Je l'ai souvent entendu dire à ma mère, à moi, à ses petites-filles : « Tu ne veux pas mettre une jolie robe ? »

Dans sa belle tenue, Soukeyna semble plus heureuse, très fière de nous accueillir. L'habit fait le moine. Sa robe lui rend toute son autorité de patronne des lieux.

Antoine engloutit une dernière poignée de frites qu'il prend directement dans le plat. Gabriel se lève après avoir empilé les assiettes les unes sur les autres et versé les os dans un plat vide.

« Je pense qu'il est l'heure d'aller nous coucher, dit-il.

– Oui, oui, bien sûr, je vais vous accompagner. »

Le gardien est maintenant au garde-à-vous. Il s'est changé lui aussi et porte une chemise de couleurs bariolées de motifs. Des lampes sont installées un peu partout. L'hôtel est plein de charme, décoré avec goût, il a des airs de grande maison de famille avec ses boiseries et ses hauts plafonds. De l'extérieur, il est impossible d'imaginer un intérieur aussi coquet.

Avant de monter les escaliers, Soukeyna se retourne vers nous avec ses nombreuses clés à la main : « J'ai pensé vous mettre...

Excusez-moi, nous ne nous sommes pas présentés. L'arrivée ne s'est pas passée comme je l'avais prévue. Excusez-moi encore pour cette entrée en matière. J'espère que nous pourrons nous rattraper. Où est la maman de Sophie ? »

Je m'approche. Elle me serre très fort dans ses bras, avec gentillesse, sans retenue, comme si tout son corps me criait bienvenue. Sa peau, d'une douceur incroyable, dégage une odeur d'encens brûlé et de karité. Je pourrais m'endormir contre sa poitrine. C'était peut-être ça le bonheur dont me parlait Sophie. Les larmes me montent aux yeux.

« Je vous ai mis dans la chambre des papayes vertes avec la petite.

– Non, moi je dors avec papi.

– Chloé !

– Laisse-la, me dit doucement mon père. On va s'installer comme ça et on verra demain. »

Soukeyna regarde Paul. Elle avance la lampe près de son visage et, certainement frappée par la ressemblance, lui dit : « Toi tu es le frère de Sophie. Avec tes yeux de gentil brigand, on ne peut pas se tromper. Où est le papa ? »

Elle regarde Antoine, puis Gabriel. Silence. Comment une question aussi simple peut-elle engendrer un tel malaise ? Avec beaucoup d'entrain, cette charmante femme vient d'enfoncer le clou là où ça fait mal. Cette épée de Damoclès encore plus menaçante depuis que nous étions tous réunis vient de tomber pile au centre de nos têtes affolées. Antoine, transpirant à grosses gouttes, jette un regard furtif vers Fanny, qui fait semblant de ne pas avoir entendu la question. Des ondes de haine me vrillent la colonne vertébrale. Je me crispe, piégée entre la gêne, la honte et la colère. Où est mon mari ? Le sauveur. Antoine est un homme puissant et territorial. Sophie est posée dans un no man's land mais un no man's land qui lui appartient quand il est là. Gabriel voudrait répondre mais il ne peut pas. Quand Antoine est là, il ne sait plus très bien où est sa place auprès de Sophie. Il est bien plus qu'un beau-père mais un peu moins qu'un père. Il dit souvent qu'il l'aime comme sa fille mais la nuance de ce « comme » fait toute la différence. Nous sommes à la fois des êtres subtils et primaires. Nous luttons, mais la vie s'acharne à nous remettre toujours dans les rails des sentiments les plus simples. Est-ce la signification des hurlements sans voix dans nos cauchemars ? Ces mille réponses qui se déclenchent en nous alors qu'il n'en existe qu'une seule. Où est le papa ? Antoine, bien sûr. Il faudrait répondre avec fierté, brandir la vérité avec courage, invincibles sous le feu des regards assassins. Et chacun devrait être responsable de son petit personnel, sans empiéter sur le territoire de l'autre. Il faudrait pouvoir sans cesse revenir vers soi après avoir été l'un dans l'autre quand on fait l'amour, l'un dans l'autre quand on attend un enfant. Accepter la cruauté de cette séparation. La barbarie de notre solitude. Ne pas se laisser berner par l'illusion qu'une vie peut se vivre à deux. Nous sommes seuls. Et c'est seulement dans l'acceptation de cette solitude que nous pouvons trouver une place pour l'autre. Où est le papa de Sophie ? Cette phrase, je l'ai entendue mille fois. La première à l'hôpital quand elle est née. Je n'ai jamais vraiment su quoi répondre. Ce soir encore, je suis actrice au premier rang de cette scène familiale et je ne dis rien. Je fais comme d'habitude, je regarde ailleurs et laisse le silence faire ses ravages.

La question de Soukeyna reste sans réponse, ce qui ne l'empêche pas de continuer la conversation en nous conduisant à nos chambres.

« Nous avons tout le temps de faire connaissance. Il ne faut pas vous inquiéter, vous allez la retrouver. Le pays va vous aider.

Sophie est une fille qu'on n'oublie pas. Très vite, elle est devenue l'enfant de tout le monde. Les gens ici l'ont surnommée "la Lumière" », nous dit-elle en riant. À cause de ses longs cheveux qui brillent dans le noir.

19

À la lumière d'un lampadaire, elle tourne les pages d'un magazine blanchi et gondolé par l'humidité. Elle croise et décroise avec nonchalance ses jambes interminables couleur ébène, remettant sa tong qui lui glisse du pied. Une liane. Beauté insolente presque irréelle sous cette lumière orangée. Une apparition qui, posée sur ce banc en bois usé, semble tout juste sortie d'un défilé de mode. Elle lève à peine les yeux quand elle aperçoit son mari s'approcher. D'une main, il tient un képi et, dans l'autre, une pile de journaux féminins du mois dernier qu'il a récupérés au kiosque ouvert toute la nuit, à l'autre bout de la ville.

« C'est à cette heure-là que tu rentres ?

– Il y avait beaucoup de monde... Trois avions sont arrivés en même temps et je suis allé te chercher les journaux, lui dit-il en lui tendant la pile de magazines. Pour le *Marie-Claire*, j'ai dû beaucoup négocier, c'était son dernier, mais bon, rien n'est une contrainte quand c'est pour faire plaisir à ma belle », lui dit-il d'une voix empruntée, comme pour se faire pardonner.

Elle ne prend pas les journaux qu'il lui tend. Il reste quelques secondes à la regarder, bras ballants. Rien. Tous ces efforts pour rien. Pas un sourire. Pas un regard. Elle est fâchée. Sans un mot, craignant de déclencher une dispute, il pose la pile à côté d'elle sur le banc, le précieux *Marie-Claire* en évidence, et marche vers leur maison, située juste en face. Il regarde ses chaussures, si bien vernies ce matin, se maculer de poussière sur le chemin de sable. Il devrait le recouvrir de pierres ou de ciment. Ce serait joli et moins salissant. Il faudrait qu'il fasse tellement de choses pour améliorer leur confort. Mais il manque d'argent. Toutes ses heures supplémentaires ne suffisent pas pour accomplir leurs rêves. Sa femme ne comprend pas que ce qu'elle exige de lui c'est comme demander à une poule de pondre plus qu'elle ne peut, la douzaine ne peut pas sortir en un seul matin. Mais...

« Tu as trouvé l'argent pour le mouton ? » lui crie-t-elle, l'arrachant à ses pensées philosophiques.

Il se fige, hésite puis se retourne vers elle et secoue la tête, découragé.

« Tu m'avais dit que c'était sûr, pour aujourd'hui ! Tu ne tiens pas tes promesses. »

Depuis l'aéroport, le policier, dans son costume tiré à quatre épingles, son sifflet au fond de la poche, a perdu de sa superbe. « Circulez ! » a-t-il hurlé toute la nuit avec force et conviction, et les gens circulaient. Les taxis mis à part, certes, mais ils doivent gagner leur pain, il est plus clément avec eux. Et ce minibus de toubabs, aussi, qui ne respectaient rien, ni un homme de son grade ni leur vieux.

Il regarde sa jeune épouse avec douceur. Elle est sublime, habillée très simplement d'une petite robe blanche en coton. Il ne se lasse pas de la regarder et a encore du mal à croire d'avoir réussi à épouser la plus belle fille de Dakar, le plus beau sourire du Sénégal. Son père l'avait prévenu : ses moyens ne seraient pas à la hauteur des rêves d'une telle femme, mais il ne pouvait pas laisser passer sa chance.

« La fête approche et nous n'avons toujours rien. Pas de mouton ni de tissu pour ma robe ! Le tailleur sera bientôt débordé !

– Mais non, c'est un cousin, il travaillera jour et nuit pour toi.

– Cette année, je t'ai prévenu, tu ne me rapportes pas un agneau ! Je veux un mouton énorme, digne de ton uniforme ! Et une robe rouge, avec des dentelles. Et des chaussures, avec des cristaux, comme celles que j'ai vues chez le Libanais, vers Sandaga. Les miennes sont cassées. Et ne me dis pas qu'il suffit de recoller le talon ! Je ne veux plus de cette honte. »

Son mari vient s'asseoir à côté d'elle.

« Je fais mon possible. Je vais toucher ma prime de fin d'année. Demain. Peut-être.

– Peut-être ne veut pas dire sûr, mon gars, et les fêtes ne vont pas t'attendre. C'est maintenant que tu dois trouver l'argent. »

Il pose son képi sur ses genoux.

« Tu n'as pas gagné de pourboire avec tous ces toubabs qui arrivent de France ? »

Il secoue la tête sans lui répondre. Depuis quelques mois, il se fait un honneur de ne plus accepter les bakchichs. Mais sa femme n'en sait rien. Elle lui a fait une scène effroyable quand il a émis l'idée de rejoindre le mouvement de Nafi N'gom Keita, qui mène une lutte acharnée contre la corruption. Il l'a entendu un soir sur RFI dire que la corruption était un cancer. Une maladie sociale qui fait des ravages si profonds qu'elle paralyse toute l'économie. Souvent, dans ses nombreuses nuits d'insomnie, au fond du désespoir, submergé par ses dettes, il cède à la tentation. Il se promet de prendre quelques billets à des automobilistes sans vignette, sans permis ou à des toubabs affolés. Puis l'horreur envahit son esprit. La société comme un organisme vivant. Son pays. Celui de ses enfants. Un grand corps malade agressé par des agents microbiens qui bouchent ses artères et s'attaquent aux organes vitaux. Il ne veut pas être ce microbe. Il croit en l'avenir de l'Afrique. Depuis la naissance de son fils qui a maintenant 2 ans, il fait ce cauchemar, récurrent, comme un appel de Dieu : il le voit mourir en mer, après avoir essayé de rejoindre l'Europe. Il est terrifié. Sa femme n'a que faire de son idéalisme. Elle prétend que le gâteau est déjà coupé et que ceux qui ont tenu le couteau veulent reprendre la farine, les œufs et le beurre de la cuisson. S'il ne se sert pas sa part, ou au moins des miettes, sa famille mourra de faim avant même que son fils ait l'âge de prendre un bateau. Elle a raison. Elle a tort. Il ne sait pas comment se faire entendre dans ce débat impossible. Parfois, il plie puis prie pour se faire pardonner. Une chose est sûre : il aime trop sa femme, et l'amour le rend faible. La vie est faite de choix sans réponses. Quand on fait un choix honnête, le résultat n'est jamais immédiat. Il faut parfois attendre toute une vie ou même celle de nos enfants pour le voir. Alors on doute. Il est difficile, incohérent même, de passer sa vie à préparer son dernier souffle. À quoi sert de mourir en paix si on a vécu dans le tourment ? C'est à ça qu'il pense, ce policier assis à côté de sa femme sur un banc cassé qu'il n'a pas les moyens de remplacer. Il est difficile de croire que c'est le même qui donnait des ordres à Antoine et Gabriel avec autorité, à l'aéroport. Transi d'amour, les épaules avachies, devant cette jeune femme à l'allure de Miss Monde qui le réprimande, il a perdu tout son panache. Son costume bleu marine et blanc avec ses boutons dorés, qui fait sa fierté et celle de son père, ne lui sert plus à rien. Seul le trou béant de sa bourse résonne en lui, ce soir. Pendant que sa femme lui parle, il regarde droit devant lui. Inutile de lever la tête vers le ciel étoilé, il n'y a pas de réponses là-haut.

« Je sais, les temps sont durs, même les toubabs ont l'air dépouillé, ils ne courent plus les poches pleines, chez eux aussi, c'est la crise ! Mais je m'en fous. Je veux mon mouton. J'aurais pu épouser Ousmane, tu sais, mais c'est toi que j'ai choisi, à cause de ta bonne situation, et lui, maintenant, a épousé ma sœur et rapporte chaque année un mouton encore plus gros. Ce sont eux qui font la gloire du quartier ! Ça suffit. Cette année, on fera le plus beau méchoui. Les gens feront la queue devant notre porte pour venir nous saluer. Ah ! et je veux que tu me trouves de l'aneth aussi.

– Le mouton, c'est possible. L'âne, je ne pense pas, répond-il d'une voix éteinte. »

Elle lui montre une recette découpée dans *ELLE*.

« L'aneth, c'est une herbe pour faire mijoter la sauce, idiot !

– Ah ! »

Il sourit, soulagé. Trouver un peu d'herbe lui paraît plus simple.

« Ici, ils l'utilisent avec du poisson mais je suis sûre que pour le mouton, ce sera parfait. *Un brin d'aneth pour parfumer*, regarde-moi cette photo, dit-elle en admirant le magazine, les voisins vont en parler jusqu'à l'année prochaine. On pourrait même mettre une nappe blanche, c'est élégant... Comme sur la photo, avec des assiettes et des fourchettes en argenterie pour quelques personnes... Ça me fatigue de manger dans le plat commun. Et regarde ces petits vases avec les fleurs pour décorer... Ça, c'est la France ! C'est le secret des toubabs, ils pensent comme des rois, alors ils vivent comme des rois ! »

20

La chambre est éclairée à la bougie. Gabriel s'est endormi presque immédiatement, sans même ouvrir sa valise, après s'être déshabillé et s'être esclaffé tout seul en repensant à cette histoire de gardien somnolent. Je n'ai pas compris ce qui le faisait rire le plus, le gardien des lieux, qui malgré notre vacarme dormait à poings fermés, ou la peur paranoïaque de Fanny qui criait au cadavre. Quelques instants, il m'a paru étranger, plus du tout familier. Son rire était absurde. Ce n'était pas son humour habituel. Il semblait avoir oublié pourquoi nous étions ici. Sophie avait disparu. Aucun égard pour ma tristesse. Pas même de mots de réconfort avant de s'endormir d'un sommeil si profond qu'il est resté bouche ouverte. Comme un mort. Je frissonne à cette idée macabre.

Tout à l'heure, le dessin de son ombre sur le mur, avec ses cheveux hirsutes, m'a presque fait peur. Je n'ai pas reconnu la silhouette de l'homme qui partage ma vie. Je pense à ma fille. J'ai voulu croire que je la connaissais. Je l'ai faite. J'ai étudié depuis sa naissance chaque morceau de sa chair. Je peux déceler le début de la fièvre au fond de ses yeux bien avant qu'une maladie se déclare. Je pense pouvoir lire ses chagrins dans son expression froissée, le début d'une colère dans ses sourcils qui se froncent, le début d'un sourire dans sa lèvre qui se soulève. Je sais qu'elle a des mystères mais je les ai crus à portée de main. J'étais persuadée que nos rapports étaient d'une clarté rassurante. Comme un arbre. Malgré les transformations des saisons, les cycles de la nature sont immuables. Il bourgeonne, ses feuilles apparaissent, jaunissent puis rougissent, avant de finir par tomber puis on voit réapparaître des bourgeons. Sophie est mon arbre. Ce paysage rassurant devant ma fenêtre. Depuis qu'elle est absente, je n'ai plus d'horizon. Je ne sais plus par quel bout prendre la vie.

Les meubles autour de moi ressemblent à des ombres étranges.

Il y a trois jours, elle était encore là.

Incapable de m'endormir, je regarde par la fenêtre qui donne sur la ruelle qui longe l'hôtel et, malgré le manque de lumière, aperçois au loin la pointe de la mosquée éclairée par la Lune. L'autre fenêtre donne sur le jardin. J'imagine la lumière traversante dans la chambre du jour qui se lèvera bientôt. Je l'attends avec hâte. J'entends au loin des cris de joie. Les lampadaires se sont rallumés. J'appuie sur l'interrupteur de la lampe. Rien. L'hôtel est toujours plongé dans le noir. Je m'allonge en espérant en finir avec cette nuit interminable.

26 décembre

21

La lumière matinale, filtrée par le fin voilage et le feuillage d'un arbre aux fleurs parfumées, envahit la pièce. Un air doux traverse la moustiquaire blanche qui enveloppe l'immense lit à baldaquin en bois sombre sculpté de figures naïves. L'Afrique s'est levée. On la devine dans la chambre. L'odeur de l'encens se répand partout. Chaque bruit est exotique. Rien n'appelle aux souvenirs familiers. À l'aube, Fanny s'est retournée plusieurs fois dans son sommeil, légèrement réveillée par l'écho lointain de l'appel à la prière. Une litanie monotone s'élevant vers le ciel à la première lueur du matin, moment irréel, suspendu entre la nuit et le jour, où la lumière précède le lever du soleil. Elle ne s'est pas laissé extraire complètement de son sommeil, faible parenthèse entre deux mondes, celui de la conscience et celui du rêve. Elle s'est rendormie dos à Antoine, sans le toucher. Il était si loin d'elle dans ce vaste lit. Elle aimerait dormir jusqu'à réparation. Ses nuits inutiles, artificielles et chimiques la laissent exsangue, et ses réveils vaseux sans véritable joie. Elle espère le baiser du prince. Se réveiller quand un homme l'aimera, vraiment. Ou rester plongée dans le sommeil éternel. Petite fille, elle trouvait les contes de fées souvent tragiques et les aimait pour ça : ils l'aidaient à comprendre la vie. Mais jamais elle n'avait imaginé possible de tant souffrir par amour, ni que les rêves étaient aussi fragiles que des bulles de savon. Il suffisait de les toucher pour qu'ils disparaissent.

Elle entend des pas très lents dans le couloir. On trempe une serpillière dans l'eau. Quelle heure est-il ? Le rai de lumière sous la porte ne trompe pas. Le jour, envahi par le bruit de la vie quotidienne, s'est entièrement levé. On a l'impression que tout le pays a pénétré dans la pièce. Les murs sont un décor de carton-pâte. Les fenêtres ne ferment pas, elles ne sont abritées que par des persiennes et des moustiquaires. Pas une minute de silence. Les sons provenant de la rue, vivants, s'accordent aux tissus exotiques qui décorent la chambre. Aux paroles en wolof et aux rires se mélangent des cris d'animaux de basse-cour et d'autres, plus inquiétants, comme s'ils provenaient de la savane. Hier, dans la nuit, de ce pays, elle n'a rien vu. Assise dans le minibus, bien au fond de son fauteuil en similicuir, qui lui collait à la peau avec cette chaleur infernale, elle regardait par la fenêtre, enfermée dans ses pensées. Son regard était sans cesse distrait par son monde intérieur, qui subissait secousse après secousse, comme une ancienne blessure réveillée à la veille d'un orage. La situation de promiscuité avec la dernière personne au monde avec qui elle aurait imaginé un jour se trouver la remplissait de rage, de haine, de frustration et de peur. Elle refusait de se soumettre à la trop grande tristesse qui la guettait. Tout lui était hostile. Impossible de rester concentrée sur le paysage qui défilait devant elle. La brousse était-elle loin ? proche ? Quel est ce bruit lointain, de voitures impatientes, étouffé par la distance ? La ville est-elle dans la brousse ? Il n'y a pas de ville, pas de quartier, des maisons ici et là, des routes, des chemins de terre, des lampadaires aux lumières orange, des lampadaires éteints, des plateaux de fruits cherchant leur équilibre sur la tête des femmes, des moutons qui traversent les routes, des chiens errants, des ombres, des dents blanches dans le noir…

Dans son lit, les yeux ouverts, Fanny demeure immobile, le corps engourdi mais surtout mentalement épuisée. Elle n'arrive pas à mettre les choses en ordre dans sa tête. Or, sans ordre, elle se sent perdue. Elle préférerait la prison à une communauté hippie où l'intimité se partage à tout-va. Une cellule minuscule pour elle toute seule ou même partagée avec une codétenue qui ne connaîtrait rien de sa vie. Enfermée, mais libre du regard sur son passé. Un monde dans lequel chaque minute de la vie serait domptée. Un abri rassurant où elle serait un numéro et non plus Mme Berger l'autruche, la cocue qui n'a rien dit. Tout sauf ce voyage au cœur de la trahison. Elle ne supporte plus ces secousses du destin, ces descentes brutales en montagnes russes chaque fois qu'elle reprend son souffle, qu'elle pense que ce vilain tour de manège est fini. Cette femme, l'autre, le diable qui sort sans cesse du placard avec ses griffes acérées semble ne jamais vieillir. Elle ne l'imaginait pas encore si jeune, si jolie avec ses jambes interminables, la peau de ses bras encore tendue et son teint frais malgré la chaleur. Vingt ans les séparent. Un gouffre. Elle était déjà femme quand l'autre naissait à peine. Même s'il n'était pas très âgé à l'époque, Antoine avait dû se sentir rajeunir en retrouvant la fièvre des débuts de l'amour avec elle. Avec elle, cette ivresse avait duré si peu. La gravité de sa stérilité annoncée n'avait pas aidé. Des ébats sans espoir de famille. L'Église, qui se moque des affaires de cœur, permettait l'annulation d'un mariage pour cette raison précise. Le regard de son mari sur l'autre était une torture. Le destin, ce misérable hasard, lui avait épargné la rencontre jusqu'à ce jour. Elle ne les avait jamais vus ensemble. Quel choc ! Hier, il la regardait avec appétit, avec une envie de la dévorer. Et elle ne baissait pas les yeux. Tant d'impudeur, tant de vulgarité, lui répugnait. Hier soir, devant tout le monde, sans l'ombre d'une gêne, il l'avait appelée « poussin », comme elle au début de leur mariage. Combien de choses précieuses lui avait-elle volées ? S'était-elle réveillée comme elle au creux de l'épaule d'Antoine pendant qu'il lui caressait la nuque avec douceur de sa main puissante ? Son imagination avait été moins cruelle que la réalité. Elle avait imaginé Antoine épris, mais jamais d'un amour aussi profond. Elle pensait que l'autre avait une beauté plus plate, moins intéressante. Elle avait mal évalué le danger. La jalousie ne la lâchait pas. Si seulement une pilule magique existait pour s'en défaire... Un antidote, comme il en existe pour le venin des serpents. La douleur est aussi grave. On peut mourir de jalousie. S'éteindre d'un baiser si pervers qu'il tue non pas l'embrassé, mais son épouse.

Tout est devenu concret quand elle a vu l'Autre. Tout est devenu ombrage. Il existera toujours une femme entre elle et son mari. Une femme plus jeune. Sa jeunesse à elle est loin derrière, comme une montagne qu'elle a dévalée à toute vitesse. Elle est maintenant dans le plat de la côte. Devant elle, l'Himalaya. Le début de la vieillesse qui commence à petits pas et qui tout à coup s'accélère et vous courbe le dos jusqu'à la mort. Peut-être, avec l'âge, deviendra-t-elle compréhensive, plus conciliante, pour ne pas se rompre flétrie par l'aigreur. Pour l'instant, elle est dans la cruauté de l'entre-deux. Le vertige. Le vide avant la chute.

Les pales du ventilateur au-dessus de sa tête brassent un air tiède. Son tailleur en laine bouillie est plié sur la chaise en bambou. Moche. Elle se demande bien pourquoi elle l'a acheté. Certainement un jour où elle se sentait vieille. Elle n'a rien emporté d'autre dans ce départ à la va-vite. Il va falloir qu'elle emprunte une chemise à Antoine et qu'elle remette cette jupe trop chaude qui ce matin lui fait horreur. Un petit cadavre délaissé sur cette chaise. Un tue-l'amour. Qui peut avoir envie d'une femme dans une jupe pareille ? Qui peut avoir envie de faire l'amour vêtu dans une matière aussi peu sensuelle ? Ce matin, alors que la douleur fond sur elle comme un aigle sur sa proie, elle remettra ce vêtement triste à en mourir. Elle n'a pas le choix. Ce voyage, cet hôtel, rien n'était prévu. Depuis combien de temps a-t-elle perdu la possibilité de choisir ? Tout tourne autour d'Antoine. Il mène la barque des sentiments. C'est lui qui piétine et lui qui répare. En laissant des fuites. Que reste-t-il de leur amour ? Des vestiges du passé. L'écho lointain d'une magnifique histoire d'amour. Ils raccommodent depuis des années leur amour échoué avec des bouts de souvenirs et des habitudes de gens mariés. Triste à en pleurer. Il faudrait qu'elle ait le courage de repartir ce matin. Avouer qu'elle s'est trompée, qu'elle aimerait rentrer chez elle. Reprendre son fils sous le bras. Fuir cette situation humiliante et retrouver un peu d'honneur. Tout juste assez pour ne pas vieillir sans dignité. Seule. Quitter ce pays et Antoine avec. Tout le monde divorce aujourd'hui, ce n'est pas la fin du monde. On n'est pas toujours obligé de tout réparer. On doit accepter de vivre dans un monde fissuré. Jamais elle ne pourra pardonner. Elle a fait semblant. Une mise en scène pour le garder. Elle l'a laissé pleurer dans ses bras pour une autre. Elle a manqué de vigilance. Il l'a très vite regardée comme une sœur. Une grande sœur, puisqu'elle est plus âgée. Une mère, peut-être, pour retrouver la sienne. Elle a rassuré l'enfant orphelin devenu soldat dans cette guerre des sentiments. Elle a quitté son rôle de femme, en se leurrant, pour chercher une place plus paisible et ne pas périr dans les flammes de l'amour. Malheureusement, on sait ce qui arrive aux gens qui partent à la chasse. Ils perdent leur place.

Il y a eu, entre Antoine et cette femme, qui dort juste au-dessus de leurs têtes, une intimité qui n'appartient qu'à eux. Sa présence ravive la douleur comme au premier jour. En partant sur un coup de tête, elle a sous-estimé la difficulté de ce voyage qui prend l'apparence d'une reconstitution des faits.

Un son criard l'arrache à ses pensées. Minou, installé au pied du lit sur son châle, aboie furieusement. Le cri animal s'arrête. Le chien répond au silence en aboyant à nouveau.

« Chut ! »

Elle pose doucement la main sur sa tête. Ce gentil chien si fidèle. Sa compagnie si constante. Ces grands yeux noirs, dans un corps si petit mais si vaillant, toujours prêt à prendre sa défense.

Un pan de la moustiquaire est légèrement entrouvert. Tournée complètement sur le côté, elle n'a rien senti bouger et n'a pas fait attention : Antoine est sorti du lit. La peur lui tord immédiatement le ventre. Où est-il ? La salle de bains est allumée. Elle se lève.

« Antoine ?

– Qu'est-ce qu'il veut encore, ce chien ? »

La voix de son mari l'apaise. Il est là, tout près. Elle partira demain. Peut-être. Elle pousse la porte et reste dans l'embrasure, à le regarder. Combien de fois l'a-t-elle vu dans cette position, de dos, les jambes légèrement écartées, les pieds bien plantés dans le sol et le dos très droit, mettant en valeur la largeur de ses épaules ?

Antoine, face au petit miroir mal éclairé de la salle de bains, se masse énergiquement le cuir chevelu avec son produit contre la chute de cheveux. Sans se retourner, il s'adresse au reflet de Fanny.

« Je t'ai réveillée ?

– Non. »

Il lui sourit gentiment. Leurs regards se croisent dans le miroir. Fanny devine qu'il veut éviter tout sujet profond.

« Avec toutes ces merdes, j'ai interrompu mon traitement. J'espère que la chaleur ne va pas faire périr les ampoules. Je trouve qu'elles ont une drôle d'odeur... Ou c'est peut-être moi qui perds mon flair », lui dit-il avec son sourire de garnement.

Cet homme est extraordinaire. Quelles que soient les circonstances, il reste concret. Debout dans la tempête. Tout le monde peut tomber du vaisseau et couler pendant que lui reste là à faire des gestes simples qui l'aident à survivre. Ce premier matin de cette première journée africaine, dans une situation familiale explosive, il s'est levé en pensant à son début de calvitie. Malgré la confusion qui a précédé le départ, il n'a pas oublié de prendre son produit. À quel moment a-t-il pensé à le mettre dans sa trousse de toilette ?

« C'est vraiment embêtant... ça prenait si bien, j'ai une bonne poignée, une bonne vingtaine de cheveux qui ont repoussé...

– Ah bon ?

– Tu ne vois pas la différence ?

– Non, je ne vois rien.

– Approche-toi. Tu vois bien que là sur le haut et ici, au niveau des tempes, il y en a plus ?

– Plus de quoi, Antoine ?

– De cheveux !

– C'est à ça que tu penses ce matin ?

– Oui, répond-il sèchement. Alors ?

– Alors quoi ?

– Mes cheveux ? Tu vois bien que ça marche !

– Je ne sais pas. Je n'ai pas mes lunettes et ce n'est pas flagrant à l'œil nu. À l'arrière, il y a vraiment un trou...

– Comment ça ?

– On voit un peu ton crâne », lui dit-elle ravie de pouvoir se venger.

Antoine, terrifié à l'idée de devenir chauve, son père l'était complètement, se touche nerveusement l'arrière de la tête pour tâter son crâne. Brusquement, avec autant d'excès que quand il se sert en vin et l'avale pendant que les autres en sont à une gorgée, il se renverse beaucoup trop de produit, qui lui dégouline sur le visage.

« Qu'est-ce que tu fais ? Je pensais qu'il fallait seulement en mettre quelques gouttes !

– Tout dépend de la tête du mec. Avec moi, ça ne marche pas quelques gouttelettes... Tu sais bien que j'ai le crâne dur. L'important, c'est d'aller bien en profondeur, délicatement, presque cheveu par cheveu... pour atteindre le bulbe », dit-il en faisant le contraire, frottant comme un fou jusqu'à obtenir une mousse blanche qui lui crêpe les cheveux.

« Et après ? Une fois que tes cheveux ont repoussé ? On fait quoi ? »

Antoine se lisse rapidement les cheveux avec un peu d'eau, se lave les mains et sort de la salle de bains. Il prend dans sa valise un pantalon et une chemise froissée qu'il enfile rapidement.

« Il faut descendre.

– Je vais rester là.

– Fanny, c'est vraiment pas le moment, il fait trop chaud.

– Je vais t'attendre, lui dit-elle, en s'asseyant sur le lit. On parlera ce soir ou cet après-midi, quand tu rentres...

– Pourquoi m'attendre ? Je ne sais pas à quelle heure je serai là. Allez ! Habille-toi ! Je ne supporte pas quand tu fais cette tête... Je suis déjà assez angoissé comme ça.

– Je suis fatiguée, Antoine.

– Prends une douche froide. C'est ce que j'ai fait ce matin. Ça réveille.

– Si tu m'avais demandé de choisir un pays, je ne serais jamais venue ici.

– Tu penses que j'ai choisi ?

– Je ne sais pas ce que tu as fait, Antoine. Tu me dis que tu pars seul avec le mari et...

– Je ne savais pas qu'elle venait, crois-moi, lui dit-il en la regardant avec tendresse. Tu as l'air fatiguée.

– J'ai très mal dormi. J'ai eu très chaud... »

Le chien descend du lit pour regarder par la fenêtre.

« Minou aussi. Je pense que c'est très mauvais pour lui, cette chaleur.

– C'est vrai que c'est intenable. On était mieux dans la neige ! Et là encore, il fait frais... On n'a pas encore vu le soleil de midi. Pas étonnant qu'ils vivent la nuit, le jour ils doivent être écrasés par la chaleur.

– Je me suis levée plusieurs fois pour donner à boire au chien et puis je n'avais plus d'eau dans la bouteille. Je n'ai pas osé descendre.

– Tu ne pouvais pas en prendre au robinet ?

– On ne peut pas risquer la colique... Tu te rappelles que c'est comme ça qu'est mort mon premier chien ?

– Tu vas crever de chaud avec tes vêtements... Tiens, mets ça », lui dit-il en lui donnant une chemise blanche.

Elle la prend sans rien dire. La dernière fois qu'elle a mis une de ses chemises, ils venaient de se rencontrer. Après avoir fait l'amour passionnément, dans la petite chambre qu'il habitait sous les toits, il lui avait prêté une chemise bleue parce qu'elle ne pouvait pas remettre sa robe, déchirée. Elle n'avait pas quitté sa chemise ni son odeur pendant deux jours, heureuse de le sentir en elle, sur elle, son parfum infiltré dans sa chair.

« Tu ne vas pas rester toute seule à l'hôtel. Allez viens, habille-toi. Laisse le chien. Au moins, on est sûrs qu'il sera à l'ombre.

– Je peux aussi... »

Dehors, on entend à nouveau le grand cri de bête.

« Chut ! Écoute ! T'entends le bestiau ?! C'est ça qui m'a réveillé ! Je crois que c'est un gorille !

– Antoine ? Je ne comprends pas pourquoi tu m'as menti ?
– On ne va pas recommencer.
– Pourquoi tu mens ?
– Qu'est-ce que tu voulais que je te dise ? Tout le monde est parti sur un coup de tête. Regarde, toi, tu penses que c'était prévu ? »
Fanny n'a pas le courage de le contredire. Elle sait très bien que quand Antoine part sur la piste de la mauvaise foi, il n'y a rien à faire.
« Tu aurais pu les laisser se débrouiller.
– Et moi, je passe pour quoi ? Le gros lâche qui n'est pas capable de s'occuper de sa fille ! »
Fanny frémit chaque fois qu'il prononce « ma fille ». Depuis vingt ans. Qu'est-ce qu'il en sait ? Il n'a jamais fait de test de paternité et l'autre, avec ce regard qui ne se dérobe pas, ça se voit que c'est une fille qui couche facilement. Elle avait forcément un autre amant puisque lui, Antoine, était marié, qu'il était très souvent à la maison. Neuf mois avant la naissance de l'enfant, ils avaient passé un mois en Ardèche chez son père. Les probabilités qu'il soit le vrai père étaient presque nulles. Pendant longtemps, elle avait cru que c'était à cause d'elle qu'ils n'arrivaient pas à avoir d'enfant mais, en réalité, c'était lui. Ses spermatozoïdes étaient trop lents. Comment l'autre pouvait-elle prétendre qu'elle était tombée enceinte de lui, en quelques mois ? Elle le lui avait dit en hurlant, en pleurant, avec calme. Jamais il n'avait voulu faire ce test de paternité.
« Il fallait les laisser partir seuls.
– Pour qui j'allais passer ?
– Pour un homme marié qui n'a pas à quitter sa famille pour aller à l'autre bout du monde avec son ex-maîtresse !
– Tu ne vas pas recommencer avec ces vieilles histoires. Elle est mariée. Elle a sa vie.

– Tu l'as entendue hier soir ? Elle est d'un culot ! C'est à peine si elle ne t'appelle pas "chéri" !

– Tu es folle.

– Elle te parle sans aucune gêne, tranquillement, comme si vous étiez en couple. Si tu avais vu la tête de son mari. Quel saint, cet homme, de la supporter !

– Tu parles du saint ! C'est à cause de lui qu'on est dans cette merde ! C'est lui qui a poussé Sophie à partir en Afrique. Il joue toujours au mec qui ne fait pas un pas de travers... Je ne peux pas les supporter, ces mecs qui ont toujours eu le cul au chaud, qui te regardent de haut, qui font semblant de défendre le peuple mais qui en fait méprisent tout ce qui n'est pas sorti de leurs grandes écoles... Il me regarde toujours comme si j'étais le dernier des abrutis...

– C'est surtout l'autre qui s'est bien moquée de toi. Elle t'a toujours mené en bateau. Ça fait vingt ans que ça dure. C'est un poison. Elle a introduit le mensonge dans nos vies. Tu n'étais pas comme ça avant... Tu as toujours été quelqu'un d'honnête... C'est elle... Tout ça, c'est elle... »

Antoine la coupe, furieux. Il ne veut pas entendre pour la millième fois que Virginie est une traînée et que Sophie n'est pas sa fille.

« C'est lui ! Je suis sûr que c'est lui qui a encouragé Sophie à me mentir. Depuis qu'elle est môme, il lui a bourré le crâne avec la pauvreté dans le monde. Monsieur est bien-pensant. Il a le cœur grand ! En Afrique ! Il avait qu'à y aller, lui, travailler dans ces orphelinats au lieu de me prendre pour un con en me faisant croire que Sophie faisait de la luge en Autriche ! »

Elle ouvre le volet sur un monde qu'elle ne connaît pas, qu'elle ne veut pas entendre. Quand est-ce qu'il lui a parlé ? Il faut qu'elle enfouisse au plus vite ce qu'il vient de lui dire. Elle ne veut pas d'images.

« C'était à elle de te dire la vérité ! Lui, il n'y est pour rien... Il s'arrange... Il subit.

– Mais qu'est-ce qu'il ne faut pas entendre ! Tout ça parce que monsieur a de beaux yeux et parle bien ! Un inconscient, oui ! Moi je lui aurais dit, à Sophie, qu'en ce moment, en Afrique, il ne faut pas y foutre les pieds ! Les terroristes ont été clairs. À coups de kalachnikovs dans les hôtels pour touristes ! C'est de la folie ! C'était il y a combien de temps, le massacre à l'hôtel du Burkina Faso ? »

Il sort de la chambre. Fanny le suit. Elle ne l'écoute plus. Elle se retourne et regarde son chien sur le lit, qui s'est levé pour la suivre.

« Minou, tu restes ! »

Le chien se rassoit en l'interrogeant du regard avec ses oreilles de côté et son petit air malin qui attend un signe d'elle.

« Tu restes. »

Le chien se couche, résigné.

22

Fanny avance sans l'attendre. Le bruit de ses chaussures à talons résonne dans le couloir à ciel ouvert. Antoine vérifie qu'il a bien la clé de la chambre avant de claquer la porte. En passant par la réception, il aperçoit de loin le grand-père de Sophie. Fanny ne doit pas savoir qu'il le connaît très bien. Rien de ces choses-là ne se dit entre eux. L'a-t-elle salué en passant à quelques mètres de lui, cet homme aux cheveux blancs et à la moustache grise ? Hier, dans la confusion du départ, il était plus facile à éviter. Les présentations n'ont pas été faites. René regarde dans leur direction. Antoine ne peut pas faire semblant. Il lui adresse un discret signe de la main, de loin, à l'abri du regard de sa femme, pour ne pas déclencher une avalanche de reproches. Tout le terrain est miné. Les mensonges. Les omissions. Il ne sait plus ce qu'il lui a dit ou pas dit. Lui-même ne sait plus précisément ce qu'il a vécu, ce qu'il a fantasmé. Ses mensonges se sont mélangés aux souvenirs. À force de tout garder pour lui, il a perdu tout repère. Il y a tellement de choses qu'il n'a pas pu leur dire. Ni à l'une ni à l'autre.

Précautionneux de ne faire mal à personne, il en a fait à tous. Sa femme a souffert. Virginie aussi. Il a fui souvent sa fille et a ignoré souvent son fils, en équilibrant inconsciemment ses absences. Lui ne s'est pas épargné non plus, il n'était jamais en paix et vivait en manque. Son destin le divisait sans cesse, l'obligeait à devenir schizophrène. Quoi qu'il fasse, il avait le rôle du bourreau. Déjà, quand il était enfant, son frère était le doux et lui le sauvage. Le Viking. Celui qui se bat pour vivre. Depuis toujours enfermé dans le rôle de l'infidèle. Celui qui fuit la famille qu'il a tant cherchée. Son frère lui a reproché, un soir d'ivresse, d'avoir précipité leur père dans la tombe avec sa honte. Il s'inventait déjà une vie qui n'était pas la leur. Que faire des sentiments qui naissent malgré nous ? Le mensonge blesse. La vérité dévaste. Il aurait fallu, pour que tout s'arrête, s'interdire de vivre. Se rendre prisonnier du concept moral ou accepter que l'appel du bonheur soit parfois immoral. Que la liberté, qui finit quand celle de l'autre commence, est une contradiction en soi. Qu'est-ce que la liberté si elle est limitée par des gardiens ? Ne doit-elle pas être la plus grande promesse d'aventure, à l'horizon infini ?

L'infidélité est vaste. Palpitante. Épuisante. Dangereuse. Elle dépasse les amants dans leur lit. Elle est un mélange incohérent de bonheur et de trahison. Le mensonge au cœur de la vérité. On aime dans la douleur. On se perd. On se divise. On se partage. On s'écartèle. Elle tisse des souvenirs parallèles qui éloignent du conjoint.

Antoine ne s'est jamais senti aussi seul que depuis qu'il est si nombreux. La naissance de Sophie l'a rattaché à un autre clan. Le début d'une autre famille. Une branche fragile, mais malgré tout la sienne. Quand on est infidèle, on trahit sa femme, sa maîtresse, ses enfants et soi-même, en faisant des choix qui nous semblent raisonnables dans les plus grands moments de folie. Il lui semble impossible de rattacher les deux mondes qui cohabitent en lui depuis vingt ans, qu'il a tenus à distance, en cherchant l'équilibre, tel un jongleur avec ses balles. Ce voyage lui donne l'impression d'avoir, en essayant la balle de trop, tout laissé rouler à ses pieds. Il faut qu'il essaie tant bien que mal de réunir à nouveau ses balles.

René possédait déjà sa canne en ébène quand il a rencontré Virginie. Il ne peut pas s'approcher de cet homme sympathique, qui, malgré le chagrin causé à sa fille, ne l'a jamais jugé. Il ne peut pas lui présenter sa femme, parce qu'il serait obligé de dire à Fanny qu'il est le père de celle qui, aujourd'hui encore, est au cœur de ta haine.

Fanny a aperçu son fils à travers la baie vitrée. Soukeyna, en pleine conversation avec René, indique à Antoine la direction du jardin pour le petit déjeuner. Toujours joviale, habillée très élégamment, son turban assorti à sa robe, elle attend derrière l'imprimante que sorte une affichette figurant le visage de Sophie. La lumière. Une fille si sympathique. Elle tend une pile de feuillets à René, impatient de voir le résultat.

« Je n'ai pu en faire que quatre-vingts. Il n'y a plus d'encre rouge. »

Les reins et les genoux fatigués par le voyage, René se lève avec difficulté, mais semble ravi de sa petite initiative et charmé par Soukeyna.

« Merci.

– Je vous accompagne au petit déjeuner ? Vous verrez, on ne se débrouille pas trop mal avec le café. On a une machine italienne, des mangues du jardin et des croissants cuits par notre cuisinier. »

Il hésite devant tant de promesses gustatives, fait quelques pas vers ce jardin avenant aux fleurs odorantes, deux flamboyants encadrent la terrasse, puis fait demi-tour. La situation est absurde. Antoine ne s'est pas approché pour lui dire bonjour. Il ne va pas s'asseoir seul, comme un étranger, à une table tout près de lui, et le regarder lâchement beurrer ses tartines, gêné par la présence de sa femme, sans pouvoir lui parler de Sophie.

« Je pense que je vais les laisser », murmure-t-il.

Soukeyna le regarde sans comprendre. Cette famille a l'air aussi compliquée que la sienne ! Cette pression permanente, le sentiment de ne jamais en faire assez... La seule différence, c'est que chez elle les enfants sont persécutés sans cesse par leurs parents, alors que chez eux ce sont les enfants qui les persécutent. Elle n'a pas compris pourquoi Antoine et Fanny n'ont pas salué le vieux. Un si bel homme, si respectable. C'est peut-être à cause d'eux qu'il ne déjeune pas dans son jardin dont elle est si fière.

« On peut aussi vous le servir dans la chambre... Le balcon donne sur la piscine, vous verrez, c'est un peu comme une tour de contrôle... On voit tout ce qui s'y passe !

– Merci. Avec le café... les croissants... Je prendrai aussi une belle salade de fruits... si vous avez... Et un jus d'orange. Et peut-être une mangue. »

Il en rajoute pour la voir sourire.

23

Je suis sous les toits, au deuxième étage, dans une chambre au bout du couloir.

Ce matin très tôt, je suis descendue, en pyjama, pour voir si mon père, qui se réveille à l'aube, avait passé une bonne nuit. J'avais très envie de lui parler de Sophie. De son dernier moment avec elle. J'ai frappé doucement à sa porte mais je n'ai pas entendu sa radio qu'il allume dès qu'il ouvre les yeux. J'ai frappé une deuxième fois un peu plus fort.

« Papa ? »

Aucune réponse. Il était sans doute trop tôt. Le soleil n'était pas encore levé. J'avais dormi à peine deux heures mais je n'avais plus du tout sommeil. J'ai suivi une musique qui sortait d'un transistor. Papa ? Ça ne pouvait être que lui, l'homme au transistor. Il allait réveiller tout le monde. Combien de fois lui avait-on demandé de baisser le volume de sa radio ?

« Papa ? »

Le son venait d'en bas, de la cour où nous avions garé le minibus. Dans cette atmosphère étrange, fantomatique, imprégnée d'encens entre la fin de la nuit et le début du jour, au milieu de la rumeur de la prière matinale, j'entends s'élever distinctement les mots du commentateur : « Comme disait si bien le président Omar Bongo, les chiens aboient mais la caravane passe... Les chiens aboient mais la caravane passe. »

Puis la musique reprend avec quelques notes de kora.

« Quels chiens ? Quelle caravane ? »

Notre minibus, vide de ses passagers, trône dans la cour. Un homme, très élégant malgré son costume deux-pièces vert bouteille un peu trop grand pour lui, en fait le tour, une éponge à la main, pour l'astiquer. Il doit avoir le même âge que mon père, ou peut-être pas, c'est difficile à dire avec son visage lisse et ses cheveux entièrement blancs. À ma vue, il éteint le jet d'eau et vient me saluer.

« Bonjour madame, on m'appelle le Parisien. Je travaille ici. C'est à vous, cette voiture ?

– Oui. Enfin c'est une voiture de location. Bonjour... je suis Virginie. »

Décidément, après Zidane et Mitterrand, tout le monde ici semble avoir un nom d'emprunt, comme si la vie était une immense comédie. Je lui tends la main. Je suis peut-être trop familière. En même temps, depuis notre arrivée, les gens nous tutoient facilement. Ça ne me dérange pas. Je n'ai jamais réussi à me présenter en disant « Madame ». Difficile de me sentir dame. La transition entre la jeune fille et la dame n'a pas dû bien se faire pour moi.

Il s'essuie rapidement la main avec son chiffon avant de me tendre la sienne.

« Ça va bien ce matin ? »

Cet homme tiré à quatre épingles en train de nettoyer notre voiture, avant même le lever du jour, semble complètement hors contexte. Est-il le compagnon ou le mari de l'hôtelière qui vient tout juste de rentrer d'une fête endiablée et nettoie la voiture pour rendre service et se faire pardonner ?

« Oui, oui », lui dis-je, un peu gênée dans mon vieux tee-shirt enfilé à toute vitesse sur ma nuisette, qui déparent face à sa chemise repassée, son Borsalino, ses chaussures vernies immaculées malgré le jet d'eau et ses chaussettes jaunes comme un élégant rappel de sa ceinture.

« Et les enfants, ça va ? »

Il lui semble évident que j'ai des enfants.

« Bien, merci... »

Je réponds poliment mais sa question, posée en me regardant droit dans les yeux et en me serrant la main un peu trop longuement, n'a pas l'air d'être une affaire de politesse. Que sait-il ? Il a forcément rencontré Sophie s'il travaillait ici. J'hésite à l'interroger mais il a déjà rallumé son jet et repris son travail.

« Vous avez les clés pour que je brique l'intérieur ?

– Non, enfin oui, là-haut, mais il est tôt et mon mari dort et c'est lui qui...

– Plus tard, madame Virginie, c'est pas grave. Laissez-le dormir. Mais il faudra lui dire de déplacer la voiture... Parce que là, sous le manguier, c'est pas bon ! Les oiseaux ont les intestins déchaînés... Surtout quand les mangues sont vertes », continue-t-il malicieusement.

Je suis remontée dans ma chambre en attendant que le soleil se lève complètement. Je me suis allongée à nouveau sur le grand lit en essayant de faire le moins de bruit possible pour ne pas réveiller Gabriel. Il a besoin de dormir. Je sais que la journée sera longue. Je me suis rendormie assez longtemps pour faire un rêve qui m'a paru interminable.

La salle de bains est petite mais ravissante avec ses carreaux aux couleurs un peu passées. Je regarde mon visage dans le petit miroir mal éclairé au-dessus du lavabo. J'ai les yeux cernés. Je n'ai pas dormi d'un sommeil réparateur depuis trois jours. Le corps tendu par l'inquiétude. Je ressasse les derniers moments avec Sophie. Je cherche des signes d'apaisement, des choses qu'elle m'aurait dites qui pourraient me laisser penser que, peut-être, elle a tout prévu, que Gabriel a raison : on ne connaît pas vraiment ses enfants. On les ressent mais on ne les connaît pas. Il m'a déjà expliqué la différence. Pour moi, c'est très confus. Pour lui aussi d'ailleurs, quand il s'agit de Chloé. Mes mains tremblent depuis la disparition de Sophie comme si j'avais un début de Parkinson. Je m'appuie contre le lavabo. Je me calme. Je chasse les pensées négatives. Celles qui me culpabilisent. Comment ai-je pu ne pas m'inquiéter avant ? J'ai horreur du contact permanent. Je peux être distante. Inconsciente. Mes enfants sont le centre de ma vie mais, en apparence, je m'en inquiète si peu. Je les appelle rarement. Je n'envoie pas d'e-mail. Je ne connais même pas leurs adresses électroniques par cœur. J'ai besoin de respiration. Je chéris l'absence parce qu'elle nourrit ma pensée et me permet, débarrassée du quotidien, de retrouver profondément les gens que j'aime. Si tu savais comme je t'aime, ma Sophie, même si mon téléphone est toujours au fond de mon sac. Je te veille sans cesse, te cherche parmi les étoiles avant de m'endormir et te retrouve dans mes rêves.

Pour mes enfants, je m'appuie sur mon instinct. Ma conviction que rien ne peut leur arriver sans que je sois alertée par une voix intérieure, intime, qui m'a guidée toute ma vie, que j'ai écoutée attentivement. Si je ne l'avais pas fait, je serais devenue folle. Cette disparition n'a pas de place dans ma trajectoire. Impossible que ce soit mon destin de te perdre. Tu as en toi toutes les promesses d'une vie qui commence. Sophie, où es-tu ?

Je me déshabille. Prendre une douche, faire couler de l'eau sur mon visage et mon corps, voilà le programme des secondes qui suivent. Après, j'y verrai plus clair. Il nous faut un plan. Un début cohérent.

Que fait Antoine ? Leur chambre est juste en dessous de la nôtre. J'ai toujours redouté de croiser l'ennemie, pendant toutes ces années, quelque part dans la ville. Le risque que cela arrive m'a épuisée. Je n'arrive pas à savoir si je préfère la savoir localisée dans un endroit précis, pile dans mon périmètre.

J'entends Gabriel qui range dans la chambre. On ne s'est pas vraiment parlé depuis hier. Ça arrive souvent quand on a trop de choses à se dire mais que ce n'est jamais le moment.

Un cri d'animal, strident et inquiétant, me fait sursauter. Je sors de la salle de bains, ma serviette autour des hanches, et regarde par la fenêtre.

« C'est quoi, cet oiseau ?

– C'est un singe », me répond Gabriel avec assurance. J'ai le sentiment qu'il me parle comme à une idiote.

« On ne peut pas le voir. Il est juste au-dessus de nos têtes, complète-t-il.

– C'est étrange, comme cri... Si tu écoutes bien, on entend comme un bruit d'ailes...

– Je te dis que c'est un singe ! »

Le professeur a parlé.

Je retourne dans la salle de bains. Je pense vraiment que c'est un oiseau. Je continue à parler à Gabriel comme s'il était devant moi.

« J'ai très peu dormi...

– Tu t'es levée cette nuit ?

– À l'aube... Je ne dormais pas. »

Silence.

« Je me suis levée pour voir mon père.

– Si tôt ?

– Oui.

– Ah... »

Qui veut-il que je sois allée voir à part Chloé ou mon père ?
« Il dormait...
– Tu es entrée dans sa chambre ?
– Quelle chambre ?
– Eh bien celle de ton père.
– Ben non ! J'ai juste frappé.
– Tu aurais pu entrer, il ne ferme jamais à clé.
– Je sais... Mais je ne voulais pas le réveiller.
– Ah ! il devait être vraiment très tôt alors.
– Oui, il ne faisait pas encore jour... C'est ce que je t'ai dit. »
Je le connais. Il cherche l'omission. Je n'ai pas envie de lui raconter tout de suite ma rencontre avec le Parisien, je ne veux pas qu'il s'imagine que je cherchais autre chose. C'est absurde de lui expliquer que j'ai pensé que le bruit du transistor était celui de mon père. Nos gestes absurdes nous rendent parfois plus coupables que certaines actions fautives.
« Alors je me suis recouchée et j'ai fait un rêve étrange... »
Silence.
« Quel rêve ?
– J'ai rêvé qu'on se faisait attaquer par des gorilles et que la mère singe s'éloignait avec Sophie dans les bras...
– C'est à cause de ce singe qu'on entend depuis le milieu de la nuit.
– ... et quand elle se retournait, elle avait le visage de Fanny. »
Gabriel s'approche dans l'encadrement de la porte.
« Qui ça ?
– La mère gorille...
– Moi je trouve qu'elle n'a pas l'air antipathique, cette Fanny... Je ne l'imaginais pas du tout comme ça. »
Je reste sans voix.
« Je la regardais hier...
– Tu plaisantes ?

– Non. Elle n'a pas l'air méchante. Je la trouve même assez... Je suis sûr qu'elle peut être gentille... Drôle en tout cas. Malgré son air de bourgeoise coincée.

– Drôle ? Comment peux-tu dire ça ? Elle est odieuse ! Elle n'a de bourgeois que son costume ! Elle n'a aucune éducation. Ni celle des gestes ni celle du cœur ! Tu l'as vue hier avant qu'on prenne l'avion ?

– Ce n'est pas la peine de t'énerver. On discute...

– Je lui tends gentiment la main et elle, elle me regarde comme si elle allait m'étriper ! Devant les enfants... Devant mon père. Dans cette situation épouvantable ! Comme si elle ne savait pas ce que c'est d'être mère. C'est un monstre !

– Elle ne te regarde pas vraiment, elle fait plutôt comme si tu n'étais pas là. À mon avis, elle essaie...

– Et tu trouves ça sympathique ?

– Mets-toi à sa place.

– Mais enfin, personne ne lui a demandé de venir ! Qu'est-ce qu'elle fout là d'ailleurs ?!

– Elle suit son mari... C'est normal... »

Il me pique au vif.

« En fait, c'est moi la salope, c'est ça ?

– C'est pas ce que j'ai dit.

– C'est ce que tu penses.

– Non ! Ne me fais pas dire ce que je n'ai pas dit ! Essaie juste de comprendre.

– Ah ! Tu ne vas pas me faire le coup de la veuve et de l'orphelin avec elle !

– Écoute-moi ! Il y a des faits qui compliquent forcément la situation...

– Quels faits ?

– Antoine et toi.

– C'était il y a un siècle !

– Oui, mais elle te voit pour la première fois.
– Et alors ?
– Tu as été la maîtresse de son mari... Mets-toi à sa place.
– Et elle, elle se met à la mienne ? Quand j'ai rencontré Antoine, ils étaient séparés.
– Ça, c'est ce qu'il t'a dit...
– Enfin, je sais qu'ils n'étaient plus ensemble.
– Divorcés ?
– Non ! Mais plus ensemble.
– Il faut se méfier des gens plus ensemble, mais toujours mariés... Surtout quand ils vivent sous le même toit. Elle n'était peut-être pas au courant qu'ils étaient séparés...
– Qu'est-ce que tu racontes ?
– Tu ne prends jamais aucune responsabilité dans cette histoire. Ça ne suffit pas de dire que tu avais juste 20 ans. La situation ne pourra jamais se régler si tu continues à regarder midi à ta porte ! Chacun a joué un rôle dans cette histoire. Et le pire c'est quand même celui d'Antoine ! »
Silence.
« Je te racontais juste un rêve.
– C'est la signification du rêve que je trouve inquiétante... En même temps, dans les rêves, on est tous les personnages à la fois. Quand on le sait, quand on fait un effort dans cette direction pour les interpréter, c'est plus facile d'aller vers les autres.
– Je te trouve méchant ce matin.
– Tu sais très bien que je ne suis pas méchant. Mais tu avoueras que votre histoire avec Antoine... elle plombe tout le monde.
– Pourquoi tu la défends ? Avec tout le mal qu'elle nous a fait ? À Sophie. À moi.
– Je ne la défends pas. Il n'y a rien à défendre, parce que s'il y a bien une chose qu'elle n'est pas, c'est responsable de toute cette merde.

– Je ne suis pas d'accord.

– Je trouve ça fou que tu ne lâches pas l'idée qu'elle est cette guenon maléfique, alors qu'Antoine... »

Je réponds, sarcastique :

« Enfin, pas n'importe quel singe, mais la reine intouchable de la grande tribu des gorilles ! Celle qui règne, qui ne se salit jamais les mains, celle devant qui tout le monde doit se prosterner pour lui demander pardon...

– Eh bien oui, il faudrait peut-être commencer par là ! Quand on entre chez les gens sans frapper, on s'excuse. On débarque pas dans la vie des autres sans jamais demander pardon, comme les colons piétinant les autres sur leur terre en prenant tout ce qui ne leur appartient pas.

– Tu me fais chier. Je n'ai rien pris du tout. Antoine ne l'aimait plus. Tout ce que tu viens de dire, c'est des paroles de con ! De con suffisant. De con jaloux, parce que, le fond du problème, il est là. Tu es jaloux d'Antoine. »

J'ai besoin d'évacuer ma violence contenue depuis hier soir. En général, ce n'est pas notre langage. Même quand on se dispute on résiste à la violence verbale. J'ai l'impression que ces mots empruntés sonnent faux dans ma bouche.

Gabriel est furieux. Il ne dit rien mais je le vois dans ses yeux. Il sort en claquant la porte. Je fais tomber ma serviette et entre dans la douche. Je tourne le pommeau pour régler l'eau. Un filet s'échappe, quelques gouttes et plus rien.

« Et merde ! »

Je secoue le pommeau avec violence.

« Et merde ! Elle pourrait au moins me dire bonjour normalement, cette conne ! »

24

En pénétrant dans la cuisine de l'hôtel pour accélérer le rythme, Soukeyna se prend les pieds dans le mouton de sa fille de 17 ans.

« J'en ai marre de ce mouton ! S'il ne reste pas attaché dans la cour, je t'ai prévenue, je le vends pour la Tabaski !

– Mais maman, il ne peut pas vivre attaché ! Il me suit et je le surveille. Ne t'inquiète pas. Il est apprivoisé... Il m'écoute », lui répond Oulimata en essayant de pousser l'animal hors de la cuisine, mais la petite bête têtue résiste.

« Va installer les matelas à la piscine. Les clients vont bientôt descendre.

– Oui maman, j'ai déjà commencé mais on m'a demandé un jus d'orange.

– Et n'oublie pas de faire tes révisions.

– Oui maman, c'est prévu. J'ai déjà étudié deux heures ce matin et j'ai rendez-vous à 14 heures avec Tonton. »

Tonton, c'est le Parisien, le grand frère de Soukeyna, retraité de la poste, qui travaille avec elle depuis l'ouverture de l'hôtel.

Soukeyna écoute sa fille d'une oreille distraite et presse ses employés en même temps.

« Dépêchez-vous ! Il n'y a plus d'eau dans la chambre des papayes vertes. C'est dans la même chambre qu'on avait demandé un café qui n'est jamais arrivé. Entre le gardien hier soir qui n'entend pas les clients et maintenant l'eau qui manque dans les chambres... »

Le réservoir est vide. Qui a oublié de le remplir ? Soukeyna est sous tension. Ça n'arrive presque jamais que des Européens choisissent son hôtel. Depuis un an, ses clients sont plutôt des Ivoiriens en visite à Dakar. Depuis qu'elle a ouvert, il y a cinq ans, les chambres ont été occupées par des Blancs seulement dix fois. Elle rêve que son hôtel séduise une clientèle internationale et de pouvoir augmenter progressivement ses tarifs. Pendant des années, elle a travaillé au service des autres, à l'hôtel Président Méridien des Almadies, avant de jeter son tablier une fois qu'elle avait fait des économies suffisantes. Elle avait fait ce pari auprès de ses parents après son divorce. Elle s'en sortirait toute seule. Ses parents, surtout sa mère, étaient furieux de la voir divorcer, mais il était hors de question pour elle d'accepter la seconde épouse que son mari, épousé par amour, voulait lui imposer. Elle l'avait rencontré en Occident et jamais il n'avait été question de polygamie. Sur leur contrat de mariage oui, mais comme grand nombre de Sénégalais, il avait coché la case par respect des traditions, sans aucune intention de la mettre en application. Entre eux, c'était clair, pas d'autres femmes. C'est sur le tard, à 45 ans, après un mauvais paludisme qui l'avait cloué au lit, que la peur de mourir avait entraîné son mari dans la ferveur de la religion, qu'il s'était déclaré musulman pratiquant, avait fait deux voyages à La Mecque et avait rencontré une jeune femme qui elle aussi priait, comme lui, cinq fois par jour. Soukeyna n'était pas idiote, elle savait qu'ils ne faisaient pas que prier et il était impensable pour elle de partager son homme avec qui que ce soit. Elle avait versé assez de larmes pour remplir le fleuve Sénégal, porté sur elle des tas de fétiches, sacrifié des poules et fait des ablutions avec de l'eau sacrée qu'elle était allée chercher à cent kilomètres de chez elle pour éloigner la rivale. Tout ça n'avait servi à rien. Son mari avait épousé la jeunette. Son marabout était désolé mais elle ne lui en tenait pas rigueur.

C'était elle qui avait empêché la magie d'opérer. L'orgueil aurait pu lui faire faire le tour du Sénégal à pied mais son cœur trahi n'y était plus. Et les dieux n'aident que ceux qui y mettent de la bonne volonté. Un matin, elle avait eu une révélation. Son sourire était revenu comme un rayon de soleil qui combat le ciel gris. Sa route n'était pas finie. Elle avait tant de choses à faire. Elle préférait vivre seule avec sa petite dernière, qui venait d'avoir 16 ans. Elle avait fini ses études à l'étranger après avoir gagné une bourse. Sa poche était pleine de diplômes. Au début de son mariage, elle s'était laissée endormir par l'excitation de créer un nid pour son nouveau mari, elle avait fait quatre fils très rapprochés, puis une fille un peu plus tard, elle avait mis en veille ses ambitions et ses années de réussite scolaire où elle était arrivée première avec les félicitations du jury. Elle était allée dans un collège prestigieux. À l'époque, un grand avenir l'attendait. Et puis, il avait fallu que son cœur s'accélère sur les bancs de l'université et elle avait abandonné tout espoir, toute ambition, de devenir un jour une femme indépendante. Certaines de ses amies de classe avaient participé au gouvernement, une était même devenue écrivain, pendant qu'elle s'était mise à faire la lessive et à cultiver les légumes. Quel gâchis !

Heureusement, il n'est jamais trop tard. Le divorce ne lui avait pas apporté que chagrin et déception, il lui avait donné un nouveau souffle. Elle aimait l'idée de la vie qui se renouvelle sans cesse. Moins monotone que les saisons parce que tout était surprenant. Rien ne ressemble aux projets qu'on bâtit. Les débuts sont toujours exaltants et pleins d'espoir. Elle avait fait un emprunt pour rénover cette ancienne bâtisse portugaise en maison d'hôte de luxe. Certes, ce n'était pas au bord de la mer, ce qui pourrait décevoir les touristes, mais elle avait parié sur la qualité des prestations, le service irréprochable, la décoration et la piscine aux carreaux bleu marine qui lui donnaient un air d'océan, pour que sa réputation fasse le tour du monde. Sa fille l'avait aidée à mettre en ligne un site internet. Tout était en place.

Quand elle avait vu arriver Sophie et Pamela, elle avait d'abord pensé qu'elles s'étaient trompées d'adresse. Mais non, c'était un pur fruit du hasard, un cadeau des ancêtres, son marabout l'avait prévenue, le matin même où ils venaient de terminer la piscine. Elles s'étaient perdues dans son quartier et comme elles n'étaient pas au Sénégal pour la plage, elles paraissaient ravies. Quand la surprise du coup de téléphone était arrivée le matin de Noël, comme lui avait encore prédit son marabout, qui lui annonçait l'arrivée de Français, elle avait dansé toute seule en remerciant tous les esprits qui s'étaient mobilisés pour la sortir d'affaire. Elle pouvait doubler sans problème le tarif des chambres sous prétexte de la pleine saison, pour la soulager du poids de l'emprunt et de l'argent qu'elle devait distribuer à sa famille pour les fêtes. Après avoir raccroché, elle avait recruté du personnel en renfort pour que tout soit impeccable. Mais tout ne fonctionnait pas comme prévu.

« L'eau pour la chambre verte ! Vite ! Dans la chambre des papayes ! Djibril et Moktar, allez chercher de l'eau dans le réservoir central et les autres, vous restez ici, j'ai à vous parler. »

Les employés et les nouveaux renforts sont réunis au complet. Parmi eux, plusieurs nièces et neveux. Entre les murs de son établissement, elle est la patronne et tous l'écoutent avec sérieux.

« Ce matin est un grand jour, nous accueillons une grande famille de Français qui occupent plusieurs chambres. Comme vous le savez, c'est très exceptionnel ! Depuis le passage de Sophie et Pamela, les toubabs s'intéressent à notre hôtel. »

Éclat de rire général. Certains poussent des cris de victoire !

« Quand les Blancs arrivent quelque part, c'est un signe de prospérité. Avec toutes ces chambres occupées, la réputation de l'hôtel volera comme une cigogne ! On dit "Aide-toi et le ciel t'aidera" : pour une fois, c'est le ciel qui nous a aidés en premier et, pour lui rendre cette aubaine, il va falloir travailler. Le plus important, c'est que le service soit rapide, très, très rapide. Et précis. Que les mots concordent avec les actes. S'il n'y a plus d'oranges, il ne faut pas les remplacer avec de la papaye ou de la mangue même si elle a la même couleur. »

Les employés rient.

« On ne rigole pas. C'est très sérieux. Ils doivent voir arriver ce qu'ils ont commandé ! Un fruit n'est pas un fruit quand il n'est pas le fruit qu'ils demandent. Il faut comprendre la nuance et ne pas en faire qu'à sa tête. Toutes ces petites choses font la différence. Le couteau à droite, la fourchette à gauche... Ah ! et ne pas oublier de servir leurs enfants avant ! Chez eux, les enfants mangent avant les parents. Ce matin, ils ont trop attendu à table pour le petit déjeuner. La femme avec le chignon était très mécontente, et, résultat, elle s'est vengée sur son mari, à qui elle a fait des yeux furieux. Il faut demander à mon frère le Parisien d'aller à Sandaga cet après-midi pour faire le plein d'oreillers. Il faut quatre oreillers par lit. Vous brûlerez tous les soirs dans les chambres les feuilles vertes du sommeil... Ouly a entendu la femme au chignon se plaindre ce matin parce qu'elle avait mal dormi... Et vérifiez si toutes les ampoules dans les chambres fonctionnent. Et *Inch Allah*, le courant doit rester avec nous. Il faut passer à la centrale, je vais vous donner le nom de mon fils qui travaille là-bas, et expliquer notre situation pour qu'il privilégie le quartier... Si nous faisons mal notre travail, ils se vengeront les uns sur les autres et finiront par partir ou changer d'hôtel. Pendant leur séjour, nous sommes responsables de leur bien-être. De leur humeur. Hier, ils étaient furieux d'avoir attendu devant la porte fermée. J'ai dû à contrecœur renvoyer le gardien, même si c'est un cousin et si les ennuis me guettent, mais il a commis une faute professionnelle grave. Je ferme les yeux pour ceux qui ont oublié de remplir le réservoir d'eau, mais c'est la dernière fois. Chacun est responsable de ses actions. Il n'y a pas de faute individuelle dans le service d'un hôtel. Chacun est la perle qui fait le collier. »

Tout le monde écoute attentivement et acquiesce.

« Le plus important à retenir, c'est que les toubabs ne supportent pas d'attendre. Ils deviennent fous comme des chiens enragés. La vie pour eux, c'est la course ! L'attente est un sacrilège. Le temps ne se gaspille pas. Il faut le respecter. »

Murmure général.

« Alors on va faire un effort. J'ai besoin de tout le personnel présent. Si vous ne vous sentez pas à la hauteur, partez tout de suite. Je n'accepterai aucune excuse, ni affaires de famille ni recherche du mouton pour les fêtes ! Ceux qui viennent au travail à pied, je ne veux pas les voir disparaître pour la sieste parce qu'ils sont fatigués. Tout le monde a de quoi prendre les cars rapides. Allez, au travail ! L'heure tourne ! Je veux vous voir courir comme si le lion vous poursuivait. »

25

Antoine est seul, pensif, devant les restes du petit déjeuner, au milieu des plantes, entouré de moineaux au col rouge assortis aux fleurs qui picorent les miettes.

Gabriel s'approche pour lui dire quelques mots de politesse, histoire de ne pas rester planté là à l'observer de loin dans ce décor bucolique.

Il est impatient de commencer les recherches et de donner un sens à ce voyage que personne n'a choisi de faire ensemble. Il sait très bien que les éléments ne sont pas rassemblés pour que la paix s'instaure, mais il ne peut s'empêcher, en tant qu'optimiste et philanthrope, d'espérer que tout le monde puisse faire un pas vers l'autre.

Cette journée commence mal. Gabriel est d'une grande finesse, mais depuis qu'il est enfant, son corps l'entraîne dans toutes les maladresses, peut-être parce qu'il est souvent plongé dans ses pensées. Il a la tête dans la lune et malheureusement les pieds sur la terre. Son esprit souvent en suspension néglige la densité terrestre de son corps. Alors, il tombe fréquemment, se cogne sur un poteau dans la rue, manque de se faire renverser par une voiture et est souvent la cible de la pure malchance. Pas grave, mais embêtant. Il est toujours celui qui n'a pas son plat au restaurant, dont le cadeau est le seul qui manque sous le sapin, qui dit pile au jeu quand il faut dire face, celui qu'on oublie de chercher quand il joue à cache-cache, etc.

En sortant, contrarié, de la chambre ce matin, il s'est pris les pieds dans un seau et sa serpillière laissés au milieu du couloir et s'est retenu de justesse pour ne pas s'étaler de tout son long. Il a demandé un café dans sa chambre qui n'est jamais arrivé. Il a encore les mots de Virginie en travers de la gorge.

Antoine non plus n'a pas l'air dans son assiette. C'est rare de le voir comme ça, assis seul, sans rien dire. D'habitude, il cherche toujours à meubler le silence. Il a toujours un endroit où se sauver. Des gens qui l'attendent. Des mots pour dire qu'il ne peut pas rester, qu'il ne sait pas quand il reviendra mais qu'il appellera bientôt. Peut-être. Demain ou un autre jour. Et il disparaît chez lui, ou ailleurs, toujours sans donner d'adresse. Gabriel a souvent eu le cœur serré pour Sophie. Virginie, toujours vive à défendre Antoine, prétend que tout va bien, que sa fille a compris comment était son père, qu'elle s'y est faite. Au point même de devenir comme lui, toujours prête à partir, à rêver d'aventure.

Peut-être a-t-elle raison. Être beau-père, c'est avant tout faire un pas en arrière, être toujours présent mais absent quand on nous le demande, admettre de ne pas savoir ce qui se trame dans la tête d'un enfant qui n'est pas le sien. Gabriel pense tout de même savoir, il aime Sophie depuis bien longtemps et a appris à déchiffrer ses silences. Elle a toujours été là, à côté de Virginie. Une petite fille au regard espiègle, collée à sa mère, sans personne pour les séparer. Pour Gabriel et sa nouvelle amoureuse, il n'y avait pas eu d'étape de couple, ils avaient été d'emblée une famille et c'était naturel. Virginie était une mère merveilleuse et il rêvait de lui faire plein d'enfants. Gabriel a très vite compris la délicatesse de la tâche en entrant dans leur vie, mais il savait, en choisissant sa femme, qu'il ne se trompait pas sur la mère qu'elle serait pour ses enfants. C'est une des raisons pour lesquelles il est tombé follement amoureux.

La vie, même quand elle est joyeuse, entraîne toujours avec elle des difficultés. Gabriel a dû construire une vie sur des rêves abîmés, avec tout ce que cela peut induire de souffrance, de regret et de culpabilité. Virginie a vécu douloureusement l'échec de sa première union.

Au quotidien, il a été obligé d'occuper un rôle de père parfois, mais il a fallu du temps pour que Sophie accepte qu'on lui raconte une autre histoire. La sienne, avec l'espoir de ses deux parents ensemble, était finie. Gabriel savait qu'il y aurait des obstacles et il avait toujours été prêt à les surmonter. Sophie était douce, parfois sauvage, parfois aimante, parfois distante mais toujours si brillante qu'il l'admirait et l'aidait à structurer cette intelligence fulgurante pour qu'elle ne l'isole pas du monde. L'école pour elle n'avait jamais été facile. Ses résultats étaient bien en dessous de ses capacités. Elle s'ennuyait. Alors il fallait qu'il invente des stratégies pour l'amuser. Le rire restait l'élément essentiel de sa vie. Il fallait qu'elle puisse rire de tout pour que les choses prennent un sens. Il se sentait concerné mais pas aussi responsable que pour Chloé. Il n'avait pas de rôle défini. Beau-père, il improvisait au quotidien. Ne prenait pas la place du parent manquant, s'en inventait une.

Sophie a grandi, la famille s'est élargie avec la naissance de Chloé et avec toujours cette porte laissée ouverte pour Antoine. Un père original, embrigadé dans une autre vie. Pas facile à cerner, à la fois généreux et d'un égoïsme monstrueux, brillant et limité parfois, bon mais trop brutal, drôle mais invivable parce qu'il fait de tout espace le sien. Il faut toujours faire des efforts avec lui mais lui n'en fait pour personne. Rire, pour ne pas être le trouble-fête. Accepter qu'il arrive à l'improviste pour ne pas enlever à Sophie sa chance de pouvoir le voir.

Gabriel et Antoine n'ont rien en commun bien que leurs filles soient sœurs. Liées par le sang d'une femme qu'ils ont tous les deux aimée. Sa femme. Celle qu'il aime encore aujourd'hui même si ce n'est jamais simple, un passé qui ne veut pas s'effacer.

Les deux hommes n'ont jamais été très à l'aise l'un avec l'autre. Les choses se sont mal enclenchées. Au début de son histoire avec Virginie, Antoine a fait croire à Sophie que Gabriel lui avait volé son amour. C'était faux, mais Antoine pense que tout ce qui lui a appartenu un jour est à lui pour toujours. Gabriel a mal vécu de passer à tort pour le voleur. Même si le temps a effacé la hargne, le fond de ce mensonge initial a teinté leur relation. Gabriel est profondément honnête, jamais il n'aurait volé la femme de qui que ce soit ni accusé un homme à tort.

Gabriel rêvait d'une grande famille mais Virginie n'a pas voulu que la leur, « même père, même mère », soit plus nombreuse que celle de Sophie. Gabriel s'est plié à cette demande sans trop de difficulté. Ils ont recomposé une famille avec deux enfants uniques. Des demi-sœurs. Sophie n'aime pas ce mot. Enfant, elle demandait toujours : « Quelle moitié est à moi ? » Ce n'était bien sûr pas l'amour entre elles qui était divisé en deux, c'était leur histoire. Leur histoire avait une frontière comme celle qui sépare deux pays. Pour Chloé, tout était clair. Elle avait devant elle ses parents qui s'aimaient, elle connaissait de part et d'autre ses grands-parents, ses oncles, ses tantes et ses cousins. Sophie était le mystère, celle qui venait d'ailleurs. Une branche familiale manquait.

Gabriel aime Sophie comme sa fille. Le rapport entre eux est doux et riche de tout ce qu'ils ont partagé, mais il sent un conflit de loyauté qui l'empêche de s'abandonner complètement. Elle a toujours peur de trahir son père. Un sentiment profond, confus et emmêlé. Sophie aime profondément Gabriel, mais parfois douloureusement : l'excès de ses attentions paternelles est aussi le miroir des absences d'Antoine.

Pour Gabriel, Antoine est partout. Il ne peut pas faire sans. Il existe aussi dans sa relation à Chloé comme un double négatif. Le contraire du père qu'il veut être. Il souhaite être présent pour Chloé autant qu'Antoine a été absent pour Sophie. Il veut faire mieux avec Sophie et Virginie. Recoller les morceaux du rêve qu'Antoine a brisé. Ce n'est pas conscient mais, parfois, quand il est en désaccord avec Virginie, il entrevoit en un éclair la complexité de ses sentiments et peut s'avouer sa part de rivalité. Puis, la vie quotidienne avec sa propre vérité prend le dessus.

Antoine est toujours seul à sa table. Il ne s'esquive pas à la vue de Gabriel, qui reste debout. Tous deux attendent Virginie. Antoine évoque la chaleur puis se tait. Il lance une boulette de pain à un moineau qui s'est approché sans frayeur. Gabriel lui dit qu'à l'ombre de la véranda c'est quand même plus agréable. Antoine hausse les épaules.

Gabriel s'éloigne, fait quelques pas dans le jardin, les bras croisés dans le dos. Que fait Virginie ? Il hésite à retourner dans la chambre pour s'excuser de sa mauvaise humeur du matin. Au moment de faire demi-tour, il aperçoit sa silhouette... Mais non c'est Chloé, déjà en maillot de bain, qui s'approche du bord de la piscine. Son corps a changé en quelques mois, elle ressemble à une femme. À sa mère. Il la regarde toucher l'eau avec sa main. Comme toutes les frileuses, elle vérifie la température de la piscine. Elle se relève pour déplacer un transat et l'installer en plein soleil. La jeune Oulimata, suivie par son mouton, lui apporte un matelas rayé bleu et blanc et une serviette. Chloé pousse un cri, se penche brusquement vers l'avant en secouant ses cheveux. Gabriel accourt vers elle. Il n'imaginait pas le jardin si grand. Une sorte de scarabée s'est posé sur la tête de Chloé. Oulimata le chasse d'un coup de serviette. Chloé la remercie d'un sourire. Elle a l'air si charmante, si gracieuse... de loin.

En s'approchant, Gabriel comprend que sa fille est habillée. Sa jupe et son haut sont si courts qu'il a cru qu'elle était en maillot de bain.

Chloé s'assoit pour ôter ses sandales compensées, un peu trop hautes pour son âge. Lolita. Avec ses lunettes rouges en forme de cœurs, un peu rétros, ses lèvres déjà peintes en rose, ses ongles vernis, elle pourrait sortir tout droit du roman de Nabokov.

Fanny, assise un peu plus loin à l'ombre avec son fils, leur lance un regard discret. Gabriel lui fait un petit signe et se retourne vers sa fille : « C'est pas un peu exagéré, cette jupe ? »

Chloé ne lui répond pas tout de suite. Elle tente d'enlever la bride de sa sandale sans abîmer son vernis.

« J'ai chaud... Et c'est maman qui me l'a achetée. T'aimes pas ? » lui demande-t-elle en secouant son pied pour essayer de faire glisser sa chaussure sans se soucier de la réponse.

« Si, mais je trouve ça un peu court... Tu veux que je t'aide à enlever l'autre ?

– T'inquiète.

– Tu as bien dormi ?

– Top. »

Il l'embrasse sur le front. Elle fronce les sourcils.

« Il fait très chaud au soleil.

– C'est normal, t'as vu comment t'es habillé ?

– Ce pantalon est très léger... C'est du lin.

– Je sais pas ce que c'est mais il est bizarre... Surtout en bas... Comme s'il avait pas décidé s'il était "patte d'eph" ou juste un peu large.

– Quoi ?

– Ton pantalon... Il est vraiment moche. »

Chloé critique sans cesse sa façon de s'habiller, de parler, de manger, de respirer même... il essaie de ne pas prendre les choses personnellement. Il est conscient que sa fille lui signifie ainsi qu'elle a besoin de s'éloigner de lui pour devenir une femme, c'est facile à comprendre. Mais pas facile à vivre. Ce matin, il en a assez entendu, entre Chloé et Virginie. Une coalition de femmes. Parfois, il aimerait avoir un fils pour se plaindre des mystères féminins.

« Mets de la crème », intime-t-il à Chloé sur un ton autoritaire, agacé parce qu'elle vient de lui dire.

Elle ne réagit pas.

« Papa… tu fais quoi ?

– J'attends maman et on y va.

– Ah bon ! Déjà ? lui dit-elle avec une intonation de petite fille.

– Oui, chérie. On devrait déjà être partis !

– Vous allez où ?

– Je ne sais pas. On n'a pas encore décidé.

– Ils viennent avec vous, les autres ?

– Qui ça ?

– Ben, la famille de Sophie.

– Qui ça ?

– La femme avec le chignon et son fils.

– Ce n'est pas la famille de Sophie…

– C'est pas la mienne en tout cas. Et j'espère qu'elle vient avec vous parce que, franchement, j'ai envie d'être cool et elle met une sale ambiance… Même Antoine est pas drôle quand elle est là.

– Tu ne vas pas t'y mettre toi aussi… C'est assez compliqué comme ça.

– J'ai rien dit… Mais c'est elle… Je sais très bien qui c'est… La sorcière. C'est comme ça qu'on l'appelle avec Sophie.

– Ce sont des histoires d'adultes. Ce n'est pas si simple.

– C'est pas très compliqué. Elle aime pas ma sœur. Nous non plus, on l'aime pas. Non mais, regarde-la ! »

Gabriel est gêné. Fanny est loin mais sa fille a fait un geste dans sa direction.

« Elle s'occupe de son fils comme s'il avait 2 ans... Et son chien... Insupportable.

– Chloé arrête ! Reste polie. »

Elle s'allonge pour prendre le soleil.

« Maman était mariée avec Antoine ?

– Non.

– Ils ont juste fait Sophie comme ça pour s'amuser ?

– Non, pas pour s'amuser.

– Mais il était déjà marié avec la vieille ?

– Arrête de l'appeler comme ça...

– Je comprends rien à vos histoires... Mais vraiment ça ne donne pas envie. »

Gabriel coupe court :

« Je ne sais pas à quelle heure nous serons là. Tu ne quittes pas l'hôtel...

– Et si j'ai envie d'aller me promener ?

– Non. On fait comme ça aujourd'hui et après on verra.

– Maman ne m'a toujours pas dit quand on rentre.

– On ne sait pas.

– Je dis quoi alors pour la fête du 31 ? »

Chloé est insupportable quand elle a une idée en tête, un vrai pitbull, elle ne lâche jamais.

« Vous m'aviez dit oui !

– Chloé, arrête.

– Pourquoi on rentre pas tous les deux ? On n'a pas besoin d'être cinquante pour chercher Sophie !

– Chloé !

– Non mais tu crois vraiment qu'elle a disparu ?! C'est sûr, elle vous embrouille... Et vous... toi surtout, papa... tu cours. »

Silence. Elle vient de toucher un point sensible. Gabriel n'a rien à répondre. Elle se baisse pour prendre son téléphone dans son sac.

« De toute façon, je ne peux pas répondre pour la fête, il n'y a pas de Wi-Fi. J'ai tapé quatre fois "Les Flamants roses" et le nom de la chambre, j'ai bien rentré notre nom de famille… Ça marche pas. Je sais pas comment je vais faire sans Internet…

– Tu peux lire…

– Super.

– Profites-en pour t'avancer dans tes devoirs et sois sage… Vraiment, tu restes entre la chambre et la piscine. »

Il s'approche pour l'embrasser. Elle ne fait aucun effort pour lui tendre la joue. Il insiste un peu en lui caressant les cheveux.

« Papa, arrête ! J'aime pas qu'on me touche les cheveux. Ça m'énerve. »

26

À quelques mètres de la piscine, Fanny applique de la crème solaire très épaisse sur le visage de Paul. Il la repousse un peu avec son genou, mais elle fait semblant de rien et continue à lui tartiner le visage de cette pâte infâme en lui recommandant de ne pas oublier de mettre une casquette. Depuis quelques instants, il regarde Ouly installer des serviettes sur les transats. Une déesse. Le coup de foudre immédiat. *Love at first sight*. Il a retenu l'expression depuis son séjour linguistique à Londres. Il la trouve magnifique avec sa petite jupe rose et ses longues tresses qui descendent au bas de ses reins. Si seulement sa mère pouvait le laisser tranquille et arrêter de lui mettre la honte ! Il a réussi, grâce à son père, qui lui a sauvé la mise pour une fois, qu'elle arrête de lui laver les cheveux sous prétexte qu'il les rinçait mal. Horrible. Il devait se mettre à genoux face à la baignoire, le cou tendu avec l'eau qui lui dégoulinait dans le dos malgré la serviette posée sur ses épaules.

Il voudrait qu'elle s'éloigne, qu'elle le laisse. Elle pourrait rejoindre son père, assis tout seul en train de donner à manger aux oiseaux. Il hésite à lui dire qu'elle peut arrêter avec ses crèmes, qu'il en peut plus qu'elle s'occupe de lui comme si c'était une poupée mais ce serait trop long. Le moindre changement d'habitude mène sa mère à des remises en question existentielles. Il se sent investi d'une responsabilité auprès d'elle : il est fils unique et, avec son père qui travaille tout le temps, ils vivent la plupart du temps en tête à tête. Heureusement, il y a le chien, ce Minou ridicule : il ne l'aime pas mais il a le mérite de prendre une place importante dans la vie de sa mère. Souvent, il la surprend en train de pleurer. Pour rien. Sans raison particulière. Elle a toujours été triste. Sa naissance n'a rien changé. Elle l'aime mais se sert de lui aussi pour se consoler, il le sait. Elle veut qu'il lui dise tout. Il est sûr qu'elle fouille dans sa chambre quand il est à l'école. Il a l'impression d'être constamment épié par le trou d'une serrure, que sa vie ne peut comporter aucun secret. Son père détient le monopole des secrets, sa mère ne peut en supporter aucun autre. Elle le répète sans cesse, elle n'aime pas le mensonge. Chaque petit écart de vérité lui vaut des réprimandes qu'il trouve disproportionnées. Avec son père, les rapports sont plus simples. Il en a très peu. Antoine est un étranger qui vit sous leur toit avec l'envie d'être ailleurs. Il sait aussi qu'il aurait préféré avoir un fils qui lui ressemble. Ils ne partagent rien. Son père aime la pêche. Paul a horreur des poissons. Son père aime le football. Lui n'aime pas les sports d'équipe. Son père aime être dehors, qu'il pleuve, qu'il vente, lui préfère les feux de cheminée. Son père aime lire. Lui préfère le cinéma. Son père est terrien, lui plutôt lunaire. Il aime la paix et son père la bagarre. Mais il y a une chose que Paul aime plus que tout : c'est quand son père l'appelle « Paulo ». Quand ce diminutif résonne en lui, la voix de son père est empreinte de tendresse, il est heureux d'être son fils.

Depuis son balcon, René, installé devant un somptueux petit déjeuner apporté personnellement par Soukeyna, observe Paul. Il essaie d'attirer son attention. D'abord en agitant plusieurs fois son chapeau blanc. Puis en augmentant le volume de son transistor. C'est peine perdue, le jeune homme a les yeux rivés vers la piscine. La jeunesse a un temps fou... Tout à l'heure, René a dû presser sa petite-fille pour qu'elle se dépêche de descendre à la piscine. Elle était si jolie quand elle est enfin sortie sur le balcon. Le temps de préparation et la valise éparpillée dans la chambre n'étaient pas inutiles.

« C'est très réussi, ton maquillage.

– Merci, papi ! » lui a-t-elle répondu, avec cette fragilité propre aux adolescents qui se cherchent.

Il lui a remis un mot qu'elle doit donner discrètement à Paul, à l'abri des regards bien sûr. Elle aurait aimé en savoir plus mais n'a pas insisté ; c'est l'avantage d'être grand-père : tout passe comme une lettre à la poste.

Miracle ! La jeune fille sublime s'approche de Paul et sa mère et leur demande avec un grand sourire : « Bonjour, madame... monsieur... Vous voulez que je vous installe des matelas à la piscine ? »

Fanny ne l'entend pas. Elle regarde Virginie débarquer en petite robe sur la terrasse.

« Non merci, lui répond Paul. Peut-être plus tard. En fin d'après-midi ? Peut-être... La piscine ferme à quelle heure ? »

Ouly le regarde sans comprendre.

Quel idiot de lui poser une question pareille !

Sa mère est toujours absorbée dans ses pensées. Ouly en profite pour glisser à Paul le mot que lui a remis Chloé puis s'éloigne. Paul la regarde, des étoiles plein les yeux. Quelle grâce ! On pourrait presque déposer un plateau sur ses fesses rebondies. Elle marche comme sur un fil de funambule, sans coquetterie, comme si de rien n'était. Incroyable ! Personne ne marche aussi bien à part John Travolta dans *Saturday Night Fever*. Son film culte.

Paul tremble. Jamais il n'aurait cru qu'un miracle pouvait arriver aussi soudainement. Comme si la force de son esprit avait entraîné la déesse vers lui. Sans rien faire. Elle lui a remis un mot. Un élan du ciel. Il a déjà été amoureux, il a été trois mois avec une fille, mais ça a été long et fastidieux. Un an presque pour qu'elle le regarde. Après deux mois de hauts et de bas, la relation s'est terminée dans l'amertume. Elle a embrassé sous ses yeux, dans le bus qui les menait en Angleterre avec l'école, son plus grand ami. Dès leur arrivée à Londres, la nouvelle idylle s'était arrêtée. Les garçons et les filles étaient séparés dans des familles. Paul et son ami étaient ensemble. Ils ne s'étaient pas adressé la parole de la semaine. Paul avait découvert, pour la première fois de sa vie, la solitude de l'insomnie. Pendant la visite d'un musée ennuyeux, sa jeune amoureuse s'était excusée auprès de lui en versant quelques larmes. Il l'avait consolée d'un baiser et c'était reparti. Il avait perdu un ami mais regagné son amour. Mais, à sa grande incompréhension, elle en avait encore embrassé un autre. Plus grand, plus fort et plus beau. Jamais il ne s'était senti aussi minable. Malheureux. La semaine passée sous la pluie anglaise n'avait pas aidé son humeur grise et la déprime l'avait frappé de plein fouet. Il avait pleuré en silence, caché sous son manteau, faisant semblant de dormir, tout le long du retour. À l'arrivée, c'était fini. Ses sentiments s'étaient évaporés. Depuis, plus rien. L'amour était banni. Les filles ne l'intéressaient plus. Elles n'étaient que source d'ennui et compliquaient les amitiés. Et même quand c'étaient elles qui brisaient leur cœur, les garçons avaient toujours le rôle du salaud. Celui qui n'a rien compris.

Le cœur battant à tout rompre, il déplie le mot discrètement. L'écriture très penchée sur la droite est parfaite. Il met quelques instants à comprendre. Déçu. Surpris. Il lève la tête et voit René secouer son chapeau. Oulimata a disparu. Il se penche vers sa mère pour lui dire qu'il monte chercher sa casquette. Elle lui tend sa clé pour qu'il sorte le chien.

Paul ne passe pas par la réception, il fait le tour par-derrière. C'est par là que la jeune fille est repartie. Il entend dans les cuisines des femmes et des hommes rire, un djembé lointain, mais ne perçoit aucun signe d'Oulimata. Il monte au deuxième étage, cherche la chambre « Baobab », c'est celle-là, il reconnaît le dessin de l'arbre moulé dans le cuivre qui décore la porte. Il tape timidement. La musique est très forte. Il donne un grand coup. Il doit faire vite. Sa mère peut s'inquiéter et monter. Il n'a pas le droit de voir ces gens-là. Rien n'est dit ouvertement. C'est tacite. Mais la tension est là. La porte s'ouvre. René, avec son grand sourire et sa gaieté dans les yeux, l'accueille, très élégant dans sa chemise blanche comme si, pour lui, la fête ne faisait que commencer. Il ne lui manque plus qu'une coupe de champagne à la main. Paul, avant de s'engouffrer dans la chambre, jette un coup d'œil dans le couloir pour être sûr de ne pas avoir été suivi. Un seul pas dans l'autre camp peut le faire passer pour un traître. C'est effrayant et très excitant à la fois. Il a fait attention tout à l'heure de ne pas passer à côté du transat de la petite sœur de Sophie. C'était pile dans l'axe du regard de sa mère et, pour peu que Chloé lui dise bonjour, il aurait dû faire semblant de ne pas entendre pour éviter les ennuis. Ce voyage de dernière minute sent le drame familial. Le divorce de ses parents peut-être ? Personne ne lui dit rien. Ni son père. Ni sa mère. Pourtant ce n'est pas tous les jours chez lui qu'on part sur un coup de tête. Au contraire, tout est organisé, planifié des mois à l'avance, une année sur l'autre. Ils partent en vacances toujours au même endroit. Sa mère réserve les billets de train dès qu'elle a le calendrier des vacances scolaires. La semaine de Noël, la famille défile chez eux, toujours. Son père fait du poulet avec sa sauce au whisky et du gigot à la broche. Sa mère, ses gâteaux aux pommes et ses madeleines maison. Paul sent qu'après ce voyage rien ne sera plus comme avant. Cet incident est comme une fracture au sein de sa famille. Sa vie va enfin devenir rock'n'roll !

La chambre de René est très grande comparée à la sienne, toute petite mais merveilleuse, en rez-de-jardin, très loin de celle de ses parents. Sur le côté, un lit d'appoint avec des affaires de jeune fille qui traînent un peu partout. René les pousse un peu du pied, en faisant un tas sur le côté, et tire une chaise pour Paul.

« Assieds-toi, mon grand ! Tu veux manger quelque chose ? Regarde-moi ce plateau ! Je pense que cette femme adorable m'a monté tous les fruits du jardin ! Des croissants pour tout l'hôtel et une cafetière entière... Délicieux le café d'ailleurs, dit-il comme s'il faisait la promotion de l'hôtel.

– Non merci. C'est fait... J'ai déjà mangé... J'ai très peu de temps. Ma mère m'attend. »

Le regard de Paul est attiré par la pile d'affichettes avec la photo de Sophie, posée sur le bureau.

« C'est Sophie, lui dit René en lui tendant une affiche.

– Oui, je sais.

– Tu avais déjà vu une photo ?

– Non. Mais je l'imaginais comme ça. Exactement... Même les cheveux... Peut-être parce que j'avais vu une photo de la mère de mon père et qu'elle lui ressemble... Les mêmes cheveux...

– Ils sont magnifiques... Elle est très belle. C'est fou ce que tu lui ressembles.

– Vous trouvez ?

– Oui ! En même temps, c'est normal, c'est ta sœur.

– Je sais mais je ne l'ai jamais rencontrée... Maman dit...

– Il faut laisser dire. C'est ta sœur, qu'on le veuille ou non. Et je peux te dire que tu as de la chance. Leurs histoires les regardent. Moi je suis trop vieux pour perdre mon temps !

– Je vais essayer de parler à ma mère... Quand elle sera plus calme.

– Je te donne un conseil. »

Paul le regarde sans broncher.

« Reste en zone libre ! Ne prends aucun parti. Vous les mômes, vous n'êtes pas en guerre.

– Avec eux... C'est pas facile...

– T'inquiète, on va y arriver. Tout a une fin. Même la connerie. »

Paul regarde la photo.

« Elle a disparu. Elle est partie de son plein gré... sûrement, la connaissant... peu importe. Il faut la retrouver et j'ai besoin de toi. Tu as l'air malin et rapide. »

Paul bombe un peu le torse. Personne ne lui parle jamais comme ça. Il aime cette discussion d'homme à homme.

« On va faire équipe, toi et moi. »

Paul le regarde avec des yeux ronds. René avait l'air bien fatigué hier soir appuyé sur sa canne.

« Ne me regarde pas comme ça. Il fut un temps où je gambadais comme un lièvre. J'ai de qui tenir, à 12 ans déjà, mon père courait à travers les bois pendant la Première Guerre pour livrer des messages aux résistants. Et moi jusqu'à 60 ans, tous les matins, je sautais à pieds joints sur la table de la cuisine pour garder la forme. Du vrai sang d'athlète coule dans mes veines mais le problème c'est qu'avec le temps les choses se gâtent. Tu verras, c'est pas la joie d'être vieux. Dans la tête et le cœur, rien ne change, mais les jambes s'arrêtent. C'est moche. C'est pour ça que j'ai besoin de toi. Les petites affiches que tu vois là, ce sont des avis de recherche. Il faut en coller partout. Discrètement. C'est entre toi et moi. Notre enquête. Qu'ils ne s'en mêlent pas surtout ! Tout le monde sait mieux que tout le monde mais personne n'a fait avancer le schmilblick ! Le moins dangereux, c'est Gabriel, mon gendre... C'est un gentil, un optimiste qui veut toujours tout réparer. S'il te chope, c'est moins grave... Au pire, on lui expliquera.

– Comment je peux faire ? Surtout ma mère... C'est dur de la perdre, elle est toujours sur mon dos !

– Échappe-toi, trouve un prétexte, paf t'en colles dix. Ils s'engueulent, ils font pas attention à toi, paf t'en colles dix autres. Il y en a quatre-vingts. Vous allez certainement faire le tour de la ville, alors essaie de les éparpiller. Demain, il y en aura d'autres. »

Paul se laisse gagner par l'excitation.

« Il faut trouver un endroit malin pour les planquer. Un livre ? un magazine ? enroulé dans un blouson que tu tiens à la main ? Je te fais confiance, tu es malin, tu vas trouver.

– Vous pouvez jeter un coup d'œil par le balcon pour voir si ma mère est toujours là ? »

René sort et se retourne en faisant un signe à Paul.

« Elle n'a pas bougé de son fauteuil. Allez, file ! »

Paul sort de la chambre, heureux. La journée s'annonce bien.

27

Je surgis sur la terrasse les cheveux mouillés, rapidement attachés en queue-de-cheval. Gabriel est debout face à Antoine, assis, il a déplié une carte de Dakar sur la table.

« Je suis désolée… Plus d'eau. J'ai attendu que ça revienne… Ils m'ont dit dix minutes… ça a été un peu plus long. »

Gabriel me regarde avec douceur. Sa colère est passée. Je mets la main sur l'épaule d'Antoine en guise de bonjour. Il pose rapidement la main sur la mienne.

« Tu as vu Chloé ?

– Oui, elle est à la piscine. Tout va bien, me répond Gabriel.

– Je vais aller l'embrasser. Tu préfères qu'on parle d'abord ?

– Oui… Regardons la carte, décidons où on va et ensuite tu pourras passer par la piscine pour rejoindre l'autre sortie… Nous t'attendrons devant.

– Ici, c'est l'hôtel. Nous partons de là, poursuit-il en indiquant un point sur la carte. La dernière fois que la copine l'a vue, c'était par là… Je me suis renseigné sur ce fameux salon. Apparemment, elles avaient eu l'adresse par l'hôtel. Quand Pamela est revenue de chez le coiffeur, Sophie avait quitté l'hôtel. L'hôtelière m'a dit ce matin que Sophie avait payé la chambre jusqu'au départ de Pamela, mais qu'elle lui avait dit avoir avancé sa date de départ. Elle n'avait pas d'autres détails à me donner…

– Comment on sait que Sophie n'est pas rentrée en France ? dit Antoine.

– Parce que tout porte à croire qu'elle est encore au Sénégal.
– Sinon, elle aurait pris l'avion avec Pamela. La date du retour n'était pas modifiable, dis-je fermement en regardant Antoine pour qu'il ne lance pas un débat inutile maintenant. On a déjà conclu que Sophie est au Sénégal, on ne va pas recommencer.
– Je pense qu'il faut débuter par l'ambassade de France, dit Gabriel.
– Qu'est-ce qu'elle irait faire à l'ambassade de France ?! » demande Antoine.
Je lui réponds tranquillement.
« On est à l'étranger. Elle est française. On commence par là, c'est logique.
– Ça aurait été pareil si on avait été en Autriche ?! »
Je le regarde sans répondre.
« Excusez-moi mais j'y pensais encore ce matin, vous pourriez admettre que j'ai de quoi être furieux.
– Je comprends bien, lui dit doucement Gabriel en repliant la carte.
– Je te promets que si j'avais su qu'elle t'avait menti... Mais ça ne m'a même pas traversé l'esprit. En même temps, elle m'a à peine parlé après votre déjeuner... C'était quand d'ailleurs ?
– Je ne sais plus... Deux semaines, trois semaines avant son départ ?
– Elle était normale ? je lui demande.
– Ben... Oui. Comme d'habitude, quoi. On a mangé chinois, comme elle aime... On a ri. C'était rapide... Des gens m'attendaient au bureau... Elle m'a demandé de l'argent pour les vacances... C'est vrai que je lui ai donné peut-être un peu trop... Mais je me suis dit que c'était cher, le ski, avec la location du matériel et tout ça... Et comme je ne lui avais rien pris pour Noël... J'avais pensé à un bijou et puis j'ai manqué de temps.
– C'est dommage... Je suis sûre que ça lui aurait fait plaisir.

– Oui, je sais.
– Il ne faut pas qu'on tarde, nous dit Gabriel.
– Et une fois qu'on est allés à l'ambassade, on fait quoi ? On va où ? demande Antoine.
– On voit avec eux. On ne connaît pas du tout le pays... Il faut qu'ils nous aident. »

Je lève la tête en entendant un bruissement d'ailes. Au-dessus de Gabriel, dans le manguier, un oiseau immense au plumage de toutes les couleurs semble guetter. Soudain, il s'envole en poussant son grand cri de singe et en laissant dégouliner un liquide jaunâtre. La scène se déroule au ralenti, je n'ai pas le temps de conseiller à Gabriel de se pousser. Les déjections lui tombent en plein milieu du crâne. Gabriel a le souffle coupé. Pense-t-il avoir reçu l'eau d'un arrosoir venant du balcon ? Ou bien être l'objet d'une plaisanterie d'enfant, un coussin péteur rempli d'eau ? Je ne sais pas à quoi il pense pendant ces quelques secondes. Antoine éclate de rire. Le serveur crie une insulte en wolof à l'oiseau. Je ne peux pas retenir le fou rire qui me submerge. Deux femmes arrivent en courant avec un seau. Le Parisien, attiré par les cris, se précipite. Soukeyna demeure immobile, à l'entrée de la terrasse. La scène est surréaliste. Gabriel, stoïque, ne bouge pas d'un centimètre, comme s'il avait été coulé dans du marbre. Antoine imite la scène en grimaçant. L'un à côté de l'autre, ils ressemblent pendant quelques secondes à Laurel et Hardy. Je ris sans pouvoir m'arrêter, même en voyant Fanny regarder la scène d'un air dégoûté, sans l'ombre d'un sourire. Elle n'a pas assisté à la scène en direct. Elle ne découvre que l'image désolante de Gabriel recouvert de merde. J'essaie de me calmer et alors que mon fou rire me rend complice d'Antoine contre mon mari, je lance :

« J'avais raison tout à l'heure... Le cri d'animal... Je viens de le voir s'envoler... Il a des plumes... C'est un oiseau ! J'avais raison !

– Un oiseau avec des intestins de singe, renchérit Antoine dans son fou rire. Ben mon vieux... T'as vraiment pas de bol.

– Si, si... Ça porte chance », dis-je en riant.

Gabriel s'essuie le visage sans un mot, éponge sa chemise, essuie ses lunettes. C'est drôle. C'est horrible. Ce fou rire de ma part le blesse. J'aimerais tellement pouvoir le reprendre, j'aimerais tellement qu'Antoine arrête de remuer le couteau dans la plaie, même si c'est atrocement drôle.

« Le pied gauche dans la merde, peut-être, mais là... Celle qui tombe du ciel... C'est plutôt de la poisse. »

Je m'approche pour l'aider. Il me repousse calmement.

« Ça va aller. Je remonte me changer et j'arrive. »

28

Le GPS annonce que nous sommes arrivés à destination.

Gabriel cherche une place pour se garer. Un jeune homme sur le trottoir lui fait de grands signes pour lui indiquer une minuscule place dans laquelle le minibus est censé entrer.

« Il y a la place patron, il y a la place ! »

Le jeune homme fait signe à d'autres gens de l'aider et ils se mettent à plusieurs pour pousser la voiture de devant et celle de derrière pour agrandir la place libre.

« On ne peut pas la laisser là, je ne vois aucun panneau de stationnement, lui dit Antoine. Il manquerait plus qu'on aille à la fourrière !

– Où veux-tu que je me gare ?

– Il y avait une place derrière.

– Où ça ? Pourquoi t'as rien dit ?

– Je ne sais pas, je pensais que tu avais vu. Si tu veux, je conduis...

– Non, non, ça va aller. Merci. »

Des enfants se joignent aux adultes pour pousser les voitures. La joie augmente. Il y a un enfant qui danse. Une femme assise sur le trottoir rit. Gabriel fait des manœuvres pour se garer. Antoine a une petite moue qui signifie « Je t'aurai prévenu qu'il ne fallait pas se garer là ». Gabriel l'ignore.

À la sortie de la voiture, nous sommes tout de suite assaillis pas les vendeurs ambulants, les gardiens qui veulent garder la voiture en échange d'une pièce. Un nain coiffé d'une couronne dorée s'approche et nous annonce qu'il est le roi de la place et que c'est à lui de garder la voiture. Gabriel me prend la main dans un geste protecteur. Nous essayons de nous frayer un passage à travers la foule. Je ne ressens pas d'agressivité particulière mais une pression continue. J'ai chaud, très chaud, même si nous sommes au mois de décembre et s'il fait, paraît-il, plus frais à cette période. Quarante degrés. Une fournaise. Une petite fille avec un petit bonnet de laine rose porte un bébé sur le dos. Elle me regarde avec ses grands yeux noirs et me demande doucement de l'argent. Je continue à avancer sans me retourner, sans regarder dans mon sac. Par flemme ? Par peur de ne pas pouvoir me débarrasser de tous les indigents ? Je me rassure. Je ne peux pas donner à tout le monde. Des mendiants, chez nous, il y en a aussi partout. Je n'ai pas de monnaie locale. Comme si elle lisait dans mes pensées, la petite fille me dit : « Dix centimes ? »

Je serre mon sac contre moi et murmure : « Je n'ai rien. »

Je continue à marcher. Le regard de la petite fille me hante. Je voudrais m'arrêter et regarder dans mon sac mais je ne fais rien. J'avance. Je repense à mon rêve. Qui étais-je dans mon rêve ? La guenon ? Sophie ? la mère ? la fille ? la fille dans la mère ? la maîtresse ? l'épouse trompée ? la dame sans cœur ?

Au loin flotte un grand drapeau aux couleurs bleu, blanc, rouge, sur le toit d'une grande bâtisse blanche.

Nous marchons rapidement vers le drapeau. Fanny s'accroche à Antoine. Paul traîne le pas. Il laisse deux affichettes au pied d'un arbre et en tend une à une femme qui vend des cacahuètes.

Nous patientons dans la salle d'attente. Ils ne reçoivent pas sans rendez-vous, mais Gabriel sait les convaincre. Il faut quand même patienter. Encore. Attendre. Je n'ai pas envie de m'asseoir. Je m'appuie dos au mur dans la salle d'attente. Je réfléchis.

À ma fille. Je pense à nos derniers échanges. Elle est souvent mystérieuse. Je ne cherche pas à dévoiler ses secrets, je ne cherche pas à entrer dans la salle de bains quand elle se lave ni dans sa chambre quand elle n'est pas là. Je n'aime pas pousser la porte de l'intimité. Je trouve normal, vital que nous ayons tous des recoins pour notre solitude. Je me sens digne, je me sens respectable. Je fais bien. Je ne dépasse pas la ligne. Aucun risque. Dans ce respect d'elle, c'est moi que je protège. Je n'ai aucun courage. Terrifiée par le rejet. La violence. Je recherche la paix avant la vérité.

Une secrétaire vient nous chercher.

« Veuillez me suivre. On va vous recevoir. »

Tout le monde se lève. Gabriel en premier.

« Le bureau n'est pas très grand. Seulement les parents. »

Fanny et Paul se rassoient. Antoine passe devant Gabriel. Je m'approche de mon mari, un peu gênée. C'est Gabriel qui a pris l'initiative de venir en Afrique. C'est lui qui nous a dirigés vers l'ambassade, lui qui a insisté pour qu'ils nous reçoivent sans rendez-vous. Mais c'est lui qui se retrouve dans la salle d'attente. Comment va-t-il faire avec cette femme qui ne desserre pas les dents ?

« Madame ? » dit la secrétaire devant mon hésitation.

Gabriel me fait signe de me dépêcher.

« Excuse-moi, chéri... C'est... Tu sais dès qu'il s'agit de paperasserie... Peut-être que tu peux venir avec nous... »

Il me fait à nouveau signe que tout va bien. Antoine a déjà emboîté le pas à la secrétaire. Je le rattrape. Nous pénétrons dans un bureau, pas très loin de la salle d'attente, où nous attend un homme assez petit, chétif qui nous fait signe de nous asseoir en levant à peine les yeux vers nous. Gabriel avait prévenu sa secrétaire que c'était urgent et que nous ne repartirions pas d'ici sans voir quelqu'un.

« Qu'est-ce qui vous fait penser qu'elle a disparu ? me demande l'homme assis en face de nous.
– Elle devait rentrer en France le 20 décembre pour les fêtes...
– Non, le 24. Le 24, monsieur. Pour fêter Noël comme d'habitude avec sa famille... Son beau-père... sa petite sœur, mon père et moi.
– Oui, enfin... »
Je ne fais pas attention à Antoine. Le sujet de Noël est un sujet épineux. Surtout ne pas mettre d'affect. Difficile avec Antoine. Je me concentre pour donner les réponses exactes à l'employé, qui note tout avec précision. Je le sais, ils me l'ont dit au commissariat, les premières heures de la disparition sont les plus importantes, ensuite les probabilités de la retrouver s'amoindrissent.
« Bon, dit-il avec un petit ton agacé. On est le 26. Et vous êtes déjà là ? Vous avez fait une déclaration à la police en France ? » dit-il en soulevant un dossier qui n'a rien à voir avec Sophie, pour y jeter un coup d'œil.
« Évidemment ! lui répond Antoine. C'est la première chose qu'on a faite ! »
Je sens la peur et la colère monter chez Antoine. Cet homme devant nous est froid. Sans aucune empathie. Il est à peine poli. Antoine fulmine. L'homme écrit lentement ou fait semblant d'écrire, je ne vois pas très bien d'où je suis. Je rapproche ma chaise. J'entends les petits bruits étranges qu'il fait avec sa bouche et ces R qu'il ne sait pas prononcer. Il les avale. On doit faire un effort pour le comprendre. Ça ne rassure pas sur les compétences de cette ambassade.
« Sa copine est rentrée sans elle. Nous n'avons pas d'autre piste. Une copine pas très futée... je vous l'accorde. Elle a repris l'avion toute seule alors qu'elles étaient parties ensemble. Mais vous savez, les gens n'ont aucun scrupule. Les autres, c'est pas

leur affaire ! » lui lance Antoine sur un ton un peu élevé et le regardant droit dans les yeux.

L'homme baisse le regard.

« Nous ne comprenons pas ce qui a pu se passer, dis-je en essayant de radoucir l'ambiance.

– Vous pensez qu'elle a pu être prise en otage ? lui demande Antoine plus doucement.

– Au Sénégal ? Non.

– Nous sommes pourtant à la frontière du Mali... Et la Mauritanie, c'est pas loin, la Mauritanie, non ?

– Oui, mais la France est à la frontière de la Belgique et pourtant ce qui se passe en Belgique reste en Belgique. Non ? dit l'homme avec un demi-sourire.

– Quelle Belgique ?! Et Daech ? Ils s'infiltrent partout comme des rats, embrigadent la jeunesse ! Je ne sais pas qui elle a rencontré ici mais ma fille a dit... Elle a dit... Tu as quand même entendu ce qu'elle a dit, Virginie ? J'ai honte d'être blanche ! C'est grave de dire une chose pareille !

– C'était dans un contexte précis, Antoine... Elle a dit ça par provocation. Tu la connais, enfin !

– Il n'y a pas de prise d'otages ici, monsieur. Ni d'embrigadement. À mon avis... Vous faites fausse route.

– Nous ne sommes pas dans un pays musulman ? Je me trompe ?

– Oui, c'est un pays musulman... En majorité. Avec une grande communauté catholique. Il y a même eu un président catholique.

– Ce n'est plus la même époque !

– Ce pays est un exemple de démocratie.

– Je vous trouve un peu léger derrière votre bureau ! »

On y arrive. Antoine commence à voir rouge. L'homme continue à nous faire la leçon en levant les yeux vers moi, ignorant Antoine.

« Ne faites pas d'amalgame. Il n'y a pas de talibans ici. L'Afrique est grande. Ce serait aussi stupide que de confondre les problèmes de la Bosnie et de la France, parce que ça reste l'Europe.

– En gros, vous me traitez d'idiot ? Un bouffon qui ne sait pas lire l'actualité ? »

Silence. L'homme le regarde d'en haut malgré sa petite taille, en silence, mais avec un regard plein de sous-entendus. Le mépris. La lutte des classes. Le savant et l'ignorant. Le dédain qui sort le voyou du placard. La peur qui fait naître la rage. La femme qui met la main sur son sac en le voyant traîner dans les rues à l'âge de 15 ans, avec son air de caïd et ses bras tatoués, parce qu'elle craint qu'il la vole alors qu'il ne lui veut aucun mal. Le ressort immédiat du provocateur limite violent.

« Oui, je suis islamophobe et alors ?! crie Antoine, en donnant un coup sur la table. Je ne peux pas les encadrer, vos barbus ! L'islam, c'est l'ennemi du siècle ! Ma fille est perdue dans un pays musulman. Dans tous ces pays-là, il y a des extrémistes ! Il y en a chez nous, pourquoi il n'y en aurait pas ici ? Elle est en danger et c'est pas vous, avec vos petits bras, caché derrière les grilles de votre ambassade, qui allez faire quelque chose ! »

Antoine se lève. Il transpire malgré l'air froid du climatiseur qui me tombe sur le nez. Je mets la main sur son bras pour qu'il se calme. Antoine ne me fait jamais peur. Je sais qu'au fond de toute cette masse existe un tendre.

« S'il te plaît. »

L'homme baisse les yeux vers ses notes. Antoine se rassoit.

« Vous voulez un verre d'eau ? me demande l'homme comme s'il se réveillait.

– Non merci, monsieur... Nous sommes très inquiets, lui dis-je.

– Depuis combien de temps est-ce que vous n'avez pas eu de nouvelles ? »

Je sors une lettre de ma poche, la déplie et la lui tends.

« C'est une lettre pour son beau-père. Elle date du 17 décembre. »

Antoine fulmine.

« Une lettre ? Depuis quand elle écrit des lettres ?

– Elle écrit. Elle sait que ça fait plaisir à Gabriel. C'est entre elle et lui... Depuis qu'elle a 10 ans.

– Et qu'est-ce qu'elle lui dit ?

– Que tout va bien... Qu'elle a découvert un pays merveilleux. Elle parle de la gentillesse des gens... Un peu ce qu'elle m'a dit au téléphone il y a une dizaine de jours, quand je l'ai eue pour la dernière fois... Que des choses positives... Rien d'inquiétant. Au contraire. »

L'homme replie la lettre et me la tend. Antoine fait un geste pour la prendre. Je la mets dans mon sac sans faire attention à lui.

« Il ne faut pas dramatiser. Elle a l'air de s'être vite intégrée... Elle a peut-être rencontré quelqu'un... Vous savez, parfois, les jeunes ne se rendent pas compte...

– Elle aurait suivi un parfait étranger de son plein gré sans donner de nouvelles ?

– Peut-être, on ne sait pas.

– Non, pas ma fille, lui répond Antoine.

– Peut-être... lui dis-je.

– Alors qu'est-ce qu'on fait ici dans cette chaleur de diable s'il n'y a pas de raison de s'inquiéter ?!

– Quel était le but de son voyage ? Le repos ? Faire la fête ? Elle a 20 ans, vous me dites ? demande l'homme.

– Elle est venue faire du bénévolat. Dans un orphelinat... Un organisme très sérieux avec des références.

– Sur les conseils du beau-père.

– Pas tout à fait. C'est elle qui voulait partir.

– C'est lui. L'histoire de l'orphelinat... C'est son idée à lui ! »

Je reste calme devant cet homme qui m'insupporte et Antoine, qui m'énerve au plus haut point à chercher le smash dans cette partie de ping-pong. Cette faculté qu'il a de ne jamais quitter la scène, cette incapacité à s'oublier, à toujours ramener les choses, même les plus graves, à un problème personnel. L'annonce du décès de ma mère a été catastrophique. C'est lui qui me l'a appris. Nous étions à Rome, dans un petit hôtel romantique, mon père n'avait pas réussi à me joindre et le lui avait dit. Antoine s'était enfermé dans la pénombre, j'essayais de comprendre ce qui n'allait pas, il avait l'air dévasté et disait en boucle : « C'est terrible ce qu'il m'arrive », jusqu'à ce qu'il puisse formuler de manière presque inaudible : « Ta mère est morte, poussin... d'une rupture d'anévrisme. Pardonne-moi. Ton père m'a appelé tout à l'heure pendant que tu visitais la cathédrale et depuis je tourne en rond sans savoir quoi dire. Comment te l'annoncer ? C'est terrible d'être le messager de si mauvaises nouvelles. Terrible. »

J'avais les jambes coupées. La scène paraissait irréelle. J'ai cru qu'il délirait, que je comprenais mal, qu'il avait trop bu. C'était lui qui souffrait. C'était le fantôme de sa mère à lui qui le hantait. Ce ne pouvait pas être la mienne qui avait disparu, sinon il ne me l'aurait pas annoncé comme ça. Il aurait arrêté cette scène qui se déroulait à l'envers, cette scène où je me penchais sur lui pour le consoler. Il m'aurait prise dans ses bras. Mais non. Il restait assis dans le noir, sans bouger, accablé par le malheur qui lui tombait dessus. C'est comme ça qu'il m'a annoncé le décès de ma propre mère. Après coup, j'en ai presque ri de désarroi. Aujourd'hui, quand je le raconte, je ris franchement, parce que cet homme n'est plus mon compagnon. J'ai quitté Antoine parce qu'il avait le pouvoir de me plonger dans une profonde détresse. Je le rendais certainement triste aussi, parce que j'attendais des choses de la vie qu'il était incapable de me donner. Malgré la tendresse infinie que j'avais pour lui et lui pour moi, on se faisait du mal. Certains adultes réactivent quand ils sont ensemble leurs chagrins d'enfance, sans trouver de consolation.

Aujourd'hui, dans l'inquiétude de la disparition de notre fille, je me sens seule. Je ne peux pas m'empêcher de lui en vouloir. Tout tourne autour de ses peurs. Il n'écoute rien. Cet homme derrière son bureau n'a peut-être pas tort. Sophie a 20 ans. Elle peut être cruelle. Disparaître et ne pas donner de nouvelles. Antoine ne veut pas se mettre deux minutes dans sa tête. Il ne voit Sophie que par rapport à lui. Il efface toute ressemblance qui peut venir d'ailleurs. Tout ce qui pourrait l'éclairer, l'aider à chercher dans la bonne direction.

29

Dans la salle d'attente, le silence règne. Gabriel, Fanny et Paul sont seuls, dans une intimité presque gênante. Les fenêtres, qui donnent sur un mur blanc peint à la chaux, sont fermées. On pourrait être n'importe où dans le monde. La rumeur de l'Afrique s'est tue. On n'entend que le ronronnement du climatiseur, la sonnerie d'un téléphone au loin et, de temps à autre, des pas qui résonnent dans le couloir.

Paul est sur sa planète à lui. Il fait les cent pas en laissant volontairement crisser ses baskets sur le sol. Il traverse la pièce de long en large, un peu penché en avant, cherchant son équilibre, puis en arrière, comme dans une chorégraphie de *moonwalk*. Gabriel et Fanny sont assis en silence l'un à quelques chaises de l'autre. Au bout d'un moment, comme si Fanny sortait tout juste d'un songe, elle interpelle son fils : « C'est insupportable, Paul, arrête avec ça ! »

Paul n'obéit pas. Comme un enfant qui joue, sans insolence, mais refusant de quitter le monde imaginaire dans lequel il s'est réfugié, il continue à se déplacer au ralenti, essayant de faire le moins de bruit possible. Mais le grincement continue de vriller l'oreille de sa mère de temps en temps. Gabriel se redresse sur sa chaise. Il aimerait intervenir, lui aussi.

« Paul ! répète Fanny fermement.

– T'inquiète », répond Paul, l'œil malicieux et le sourire jusqu'aux fossettes.

Le même que sa sœur, ce sourire que Gabriel connaît si bien.

« Je te demande d'arrêter ! Ce bruit est insupportable et tu fais des traces au sol avec tes chaussures. »

Paul jette un coup d'œil au carrelage blanc immaculé.

« T'inquiète !

– Arrête avec ce mot qui ne veut rien dire ! »

Gabriel sourit. Ce charmant adolescent n'est pas son fils. Il n'a que le plaisir du spectateur.

« Je n'en peux plus, lui lance Fanny. Au moins dix fois par jour ! "T'inquiète", "T'inquiète", ce mot galvaudé, qui remplace tous les autres, quelle que soit la situation et surtout dans les moments où on devrait justement s'inquiéter.

– Je crois que ce mot signifie "Tais-toi" », lui répond Gabriel avec humour.

Au même moment, Paul sursaute en entendant Antoine crier dans le bureau. Gabriel se lève, prêt à intervenir. Le silence revient.

« J'espère que ça va, ne peut-il s'empêcher de murmurer.

– Vous ne trouvez pas que c'est un peu long ? s'inquiète Fanny.

– Oui... Mais je pense que c'est normal. Peut-être même bon signe. Je vais demander de l'eau. Vous voulez quelque chose ?

– Non merci. »

Gabriel a trouvé ce prétexte pour aborder la secrétaire et s'assurer que tout se passe bien. Il a besoin de parler à quelqu'un. Il voit bien que Fanny n'a pas envie de bavarder. Immédiatement après l'échange sur les adolescents, elle s'est refermée. Elle lui tourne presque le dos, pas complètement, elle est polie, mais assez pour qu'il comprenne qu'elle préfère être seule. Elle sait qu'il n'y est pour rien, elle ne lui est pas hostile. Ils ne sont que des pièces rapportées dans la vie d'Antoine et de Virginie. Cette salle d'attente est le décor parfait pour eux qui ne sont pas maîtres de l'action.

Fanny croise et décroise les jambes, elle ne dit plus rien. Tout à l'heure, elle lui a souri avec gentillesse, mais il sent qu'elle lutte intérieurement. Avec ses yeux cernés et ses mains qui tremblent quand elle fume, le regard dans le vide, elle semble fragile. Très fragile. Gabriel est dérouté : elle ne ressemble pas à ce qu'il a entendu ni imaginé. Ses yeux malheureux lui brisent le cœur. Il ne supporte pas le chagrin des autres, surtout celui des femmes. Il a sur lui le même effet que le sang sur ces personnes qui ne supportent pas sa vision et qui ont mal à la place des gens qui souffrent. Une douleur déplacée.

Il se rappelle très bien le jour où il a vu sa mère, d'habitude si gaie, pleurer. C'était après une forte dispute avec son père. Il était dans sa chambre, en pleine bataille avec ses petits soldats. Il avait entendu la porte d'entrée claquer puis les longs sanglots de sa mère. Elle pleurait si fort qu'il n'avait d'abord pas osé, puis, prenant son courage à deux mains, il était sorti de sa chambre et, doucement, s'était approché d'elle. Elle n'avait rien fait, pas un geste, comme si elle ne le voyait pas. Il avait guetté le bon moment, celui où il était sûr qu'elle ne le repousse pas et, sans permission, avait grimpé sur ses genoux pour l'enlacer et lui demander : « Maman, pourquoi tu pleures comme ça ? »

Elle avait répondu en lui caressant les cheveux : « Pour rien, mon fils, pour rien... La vie, parfois, est si dure. »

Le chagrin de cette femme qu'il aimait le plus au monde l'avait dévasté. Il avait compris que même la plus grande armée ne pouvait rien contre un mal si profond.

Il faut qu'il prenne l'air. La secrétaire, avenante, lui rapporte un jus de pomme glacé. La buée se dépose sur le verre de la bouteille. La jeune femme s'excuse de ne pas avoir de bouteille d'eau mais ils n'ont pas encore été livrés ce matin.

« C'est très bien, merci. Vous pensez qu'il y en a encore pour longtemps ?

– Non. Il a un rendez-vous qui arrive... Ça ne devrait pas tarder. »

Ils poursuivent leur conversation, Gabriel en profitant pour se renseigner sur le pays.

30

Dans le bureau, face à Antoine et Virginie, l'homme range ses affaires sur la table. On sent qu'il veut mettre fin à l'entretien.

« Elle est majeure. On ne peut pas faire grand-chose... À part attendre. »

Antoine réagit vivement :

« Bien sûr que vous allez faire quelque chose. Elle est française, nous sommes français.

– J'ai bien noté.

– Nous ne savons pas comment faire ni à qui nous adresser, lui dis-je. Nous ne connaissons pas l'Afrique, c'est la première fois que nous venons... »

Il me coupe sans me laisser finir.

« Vous êtes allés à l'hôpital ? Elle a peut-être eu un accident... Vous savez, si elle était décédée... Excusez-moi de vous le dire comme ça, mais ce serait plus simple, beaucoup plus simple, parce qu'on nous tient au courant des ressortissants décédés. »

Antoine ne se contient plus. Il lui saute à la gorge, l'empoigne et le décolle de son fauteuil avec une force impressionnante, faisant tout valdinguer au passage.

« C'est une ressortissante vivante et vous allez m'aider à la retrouver avant que je vous fasse passer par la fenêtre ! »

L'homme paraît ridiculement petit, ainsi soulevé par Antoine. Il agite ses petites jambes frêles.

Gabriel fait irruption dans le bureau, suivi par la secrétaire, qui tente de l'arrêter. Il se fige. Il n'est pas un homme de scandale et ne comprend pas qu'on puisse en venir aux mains.

Au bout de quelques secondes, retrouvant son souffle, l'homme se met à hurler. Ses cris perçants attirent la sécurité et, quelques instants plus tard, nous sommes jetés sur le trottoir comme des malpropres.

31

Personne ne parle. Antoine est embarrassé, comme chaque fois que sa colère retombe. Gabriel est complètement débraillé, sa chemise est trempée par le coup de chaud de cette sortie en force. Je le regarde réajuster ses vêtements en silence. La ville bruisse. Le drapeau français flotte mollement au-dessus de nos têtes.

Paul brise le silence d'une voix soudainement enfantine : « Et maintenant, on va où ? »

Silence.

« Papa ? »

Tous les yeux sont rivés sur Antoine.

« C'était pas une bonne idée, cette ambassade !

– Si. C'était par là qu'il fallait commencer, lui répond sèchement Gabriel.

– Il y a rien de français là-dedans à part le drapeau ! Je n'avais jamais mis les pieds dans une ambassade et je vous le dis, je ne suis pas près d'y retourner ! »

Il secoue la tête à l'indienne, comme ces petites figurines feutrées mises parfois à l'arrière des voitures, comme chaque fois qu'il est de mauvaise foi.

« C'est comme ça qu'on nous traite avec tous les impôts qu'on leur balance ?

– Tais-toi, Antoine, avec ta France. En France, c'est pareil, tu passes ton temps à faire des scandales pour rien. On n'est pas là pour ça. On est là pour Sophie. Cette ambassade, c'était le seul lien qu'on avait pour trouver de l'aide.

– C'est pas de ma faute si on est tombé sur un con ! Même toi, tu te serais énervé !

– On t'entendait depuis la salle d'attente. Ça ne pouvait pas finir autrement. On t'a entendu hurler et l'insulter.

– C'est lui qui m'insultait avec son regard de bœuf ! On est français, bordel ! Ils n'ont pas à nous traiter comme des chiens !

– On n'en a rien à faire d'être français ou pas français. Ce n'est pas le problème, c'est toujours toi qui crées ce genre de situation. Partout où tu passes, tu cherches les emmerdes... Comme si ça t'amusait. Jamais je n'ai été traité comme ça, nulle part ! Jamais je n'ai soulevé un homme pour le plaquer contre un mur ! Dans quel monde tu vis, Antoine ? »

Antoine se retourne vers moi :

« Virginie ! Dis quelque chose ! T'étais là. C'est moi ? C'est de ma faute ? C'est moi qui ai foutu la merde ? Combien de fois je me suis retenu face à ce con ?

– C'est vrai qu'il était vraiment odieux.

– Plus que ça, un homme dangereux ! Un lâche qui fait appeler la sécurité après nous avoir balancé des horreurs ! Moi, je préfère un bon coup de poing dans la gueule, comme ça c'est clair. Il nous a quand même dit, cet enfoiré avec ses yeux de rongeurs, que ce serait plus simple si Sophie était morte ! Si notre fille était morte ! C'est ce qu'il a dit ou pas ? Virginie ? »

Antoine crache enfin son désespoir. La peur de perdre sa fille. Jusqu'à présent, il ne l'a pas entrevue. Cette frayeur ne durera pas plus de quelques secondes, Antoine ne croit qu'en la vie. La mort, il faut la conjurer, ne jamais y penser, ne jamais en parler. L'homme de l'ambassade a prononcé le mot tabou.

Tout le monde est glacé par les derniers mots d'Antoine. Je brise le silence maladroitement : « On a peut-être trop insisté... Il n'avait pas envie de nous recevoir. »

Silence.

Gabriel s'éloigne vers la voiture. Je lui emboîte le pas en essayant de réparer mes gaffes, je n'arrête décidément pas depuis ce matin. C'est Gabriel qui a fait en sorte de voir l'employé de l'ambassade.

« C'était quand même très bien qu'on le voie... T'avais raison. Il a eu le temps de nous donner l'adresse de l'hôpital où vont se faire soigner la plupart des gens quand il y a une urgence... Elle a peut-être eu un accident... Pas grave mais qui l'immobilise... Ou peut-être juste une fièvre forte... très forte... comme le paludisme ou... je ne sais pas... »

Je ne finis pas ma phrase, ma voix s'est étranglée. Les derniers mots restent coincés dans ma gorge. J'essaie de contenir mes larmes.

Gabriel me prend la main et nous avançons ensemble, rapidement, les doigts ainsi entrelacés en signe de paix.

Gabriel prend sur lui pour nous guider vers l'hôpital. J'ai le sentiment que nous sommes de jeunes enfants qu'il faut aider à traverser la route.

Paul et ses parents sont quelques mètres derrière nous. Je saisis quelques mots de Fanny : « Je rentre... non, ce soir, demain... Je m'en vais... »

Et Antoine : « Reste. »

Voici donc l'épouse, celle que je ne devais jamais rencontrer, qui me terrifiait par sa haine, m'inspirait colère, jalousie, frustration, culpabilité... Je n'ai envers elle que des sentiments négatifs. Mes nombreuses heures de psy, yoga, énergéticien n'ont jamais pu les chasser. J'ai évité de croiser son regard toute la matinée. Soigneusement. Le silence entre nous ressemble à une trêve mais pas à la paix. Les tensions sont là en sourdine.

La voiture est garée loin. Nous prenons une rue, puis une autre, et encore la même, avant de retrouver la bonne. Nous redoutons de nous perdre dans ce dédale de rues sans nom, au milieu de ces maisons délaissées, de ces constructions inachevées, avec leurs briques apparentes et leurs barres en fer qui dépassent de futurs planchers, devenus des toits, destinées à soutenir des étages qui ne seront jamais bâtis.

Antoine fuit l'intimité de peur d'être pris au piège.

Fanny ne sait pas si elle doit mettre un autre pied devant l'autre. Mais où irait-elle ?

Paul aimerait leur échapper pour retrouver René et se rapprocher de la jeune fille de la piscine. Demain, il trouvera une astuce pour ne pas quitter l'hôtel.

Enfin de retour dans le minibus, nos nerfs sont mis à rude épreuve. Nous sommes pris dans l'enfer des bouchons. Une file de voitures infinie. Une punition qui semble éternelle. Tout est furie, colère et impatience. Le vacarme des moteurs et des klaxons agressifs est assourdissant. La puanteur des nuages de gaz d'échappement traverse les vitres mal isolées de la voiture. C'est un véritable calvaire. Antoine ne dit rien. Il est abasourdi par le chaos. Gabriel regarde devant lui, ébahi. Depuis ce matin, il y a tout le temps des voitures partout. Je pense qu'il n'existe pas d'heure de pointe. Des vendeurs de journaux, sourire aux lèvres, slaloment entre les véhicules, criant les nouvelles du jour. Des agents tentent de faire la circulation et de mettre de l'ordre dans cet enfer avec leurs sifflets qu'on entend à peine. Les gens rouspètent, insultent, en wolof, en français. On accuse les forces de l'ordre d'amplifier le désordre. Au lieu d'avancer avec discipline, les conducteurs doublent de tous les côtés, grillent les feux, montent sur les trottoirs et s'engouffrent dans le moindre espace. On râle, mais on fait comme tout le monde, on suit le troupeau, si la file de droite semble plus immobile que celle de gauche on essaie de se rabattre et on reste bloqué par un automobiliste furieux. L'égoïsme prime. Moi d'abord ! Sans pitié, obnubilés par la fureur d'avancer ; avancer, il n'y a que ça qui compte. Sans oublier les taxis, par milliers, désespérés de ne pas atteindre la somme nécessaire pour finir leur journée, les Mobylette, transportant des familles entières, qui se faufilent en donnant de petits coups sur les portières, et les piétons, qui se jettent au hasard sur la chaussée, sans regarder, au milieu des voitures, comme s'ils étaient à la plage. Diable ! C'est l'anarchie la plus complète. Des animaux se promènent au milieu des automobiles, comme s'ils étaient dans leur pré, tranquillement, habitués au bruit des klaxons, s'arrêtant pour chercher quelque chose à brouter, des feuilles, des fruits tombés des paniers des marchands qui se sauvent à la hâte une fois payés. Seuls semblent heureux les vendeurs ambulants qui ont le temps de présenter leurs produits, avec un grand sourire, sans se soucier de la fureur de certains conducteurs. Un homme avec une casquette sur laquelle est inscrit « Docteur Diallo », habillé d'un long imperméable bleu marine, malgré le soleil et les quarante degrés, s'approche de la fenêtre de Fanny et crie : « Doliprane, Nivaquine, Spasfon, Lexomil ! »

D'après le GPS, on doit être à trois cents mètres de l'hôpital. Il ouvre son imperméable, dans lequel il a cousu un système savant pour exposer toutes les boîtes de médicaments et, avec un grand sourire, nous présente avec fierté sa collection. Une vraie pharmacie ambulante. Il a de tout. De l'Imodium, du Smecta, des antibiotiques, des anxiolytiques, du Voltarène...

Fanny est scandalisée :

« Mais qui les laisse vendre des médicaments comme ça dans la rue ? Tu te rends compte, Antoine ?

– Oui, oui, je vois.
– Si ça se trouve, il a peut-être même des vaccins ! »
Le vendeur, qui semble avoir lu sur ses lèvres, donne un petit coup sur la fenêtre et lui fait signe d'ouvrir. La vitre reste fermée mais il sort de la doublure une petite boîte isotherme avec des vaccins.
« Méningite, hépatite A, grippe du poulet... »
Fanny le regarde avec stupeur. Il sort de ses poches une liasse de papiers.
« J'ai aussi les ordonnances ! »
Fanny ouvre la fenêtre dans un élan d'énervement : « Mais non, enfin, ce sont les notices ! Remettez-les dans les boîtes, les gens en ont besoin ! »
Le vendeur lui sourit mais rempoche les feuilles de papier.
« À tout à l'heure, madame. Que Dieu vous garde de la maladie. »
Fanny, excédée, referme sa fenêtre.
Enfin, l'hôpital est en vue. Mais la guerre des nerfs continue : il faut se garer. Des voitures partout. Aucun parking. Aucune place pour stationner. On dépasse l'hôpital de deux cents mètres dans l'autre sens. Tout le monde cherche des yeux. Paul a crié deux fois : « Là, là il y a une place ! »
Mais trop tard.
Miracle ! Un bout de bitume inoccupé de la taille du minibus se dégage. Deux calèches viennent de quitter les lieux avec des touristes. Une femme, amusée par cette ambiance pittoresque, s'est levée de la banquette rouge, essayant de ne pas perdre l'équilibre, pour prendre des photos. On descend de la voiture. Gabriel nous demande de vérifier que toutes nos fenêtres sont bien fermées. Une ruée d'enfants se précipite sur nous en criant : « Gardien ! C'est moi qui garde la voiture. »

Il faut en choisir un. Le plus petit, ou non, un plus grand, parce qu'il a l'air plus responsable, un autre rapplique pour lui voler sa pièce et tous se battent dès qu'on a tourné le dos.

Fanny se rapproche d'Antoine pour lui parler. Je n'entends rien. J'espère que Sophie ne se trouve pas ici, gravement malade ou accidentée, sans possibilité de nous joindre.

« Madame, regardez mes beaux colliers... Celui avec les coquillages, il vous plaît ? Ou celui-là avec les perles... C'est joli. Ma sœur a aussi des bracelets... Elle peut vous les montrer... »

Nous voilà plongés dans la chaleur de la foule. Avec ces gens qui nous suivent et ne nous laissent jamais tranquilles. C'est insupportable. Ils ne respectent aucune minute de silence.

32

C'est la deuxième fois que la femme de chambre des Flamants roses vient, espérant que le chien se soit calmé. Elle est chargée de son seau, d'une pile de serviettes blanches, dans un panier énorme en plastique tressé qu'elle traîne de chambre en chambre. Elle ouvre doucement la porte de la chambre de Fanny et Antoine. La bête est toujours là, sur le lit, elle n'a pas bougé. Un petit chien minuscule au pelage fauve et aux oreilles pointues. Une tête en forme de pomme et un petit corps compact. Au début, elle ne l'a pas remarqué. C'est quand elle a tiré sur le drap qu'il s'est mis à aboyer agressivement. Elle est tombée à la renverse de frayeur et a couru se réfugier dans la salle de bains pour reprendre ses esprits et laisser au chien le temps de se calmer.

Sur le lit, il se prélasse comme le roi de la forêt. Elle ne comprend pas que sa patronne l'ait accepté dans la chambre. Elle qui tient tellement à la propreté de son établissement, qui vérifie tous les matins que l'encens a bien parfumé la pièce, que la poussière a été nettoyée correctement et les lits bien faits. Sa patronne est obsédée par la literie de qualité. Les ordres sont clairs. Le linge doit toujours être lavé méticuleusement et séché au soleil, toujours impeccablement repassé et rangé dans l'armoire avec des feuilles de bananier pour absorber l'humidité. Le drap-housse doit être bien tendu, le drap du dessus parfaitement replié en triangle à droite, le couvre-lit habilement replacé sans un pli et, pour finir, une petite fleur de bougainvillier posée sur l'oreiller en guise de bienvenue.

La femme de chambre est une bonne travailleuse, elle ne sait pas lire ni écrire mais, depuis qu'elle a 6 ans, elle travaille aux champs et marche des dizaines de kilomètres les fins de semaine pour atteindre la ville et vendre ses fruits sur le marché. C'est là que la patronne l'a rencontrée et, impressionnée par la qualité de ses produits, lui a proposé du travail. C'est la première fois qu'elle travaille dans un hôtel. Tout est nouveau. Elle n'a jamais dormi dans un lit avec des draps mais sur une natte en plastique au sol. Il lui a fallu des heures d'apprentissage, sous le regard sévère de sa patronne, pour que ce soit parfait.

Et voilà que ce chien gâche tout avec son odeur de putois. Il faudrait laisser cet animal dormir dans la cour avec le mouton et les poules. Il complique le travail. Il faut maintenant qu'elle change les draps et frotte avec vigueur pour chasser les impuretés laissées par l'animal. Comment ses toubabs peuvent-ils laisser un animal se coucher près d'eux ? Leur Dieu les laisse-t-il prier en paix sans se soucier des désagréments du chien ?

Seconde tentative de la matinée. Elle s'approche sur la pointe des pieds. L'animal dort... ou fait semblant. Dès qu'elle amorce un pas, il grogne. Elle donne un coup au sol avec le manche de son balai pour tenter de l'effrayer. Il lève ses petits yeux noirs proéminents. Impossible de le faire descendre du lit. Elle a pris du retard, sa patronne va être furieuse. Elle ne veut pas être renvoyée, une semaine avant la Tabaski, avec tout le mal qu'elle se donne. Tout brille à la perfection. Il faut qu'elle se dépêche d'aller chercher du renfort pour maîtriser ce petit chien redoutable avec sa tête carrée et ses oreilles dressées comme celles d'un chacal. Il est futé et combatif.

Elle demande de l'aide pour enfermer l'animal dans la salle de bains pendant qu'elle s'occupe de la chambre.

Trois hommes armés de bâtons tentent de faire descendre Minou.

« Vas-y, Moussa, attrape-le ! »

Le chien montre les dents.

« Il est féroce ! » s'exclame un homme en le poussant doucement du bout de son bâton.

« Il faut faire attention de ne pas le blesser. S'il est sur leur lit comme un prince, c'est qu'il doit servir à quelque chose. Peut-être qu'il chasse les mauvais esprits.

– C'est le diable en personne, regarde ces yeux noirs comme le charbon ! »

Moussa se retourne vers elle : « Va chercher une serviette, au lieu de parler ! On va faire un filet. »

La jeune femme leur tend une serviette à contrecœur. Elle n'aime pas l'idée qu'un animal, impur, se frotte au linge. Elle regarde Minou avec mépris et dégoût.

« Je n'ai jamais vu un chien si petit ! »

Le chien grogne.

« Il se prend pour un roi. Mais il est si vilain avec ses dents pointues. »

Minou grogne encore plus fort.

« Tais-toi, tu le rends nerveux ! Il n'aime pas qu'on parle de lui, dit Moussa.

– Il faut se méfier des apparences. Le lion habite peut-être en lui ! dit un homme avec son bâton tendu, prêt à se défendre.

– Oui mais les lions, je les connais ! Lui, il est comme une gargouille, un petit démon », lui murmure Moussa le chasseur en s'approchant tout doucement avec la serviette et en faisant signe aux autres de se taire.

Le chien n'aboie plus. Moussa y est presque. Il a déjà le sourire de la victoire aux lèvres. Mais au moment où il va le saisir,

Minou aboie furieusement. Moussa fait un bond en arrière. Tous repartent en courant, comme s'ils avaient vu le diable.

La jeune femme les supplie :

« Il faut lui parler. J'ai vu les toubabs le faire : ils parlent à leur chien !

– Moi, je ne retourne plus là-bas, lui crie Moussa.

– Revenez ! Ne me laissez pas toute seule, je vais perdre mon travail !

– La tortue ne mord pas la patte du léopard ! » lui crie l'un d'eux en wolof.

On ne s'attaque pas à plus fort que soi. Parlent-ils d'eux face à Minou, d'elle face à Soukeyna ou de son destin face à la malchance ? Une chose est sûre : si la chambre n'est pas faite, elle sera renvoyée. Comme le gardien qui ne s'est pas réveillé pour accueillir les clients.

33

La voie est libre. René attrape sa canne en ébène à pommeau d'argent, qui lui est si chère, et descend dans le jardin.

Ces arbres, ces fleurs, ces odeurs, ce goût de la mangue juste mûre sur ses lèvres, ces rires, cette joie de vivre, dans cette maison tenue par cette femme séduisante et son personnel adorable, prompt à venir en aide, lui donnent le sourire.

Il s'est réveillé plus tard que d'habitude, heureux et confiant. Faire des affiches avec la photo de Sophie, qu'il avait enlevée du cadre de sa chambre avant de partir pour la garder avec lui, et promettre une rançon. L'idée lui est venue hier à l'aéroport. « Alerte disparition ». C'est ça qu'il fallait faire. C'était évident.

La nature est là, toute proche. Il entend des chants d'oiseaux. Quelle douceur. Sont-ils proches ? Oui, ils sont juste là, au-dessus de sa tête. Il imagine leur plumage majestueux. Des explosions de couleurs. Des toiles émouvantes, plus fortes qu'une peinture de Manet ou de Renoir. La nature est la plus grande des impressionnistes. Un génie qui a accompli une œuvre titanesque. Il était impossible qu'un seul Dieu ait pu créer tant de complexité. Il aurait fallu qu'ils soient plusieurs.

Les arbres envahissent les fenêtres. Le vent souffle dans les feuilles. Il n'a pas fermé le rideau pour être sûr que le jour le réveille. C'est le bêlement d'une chèvre ou d'un mouton qui l'a tiré complètement du sommeil. Chloé dormait encore. Il n'a jamais passé autant de temps avec sa fille quand elle était enfant.

Un temps si précieux. Le temps de l'émerveillement. Celui qu'on bâcle quand la vie s'emballe. À l'époque de la naissance de sa fille, sa vie était pleine d'inquiétudes. Il devait construire un avenir solide. Ses rêves l'accaparaient. Plus il courait après ses rêves, plus ils lui échappaient. Mais il avait encore de nombreuses années pour y remédier.

Aujourd'hui, ses ambitions et impatiences sont derrière lui. Il n'a rien d'autre à faire sur cette terre que d'aimer. Avec ses petites-filles, débarrassé du poids de l'éducation, il a appris à s'émerveiller de tout. La vie est bien faite, elle a réglé le rythme de sa marche sur leurs pas. Contrairement à leurs parents, il aime les réveils de ses petites-filles, longs et lascifs. C'est la raison pour laquelle Chloé a choisi de partager sa chambre.

Peu d'adultes l'entourent, René est un solitaire, paresseux en amitié, il n'a pas fait l'effort d'entretenir des relations après la mort de sa femme. Les gens l'épuisent. Ils ont inlassablement les mêmes discussions. Ils passent plus de temps à soupirer qu'à sourire. Alors, il écoute la radio et, quand il est fatigué du bruit humain, sans vexer personne, il l'éteint.

Jamais il n'aurait imaginé qu'il traverserait en pleine nuit cette ville inconnue dans ce pays si lointain. Jamais il n'a mis les pieds en Afrique noire. Encore un rêve qu'il a écarté.

La veille, dans la chaleur de la nuit, enivré par cette chambre qui sent le bois et le charbon au parfum d'encens brûlé, il s'est assis sur le balcon pour contempler la Lune et les étoiles. Il a rassemblé ses souvenirs des derniers moments passés avec sa petite-fille. Sophie est clairement dans une période de rébellion, moins frontalement que Chloé parce qu'elle a une grande conscience de la capacité de nuisance des mots. Elle a souvent peur du mal qu'elle peut causer, surtout à sa mère, qui l'a protégée et aimée sans relâche. Si aujourd'hui elle a décidé de se faire oublier, c'est sûrement ainsi qu'elle l'aurait fait : elle serait partie sans bruit, doucement, sans rien dire ; elle aurait fait quelques pas, sans prévenir personne, et une fois trop loin, elle n'aurait pas su revenir, pas eu le courage d'affronter la tristesse et la déception dans les yeux de sa mère.

Il a tenté plusieurs fois d'aborder le sujet avec Virginie, en vain. On l'a remis gentiment à sa place. Virginie est sa mère.

« Ne te mêle pas de ça, papa. Ma fille et moi, on se dit tout. Sophie va très bien. C'est toi qui les incites à la rébellion parce que tu t'ennuies ! »

Impossible d'ouvrir cette porte. Elle a tellement voulu faire bien. Elle s'en est donné les moyens, ne lésinant sur aucun sacrifice et elle s'est enfermée dans l'idée rigide d'un certain bonheur pour Sophie. Un bonheur réussi parce qu'elle a été une mère parfaite.

Ces jours-ci, il la sent vulnérable, ce qui lui brise le cœur. Il a voulu ce matin partager ses réflexions avec elle, mais elle est passée en coup de vent, les cheveux trempés, les autres l'attendaient, elle n'avait pas le temps de s'asseoir. Il est frustré de ne pas savoir la consoler. Il ne sait plus se faire entendre. C'était sa femme qui avait toujours fait preuve d'autorité, voire de sévérité, en matière d'éducation. Ça faisait bien longtemps que Virginie ne l'écoutait plus que d'une oreille, surtout quand il s'agissait de ses enfants. Ses conseils n'ont aucun impact. Elle ramène toujours tout à son enfance à elle, incapable de faire la part des choses, à ce que lui et sa femme n'ont pas su faire. Elle oublie qu'on est souvent un grand-père à l'opposé du père qu'on a été.

Il sait que Sophie est quelque part en sécurité. Ce pays respire l'espoir. Il ne s'est pas senti aussi vivant depuis des années. Son flair lui dit que ce n'est pas un endroit où l'on disparaît. Et que ce n'est pas le destin de sa famille.

Il se sent d'attaque. Il ne quitte pas son chapeau pour ne pas attraper une insolation dans sa marche rapide. Il est enchanté de sentir ses articulations se délier, ne sentant presque aucune douleur dans ses genoux. Ce matin, il a laissé ses jambes au soleil et son corps le remercie de l'avoir exposé à la chaleur. Il apprécie ce genre de climat. Il a passé toute sa vie sous un ciel gris. Il n'a jamais aimé l'humidité froide de l'hiver. Il a grandi en Bretagne, à Fougères. Un endroit sinistre où les volets se fermaient à 18 heures. Ensuite, la ville n'avait plus rien à offrir, à part ses PMU desquels les hommes, en béret de flanelle, sortaient en titubant. Il y a vécu jusqu'à la fin de son adolescence, faisant crise d'asthme sur crise d'asthme, dans une maison sans chauffage adossée à une prairie humide et froide. Adulte, ses choix ne l'ont jamais conduit là où il fait chaud, là où le ciel est bleu. Pourtant, des rêves de bleu, il en a fait à la pelle.

Il fait un tour de la piscine au pas de course, puis un autre, après avoir taquiné sa petite fille.

« Tu fais quoi, papi ? lui demande-t-elle avec des yeux ronds, habituée à le voir sédentaire.

– Je me mets en forme.

– Fais attention quand même. Tu marches pas un peu vite ?

– T'inquiète ! » lui dit-il en soufflant sur son pouce pour faire gonfler son muscle.

Chloé se prend pour une grande, avec ses ongles peints et ses chaussures compensées, mais ce geste la fait toujours rire.

Soukeyna aperçoit René par la fenêtre d'une chambre au deuxième qu'elle inspecte. Cette silhouette svelte et élégante ne lui paraît pas si vieille. Elle se promet d'en parler à son marabout pour augmenter ses performances.

René s'assoit sur un banc à l'ombre, dans le fond du jardin, pour reprendre son souffle et calmer son cœur qui s'emballe. Il a vu la ravissante fille de Soukeyna passer par ici tout à l'heure. Le regard de Paul sur elle ne lui a pas échappé. Rien n'est plus flagrant qu'un homme amoureux.

34

Les fenêtres et les volets roses de la maison bleue du Parisien sont grands ouverts. Oulimata est venue pour prendre son cours de français. Son oncle maternel, qui a un rôle presque plus important que le père au Sénégal, est un passionné de la France et de poésie. C'est lui qui tient à faire travailler Ouly pendant les vacances, pour préparer son baccalauréat de français. Ouly est une élève brillante, plutôt matheuse, mais aussi passionnée d'histoire. Celle de son pays. Fière de son ancêtre casamançaise morte à 24 ans, la reine Aline Sitoe, la Jeanne d'Arc africaine qui a conduit la résistance, en entendant des voix, dans le royaume diola Kassa, au sud du pays, contre les colons français. Ouly mène elle aussi une forme de résistance à l'eldorado européen, auquel nombre de ses cousins aspirent. Joseph, son grand frère de cœur, est mort l'année dernière, à 18 ans, englouti par la mer, laissant derrière lui une mère dévastée par le chagrin et la culpabilité.

Ouly fréquente la prestigieuse école pour filles Mariama-Bâ, sur l'île de Gorée, où elle se rend chaque jour en chaloupe dans son uniforme, robe bleu indigo et chemisier blanc. Fière de se trouver sur les traces des femmes puissantes et influentes du pays. Elle aussi changera le monde, elle s'en est fait la promesse sur la tombe de Joseph. Elle aidera l'Afrique à extraire ses richesses et à se faire entendre dans le reste du monde, empêchant cette jeunesse humiliée par la pauvreté d'embarquer dans des voyages souvent mortels pour s'échouer sur des côtes. Rien ne la rend plus triste que ces espoirs déçus. Rien ne la met plus en colère que les photos qui circulent sur Internet sur lesquelles s'impriment les visages des siens, désespérés, regards perdus derrière les grillages, ou celles de corps enflés, méconnaissables, abîmés par la noyade.

La folie de sa jeunesse lui laisse croire qu'elle changera seule les choses. Parfois sa fougue et son indignation lui font dire des choses injustes. Son oncle, pour qui les destins du Sénégal et de la France sont indissociables, la fait taire en lui récitant par cœur des pages entières d'écrivains comme Hugo ou Camus, ami précieux d'Alioune Diop, fervent défenseur de l'Afrique et fondateur de la revue *Présence africaine*.

Le Parisien apostrophe René, qu'il aperçoit par la fenêtre, profitant de l'ombre sur un banc.

« Excusez-moi, répond René, je me reposais quelques minutes mais je m'en vais.

– Mais non, restez. Ce banc est là pour ça.

– Je ne vous dérange pas ?

– Non c'est un plaisir de vous voir. Comment ça va ?

– Bien.

– Et les enfants ?

– Ça va...

– Et la santé ?

– Pas mal... »

René pointe l'arbre au-dessus de lui,

« Et je ne prends aucun risque avec l'oiseau ?

– Non, il a déjà fait ses besoins ! lui répond le Parisien en riant. Votre ami n'a vraiment pas eu de chance. C'est rare que ça arrive. C'est la première fois depuis l'ouverture de l'hôtel. »

René sourit. Gabriel a souvent la poisse pour ces choses-là.

« Oui, il n'a pas eu de chance.

– Rien de méchant… Une plaisanterie de Dieu !
– Sûrement… Je lui dirai ce soir.
– Si vous avez besoin de boire quelque chose, n'hésitez pas. J'ai du jus de gingembre au frais.
– Merci.
– Je vous laisse, mais vraiment, n'hésitez pas ! Je suis avec ma nièce en pleine poésie. Éluard ! Le bonheur.
– Je devrais vous envoyer ma petite-fille, ça ne lui ferait pas de mal, un peu de rafraîchissement scolaire !
– Avec plaisir… On est là tous les jours. L'heure change mais le lieu reste. C'est toujours ici. »
Il continue sa lecture à haute voix, se délectant à chaque vers :

« Elle a toujours les yeux ouverts
Et ne me laisse pas dormir.
Ses rêves en pleine lumière
Font s'évaporer les soleils »

« Les rêves des toubabs sont puissants ! Ils contrôlent le soleil, ou plutôt les soleils, parce que eux en ont plusieurs, lui dit Ouly d'un ton moqueur.
– Écoute-moi au lieu de toujours faire la pagaille avec tes yeux froncés ! “Me font rire, pleurer et rire, parler sans avoir rien à dire”.
– Pourquoi il parle alors ?
– Ouly ! »
René sourit à l'idée que cette jeune fille pleine d'esprit, au caractère bien trempé, s'entendrait très bien avec Chloé.
Paul Éluard continue de se faire entendre, entre rire et sérieux, dans un mélange de wolof et de français. Les vers du poète, dans la bouche de cet homme sénégalais, à l'accent chantant, passionné de poésie, touchent René en plein cœur. Il sent ses

battements accélérer, incontrôlables, alors qu'il est calmement assis. Il sait que ce moment, où un rayon de soleil cherche à pénétrer l'ombre des arbres, dans le bruit des feuilles caressées par la douceur infinie d'un brin d'air chaud, s'inscrit à tout jamais dans sa mémoire.

« Je fais souvent ce rêve étrange et pénétrant
D'une femme inconnue, et que j'aime et qui m'aime
Et qui n'est, chaque fois, ni tout à fait la même
Ni tout à fait une autre, et m'aime et me comprend... »

« Merci maître Verlaine ! s'enthousiasme le Parisien. Ouly, qu'est-ce qui peut bien t'ennuyer dans un texte aussi magistral ?
– Ce poème, ça va, Tonton, mais il y en a d'autres... Franchement, c'est la barbe... Quand c'est écrit en vers, je comprends chaque mot mais le sens m'échappe. Pourquoi ils ne parlent pas normalement ? On dirait des fous. Ça me donne envie de rire chaque fois.
– Si c'est ça la folie, je voudrais vivre fou ! Si ça te donne envie de rire, ris ! Tu es libre. Moi, parfois, ça me donne même envie de danser. Alors je danse ! Je mets mon costume et je danse avec la jeunesse qui me titille et la mort qui ne me fait plus peur. C'est ça, la magie de la poésie. Elle ricoche dans toute la planète. Le poète n'a pas de frontières parce qu'il s'adresse à ce qu'on a de plus beau. De plus grand. Son cœur est aussi vaste que le monde. Alors, quand tu l'écoutes, il ne faut pas essayer de contrôler ta pensée. Ce n'est pas la littérature, ce n'est pas la philosophie, c'est comme la musique, ça vient de l'au-delà. Tout le monde ne peut pas l'écrire. Seuls les élus le peuvent. On ne décide rien.
– Comme l'amour..., lui répond Ouly, songeuse.

– Oui, un peu… Mais parfois, la poésie vient encore mieux quand l'amour s'en va. Les poètes sont des hommes seuls. Leurs poèmes consolent la solitude des autres.

– Je peux dire ça à l'examen ?

– Oui… Je crois.

– Et pour le commentaire, on dit quoi ?

– Patience. On travaillera demain sur l'étude, sinon on va saboter le plaisir du poème. Laissons faire la magie. Vivons avec aujourd'hui et laissons la nuit nous apporter conseil. »

Ouly ramasse ses livres devant son oncle toujours pensif : « Et peut-être, qui sait ? L'esprit de Verlaine nous apparaîtra dans nos rêves. Il viendra danser pour nous au son du djembé. Ferme les yeux et écoute encore une fois : “Me font rire, pleurer et rire, parler sans avoir rien à dire”. »

35

Fanny n'a pas envie d'entrer dans cet hôpital pour rester dans la salle d'attente. Elle s'installe à l'extérieur, devant, sur un banc à l'ombre, pour fumer une cigarette. Ça ne lui ressemble pas de rester assise dehors au milieu des passants, mais elle est déjà en plein chaos, alors un changement de plus ou de moins...

Antoine la fuit. Paul est distant. Son chien lui manque. Elle a hésité à l'emmener mais il avait l'air plutôt content de rester tranquillement sur le lit. Elle a essayé de le sortir dans le jardin, mais il est tout de suite remonté pour attendre devant la porte de la chambre qu'on lui ouvre. Fanny est seule.

Elle regarde son fils disparaître dans un troquet. Elle ne peut pas rêver meilleure occasion. Pourvu qu'il prenne son temps. Elle guette quand même pour qu'il ne la surprenne pas, en espérant qu'il y ait la queue aux toilettes pour qu'elle ait le temps. Le vendeur de médicaments attend dans un coin. Elle est partie sans rien, ni ordonnance ni remède. Elle a besoin d'un anxiolytique pour se calmer, d'un somnifère pour dormir. Elle a l'impression d'être une criminelle. Pourtant, elle a une ordonnance. Son médecin lui prescrit des pilules de bonheur, depuis des années. Elle ne dépasse jamais la dose, même si le spleen ne la quitte pas, elle n'a pas un tempérament excessif, elle a même toujours peur de mourir quand elle prend un médicament. La première fois, la pharmacienne lui a dit de ne pas s'inquiéter : cinq millions de Français achetaient le bonheur en pilule parce qu'ils ne le trouvaient pas ailleurs. Pour elle, c'est arrivé d'un coup. Trop d'espoir dans l'amour. Un espoir assassin. Un début de dépression. Peut-on faire la différence quand on est médecin entre un début de dépression et une profonde tristesse ? Mais oui, madame, la tristesse a des limites, elle ne s'installe pas ainsi dans notre cœur. Le chagrin n'est pas un mal irréversible. C'est vrai. Elle devait être malade. Une maladie honteuse. Le voile était tombé sur son âme comme la brume sur un paysage d'hiver. Rien ne la rendait vraiment joyeuse. La gaieté des gens lui pesait. Ses gestes étaient devenus mécaniques. Elle ne souriait plus, même après la naissance de Paul et le retour d'Antoine à la maison. Elle était en manque d'amour véritable. Elle était en colère d'être en colère. Elle vivait mal la haine. Elle préférait les jours d'avant. Son cœur était si doux, si confiant. L'infidélité d'Antoine avait été une double peine. La douleur et la haine. Elle était transformée en mégère. Ses interrogations pour comprendre le mensonge la faisaient passer pour une femme aigrie. Pourtant, malgré son cœur déchiré, elle avait fait de son mieux, elle avait fait concession sur concession. Elle l'avait laissé vivre un autre amour. Prié nuit et jour pour réussir à lui pardonner. Pour que le jour se lève sur cette nuit sans fin. Le pardon, ce sommet impossible qu'elle n'arrivait pas à atteindre. Elle n'avait pas d'autre joue à tendre, sa face était une bouillie de chagrin. La seule chose pour laquelle elle n'avait pas fléchi était Sophie. L'existence de cette enfant était un poids pour elle. Il allait dans le sens contraire à l'ordre des choses. Ce n'était pas comme épouser un homme qui avait déjà des enfants. Aimer l'enfant d'une autre. Elle n'était pas la belle-mère mais quand même une marâtre. Elle n'avait aucun rôle dans cette vie avec Sophie. Elle devait attendre que les choses passent. Espérer qu'il la voie le moins possible. Elle était dans une impasse. Elle haïssait désormais sa solitude. Les absences d'Antoine devenaient longues. Où est-il d'ailleurs ? A-t-elle eu raison de le laisser partir sans elle ? Où est Paul ? Elle regarde sa montre pour mesurer le temps écoulé depuis qu'elle attend sur son banc. Dans cinq minutes, elle ira voir dans le petit troquet. L'homme aux médicaments est toujours là mais elle fait comme si elle ne l'avait pas vu.

36

Dans une étroite ruelle, Paul distribue aux passants des affichettes sur lesquelles figure la photo de cette sœur qu'il ne connaît pas. Il n'a jamais vécu d'aventure aussi excitante. René l'a galvanisé. Il n'a qu'une envie, briser ses chaînes : il n'en peut plus d'être le fils bien élevé de ses parents.

C'est le bon moment. Sa mère, abrutie par les embouteillages, se repose sur un banc. Il a prétexté une envie pressante pour pouvoir déposer quelques affiches dans le troquet d'en face, plein à craquer. Quelle n'a pas été sa surprise de découvrir une porte, à l'arrière, donnant sur une ruelle calme où se déroule toute une vie singulière, à l'abri de la folie urbaine. Au milieu des poules, des vaches, des moutons et des chèvres, des gens semblent y prendre le temps de vivre... Un petit groupe discute devant une maison, tenant salon dans la rue. Paul s'approche d'eux, ses affiches à la main. Il est bombardé de questions : à quoi correspond le montant indiqué ? Des renseignements suffisent-ils ? Faut-il ramener la jeune personne en chair et en os ? Paul n'a pas toutes les réponses. Il doit faire vite.

Il laisse plusieurs affichettes au pied d'un énorme tronc d'arbre. Quelques personnes font la sieste au creux de ses racines. Un baobab ! Il repense au *Petit Prince* et à l'image de la planète transpercée par les baobabs. Le célèbre arbre de Saint-Exupéry est aussi grand que ses fantasmes d'enfance. Il en a vu un autre ce matin en quittant l'hôtel. La route avait été bâtie autour de lui. Des arbres aussi grands qu'une église !

Depuis combien de temps est-il parti ? Sa mère l'attend. Il faut qu'il se débarrasse des affiches qu'il a dissimulées sous son sweat à capuche. Il a trop chaud.

Des petits garçons jouent au foot sur un terrain de sable. Il s'approche d'eux.

« Eh ! J'ai un travail pour vous. »

Il leur tend un billet de dix euros et la pile d'affichettes.

« Il faut en mettre tous les dix mètres, sur les arbres, les maisons, les bus, dans les magasins, partout !

– D'accord.

– On ne prend pas les euros ! dit un petit malin.

– Ça fait six mille cinq cents francs CFA. »

Les yeux des enfants s'écarquillent.

« Alors d'accord ! »

Le petit malin prend les affichettes et les partage équitablement avec les autres.

« Et si vous la retrouvez, on vous donne cent euros, ce qui fait soixante-cinq mille francs CFA.

– C'est le loto ?

– C'est la récompense ! »

Ils disparaissent en poussant des cris de joie.

« N'oubliez pas ! Tous les dix pas ! »

37

L'hôpital de Dakar est une ville dans la ville. Je suis enfin seule avec Gabriel et Antoine, sans le poids du regard silencieux de Fanny. Nous n'avons pas trouvé l'accueil, sans doute situé dans une autre aile. Je demande. On nous indique le bâtiment A.

Nous longeons les couloirs, interminables comme dans tous les hôpitaux, pour rejoindre l'aile ouest. Nous traversons un patio et nous retrouvons devant l'entrée des urgences.

Dans le couloir, un médecin et des infirmières passent rapidement avec une femme sur un brancard. Plusieurs personnes les suivent, paniquées. On leur demande d'attendre.

« Docteur, vous pensez que c'est la méningite foudroyante ?

– Je ne sais pas. Restez là, on viendra vous chercher. »

Les chambres sont ouvertes. Des familles entières apportent de la nourriture aux malades.

J'ai peur que nous y passions la journée. Nous hésitons à faire demi-tour. Un infirmier s'arrête à notre hauteur.

« Vous cherchez quelque chose ? »

La journée n'est pas complètement pourrie. Antoine lui résume la situation. Cet homme va nous aider. Nous ne pouvions pas tomber mieux. Il nous demande de le suivre. Après quelques mètres dans un nouveau couloir, nous nous retrouvons dans un bureau minuscule, envahi par les cartons. J'avance. Gabriel s'efface devant Antoine mais, cette fois, il passe son tour : le bureau est trop petit, il vient de se taper les embouteillages, il préfère attendre derrière la porte vitrée. Sans façon. Il est trop claustrophobe pour se coincer dans cette cage à poules.

L'infirmier s'appelle René, comme mon père, c'est inscrit sur son badge en plastique blanc. Il prend un carton marqué d'une grosse étiquette : « décembre ».

« Vous n'avez pas d'ordinateur ? s'étonne Gabriel.

– On va faire plus vite comme ça. On a un petit problème de courant, le groupe électrogène n'alimente pas jusqu'ici.

– Pas jusqu'aux urgences !? »

Je suis sidérée.

« Oui, oui, mais pas dans les bureaux de l'aile droite. »

Je ne suis pas du tout rassurée. Gabriel ne dit rien.

« Ne vous inquiétez pas, c'est un excellent hôpital. Les médecins et le matériel sont aussi performants qu'à la Pitié-Salpêtrière ! »

Il doit ressentir notre hostilité. Entre l'impatience d'Antoine, le silence de Gabriel et ma stupéfaction, il se sent obligé de se justifier. Je voudrais m'excuser, lui dire que nous n'avons aucun mauvais *a priori*, mais c'est faux. J'obéis à une pulsion animale. À la peur. Je prie pour que Sophie ne soit pas tombée malade, et pour qu'elle ne soit pas soignée ici. Je regarde, découragée, les centaines de cartons empilés dans la pièce.

« Ça va aller vite. Sophie Berger... Française... En général quand c'est grave, les étrangers... Les Sénégalais qui ont de l'argent aussi... se font rapatrier... Alors que... comme je vous le disais tout à l'heure, nous avons d'excellents médecins... Je suis né ici d'ailleurs, dans cet hôpital. Et vous voyez, ils ne m'ont pas oublié dans le ventre de ma mère ! »

Il rit avant de poursuivre : « On ne peut rien contre la peur des gens. C'est un vrai fléau. Les étrangers n'ont que ça à la bouche, le rapatriement. Mais bon, c'est humain... Mourir chez soi... ça doit rassurer. »

Il continue à chercher. Gabriel se retourne vers la vitre. Antoine est dos à nous. J'espère qu'il n'a pas allumé une cigarette. Je l'ai vu en sortir une de son paquet quand on parcourait les couloirs.

Je me décide à interroger l'infirmier :

« Les gens qui se font hospitaliser, c'est surtout pour quoi ? Il y a beaucoup de maladies... mortelles ici ?

– Non ! En Afrique centrale, il y a beaucoup de neuropalu mais au Sénégal, surtout l'hiver, il y a beaucoup moins de risque... Pendant la saison des pluies, c'est vrai que les marécages attirent les moustiques. On a des méningites, du choléra... la lèpre... Mais pas plus qu'ailleurs. Ah ! vous voyez, ça va vite, dans le carton "décembre" il n'y a pas une seule fiche d'expatrié. Elles se repèrent facilement, elles sont rouges. Vous êtes allés à l'ambassade ?

– On en revient.

– Ils ont dit quoi ?

– De venir ici.

– Rien d'autre ?

– Non.

– C'est pas les rois de l'accueil... En même temps, ça dépend sur qui on tombe... Écoutez, ne vous inquiétez pas. Vous allez la retrouver... Elle a 20 ans, c'est ça ? Je pense à quelque chose... C'est ma nièce qui m'en a parlé. »

L'infirmier note rapidement une adresse sur une feuille blanche à en-tête de l'hôpital.

« C'est un centre de jeunesse. Les jeunes se réunissent souvent là-bas. Un point de chute pour les Européens qui arrivent... Vous savez, ils se donnent rendez-vous sur les réseaux sociaux... Elle est peut-être passée par là... Certainement. Dakar n'est pas immense... Le centre est vraiment à deux pas de l'ancien marché aux Fleurs, où on trouve de tout maintenant. C'est au cœur du vieux Dakar. Si vous êtes en voiture... Bon courage ! »

Il me tend la feuille où il a griffonné un plan à la va-vite.

« C'est loin ?

– Je vous ai indiqué quelques repères. Quand vous êtes au marché aux Fleurs, vous demandez... C'est très simple à trouver. C'est un immeuble un peu délabré. Le must, c'est le toit ! »

Gabriel est déjà sorti du bureau sans attendre la fin.

« On s'éloigne, me dit-il en sortant.

– Pourquoi tu dis ça ?

– Ça ne ressemble pas à Sophie.

– Quoi ?

– Ce genre d'endroit. »

Je suis furieuse. Impuissante et folle de rage.

« Est-ce qu'on sait vraiment ce qui ressemble à Sophie ? Tu sais, toi, où elle va quand elle sort ? Tu connais ses amis ? sa vie sur Internet ? On n'est pas du tout connectés. Parce que les amis d'aujourd'hui ne sont plus ceux qui viennent manger des crêpes à la maison ! Ce sont des tas de gens qu'on ne connaît pas et qui vivent parfois à l'autre bout du monde, avec qui nos enfants partagent leur vie de tous les jours. C'est ça, l'amitié aujourd'hui. C'est ingérable. Elle a très bien pu disparaître dans un monde virtuel avec plein d'amis sénégalais qui étaient déjà ses amis avant qu'elle les rencontre, avant qu'elle ait même l'idée de venir au Sénégal. Oui, voilà, des amis de pays qu'elle ne connaît même pas !

– Qu'est-ce que tu racontes ? Elle n'est pas idiote, elle sait très bien faire la différence entre la vraie vie et tout ça. C'est toi qui t'en fais tout un monde. Je t'ai vue réagir, dès qu'il a dit "réseau social", tu t'es mise à paniquer ! »

Gabriel n'a pas tort. Je suis complètement rébarbative à ce nouveau monde virtuel. Je n'y connais rien et imagine le pire. Ça me rend folle de ne plus pouvoir parler à mes filles sans qu'elles aient la tête plongée dans leur iPhone. Je hais Steve Jobs d'avoir offert à nos enfants un monde pour eux, un monde à eux, qu'il injecte dans leur ADN comme s'il était devenu leur géniteur à tous. Un monde où les inventions virtuelles n'ont plus de limites, qui se réinvente sans cesse pour parer à l'ennui, ce merveilleux ennui que toute ma génération a vécu, sur lequel on s'est construits ! Nos enfants adhèrent à ce nouveau monde avec un naturel déconcertant. À 42 ans, je me sens *has been*. Je travaille dans une librairie et pour mes filles, c'est comme si je travaillais dans un magasin d'antiquités.

« Que dit l'infirmier ? me demande Antoine.

– Il m'a donné l'adresse d'un endroit... Je ne sais pas. Il paraît que les jeunes se donnent des rendez-vous improvisés à travers les réseaux sociaux.

– Alors allons-y, me dit Antoine.

– Elle n'était pas ici pour traîner dans un centre de jeunesse. Elle est venue pour faire du bénévolat..., lui dit Gabriel, qui semble un peu découragé.

– Elle a dû changer d'avis en cours de route, lui répond Antoine en se dirigeant vers la sortie, une gitane pas encore allumée aux lèvres.

– Elle était vraiment motivée... Et contrairement à ce que tu penses, j'étais plutôt contre cette forme de tourisme humanitaire. C'est elle...

– Ça arrive de changer d'avis... ou de destination. Peut-être qu'elle avait vraiment l'intention d'aller en Autriche quand elle a déjeuné avec moi et que c'est après que les choses ont bougé dans sa tête... »

Antoine croit vraiment ce qu'il vient de dire. Impossible pour lui de concevoir que Sophie lui ait menti. Je ne relève pas, c'est plus doux de le laisser croire ce qu'il veut. Ce mensonge à lui-même est pour lui un baume au cœur.

38

Nous sommes sur l'avenue Lamine-Gueye. Je reconnais le même patronyme que celui d'un des habitués de la librairie, avec qui je parlais souvent de littérature. Je ne l'ai pas vu depuis six mois. J'espérais le croiser avant que Sophie s'en aille, pour lui demander quelques adresses utiles ou un point de chute si elle avait un souci, mais il n'est pas passé à la librairie. J'ai pensé plusieurs fois à l'inviter à dîner pour le présenter à Gabriel mais je ne l'ai jamais fait. Aujourd'hui, je regrette d'être passée à côté de ce lien précieux avec ce pays.

La première fois que je l'ai vu, il s'est cogné au chambranle de la porte de la librairie : il est si grand qu'il doit se baisser pour ne pas le heurter. Il m'a lancé : « Pardonnez ma maladresse. Je suis grand mais je ne suis pas le président Abdou Diouf. Je m'appelle Lamine Gueye mais je ne suis pas le chef du Parti socialiste. Je lis mais je ne suis pas romancier. Qu'y comprendre ? Que le destin est moqueur et qu'il nous joue parfois des tours. »

On n'oublie pas un homme qui se présente avec humour et fait de sa vie une charade. Quand il vient choisir des livres, il prend son temps, s'assoit et on discute, entourés par l'esprit des auteurs. Il pense qu'ils sont présents, qu'ils nous poussent vers leurs livres parce qu'ils ont des choses à nous dire. Le choix de nos lectures n'est jamais un hasard. Les esprits murmurent au creux de notre âme. Ce que j'appelle le « subconscient », il l'attribue à la force des esprits. Sa pensée vogue à l'infini. Quand nous sommes en désaccord, il m'écoute puis éclate d'un rire sonore qui résonne dans toute la librairie et conclut systématiquement : « Pourquoi pas, madame Virginie ! »

Brillant, lecteur passionné, il me parle souvent de son pays avec nostalgie. Je lui ai dit qu'un jour je m'y rendrai. C'était une promesse lointaine, par empathie pour ses souvenirs davantage que par désir de voyage. *Un jour, j'irai.* Dans longtemps ou peut-être jamais. Il n'y avait aucune raison, à part le sourire de cet homme qui lisait « la Pléiade », pour que j'aille au Sénégal.

L'avenue Lamine-Gueye n'est pas le Sénégal dont il m'a parlé, avec ses plages immenses, ses arbres fleuris, ses envols majestueux des pélicans et flamants roses dans le ciel orangé. L'avenue Lamine-Gueye est un enfer urbain. Avec plus de monde encore que tout à l'heure, sans file de gauche, sans voie de droite, juste des voitures qui n'hésiteraient pas à grimper les unes sur les autres. Notre véhicule, trop grand, est coincé au milieu d'un marché. L'avenue est saturée de voitures, de passants, de commerçants, de femmes portant des brassées de fleurs, de jeunes filles, plus jeunes encore que Chloé, avec des bébés dans le dos et des plateaux de fruits sur la tête. La voiture n'avance plus depuis dix minutes. Elle s'est transformée en pot de miel. Les abeilles s'agglutinent. Nous sommes devenus la cible des vendeurs ambulants qui se collent aux fenêtres. Ils tentent leur chance, malgré les fenêtres et nos visages fermés. Ils proposent des mouchoirs, des cartes pour les téléphones, des lampes, des tapis, des pastèques, des tissus, des ceintures, des cacahuètes sucrées, des oreillers, un matelas pour deux personnes qu'un homme porte sur la tête. Je le regarde, ébahie. Il pense que je veux acheter, tape à la fenêtre pour m'annoncer un prix. Je lui fais signe que non. Il reste à la fenêtre, patient, persuadé que s'il insiste un peu, j'ouvrirai la fenêtre et achèterai son matelas. La voiture avance de quelques mètres, puis de quelques mètres encore, jusqu'à ce que l'on trouve une place pour la garer entre deux étalages. L'homme au matelas nous a suivis en courant. Il se propose comme gardien.

D'après les indications de l'infirmier, nous ne sommes plus très loin. Nous laissons la voiture pour continuer à pied. Il est facile de se perdre dans cette ville avec ce dédale de rues qui se ressemblent toutes, envahies de sable, sur le sol, sur les routes, sur les toits, sur les voitures. Du sable, comme une mer s'étendant sur la ville, recouvrant tout, s'infiltrant dans les chaussures, les narines, sous les vêtements, se collant à la peau avec la transpiration.

Nous ne sommes plus très loin du marché aux Fleurs. On vend du poisson, de la viande, des épices, l'animalerie côtoie les fleurs et les vanneries. Les odeurs se mêlent. Des déchets s'amoncellent, ma tête tourne, la chaleur est pénible, j'aperçois le cadavre d'un chat en décomposition, à la place des yeux vrombit un amas de mouches, je bloque ma respiration pour ne pas vomir. Mon odorat est comme pris en otage, comme contraint d'entrer dans l'intimité du pays qui tient à nous livrer ses secrets les plus crus. Le parfum enivrant du thiouraye, l'encens sénégalais, et celui de l'arachide mélangée à celui de la mer, l'arôme exotique des épices et des mangues mûres. Les odeurs nauséabondes, des déchets par monticules, jetés un peu partout, desquels on a peur de voir jaillir des rats. Au milieu de cette saleté presque moyenâgeuse répandue dans les rues, des femmes marchent avec grâce dans leur boubou ample, de toutes les couleurs, assorti à leur foulard ou à leur châle, le haut échancré de leur robe glissant sur leur épaule, de lourds bijoux d'or ou d'argent ornant leurs oreilles ou piqués dans les cheveux. Cette explosion de couleurs est renforcée par le ciel très bleu, la luminosité aveuglante et la peau noire. On est loin des demi-teintes françaises.

Nous marchons sans vraiment savoir où nous allons. Nous avons un repère mais pas vraiment d'adresse précise. Je m'approche d'un groupe d'hommes qui discutent devant une maison, le plan du quartier dessiné par l'infirmier à la main. Ils sourient comme si c'était un jeu. Ils se passent le papier de main en main avec une nonchalance crispante. Je suis pressée de retrouver Sophie et de rentrer à la maison. Ils donnent l'impression d'avoir l'éternité devant eux.

La première fois que j'ai imaginé l'Afrique, j'avais 8 ans. Ma mère me lisait un conte africain illustré de dessins naïfs à l'aquarelle. Des cases qui formaient des villages. Un pays lointain en noir et blanc. Des girafes et des zèbres. Rien de semblable à l'Occident. Rien de semblable non plus à ce pays que je découvre envahi de téléphones portables. Tout le monde, même la vendeuse de fruits sur le bord de la route, a un téléphone portable caché sous son pagne. J'imaginais un pays fait de silence et de solitude. Partout, tout le temps, les gens nous suivent, nous parlent, nous accompagnent. Les enfants répètent inlassablement une comptine en riant : « *Toubab diwline nian katan ! Toubab meyma niar dorom !* Toubab, pour mettre de l'huile dans le riz, donne-moi de l'argent ! »

Les gens nous interpellent sans cesse. Ils veulent nous vendre des piles, des mangues, des casquettes, des grille-pain, des lunettes, des bigoudis, des jouets. Nous passons notre temps à dire « Non merci », « Ça va aller », « Non je ne veux rien », « Tout à l'heure », « Peut-être plus tard », « J'en ai déjà », « Je n'ai pas faim », « pas soif », puis nous finissons par nous taire. Il suffit que notre regard s'attarde, une seconde de trop, sur un objet qui passe, et le vendeur ne nous lâche plus, il insiste pour nous emmener de l'autre côté de la ville pour nous trouver ce qu'on ne lui a pas demandé. Je me sens pour la première fois différente de l'autre. Impressionnée par la majorité. Nous sommes blancs, ils sont noirs. Tout le monde nous voit, nous remarque, nous regarde. Impossible de passer inaperçus. C'était donc ça, la description du bonheur par Sophie ? Elle qui nous trouvait envahissants, qui passait, depuis des mois, son temps enfermée dans sa chambre, ne supportant aucun de nos bruits, de nos paroles, de nos rires...

Ma cheville se tord. Je me rattrape de justesse à Gabriel. Une femme m'interpelle avec gentillesse : « Faites attention à ne pas faire un faux pas. »

C'est vrai que j'aimerais ne pas me tromper de direction pour retrouver Sophie, c'est vrai aussi que le terrain sur lequel je marche est risqué pour mes chevilles fragiles. Les trottoirs, quasi inexistants, se confondent avec la chaussée. Le goudron peut-il fondre sous la chaleur ? Les gens n'ont pas l'air de s'en plaindre. Comment une vie peut-elle s'organiser dans une telle pagaille ?

Où est cette maison de la jeunesse ? Gabriel marche d'un pas assuré. Il semble avoir saisi l'itinéraire. Certaines maisons sont uniquement accessibles par de petites ruelles en sable où aucune voiture ne peut pénétrer. Comment s'approvisionnent leurs habitants ?

« Madame au beau chignon, regarde comme mes mangues sont belles ! Et les bananes, et les papayes, et la pastèque coupée prête à être dégustée ! »

Fanny finit par craquer. Dès le moment où elle s'arrête, elle regrette : la vendeuse prend un temps infini pour ôter le plateau de sa tête sans réveiller l'enfant endormi paisiblement sur son dos. D'autres vendeurs en profitent pour l'interpeller : « Comment tu vas, jolie gazelle ? Tu veux de l'ananas frais ? de la noix de coco Bounty ? La meilleure de Dakar ! »

Paul s'arrête pour attendre sa mère. Antoine ralentit à contrecœur. Je lui fais signe que je l'attends un peu plus loin, à l'ombre. Fanny croise mon regard, se retourne vers Antoine, pour se rassurer. Gabriel s'impatiente et soudain, alors qu'il se retourne vers nous, aperçoit dans la foule une longue chevelure blonde.

« Sophie ! » hurle-t-il à pleins poumons, se mettant à courir aussitôt.

Antoine sursaute au cri de Gabriel. Il aperçoit lui aussi la chevelure blonde disparaître dans la foule. Il se précipite, bousculant au passage Fanny, qui fait tomber ses fruits. Malgré mes jambes coupées par l'émotion, je cours derrière Gabriel et Antoine.

« Sophie ! »

Gabriel a une longueur d'avance, même si Antoine court aussi vite que possible. Paul reste en arrière pour aider sa mère, qui panique. Des hommes s'approchent d'elle et la questionnent en wolof. Elle ne répond pas. Elle entend le mot « voleur ». Elle regarde dans son sac, avec son air de biche apeurée, puis le referme en oubliant de sortir son porte-monnaie pour payer les fruits écrasés au sol. Paul s'éloigne pour ne pas perdre son père de vue. Plusieurs personnes, hommes, femmes enfants, se réunissent autour de Fanny. Prise de panique, elle se rue après Paul qui court dans notre direction. Des hommes la dépassent et pourchassent Antoine en criant en wolof, puis en français : « Arrêtez le voleur ! »

Une foule se rassemble rapidement pour attraper le malfrat. Le marché grouille de voleurs qui sabotent leur commerce. Une solidarité immédiate se forme pour venir en aide à Fanny et sauver leur honneur. Plusieurs témoins ont assisté à la bousculade et ont vu Fanny regarder dans son sac sans trouver son portefeuille. Le coup est classique. Bousculade puis rapt. Il faut à tout prix rattraper le voleur, lui donner une leçon, qu'il paie pour tous les siens trop paresseux pour travailler, et qui préfèrent prendre le pain des autres. En attrapant celui-là, ils veulent réparer ces journées de frustration dans lesquelles ils n'ont rien vendu, leur marché déserté par les touristes découragés.

Au loin, Sophie monte dans un bus. Le vacarme étouffe les cris de Gabriel et d'Antoine. Elle ne se retourne pas. L'autobus démarre doucement mais bien trop vite pour que Gabriel, qui est le plus proche, le rattrape. Je cours. Je tiens bon. L'élan maternel me donne des ailes. Je ne tiens pas compte de mes poumons qui se vident. Ma fille. Je fais des signes désespérés vers l'autobus qui s'éloigne dans un nuage de poussière, je crie une dernière fois son nom. Un cri désespéré.

Gabriel n'abandonnera pas, je le vois dans son regard : il continue à suivre le bus en courant.

Antoine ralentit le pas, à bout de souffle, maudissant la jeunesse de Gabriel. Dix ans les séparent. Dans cette course, c'est colossal. Il se penche en avant pour reprendre son souffle. Tout se passe très vite. Deux hommes bondissent et l'encerclent. Antoine imagine en quelques secondes le pire. Ce sont les mêmes qui ont enlevé Sophie. Où est Paul ? et Fanny ? Il se bat comme un sauvage, avec sa force de taureau. Plusieurs hommes l'immobilisent. Il ne peut plus bouger. Face contre terre. La poussière s'infiltre dans ses narines. Ses poumons vont exploser. La peur le glace. Pour la première fois, il se sent faible. Lui, le plus fort de la rue. Qui l'a attaqué par-derrière ? Il remarque la route imparfaite, les trous dans le goudron, les pieds qui l'entourent, des chaussures d'enfants aussi et des pieds nus.

On lui crie de ne pas bouger.

« Voleur ! Rends l'argent et ensuite, on va s'occuper de ton cas. »

Antoine essaie toujours de se dégager.

« On te dit de te calmer. Tu es cuit. Nous sommes plusieurs, tu es seul ! Une poule ne peut pas refuser d'aller au marché. »

Paul et Fanny arrivent à se frayer un chemin dans la foule qui se serre autour d'Antoine. Un témoin de la scène du vol la regarde fièrement et lui crie : « Son frère s'est échappé mais on a attrapé ton voleur ! »

Paul court vers son père.

« Papa !

– Tu le reconnais ?

– Lâchez-le ! C'est mon mari !

– Lui ? C'est ton mari ? »

Stupeur dans la foule.

« Pourquoi est-ce qu'il court comme un voleur alors ? Et où est son frère ? »

Fanny essuie le visage d'Antoine avec la manche de sa chemise. Il se relève difficilement. Un homme lui tend la main pour l'aider.

Antoine se relève, humilié et furieux.

« Ce n'est pas mon frère. C'est lui, le voleur ! Il me vole ma fille ! »

Fanny le regarde, ébahie.

La foule se disperse, déçue de ne pas avoir assisté à un fait divers.

Gabriel et moi arrivons à la gare routière. Une dizaine d'autobus verts sont garés, prêts à repartir. Gabriel monte dans le premier sans y croire. Il dévisage les passagers. Ce n'est plus une chevelure blonde qu'il cherche, mais plutôt du réconfort, quelqu'un qui comprendrait son désarroi. Je ne prends pas la peine de monter. Je le vois redescendre, le regard vidé d'avoir trop espéré.

« Je suis sûr de l'avoir vue. Je l'ai reconnue. »

Nous allons faire demi-tour quand soudain, dans le carrefour encombré et le vacarme des voitures qui klaxonnent, je l'aperçois à nouveau. Je crie de toutes mes forces : « Sophie ! »

Gabriel court pour la rattraper mais chute sur une corde tendue par des enfants pour jouer. Les enfants applaudissent et font tinter leurs récipients en fer : « Un franc monsieur ! Un franc pour les fêtes ! »

La jeune femme aux longs cheveux blonds, arrêtée au feu rouge, se retourne par hasard. Ce n'est pas Sophie. Je la regarde s'éloigner au milieu des voitures. Je fonds en larmes. J'ai le visage trempé de sueur et de tristesse. Gabriel, le pantalon bruni par la poussière, s'approche de moi pour me réconforter.

Je ne sais pas comment Gabriel retrouve l'emplacement où nous avons garé le minibus. Peu importe le temps qu'il nous faut pour rentrer, notre vrai malheur ce soir est de ne toujours pas savoir où est Sophie.

Des joggeurs courent le long de la route. Certains n'ont pas de chaussures. De l'autre côté d'une clôture, des familles s'entassent et des enfants jouent dans des carcasses de voitures sur un terrain vague. De magnifiques aires de jeux apparaissent vingt mètres plus loin.

Je regarde la mer et le paysage qui défile. Nous roulons en silence le long de la corniche en direction de l'hôtel. Nous sommes exsangues. La journée est passée si vite. Le soleil s'est épuisé et laisse pencher le soir. J'aimerais retenir les jours. Repartir en arrière. Parler à Sophie avant qu'elle s'en aille. Quand je pense trop à elle, la douleur s'installe aux creux de mes reins.

Se mettre en travers du soleil ne l'empêche pas d'aller se coucher, m'avait dit Lamine un jour où il paraissait triste. J'ai compris qu'il lui était arrivé un grand malheur. Un de ceux qui impriment la vie pour toujours. Il n'en reste pas moins philosophe. Ses mots résonnent en moi.

« La vie, Virginie, est bien plus forte que nous. Elle avance, parfois elle nous écrase, parfois elle nous caresse. C'est pour ça qu'il est important de prier : il faut pouvoir chaque jour communier avec la vie, l'écouter, comprendre ce qu'elle a à nous dire. Nous sommes ses enfants et je suis sûr qu'elle ne nous veut aucun mal. La poule ne donne pas de mauvaises chenilles à ses poussins. »

Lamine trouve joyeux d'être livré à la vie, au destin. Je trouve ça terrifiant, peut-être parce que je ne parviens pas à dissocier le destin de la fatalité, ce mauvais tour de manège, ces portes de l'horreur qui s'ouvrent au hasard devant nous. Gabriel m'accuse souvent de voir le verre à moitié vide. Lui a l'optimisme de croire que la vie est de l'eau qui peut remplir notre verre indéfiniment au fur et à mesure qu'il se vide. Pour ma part, je crois que nous n'avons qu'un seul verre d'eau, qui, à chaque gorgée, se vide en emportant notre jeunesse. La dernière goutte est notre dernier souffle.

39

La jeune femme de chambre rentre chez elle. Elle regarde par la fenêtre du car les lumières de la banlieue de Dakar qui s'éloignent. Depuis qu'elle travaille aux Flamants roses, elle habite chez sa tante et a laissé ses enfants chez sa mère, au village. Elle peut s'endormir sans crainte, car elle descend au terminus. Ça lui donne aussi le temps de réfléchir. À la fin du mois, elle devra donner une partie de son salaire aux tontines. C'est son tour. Chaque semaine, une mère de famille donne une somme fixe. C'est mieux que la banque. Entre elles, la confiance règne. Chacune donne un peu et il y a des mois où elles reçoivent beaucoup. Mais si sa patronne la renvoie trop vite, comment va-t-elle faire ? Qui va envoyer l'argent pour ses enfants ? Son mari n'a pas d'emploi. Il se décourage trop vite. Il attend le mandat qu'un cousin à lui doit envoyer d'Italie mais qui n'arrive jamais. Si elle perd son travail, elle devra retourner aux champs. Faire le double d'heures et gagner beaucoup moins. Elle doit trouver un moyen de dompter ce chien. Elle n'a pas eu le courage de dire à sa patronne qu'elle n'avait pas fait la chambre où l'animal demeure. Pourquoi les esprits lui ont-ils joué un tour pareil ? Elle ne les néglige jamais pourtant. Depuis qu'elle travaille à l'hôtel, elle a fait déjà deux fois le pèlerinage jusqu'à Touba pour verser du lait au pied de l'arbre sacré.

Qui a envoyé ce chien sur sa route ? Demain, avant de rentrer chez elle, elle consultera son marabout.

C'est sa dernière pensée avant de sombrer dans un sommeil profond, bercée par le mouvement de l'autocar.

40

Je m'approche de la fenêtre. Dehors, la vie continue, loin de l'enfer de la ville, dans le décor bucolique de ce jardin luxuriant, à la lumière des jolies lanternes en fer forgé et de la douce lueur de la Lune. J'entends des voix dans les ruelles qui nous entourent, avec toujours un fond de musique, qui se collent aux scènes silencieuses comme dans un film de Chaplin. Soukeyna se dispute avec sa fille, pendant que le mouton, indifférent aux réprimandes, dévore une nappe qu'il a visiblement fait tomber au sol avec les restes du dîner. La jeune fille aux allures d'amazone paraît ce soir toute petite. Elle tire avec tendresse sur la corde qui enserre la patte de son animal pour qu'il lâche prise. Je ne sais pas où est son père mais j'ai l'impression que sa mère l'élève seule. Elle a plus d'autorité que moi avec mes filles. Tout à l'heure, je me suis sentie humiliée par mon impuissance face à Chloé, ma gamine mal élevée de 14 ans, qui levait les yeux au ciel dès que j'ouvrais la bouche. Elle ne fait aucun cas de mon angoisse, qui me rend certes irascible mais qu'elle est en âge de comprendre. Elle n'a aucune empathie pour ce que nous vivons. Elle parle encore plus mal à Gabriel qu'à moi, parce que le complexe d'Œdipe, d'après les psys, s'est prétendument réactivé à l'adolescence. Nous n'allons pas régler tous nos problèmes d'éducation pendant cette semaine qui s'annonce difficile. Selon Gabriel, c'est une façon pour Chloé d'exister face à tous nos efforts concentrés sur Sophie. En tout cas, Soukeyna sait se faire respecter sans élever la voix, sans hystérie, juste par un regard. Et pourtant sa fille a du caractère. Oulimata est très bien élevée, fait des études brillantes et travaille pour sa mère. C'est impressionnant. Je lui ai demandé ce soir en rentrant si elle avait rencontré Sophie mais elle ne l'a vue qu'une fois : elle est pensionnaire sur l'île de Gorée.

Papa est toujours en bas. Il boit un verre de whisky. Lui non plus ne paraît pas bouleversé par la situation. Paul est avec lui. Il a dû le rejoindre quand ses parents sont montés se coucher. Je ne suis pas sûre que Fanny soit enchantée de les savoir ensemble. À quel moment ont-ils fait connaissance ? Paul était avec nous toute la journée. Il lui parle en faisant de grands gestes enthousiastes. Mon père le regarde avec tendresse, fasciné sans doute par sa jeunesse, heureux certainement de rencontrer le frère de Sophie et que par surcroît ce soit un garçon. Entre mes filles et moi, il a manqué de testostérone. Mon père et Paul se lèvent, puis tous deux se dirigent vers le fond du jardin, comme deux vieux complices.

Je ne les entends plus mais je ressens les émotions qui passent entre eux. L'essentiel de la vie semble se percevoir dans le silence. « Où vont les mots quand on les dit ? » m'avait demandé Sophie quand elle était enfant.

Je me retourne au son de la télévision. Gabriel zappe, comme d'habitude. C'est pour lui le seul intérêt de la télévision. Il passe d'une chaîne locale à l'autre. Je rallume mon portable. Zéro message. La connexion internet est faible. Le portable de Sophie est toujours éteint. Je laisse le mien allumé près de mon lit et m'allonge à côté de mon mari.

« J'étais sûr que c'était Sophie... Pas seulement à cause des cheveux, elle avait le même profil...

– Pas vraiment...

– Toi aussi, tu pensais l'avoir vue.

– Je t'ai suivi. C'est tout.

– Tu courais si vite derrière moi que j'étais sûr de ne pas me tromper.
– Je voulais tant que ce soit elle... Je courais par désespoir.
– Antoine aussi a couru... Lui aussi pensait l'avoir vue.
– Je ne suis pas sûre... Il a couru pour nous suivre.
– Il a essayé de courir... Mais on l'a perdu assez vite. On ne pouvait pas l'attendre. »
Silence.
« Le pauvre. Il n'est pas en forme. Il a grossi. Tu as remarqué comme il devient rouge... gonflé. Il faut qu'il fasse attention à sa santé. Ce monde... cette chaleur... ce n'est pas fait pour lui.
– Pour personne.
– Je ne comprends pas qu'il ait pu se laisser aller à ce point. »
Silence.
« Il n'est quand même pas si vieux.
– Tais-toi, Gabriel. Tu es insupportable depuis deux jours.
– Je dis ça pour lui. »
Silence.
La télévision diffuse le journal télévisé français. La France est envahie par la neige. Les gens sont mécontents à cause des intempéries. Ils ne comprennent pas cette neige en plein hiver. Une femme tout de rouge vêtue hurle sa colère. Le gouvernement doit faire quelque chose.
Gabriel me prend la main.
« Excuse-moi. »
Je me rapproche de lui. Je ne rêve que de paix, de douceur.
« Je me sens coupable... si coupable... C'est moi qui lui ai conseillé de faire du droit. Je ne sais pas pourquoi je lui ai dit ça. Un réflexe de vieux. Je pense qu'elle a fait ça pour me faire plaisir. Je l'ai aussi encouragée à partir. Je voulais qu'elle fasse un voyage. Je trouvais qu'elle tournait un peu en rond dans sa tête. Je pensais que voir autre chose pouvait lui faire du bien. »

Mes yeux se remplissent de larmes.

« Elle serait partie de toute façon... un jour. Et puis il fallait bien qu'elle fasse quelque chose... Elle était si indécise.

– Oui mais un voyage si loin...

– C'est ce qu'elle voulait, partir à l'autre bout du monde. »

Silence.

« C'est vrai, me dit-il après réflexion.

– Je ne comprends pas que l'on soit sans nouvelles. Aucun indice. Ce n'est pas possible de disparaître comme ça. Tu penses qu'elle a pu faire une fugue ?

– Une fugue ? Mais pour quoi faire ? On ne l'a jamais empêchée d'aller où que ce soit. Elle est libre. Elle l'a toujours été.

– Je ne sais pas. Tu sais, on peut passer à côté de beaucoup de choses sans le savoir. J'ai élevé Sophie en disant oui à tout parce que ma mère disait non à tout. C'était une bourgeoise rigide, un peu comme Fanny, tiens. Sophie est l'enfant de ma rébellion. Je faisais ce que je voulais, je l'aimais, je m'en occupais... Sa liberté était aussi la mienne. Un doigt d'honneur à toutes les convenances. Je l'ai certainement négligée... Elle avait sûrement besoin d'autre chose.

– Qu'est-ce que tu racontes ? Tu étais là, toujours à ses côtés...

– De l'enfant, oui... Mais pas tant de la femme qu'elle allait devenir. Je ne lui ai jamais conseillé d'horizon...

– Virginie, tu es fatiguée. Que voulais-tu faire de plus ?

– On peut toujours faire plus.

– Non.

– Mieux, alors. Voir la vie à travers son regard... Je n'ai pas su. Elle a des traits de caractère d'Antoine qui, par moments, sont comme un obstacle à notre relation. J'ai quitté son père pour ces choses-là. C'est compliqué d'être confrontée à travers son enfant à quelque chose qu'on a quitté parce qu'on ne pouvait pas le supporter. »

Silence. J'étais moi-même étonnée de cet aveu. Une révélation pour moi.

« C'est possible...

– Quoi ?

– La fugue... Même si quelque chose me dit que si Sophie avait fait une fugue, elle aurait laissé derrière elle des indices pour qu'on la retrouve. »

Silence.

« Elle en a peut-être laissé ? Mais où ? à qui ?

– J'ai essayé tout à l'heure avec Chloé de consulter son compte Instagram et Facebook. Elle nous a bloqués il y a longtemps mais Chloé a essayé... Je n'ai pas bien compris comment. De toute façon, ça n'a pas marché.

– Elle sait à quel point je m'inquiète. Elle a toujours fait attention à moi.

– Pas tout le temps.

– Oui mais là c'est grave.

– N'oublie pas... Elle a 20 ans. »

Dehors, un son lointain de djembé se mêle aux notes échappées d'un transistor. La musique du Parisien ? ou de mon père ?

Gabriel éteint la lumière. Après quelques instants, il se rapproche de moi et m'enlace. Je lutte pour ne pas m'endormir. Une maman qui a perdu son enfant ne doit pas dormir. Elle doit la chercher sans relâche. Mon corps s'engourdit, je le sens sombrer, je fais un mouvement pour me redresser mais les bras de mon mari sont plus forts. Je m'enfonce dans la nuit comme dans un trou noir.

41

Je suis dans une forêt. Je marche. Seule. La forêt prend l'eau et se transforme en mer. Je cherche une embarcation pour flotter. Je n'en trouve pas. J'ai de l'eau jusqu'à la taille. J'entends une voix dans la forêt. Un écho : « Je ne sais pas où tu es ce soir. Tu dors ? Mes nuits à moi sont souvent sans sommeil comme si mon être entier préparait une révolution. »

La voix est celle de Sophie. Je cours malgré l'eau qui m'enserre la taille. Je cours mais je ne sais pas où aller. L'écho me joue des tours.

« Je t'écris mais je ne suis pas sûre d'avoir quelque chose à dire. Pas facile de ne pas le faire par texto ou par e-mail mais Gabriel avait raison avec les lettres. Il faut parfois laisser aux choses le temps d'arriver. Que mes mots aient le temps d'un voyage à travers les mers pour arriver jusqu'à toi. »

Comment peut-elle m'écrire ? Elle n'a pas de crayon. Sur le chemin de l'école, elle a perdu sa trousse. Sa maîtresse lui a donné une colle. Elle ne rentrera pas ce soir. Une feuille blanche flotte devant moi. Je nage pour l'attraper. Je suis sûre que c'est la lettre de Sophie. Les mots se détachent et se forment sur l'eau. C'est l'écriture de Sophie.

« Si tu lis cette lettre, c'est que tu n'es pas venue jusqu'ici. J'ai essayé de t'écrire un e-mail juste pour te rassurer parce que je sais que tu t'inquiètes. Tu n'entrevois que la mort quand il s'agit d'un départ inexpliqué. Je ne suis pas morte, maman, souvent j'ai même l'impression de n'être jamais née. »

Je ramasse un nénuphar. Je le sens. Je ne sais pas si les nénuphars ont une odeur. Celui-là en a une, celle de Sophie.

« Tu désires tant de choses pour moi, je suppose que c'est ça, la promesse de Gary faite à l'aube. Cette lourde promesse de l'amour maternel vers lequel on court et qu'on fuit en même temps. »

Je veux lui répondre mais *où vont les mots quand on les dit* ? Ils voguent sur l'eau, s'impriment sur les feuilles des arbres, disparaissent dans le vent, dans le murmure des rivières. Le chant des oiseaux est la mélodie de tous nos mots disparus. La pie voleuse est attirée par tout ce qui brille. Elle s'est envolée avec les mots des poètes.

« Rien n'était prémédité. J'ai écouté mon instinct profond, comme si quelque chose d'essentiel m'attendait ailleurs. L'appel de la forêt. Les longs hurlements que Buck entend comme si cet appel lui était destiné. Tu t'en souviens ? Ce livre de Jack London, c'est toi qui me l'as offert. Maman, tu m'entends ? »

Oui, mon amour. Oublie les livres. Ce ne sont que des histoires qu'on raconte aux enfants pour les endormir. Des promesses non tenues.

Je crie. Je ne veux pas que les livres l'éloignent de moi comme ils m'ont éloignée des autres. Je ne veux plus rester seule dans ma chambre avec mes livres qui me tiennent prisonnière d'un monde inventé. Les mots sont coincés dans ma gorge. L'eau a monté. Si vite. Je la sens caresser mon cou comme une flamme sadique qui fait semblant de chanter. L'eau veut engloutir ma parole. M'obliger à ne rien dire. Une ombre passe au loin.

« Je ne sais pas pourquoi mais je me suis identifiée à cet animal fidèle et acharnée à défendre son maître. Tu étais en quelque sorte mon maître parce que je ne comptais que sur toi. Maman ? Pourquoi tu ne réponds jamais quand je te parle ? »

L'ombre a un chapeau. Elle est habillée en homme. Sophie ? Mais où sont passés tes longs cheveux blonds ? Je me noie mon amour. Attends-moi.

« J'ai toujours pensé que je devais te protéger, réaliser tes rêves, devenir celle que tu aurais voulu être. Tu as en toi quelque chose de fragile et moi, malgré mes chagrins, quelque chose de puissant, d'animal presque. Je suis plus proche de papa dans ce sens, je suis moins cérébrale que toi. Toutes ces pages noircies ne veulent rien dire. Les mots ne peuvent rien là où je suis. Toute la littérature se brûle dans un bûcher comme au temps où on brûlait les sorcières. Maman, promets-moi que tu n'es pas une vraie sorcière. Maman ? Pourquoi tu ne me réponds jamais quand je te parle ? »

Chloé ? Oui, ma chérie, je t'écoute mais je cherche ta sœur. Où es-tu, ma Sophie ?

Les larmes inondent mon visage. Non, c'est seulement l'eau. Je ne sais plus pleurer. C'est atroce de ne plus pouvoir pleurer.

« Papa et moi sommes des lions. Les rois de la forêt. Rien ne peut nous arriver. »

L'eau m'empêche de respirer. Les fonds sont sombres. Je ne veux pas rester si seule dans la forêt. Les lions n'habitent pas ici. Il faut que je nage jusqu'en Afrique pour retrouver Lamine et lui dire que je regrette de ne pas l'avoir invité à dîner. Je regrette qu'il ne soit pas mon ami. Ma vie n'est qu'une escalade de regrets. Sophie, c'est toi que j'entends rire à la surface de l'eau qui m'engloutit ?

« Si la personne partie puiser de l'eau n'est pas de retour, c'est que ses calebasses ne sont pas encore remplies », me répond l'ombre avec le rire de Lamine.

27 décembre

42

La jeune femme de chambre se fait réprimander par Soukeyna. La dame au chignon s'est plainte. Comment est-ce possible qu'elle n'ait pas fait la chambre ? Par paresse ? Tient-elle à saboter sa réputation ? La jeune femme regarde ses pieds, elle n'ose pas lever les yeux vers sa patronne. Elle marmonne quelques mots en wolof. Non ce n'est pas par paresse c'est que... elle a eu peur du diable.

« Tu dis que mon hôtel est habité par le diable ?

– Seulement depuis hier...

– Je ne veux pas entendre ce genre d'imbécillité chez moi, lui dit-elle en français. Tu finis ta journée et tu t'en vas. Je vous avais prévenus, cette semaine, pas d'erreur. »

La jeune femme fond en larmes.

Paul, depuis sa chambre, située à côté des cuisines, entend le ton monter. La voix d'Ouly, qu'il pourrait reconnaître au milieu d'une foule, se mêle aux autres. Il tend l'oreille, se lève même pour mieux écouter à la porte.

Ouly prend la défense de la femme de chambre. Elle s'adresse à elle en mélangeant wolof et français.

« Pourquoi est-ce que tu parles du diable ?

– Il est petit... mais féroce. Avec une tête de pomme et des yeux noirs. Il est installé sur le lit et ne veut pas me laisser faire mon travail.

– Tu parles du chien ? »

Elle ne répond pas mais Ouly a compris. Elle se tourne vers sa mère.

« Les animaux sont interdits dans les chambres, même pour les toubabs. Moi, tu me demandes de laisser mon mouton dans la cour et de l'attacher toute la journée. Tu ne veux même pas qu'il aille dans le jardin.

– Et tu ne le fais pas. Ce mouton se promène partout ! Je l'avais acheté pour la Tabaski, il fallait qu'il reste dans la cour jusqu'au jour de la fête.

– Il ne monte jamais dans les étages.

– De toute façon, il n'y a plus de mouton... Je l'ai vendu. Djibril l'a emmené au marché. Il a encore mangé un fruit sur la table du petit déjeuner et ça tombe toujours sur la dame au chignon. Je ne peux pas me le permettre. »

Oulimata lutte pour ne pas laisser les larmes déborder de ses yeux. Elle s'était attachée à ce mouton. Elle lui avait donné un nom, qui voulait dire « paix », parce qu'il ne faisait de mal à personne. Son seul défaut était sa gourmandise.

« C'est le chien qui sème la zizanie et c'est la femme de chambre qu'on réprimande ? C'est le chien qui dort dans la chambre, sur le lit, en grognant comme le diable, mais c'est mon mouton qu'on vend parce qu'il mange un fruit ?

– Les clients sont rois.

– Non maman, pour toi, ce sont les toubabs qui sont rois », lui répond-elle en la fixant du regard.

La gifle part à la vitesse de l'éclair. Soukeyna ne supporte pas l'insolence. Elles ont toujours été en conflit sur ce sujet sensible. Ouly en veut à sa mère de se soumettre au diktat des Blancs. Elle pense que Soukeyna ne favorise pas les Blancs seulement par sens du commerce, mais aussi par crainte, par dépréciation de soi, qui la fait se sentir légèrement inférieure et est un héritage de la domination de l'administration coloniale sur son peuple. Ce sentiment d'infériorité met Oulimata, qui admire et aime tant sa mère, dans une colère triste. C'est Soukeyna qui l'a élevée, choyée, bercée de ses rêves d'indépendance, lui rappelant sans cesse la force de la femme dans la société sénégalaise. C'est elle qui lui a appris qu'au Sénégal la succession au trône dans les royaumes précoloniaux se faisait en fonction de la lignée matrilinéaire.

Oulimata a été reçue parmi les vingt-cinq meilleures élèves du pays à l'école Mariama-Bâ. Le pensionnat tombe en décrépitude, avec ses bâtiments détériorés, ses murs fissurés, ses fils électriques qui pendent dans les dortoirs, ses salles de classe vétustes. Le premier soir, en arrivant, Oulimata s'était accrochée à sa mère, envahie par un chagrin qui revient en sa mémoire chaque fois qu'elle pose le pied dans la chaloupe qui la mène vers Gorée. Sa mère l'avait consolée, lui avait promis qu'elle l'aimait, qu'elle veillerait toujours sur elle. Elle lui avait rappelé que la vie était un combat permanent, pour les femmes dix fois plus que pour les hommes, qu'elles devaient être autonomes, que la plupart des femmes qui sortaient de cette école aidaient à changer la place de la femme dans la société, que sa plus grande chance dans la vie était son éducation, seules vingt pour cent des femmes ici étaient alphabétisées et cet illettrisme était un frein à la croissance, alors, au nom de toutes les femmes qui n'avaient pas eu cette chance, il fallait qu'elle devienne quelqu'un. Du haut de ses 10 ans, sur le ponton en ciment gris, sur cette île où avaient transité des milliers d'esclaves avant de partir pour l'Amérique, elle avait regardé la chaloupe s'éloigner et s'était fait une promesse : elle ne porterait jamais de chaîne et toute sa vie resterait solidaire avec les femmes de son pays.

Ce matin, Oulimata se sent pousser des ailes. Elle ne peut pas laisser cette pauvre femme pleurer sans rien dire. En revanche, elle pourrait en dire plus. Parce que sa mère a beau faire tous les efforts de la terre, les établissements hôteliers tenus par des Français auront quand même meilleure réputation, tout simplement parce qu'ils sont tenus par des Blancs et que les Blancs inspirent la qualité. Dernièrement, on a même dit que les Africains sont incapables de se gouverner eux-mêmes, et bien entendu, pour les entreprises, c'est la même chose. Mais les trois mots de désaccord qu'elle a l'audace de prononcer au sujet de la femme de chambre sont déjà au-delà de la limite de ce qu'on peut dire à un parent. Alors elle laisse son regard parler à sa place.

La femme de chambre sursaute au son de la gifle, comme si c'était elle qui la recevait. Elle pleure pour la petite qui a si courageusement pris sa défense. Elle pleure aussi pour sa propre fille qu'elle n'a pas vue depuis deux mois. Soukeyna lui intime de se taire et de courir faire son travail. Le temps est précieux et elles en ont déjà perdu beaucoup trop.

La matinée commence très mal. Toute la journée, Soukeyna portera l'ombre de sa culpabilité. Elle n'aime pas frapper sa fille. Elle aimerait la prendre dans ses bras, mais elle sait qu'il ne faut jamais fléchir devant les enfants sinon ils vous marchent sur la tête. La chèvre broute l'herbe là où on l'attache. Sa fille ne peut pas la prendre de front ainsi devant son employée. Ouly a un sacré caractère et l'école l'a renforcé. Elle est, par son père, la descendante d'une reine et l'esprit de cet ancêtre vit en elle. Son père a renforcé ce mythe en lui donnant en deuxième prénom, celui de cette reine, Aline. Sa fille s'est construite entre la douceur de ses jupons et le désir de coller à l'image que le monde autour d'elle lui avait donnée.

Soukeyna avait elle-même beaucoup souffert d'avoir été élevée par des grands-parents traditionalistes. Ses frères avaient fréquenté l'école coranique. Toute petite, elle avait combattu l'islam et la tradition. Elle n'aimait pas l'idée qu'une femme doive obéir au monde. Elle rêvait du modèle européen, nettement en avance sur la libération de la femme. Son frère, le Parisien, si sensible, l'avait toujours comprise. Rêveur, il avait détesté son enfance à l'école coranique. Toute leur vie, ils avaient été proches. Il était d'un grand soutien dans l'éducation de sa fille.

Soukeyna n'a pas le temps de s'inquiéter de cet incident avec la femme de chambre qui a pris l'allure d'un drame. La femme au chignon l'attend pour être conduite au marché. Ouly est sans doute partie se réfugier chez son frère. Le Parisien saura trouver les mots pour la calmer.

43

Paul, resté derrière la porte pendant toute la scène, aurait aimé intervenir. Il a envie d'expliquer à sa mère que tout le monde a peur de Minou et qu'il n'a rien à faire sur son lit. Combien de fois a-t-il voulu lui dire qu'il n'est pas normal de vivre avec un animal aussi antipathique qui n'aime qu'elle ? Il ne supporte plus cette odeur de chien qui s'est mêlée à celle de sa mère. Mais, il n'a rien fait. Il n'a pas d'audace. Il n'est plus un enfant, mais il est si loin d'être un homme, même si René, hier soir, lui a laissé boire une gorgée de son whisky. Jamais une fille comme Ouly ne le regardera. Elle n'est pas du genre à se laisser séduire par un garçon qui se cache derrière les portes. Elle a un an de moins que lui mais en paraît dix de plus. René, qui a deviné tout de suite la maladie qui lui ronge le cœur, lui a donné des conseils : faire sa déclaration, puis rester en retrait et enfin être constant. Mais appliquer cette stratégie en une semaine lui semble compliqué. Mission impossible. D'abord, il faudrait qu'il apprenne à parler d'amour avec ses mots à lui. Et il n'est pas le champion de la parole. Ensuite, il faudrait qu'il fasse semblant de ne pas la voir alors qu'il ne voit qu'elle, au point de ne pas avoir pu fermer l'œil de la nuit, pour la première fois de sa vie. Pour finir, il devrait imaginer avoir l'éternité alors qu'il n'a que six jours au mieux et sa mère sur le dos.

Il arrive à la réception, où ses parents lui ont donné rendez-vous. Bien à l'heure, pour ne pas les faire attendre, comme un gentil garçon qu'il a toujours été. Sa mère porte encore cette jupe horrible en laine et a enfilé une chemise trop grande de son père. Il est là, lui aussi, le patriarche, se plaignant de la chaleur pour ne pas parler d'autre chose. Il va essayer de lui tapoter la tête, comme sa mère tapote celle de son chien, mais ce matin il ne se laissera pas faire. Sa mère, comme souvent à cette heure-là, a une tête d'enterrement, triste à mourir, rendant la Terre entière responsable de ses malheurs. Il n'a jamais compris pourquoi ses parents n'ont pas divorcé et préfèrent vivre ensemble dans cette ambiance de plomb. Son père rit souvent, mais rarement à la maison. Un soir, en rentrant de chez des amis, où toute la soirée son père avait fait de l'humour, sa mère avait dit à son père : « C'est peut-être ça, l'usure du mariage, garder toute sa joie pour les autres. »

Cette phrase avait sonné comme une sentence dans le silence de la voiture. Mon père n'avait rien répondu.

Il n'est pas question qu'il passe la journée avec eux. Il ne cédera pas cette fois. Il va faire comme Oulimata avec sa mère. Les parents ne peuvent pas avoir toujours le dernier mot sur tout.

« Essaie de me trouver un chapeau », lança son père à sa mère avant de rejoindre les autres qui l'attendent.

C'est une manière de la rassurer : en lui demandant de penser à lui, c'est sa manière de lui dire qu'il pense à elle.

Soukeyna arrive à la réception dans une tenue aux couleurs extravagantes. Fanny l'attend, son chien dans les bras. Paul n'a encore rien dit.

« Ce matin, il n'y aura pas de problème avec votre chambre. C'est réglé. Et excusez-moi encore pour le mouton. La maison vous offre bien sûr le petit déjeuner.

– Merci. C'est très aimable de votre part.

– C'est normal. Vous êtes prête pour le marché ?

– Oui. Nous serons de retour pour l'heure du déjeuner ? J'ai rendez-vous avec mon mari.

– Oui, ne vous inquiétez pas, je vous emmène chez mon tailleur, c'est mieux que le marché, il y a moins de monde et la circulation sur cet axe est fluide. »

Fanny regarde avec inquiétude la tenue extravagante et colorée de la maîtresse des lieux, qu'elle trouve, par ailleurs, fort sympathique.

« Quelque chose vraiment sans prétention. Qui ne froisse pas. En coton blanc...

– Vous n'aimez pas la couleur ?

– Oui, enfin non, sur vous c'est très beau, mais sur moi je préfère les couleurs neutres.

– Pourtant la couleur aide avec l'âge qui nous guette, lance Soukeyna en riant. Mais ne vous inquiétez pas, il y a tout près de chez mon tailleur une boutique pour vous. Ils font des lins naturels et du coton blanc.

– C'est parfait. Je remonte le chien et j'arrive. »

Paul s'approche.

« Donne-le-moi. J'y vais. »

Soukeyna s'est avancée sur le perron, cherchant des yeux la voiture de l'hôtel. Le chauffeur a déjà trente minutes de retard.

« Remets-le dans la chambre et donne-lui de l'eau. Il y a une bouteille sur la table de nuit, dit Fanny à Paul en lui tendant le chien. En même temps, j'ai le temps de monter... Ces gens ne sont jamais à l'heure. C'est à rendre fou. Si tu savais le temps qu'on a attendu ce matin pour un jus d'orange... À croire qu'ils sont allés chercher les oranges au marché... »

En effet, Djibril, l'homme à tout faire, avait fait un sprint jusqu'au marchand de fruits parce que, pendant la nuit, le mouton avait mangé les oranges.

Paul monte les escaliers, Minou sous un bras, suivi par Fanny. Il lui lance sur un ton agressif :

« Qu'est-ce qui s'est passé ce matin ? Il paraît que tu as fait un scandale ? C'est horrible. Elle a vendu le mouton !

– En quoi ça te regarde ? »

Il murmure : « J'ai honte. »

Fanny n'entend pas. Elle regarde la main de son fils sur la rampe. Ses mains ont changé. Elles sont plus larges.

« Pourquoi est-ce que tu t'es sentie obligée de te plaindre ? lui dit-il encore quand ils arrivent sur le palier.

– Écoute, Paul, nous ne sommes pas dans une étable ! Ce mouton n'a pas à manger à notre table. C'est insupportable. Entre les oiseaux et le mouton, c'est impossible d'avaler quoi que ce soit.

– Mais c'est son animal de compagnie.

– À qui ?

– À la fille de la propriétaire.

– Ah ! eh bien, ce qu'on appelle un "animal de compagnie normal", c'est un chien, un chat, à la limite un hamster.

– On s'en fiche de ce qui est normal. Ce mouton lui tenait compagnie !

– Paul, je suis pressée.

– Normal ? Mais qu'est-ce que ça veut dire ? »

Il lui brandit son chien.

« Et ça ? Tu trouves ça normal ? C'est à cause de lui qu'ils ne font pas la chambre. Tu ne l'as jamais vu grogner quand tu n'es pas là ! Elle va se faire renvoyer, la fille qui n'a pas fait ton lit. Tu ne trouves pas ça injuste ?

– Non. Elle n'a qu'à faire son travail. Le chien n'a jamais fait de mal à personne. Et arrête, Paul, ne le secoue pas comme ça ! Tu lui fais peur !

– Tu es complètement... folle... avec ce chien ! Tu me fais honte.

– Honte de quoi ? Paul, tu te calmes. Tu ne me traites pas de folle. Je suis ta mère.

– Tu as fait vendre ce mouton », dit-il en donnant un léger coup de pied dans le mur.

Fanny est saisie par ce geste. Antoine donne des coups quand il est en colère. Pas son fils. C'est un doux. Au grand désespoir de son père. Paul ne quitte pas son visage renfrogné.

« Tu ne vas pas me faire tout un plat avec cette histoire de mouton.

– Justement, ils vont en faire un méchoui. Ils vont le tuer pour la fête.

– Eh bien, au moins ils vont se régaler. C'est très bon, le mouton ! C'est comme le poulet, tu ne me fais pas cette tête quand je mets du poulet à table ! »

Paul repense aux larmes d'Oulimata.

« Tu es méchante ! C'est nul, ce que tu dis. J'ai honte que tu sois ma mère. Tout ce que tu dis, tout ce que tu es me fait honte !

– Paul !

– Tu fais semblant que tout va bien alors que la fille... ma sœur... a disparu. »

Fanny est glacée.

« Quelle sœur ? »

Paul la fixe sans un mot. Ses lèvres tremblent. Il pourrait dire tant de choses blessantes. Tant de mots cruels. Mais il a pitié. Sous la carapace sévère de sa mère, il connaît la douceur de la femme et ne lui veut aucun mal.

« Nous sommes là pour accompagner ton père. Pour qu'il ne soit pas seul. Le reste ne nous regarde pas... Je... Tu m'entends, Paul ?

– Oui, maman. J'entends.

– Je sais que c'est compliqué... Mais je n'ai rien choisi. »

Un bruit de klaxon les interrompt. La voiture les attend. Paul dépasse la chambre de Fanny, se dirige vers l'escalier qui mène à la piscine, Minou toujours dans les bras. La femme de chambre le voit passer, c'est maintenant ou jamais qu'elle doit faire le ménage !

« Paul, lui crie Fanny. Tu restes avec moi ! Tu viens essayer un pantalon. Tu n'as rien à te mettre et je ne veux pas que tu traînes à ne rien faire. »

Il ne se retourne pas. Elle ne contrôle plus rien. Fanny entend les pas de Soukeyna se diriger vers elle. Il faut qu'elle descende comme si de rien n'était. Rien ne l'horripile plus que le linge sale lavé en public.

Quand il croise la femme de chambre, Paul fait mine de jeter le chien par-dessus la rambarde. Elle lui sourit et il se sent vainqueur. Il fera de ses six jours une éternité.

« Paul ! appelle encore Fanny.

– Madame Fanny ! » lui crie Soukeyna.

Il faut qu'elle y aille. L'insolence de Paul est comme une gifle. Elle parlera à Antoine. Ils lui parleront ensemble. Elle a fait une erreur en l'emmenant jusqu'ici.

Paul continue à marcher vers le jardin. Il déposera le chien dans sa chambre puis accompagnera René faire son jogging. Ce matin, il s'est donné comme objectif quatre tours de jardin.

« Il faut toujours viser plus haut, il n'y a que comme ça qu'on se garde une place dans les étoiles, fiston. »

À la piscine, Chloé lui indique le coin du jardin où son grand-père a disparu depuis un quart d'heure.

C'est là que René l'a emmené hier soir finir leur conversation, sur le banc à côté de la maison du Parisien. Paul hésite à rejoindre René mais préfère l'attendre.

44

Notre passage désastreux à l'ambassade n'a servi à rien. Nous arrivons à l'orphelinat, nous aurions peut-être dû commencer par là, c'était notre seule piste solide. Sophie s'était engagée avec enthousiasme. Pamela n'a pas su nous expliquer clairement les conditions de leur départ.

L'endroit est très rudimentaire mais impeccablement tenu par les religieuses. Les bâtiments à arcades encerclent une cour intérieure qui laisse apparaître le bleu du ciel. Sans cette couleur azur, l'endroit serait austère. Les murs épais, garants du silence, ne laissent pas pénétrer les sons de la vie extérieure et assurent une merveilleuse fraîcheur. Les sœurs françaises et sénégalaises déambulent dans leur voile bleu et leur robe à mi-jambe. On pourrait être deux siècles plus tôt.

J'aperçois une pièce avec des rangées de lits à barreaux blancs. Dans un des lits, deux bébés dorment collés l'un contre l'autre. Des jumeaux. Je m'approche pour les regarder. Les larmes me montent aux yeux. Je suis fille unique. Je me demande, en regardant ces enfants endormis tout près l'un de l'autre s'ils seront plus heureux que les autres. L'un d'eux a délicatement posé sa main sur le front de l'autre pour le rassurer pendant son sommeil. Être son propre parent, n'est-ce pas le secret de la quiétude ? Les douleurs de l'enfance s'apaisent en nous quand l'adulte qu'on est devenu a la force de consoler l'enfant en nous, m'a dit un jour un psy. Jamais les choses n'ont été aussi claires qu'aujourd'hui, en regardant la main de cet enfant si certain de son pouvoir sur l'autre. Sophie les a-t-elle rencontrés ? Les a-t-elle bercés ? Reste-t-il une trace de son odeur sur eux ? Que leur a-t-elle murmuré, chanté, avec sa jolie voix ? Elle chante merveilleusement bien. Chloé, enfant, se laissait endormir paisiblement, bercée par la voix de sa sœur.

Des jeunes filles bénévoles aident à changer les nourrissons. Je m'approche d'elles avec une photo de ma fille. Les jeunes filles la reconnaissent mais secouent la tête, elles ne savent pas où elle se trouve. La sœur responsable de la pouponnière, avant de s'en aller à ses occupations, me lance sur un ton bougon : « Elle est partie du jour au lendemain, sans crier gare ! »

Gabriel et Antoine observent une salle de classe décorée d'une grande crèche de Noël. Les enfants apprennent le miracle de Marie et la naissance de Jésus.

Un chœur d'enfants chante une version adaptée d'une chanson bien connue :

« Petit Papa Noël,
Quand tu descendras du ciel,
Pourras-tu faire un tour au village ?
Les enfants se sont couchés
Alors n'oublie pas de les embrasser. »

Qui a changé les paroles ?

La mère supérieure nous surprend en arrivant derrière nous. « On m'a dit que vous m'attendiez ? »

Après de brèves présentations un peu confuses – nous sommes impressionnés par cette femme âgée au regard sévère qui a visiblement été mise au courant de la raison de notre visite –, je lui montre la photo de Sophie.

« Oui, je me souviens très bien. Sophie Berger. Elles sont arrivées à deux, elle et Pamela Lewis, une fille très dévouée aux autres, aux enfants, à votre fille aussi... Une perle... Enfin elle aurait pu l'être si elle n'avait pas suivi votre fille. »

Ce n'est pas du tout l'image que nous avons de Pamela, qui, quand nous sommes passés la voir, ne pensait qu'à manger sa dinde malgré notre désespoir et la disparition de son amie. La description de la sœur, si contraire à notre perception, me donne un espoir immédiat. Le mensonge est certainement la cause de cette méprise. L'idée me vient encore que la possibilité d'une mise en scène n'est pas à exclure. Comment Pamela aurait-elle pu être si sereine si elle avait cru à la disparition de son amie ?

« Vous avez de la chance. Une demoiselle de confiance comme on n'en fait plus. Les jeunes peuvent tomber sur de mauvaises influences parfois qui les perdent. Mais cette gentille fille veillait sur elle avec la même ardeur que sur les enfants. Votre fille avait d'ailleurs dans le regard, même si ce n'était plus une enfant, quelque chose d'une orpheline. Un peu imbue de sa personne aussi. Pas facile. Elle avait dans l'attitude l'arrogance que peuvent avoir certaines personnes qui ont été abandonnées. Nous appelons ça l'"orgueil des orphelins". La peur d'être rejeté. Vous savez, il suffit d'un regard pour comprendre qui sont les gens... Malheureusement, elle est partie trop vite.

– Qui ça ? lui dis-je.

– Pamela. Nous sommes vraiment en sous-effectif pendant les fêtes. Chaque bénévole compte.

– Ah.

– Comment ça, une orpheline ? demande Antoine, qui a pris très personnellement ce commentaire.

– Un air, ai-je dit, monsieur.

– Gracieuse, avec son long cou, cette beauté surprenante, c'est ça que vous appelez "hautaine" ? »

Silence. Je regarde Antoine, gênée. Ce n'est ni l'endroit ni le moment de faire l'éloge de la beauté de Sophie.

« C'est vrai qu'à côté de Pamela elle fait tout de suite moins... serviable. »

Heureusement, il n'a pas employé le mot « boniche », qui lui brûle les lèvres.

« Je vois bien maintenant qu'elle ne l'est pas.

– Quoi ?

– Orpheline.

– Évidemment, dit Gabriel.

– Quand les filles arrivent ici, on ne connaît pas leur histoire... Et souvent, quand on choisit d'aider les autres, on se dirige inconsciemment ou consciemment vers les malheurs qui nous parlent personnellement.

– Toutes les filles qui viennent ici sont d'anciennes orphelines ? lui lance Antoine avec sarcasme.

– Non, mais elles ont toutes une fracture.

– Comme nous tous. »

Antoine ne veut pas lâcher. Cette histoire d'abandon ne lui plaît pas du tout.

« Liée à l'abandon, insiste-t-elle.

– Ah ! dans ce cas nous sommes tous abandonnés, madame !

– Elle est le contraire d'une orpheline, rebondit Gabriel, un peu sèchement. C'est plutôt une fille qui déborde de parents. Il faut parfois savoir dépasser le premier regard.

– Il y a quelque chose quand même dans ses yeux... On ne me dira pas le contraire. »

Cette vieille femme est têtue. Ce qu'elle dit n'est pas tout à fait exact, mais pas tout à fait faux non plus. Sous cette carapace désagréable se cache une femme sensible. Petite, quand je la déposais à l'école ou sortais le soir, Sophie s'accrochait à mon cou comme une désespérée, certaine qu'elle serait abandonnée à tout jamais. Chloé n'a jamais pleuré comme ça quand on la quittait. Sophie a horreur des départs, elle les redoute. Elle s'agite, essaie de retarder le moment de la séparation. On dit souvent d'elle qu'elle a un port de reine. Mais les reines ne sont-elles pas, d'abord, des princesses abandonnées dans des royaumes trop grands pour elles ?

J'interroge :

« Elle était comment quand elle était ici ?

– Comment vous dire ? Ce qu'on faisait ici n'avait pas l'air de l'intéresser beaucoup. Elle est restée à peine quelques jours. Elle est partie parce qu'elle souffrait d'un manque de confort et, en même temps, elle disait qu'entre ces murs, elle fronça les sourcils comme si elle évoquait un souvenir désagréable, elle ne ressentait pas assez l'Afrique... »

Je pense tout de suite à ce que nous a dit Pamela. La réflexion de Sophie sur *Tintin au Congo*. Ma fille a un humour provocateur, très proche de celui de son père. L'environnement de l'orphelinat est un peu vieillot. On sent une volonté, qui peut paraître paternaliste, mais pas plus à l'égard des Africains que des gens en général. Depuis que nous sommes arrivés, la mère supérieure nous parle comme si nous étions des enfants et, sans le vouloir, nous en adoptons un peu le comportement.

« Je n'ai pas compris réellement les causes de son départ... Enfin, il n'y a pas de réponse à tout. Je pense que c'était un prétexte et qu'elle avait trouvé mieux à faire. Sœur Bénédicte, qui dirige la pouponnière, était très... Enfin, c'est très décevant. Avec les enfants ça allait, mais il faut quand même faire un minimum d'efforts quand on vit en communauté. Elle n'en faisait aucun. Je ne comprends pas ce qu'elle est venue faire ici. Vous savez au Sénégal, dans les familles, par souci éducatif, on impose la réserve aux enfants. Au moment des repas, les parents, qui veulent réprimer tout égoïsme, mangent avant eux dans le plat commun et les petits patientent. C'est ainsi qu'ils suscitent en l'enfant le sens du partage, de la mesure et de la retenue. L'Occident a beaucoup à apprendre sur l'éducation des enfants. Il semble que, de nos jours, on cherche à leur donner des limites mais les parents sont là pour donner des autorisations. Ici, les enfants demandent la permission. Un fils, même adulte, ne réveille pas un père qui fait la sieste. On ne leur donne pas la parole à tout-va. Sophie était choquée de savoir qu'il y avait des règles à appliquer. »

Ce qu'elle vient de nous dire, c'est que notre fille est très mal élevée.

« C'est sûr qu'elle a dû être surprise en arrivant chez vous, lui dit Gabriel, vexé.

– Nous ne sommes pas chez moi.

– Oui, pardon, dans cette communauté fermée.

– J'ai parlé de vivre en communauté non pas que nous soyons une communauté... Enfin oui, mais pas dans le sens où vous le sous-entendez.

– Comment ça ?

– Ce n'est pas une secte. On vient, on part quand on veut.

– Vous êtes libres ?

– Oui, nous avons fait un choix libre. Mais je parlais des bénévoles. Elles viennent et partent quand elles veulent.

– Avec tout de même des règles strictes, pas adaptées à des filles de 20 ans dans le monde dans lequel nous vivons. Vous savez, vous ne pouvez pas vous en rendre compte derrière ces murs, mais le monde change tous les jours, à une vitesse vertigineuse, je vous le concède, et nos enfants avec parce qu'ils y ont accès directement avec Internet, contrairement à nous, qui devions demander l'autorisation à nos parents. Nos parents, nos professeurs, les adultes, géraient notre savoir, ils avaient les pleins pouvoirs. Il n'y a pas plus grand Dieu, excusez-moi, madame, que la connaissance. Et aujourd'hui, les enfants n'ont plus besoin de nous pour s'informer. Il leur suffit d'un clic. Et je peux vous dire que nous avons plusieurs clics de retard face à ces mutants. Ils ont des droits et plus seulement des devoirs, heureusement. Je peux comprendre ce qui a déplu à Sophie, qui, contrairement à ce que vous venez de décrire, est une fille charmante, quand elle s'est retrouvée ici. »

Antoine hoche la tête, non pas parce qu'il est complètement d'accord avec Gabriel, mais parce qu'il est solidaire pour défendre sa fille.

Après un silence, la sœur sourit, cynique et, en regardant Gabriel droit dans les yeux, elle dit :

« Parce que vous pensez, monsieur, qu'il suffit d'aller sur Google pour avoir accès à Dieu ? que tous les secrets de la vie sont contenus dans un MacBook Pro ? que les anges font leurs apparitions par Skype ? Que les êtres humains peuvent être arrogants ! Ce n'est pas un centre de vacances, elles ne viennent pas ici pour que les choses leur plaisent.

– Je n'ai pas dit ça.

– Et vous ? enchaîne-t-elle durement. Pourquoi êtes-vous ici ? En quoi puis-je vous aider si vous savez parfaitement qui est votre fille ? Vous devriez savoir où elle se trouve. Paix à son âme, s'il lui est arrivé quelque chose, mais je ne le crois pas. Elle est partie sans vous donner de nouvelles, parce qu'elle se soucie très peu de ce que peuvent ressentir les autres. Elle s'en va parce qu'elle a envie de partir. C'est tout. N'allez pas chercher plus loin. Vous ne me ferez pas dire le contraire. »

Cette fois, toute empathie pour elle a disparu. Je n'ai qu'une envie, c'est de l'emplâtrer si elle continue à parler de ma fille avec autant de mépris. Gabriel reste poli pour ne pas envenimer la situation mais je le sens bouillir de l'intérieur. Il a beaucoup de mal avec tout ce qui touche au dogmatisme de la religion. Il essaie de comprendre ce qu'a pu ressentir Sophie. Quel a été son trajet ? Qu'est-ce qui a pu provoquer son départ ?

Seul le bruit de nos pas résonne sur la pierre. Au loin, des bénévoles aident des enfants plus grands à découper des figurines en carton.

C'en est trop, même pour moi qui suis moins radicale que Gabriel. Ça éveille en nous trois une envie d'enfants terribles, une envie de fous rires après avoir dépassé l'envie de l'assommer pour la faire taire. Antoine fait des signes de croix toutes les dix secondes, seulement pour nous, sans qu'elle s'en aperçoive, pour nous faire rire. Gabriel se contient mais je le vois serrer les mâchoires. Derrière une porte entrouverte, des matelas précaires jonchent sur le sol.

« Les bénévoles dorment par terre ? demande Antoine.

– Nous avons fait vœu de pauvreté.

– Les bénévoles aussi ? »

La mère supérieure le regarde avec froideur. Gabriel, le fou rire aux lèvres, s'empresse d'ajouter :

« Très bien, le matelas au sol. Nous avons élevé Sophie dans une grande simplicité. Elle s'est toujours très bien adaptée partout.

– Enfin, elle n'a jamais dormi par terre, dit Antoine.

– Si, on a fait de la randonnée, répond Gabriel.

– Où ça ? demande Antoine.

– Dans le Morvan.

– C'est très beau, le Morvan, lui répond la sœur, pour nous diriger vers la sortie.

– Et aussi en Aubrac...

– Ah ! sur la route de Compostelle ? lui demande la sœur.

– Non pas vraiment... Plus haut.

– Ah ! pourtant c'est la région.

– Je sais. Mais non. C'est très long, cette marche de Compostelle et nous n'avions que très peu de temps.
– Ah ! ce temps, quel méchant gaillard », dit la sœur.
La situation est absurde. Cette discussion n'a aucun sens. Gabriel n'a jamais fait de randonnée, Antoine et moi le savons. Un enfant habillé en Enfant Jésus s'approche d'eux pour montrer son costume.
« Très beau, lui dit avec douceur la mère supérieure. Va t'allonger sur la paille et dis à sœur Bénédicte que j'arrive. »
Je remarque que son visage est inexpressif. C'est peut-être ça, la vraie bonté, ne pas prendre sur soi, pour soi, ne pas voler la souffrance à l'autre, rester en dehors pour mieux aimer. Ce visage antipathique est sans doute une preuve de son antipathos.
Elle se retourne vers nous et nous dit très froidement : « Votre fille n'avait aucun sens de la dévotion et, à mon grand regret, je ne pense pas qu'elle soit venue en Afrique pour apporter de l'aide aux enfants, mais plutôt, elle en avait bien l'air, pour courir les garçons ! Un jeune homme, alors que c'est interdit, on a assez d'orphelins comme ça, est venu la voir un soir... »
Elle murmure quelque chose que nous ne saisissons pas mais qui fait monter la fureur dans la tête de son père. Rien ne le rend plus fou que les gens qui attaquent par-derrière. Je le sens prêt à bondir, mais cette femme est âgée, vêtue d'un saint habit, dans un lieu sacré, et il ne peut pas l'empoigner. Alors il lui dit, les dents serrées : « Entre nous, madame, si c'était à refaire, si par miracle vous aviez 20 ans, et si le type là-haut vous donnait la chance de faire un autre vœu, qu'auriez-vous choisi ? L'amour ou la paillasse ? »
La porte se referme brutalement derrière nous. Je regarde Antoine.
« Tu es complètement dingue ! Dès qu'on est sur une piste, tu la fous en l'air !

– Tu appelles ça une "piste" ?
– Elle avait commencé à nous parler de quelqu'un, un jeune homme.
– Elle est complètement maboule. Tu vois bien qu'elle marmonnait parce qu'elle n'avait plus rien à dire. S'il y avait eu un garçon, elle nous l'aurait dit avant. Ça fait presque deux heures qu'on est là-dedans.
– C'est vrai, il a raison, conclut Gabriel.
– Ce garçon, c'est un fantasme ! Tu as bien vu où elle dort ? Ça fait des années que ses os touchent le ciment. Tu t'imagines ce qu'il se passe dans sa tête quand elle est là, dans la nuit, toute sa vie, face contre terre. Quand elle a parlé d'enfant abandonné, c'est d'elle qu'elle parlait. C'est évident. Tu l'as entendue quand même. C'est une orpheline qui est devenue bonne sœur. Pas joyeux comme vie. C'est pour ça que j'y suis allé mollo quand elle débitait ses horreurs sur Sophie. Ça se voit qu'elle n'a jamais eu de gosses...
– Oui enfin, tu as dit ce que tu avais à dire quand même, lui répond Gabriel.
– Pas tout à fait... Je me suis retenu dix fois. Je t'ai laissé faire. Tu t'en sortais pas mal avec l'histoire d'Internet qui nous a changé nos gosses... C'est vrai, impossible d'en placer une, même avec Paulo, ils savent toujours tout... »
Nous marchons en silence vers la voiture. Je réfléchis à l'interprétation d'Antoine sur l'enfance de la mère Augustine et lui dis :
« Orpheline ? Je ne crois pas...
– Qui ça ?
– Sœur Augustine. On ne sait pas, si ça se trouve c'est juste une bourgeoise qui est tombée enceinte trop jeune. "On a assez d'orphelins comme ça." C'était peut-être un regret. Ses parents, comme ils s'en sont rendu compte trop tard pour qu'elle avorte,

l'ont obligée à abandonner l'enfant. Tu sais ça peut vraiment être cons, les bourgeois, quand ça s'y met ! Cruels même, quand il s'agit de sauver les apparences. Ils sont capables du pire. Ils n'en ont plus rien à faire, des enfants et de ce que toute leur hypocrisie engendre comme dégâts. »

L'occasion est trop belle. Je ne peux pas m'empêcher de balancer une pique à Fanny, la bourgeoise. Antoine ne dit rien. Il fait semblant de s'intéresser à une casquette qu'un vendeur cherche à lui vendre depuis dix minutes.

« Il faisait frais en tout cas dans ces bâtiments. L'idée de repartir dans ce marché en plein soleil de midi..., dit Gabriel pour interrompre ces analyses sauvages qui peuvent virer au pugilat.

– Oui. On aurait dû commencer par l'auberge de jeunesse », finis-je par dire en rentrant dans la voiture.

45

Le ciel qu'elle aperçoit par sa fenêtre est bas et plombant. Pamela est toute seule chez elle. Ses parents sont partis deux jours en Normandie. Sa mère a souvent une furieuse envie de voir l'océan, d'entendre la mer qui se jette sur les rochers, de regarder avec extase la blancheur mousseuse de l'écume, comme dans les souvenirs joyeux de son enfance quand elle se promenait sur la côte irlandaise main dans la main avec son père pour écouter le cri des phoques. Elle noie ce mal de vivre dans l'alcool et son mari, impuissant, la conduit sans rechigner au bord de la mer, même s'il sait que chaque fois, au retour, elle se plaindra de la tristesse des plages normandes, déçue par le bonheur fuyant qu'elle avait espéré retrouver devant l'étendue bleue. Et son mari lui répétera encore et encore qu'il l'aime mais qu'il ne pourra jamais faire de la Manche brune de Normandie l'océan dont elle rêvait.

Pamela commence à s'inquiéter de ne pas avoir de nouvelles de Sophie depuis le soir du réveillon. Toute tentative de la joindre par Skype, FaceTime ou WhatsApp a échoué. Elle ne poste plus rien sur Instagram ni sur Facebook. Ce silence l'angoisse. Trois jours. C'est la première fois depuis qu'elles sont amies. Elle lui a envoyé un e-mail. Pas besoin qu'elle lui réponde un roman. Il suffit d'un Snapchat et le calme reviendra.

De : pamelapam@orange.fr
À : sophieberger@gmail.com
Objet : Où es-tu ?

Pas de nouvelles de mon dernier e-mail. J'espère que ça va. Où es-tu, ma chérie ? Toujours sous ton ciel bleu ? Ici c'est la mouise, pas un brin de lumière. On est loin des Flamants roses ! Tous ces bruits qu'on entendait le matin, je donnerais tout pour les entendre à nouveau ! Ici, *nada*, c'est le silence de la mort. La joie *esta muerta* comme dirait mon père. Entre ma mère qui pleure en anglais et mon père qui se plaint en espagnol, ils font tout pour qu'on ne les comprenne pas.

Quel bol tu as de ne pas te taper la France en plein hiver. Tu as toujours su être là où il fallait être. Tu me manques.

Je viens de voir le numéro de ta mère s'afficher. J'ai hésité à décrocher. Et si elle était avec toi ? Mais non, tu m'aurais prévenue. Je n'ai pas répondu bien sûr, je ne suis pas bête, t'inquiète. Même si c'est difficile. Elle m'a laissé un message le 25 au matin pour me dire qu'ils partaient à Dakar. Il n'y a plus personne chez toi, ils sont tous partis. Tous, même ton grand-père ! Au moins, eux, quand ils font quelque chose, c'est radical !

Ta mère m'a laissé un message d'une plombe. Elle voulait savoir si j'avais des nouvelles. Sa voix était tellement triste. Ça m'a fait de la peine. Heureusement que je n'ai pas répondu, je ne suis pas sûre que j'aurais tenu. Sa voix était comme un petit miaulement triste. Terrible. Tout en culpabilité. Mais je tiens bon, je te l'ai promis. J'espère seulement qu'on ne va pas me lancer un mauvais sort parce que je suis la porteuse de mauvaises nouvelles, parce que c'est quand même moi qui ai annoncé ta disparition. Je plaisante, tout en Sénégal et marabout *style*. Je suis sûre que tu as encore ton grigri attaché à ta cheville. Tu m'as toujours dit que tu préférais croire en tout que ne croire en rien. Tu as tellement raison ! Le grigri ! Il faut que j'aille chercher le mien, je l'ai laissé dans ma valise, dans la cave. Il était joli en plus avec ses coquillages blancs. Tu crois vraiment que ce sont des cauris sacrés ? Ou bien on s'est fait avoir comme des connes de touristes ? Des toubabs. Désolée, je sais que tu ne supportes pas quand je détruis la magie. Mais ce n'est pas de ma faute, même mes rêves je ne m'en souviens pas, comme si ma tête n'était pas faite pour rêver. Comment tu fais pour être toujours d'attaque ?

Aujourd'hui, sans nouvelles de toi, je revis notre voyage. Tout ce qui me gênait quand nous étions là-bas me manque. C'est dommage qu'on regrette toujours les choses après coup.

C'est quand même fou d'être allées ensemble en Afrique. Quand on sera vieilles, je suis sûre qu'on se souviendra du Sénégal. Tu seras toujours celle avec qui j'ai découvert l'Afrique. Celle avec qui, en trois semaines, j'ai vécu dix ans. Pour la première fois loin de chez nous. Loin de nous. Je ne te l'ai pas avoué, mais leurs regards parfois me faisaient peur, comme s'ils essayaient de regarder à travers moi. Sur toutes mes photos, il y a quelqu'un qui sourit et moi je me disais qu'ils souriaient trop pour être heureux. Ce n'est pas possible de sourire en permanence à la vie comme ça. Il y a forcément quelque chose qu'ils savent et qu'ils ne nous disent pas. Peut-être qu'ils ont enfermé des secrets dans les racines du baobab comme les habitants d'Avatar. C'est peut-être pour ça qu'ils versent du lait au pied des arbres. Je ne sais pas. Je repense à tout ça depuis que je suis revenue.

Tu te rappelles quand nous étions à l'orphelinat ? Le jour où tu as pris la petite fille dans tes bras, celle qui ne voulait pas te lâcher le doigt ? Même si tu ne me l'as pas dit, je suis sûre que c'est ce jour-là que tu as pris la décision de disparaître, pour te venger de tous les parents du monde qui abandonnent leurs enfants. Cette petite fille toute seule dans son berceau, tu trouvais ça trop cruel. Mais tu sais, je pense que c'est le fait même de naître qu'on vit comme un abandon... Mais ce serait quand même dommage si tu n'étais pas née. Un monde sans Sophie. L'horreur ☹

Je comprends seulement aujourd'hui pourquoi tu as voulu fuir l'orphelinat. Merci encore, c'est moi qui me suis tapé la foudre de sœur Augustine ! Et tu t'es dit, tant qu'à fuir, faisons les choses en grand ! Fuyons tout le monde !

Qu'est-ce que je dis si tes parents me rappellent ? Parce que c'est sûr qu'ils ne vont pas lâcher l'affaire. Tu pourrais au moins essayer de joindre ton grand-père, lui pour le coup il n'y est pour rien...

Plein de baisers.

Pam.

46

René se dirige vers la piscine avec Oulimata. La jeune fille a perdu son air triste du matin. Elle est ravie de pouvoir lui rendre service. De loin, Paul les voit en grande conversation. René fait de grands gestes avec sa canne et Ouly rit. Que peut-il bien lui raconter ? Paul, habitué à son grand-père austère, trouve René incroyable. Il est gai et semble détenir tous les secrets de la vie et les partager avec générosité.

René interpelle Chloé gentiment : « Va t'habiller ma chérie. Oulimata va t'emmener au salon de coiffure où est allée Sophie. »

Il se tourne pour faire signe à Paul, assis à l'ombre avec le chien à ses pieds. Le jeune homme s'approche, très intimidé par la présence de la jeune fille. Les présentations sont faites rapidement. Le cœur de Paul bat à tout rompre. Il ne sait plus ce qu'il faut faire ou ne pas faire.

« Tu vas accompagner les filles. On a peut-être un début de piste. Il te reste des affiches ?

– Non.

– J'en ai une vingtaine dans ma chambre, je vais te les donner.

– Des affiches pour quoi faire ? demande Chloé.

– Pour Sophie. Paul, que tu vois là, avec son air de rien y toucher, est un homme courageux... On peut même dire un héros, ajoute-t-il avec un grand sourire. Il a passé la journée d'hier au front avec les autres, évitant les balles et avec une vivacité étonnante, sans s'occuper de l'ennemi, et il a distribué dans toute la ville des avis de recherche. »

Paul rougit. Il est gêné mais est ému de voir René le mettre en valeur devant Oulimata. Ce n'est pas très discret, mais il y met tant de ferveur que sa reconnaissance l'aide à dissimuler sa honte.

« Je ne comprends pas », dit Chloé avec une pointe de jalousie dans la voix.

Elle n'apprécie pas cette admiration soudaine que son grand-père voue à cet inconnu.

« Pour retrouver ta sœur... On a pensé... En fait ton grand-père a eu l'idée de faire imprimer des avis de recherche...

– Très bonne idée, commente Ouly. Dakar est un village. Les nouvelles voyagent vite. Si quelqu'un a vu Sophie, il va se précipiter ici. Vous avez donné l'adresse de l'hôtel ? »

Paul n'ose pas lever les yeux vers elle. Il a bondi à l'étape deux, l'ignorer, sans pouvoir faire autrement.

« Parce que si ta sœur..., continue-t-il en fixant un peu trop longtemps Chloé dans les yeux, pour être sûr de ne pas regarder ailleurs.

– La tienne aussi, mon Paul, lui dit René.

– Oui, enfin, son frère... il ne la connaît pas, Sophie », bougonne Chloé.

Il lui prend son grand-père et maintenant elle doit partager sa sœur.

« C'est quand même sa sœur, lui dit René.

– Et sa mère est d'accord ?

– D'accord pour quoi, chérie ?

– Qu'il parte en balade sans elle.

– Je fais ce que je veux », lui répond Paul sèchement, furieux que cette gamine l'humilie devant Oulimata.

René donne un coup de canne au sol.

« Ah ! non, les enfants. Ici on est en zone de paix. On est amis. Tous amis. Sans réserve. On n'a pas de temps à perdre. Chloé, je te présente Paul. Paul, voici Chloé. Les présentations sont faites, tout le monde se connaît, maintenant, on passe aux choses importantes. »

Chloé se radoucit. Son grand-père n'a aucune patience pour les hostilités. Si elle veut faire partie de l'aventure et ne pas passer la semaine à ce qu'on lui tape des vents, il faut qu'elle mette tout de suite de l'eau dans son vin. Elle regarde Paul :

« Ça veut dire... que tu es mon frère à moi aussi ?

– Non pas du tout », lui répond-il très vite.

Sa vie prend l'allure d'un drame dès qu'il s'agit de sa demi-sœur, alors on ne va pas en rajouter une autre dans le panier des ennuis.

Oulimata s'empresse de le contredire : « Si, c'est ton frère. Que ça vous plaise ou non, la vie l'a décidé et vous ne pouvez pas renier votre famille. Si Sophie est votre sœur à tous les deux, vous êtes frère et sœur. Il n'y a pas que le père et la mère qui nous rendent frères, il y a aussi les alliances. »

Paul trouve cette définition de la famille un peu confuse mais il ne veut surtout pas la contredire. Pour elle, il veut bien accepter toutes les sœurs du monde.

Chloé fronce les sourcils, réfléchit, les pensées tourbillonnent dans sa tête, regarde son grand-père, puis Paul, et finit par sourire. Elle a toujours rêvé d'avoir un frère. René, habitué aux changements d'humeur de son adolescente, aussi brutaux qu'un ciel d'été la veille d'un orage, la presse avant qu'elle ne change d'avis :

« Alors dépêche-toi, chérie, habille-toi. Tu vas aller te faire faire une jolie coiffure au salon.

– Je suis habillée.

– Tu n'as pas quelque chose de plus... long ? lui demande Paul avant que René ait eu le temps de répondre.

– Pourquoi ça ne va pas, ça ?
– Pour moi... tout me va très bien, chérie. Mais déjà que je vais devoir expliquer pas mal de choses à tes parents, la sortie avec Paul et Oulimata, les tresses... Je ne sais pas comment ils vont le prendre si, en plus, je leur dis que je t'ai laissée sortir en maillot de bain... !
– C'est une jupe !
– Oui, mais tu es la seule à le savoir ! »
Chloé et Paul rient, pendant qu'Ouly s'étonne de voir que le grand-père pense à justifier ses décisions et craint sa fille. C'est pourtant lui, le chef de famille !

47

Le taxi s'arrête pile devant le salon de coiffure. Paul demande aux filles de sortir pendant qu'il règle la course. Chloé a un moment d'hésitation, elle n'aime pas faire systématiquement ce qu'on lui demande, puis suit Ouly. René a donné de l'argent à Paul pour que toute cette petite escapade soit prise en charge par lui, pour qu'il ait l'air responsable devant Ouly. René pense à tout. Rester dans l'action, lui a-t-il dit, ça évite de laisser échapper un regard abruti par le sentiment amoureux. Le pire ennemi d'un garçon amoureux, c'est l'errance.

Dans la vitrine, des têtes en polystyrène sont recouvertes de perruques avec tout type de cheveux. Pas un seul touriste à l'horizon. Qu'est-ce que Sophie est venue faire ici, elle qui n'aime pas qu'on touche à ses cheveux ? Elle les porte longs et emmêlés et ne va jamais chez le coiffeur.

Le salon, très animé, ressemble à un lieu de palabres. Ouly connaît tout le monde. Des femmes sont assises sur des tabourets, attendant leur tour, et discutent joyeusement entre elles. Paul est le seul garçon. Heureusement, il a remarqué un petit bar à quelques mètres dans lequel il pourra attendre que Chloé se fasse coiffer. Que fera Oulimata ? Elle a déjà de si jolies tresses. Peut-être qu'elle le rejoindra. L'occasion est parfaite pour faire plus ample connaissance. Les coiffeuses sont toutes occupées. Une des clientes se fait défriser les cheveux au fer chaud, une autre faire des tresses en forme de cônes dressés sur la tête, mais la plupart se font faire des tissages, avec des cheveux longs, lisses, roux, bruns, blonds, des chevelures en cascade de type européen. Paul se sent comme un voyeur à les regarder dans cette préparation et ne pense qu'à fuir, gêné d'être là, dans les coulisses de la coquetterie féminine. Chloé lui prend une affichette des mains pour la présenter aux coiffeuses. Oulimata fait les présentations et ajoute des détails en wolof. L'une d'elles lui répond : « Oui je la connais... C'est la toubab au mauvais caractère et aux cheveux beaux comme de l'or ! On ne peut pas les oublier. Comment est-ce qu'on peut avoir un bijou pareil et le laisser à l'abandon ? Je voulais lui faire un joli jardin avec des fleurs mais elle a refusé. »

Elle ajoute en français en regardant Chloé et Paul, qui guette le bon moment pour sortir :

« "Mauvaise Tête", elle est venue, mais elle est partie sans se coiffer et elle n'est pas revenue. Sa copine est restée. On lui a fait une jolie coiffure avec des coquillages.

– Vous ne savez pas où elle a pu aller ni avec qui ? »

La coiffeuse éclate de rire.

« Il faut demander à sa copine ! Peut-être qu'elle s'est baladée et qu'elle a trouvé un mari ! »

La coiffeuse touche les cheveux de Chloé.

« Il faudrait faire une jolie coiffure pour ma copine. »

Chloé jette un regard embêté à Paul, qui en profite pour s'échapper.

« Je vous attends à côté.

– Je vais rester avec elle », répond Ouly, à la grande déception de Paul.

Chloé regarde la file d'attente.

« Ne t'inquiète pas, elle va te prendre tout de suite. Les autres ne sont pas pressées. Et avec tes cheveux, ce n'est pas la peine de mettre des rajouts, ça va aller vite. »

La jeune coiffeuse l'assoit immédiatement pour lui démêler les cheveux. Chloé pousse un cri, surprise par la douleur.

« Vous me faites mal ! »

La jeune femme continue, ignorant sa remarque.

« Elle est folle ! Tu peux lui dire, Oulimata, qu'elle m'arrache la tête ? »

La coiffeuse, imperturbable, continue à tirer sans douceur. Elle rit avec ses collègues de cette jeune fille qui crie comme une poule, dit-elle en wolof, parce qu'on lui coiffe les cheveux.

Chloé regarde Oulimata, elle veut savoir ce qu'il se passe.

« Qu'est-ce qu'elle dit ?

– Elle veut savoir si tu es la sœur de Mauvaise Tête ! »

48

Fanny n'a trouvé ni beige ni bleu marine. Elle se rabat sur une robe un peu trop colorée à son goût, en attendant que le tailleur lui fasse un pantalon et deux chemises, tout ça en une heure ou presque.

La matinée, qui devait se résumer en une course rapide, s'est transformée en périple sans fin. Elle a fulminé intérieurement, rouspété et fini par lâcher devant la sérénité de Soukeyna.

Pour la détendre, la troisième fois où Fanny lui a demandé l'heure, Soukeyna lui a dit : « Vous, les Occidentaux, vous avez l'horloge, nous, les Africains, nous avons le temps. »

Elles ont attendu une éternité dans une rue bloquée par un camion transportant une cargaison de moutons tous plus grands les uns que les autres. Le chauffeur du convoi s'est rendu compte trop tard que la rue était trop étroite au bout pour qu'il puisse faire son virage. Il a fallu que tout le monde fasse marche arrière. Pendant cette manœuvre compliquée, le chauffeur n'a pas hésité à descendre deux bêtes énormes de son camion pour les vendre à un passant. En prenant le temps de négocier, de se fâcher, de remonter les bêtes dans le camion, puis de les redescendre quand les deux partis se sont mis d'accord sur le prix. Quand Fanny et Soukeyna sont enfin arrivées chez le Libanais qui devait lui vendre des vêtements à son goût, lin naturel et coton blanc, elles se sont retrouvées devant une porte fermée avec un mot griffonné à la main : le magasin était fermé pendant trois jours pour cause de décès. Soukeyna espérait qu'il ne soit pas arrivé malheur au gentil propriétaire, à sa femme ou à un de leurs enfants et s'est renseignée dans les commerces voisins pour se rassurer. Tout allait bien, la personne décédée était un cousin lointain que personne ne connaissait. L'un des commerçants, un homme chauve au regard sympathique, a insisté pour leur offrir à boire. Soukeyna s'est laissée tomber sur la chaise en plastique blanc, pour soulager ses pieds gonflés en retirant ses chaussures, et a invité Fanny à faire de même, insistant sur le fait qu'avec cette chaleur il était important de s'hydrater. Écœurée par la boisson à l'oseille trop sucrée, Fanny a ensuite suivi Soukeyna pour trouver le fameux tailleur dans une ruelle pleine de sable qui entrait dans ses chaussures fermées. Ce dernier, dans sa boutique, Fashion Week, a essayé de la séduire avec toute la gamme de ses teintes les plus criardes, son tissu wax dernier cri et ses dentelles à strass. Le chauffeur de l'hôtel en a profité pour aller faire les courses de l'hôtel au marché. Bien évidemment sans aucun horaire précis de retour. En attendant que les habits promis par le tailleur dans l'heure soient prêts, Fanny a acheté une petite robe pour la dépanner et lui a offert sa jupe en laine bouillie. Il l'a prise devant son insistance, retournée dans tous les sens en se grattant la tête, et l'a remerciée sans enthousiasme. Pourquoi jusqu'à maintenant personne ne lui avait dit que cette jupe était une horreur ? Antoine décidément ne la regardait plus. Il avait été si sensible à ses toilettes. Depuis combien de temps ne lui avait-il pas demandé de mettre telle ou telle robe ? Depuis combien de temps ne l'avait-il plus invitée à danser ? Tous les deux avaient tellement aimé danser ensemble. Quelle aurait été leur vie ensemble s'il n'y avait pas eu cette rencontre avec l'Autre ? Cette histoire était-elle le résultat de leur amour entamé ou bien en était-elle la cause ? Elle regardait avec envie Soukeyna qui s'extasiait devant le nouvel arrivage de soies, projetant de se faire une robe pour le Nouvel An, sans se soucier de ne plus avoir 30 ans. Où trouvait-elle le courage de se changer trois fois par jour en ajoutant à sa toilette des bijoux, des coiffes assorties à ses robes, une ombre à paupières couleur bronze qui ressortait sur sa peau noire et en dessinant légèrement ses lèvres au crayon.

« Que pensez-vous de ce tissu, madame Fanny ? »

C'était un rose flashy pas du tout dans ses goûts.

« C'est original...

– Vous n'êtes pas sûre ?

– Oui, oui, pardon, c'est très bien. Je pensais juste à mon mari qui doit rentrer à l'heure du déjeuner et le temps passe... Quelle heure est-il d'ailleurs ?

– Passé midi. Mais vous savez, ils m'ont expliqué où ils allaient et ils ne seront jamais rentrés avant la fin de l'après-midi !

– Et j'ai laissé Paul aussi...

– C'est un grand gaillard, je suis sûre qu'il va se débrouiller. Vous voulez appeler l'hôtel ?

– Non, non, ça va. »

Bien évidemment, le chauffeur a appelé Soukeyna pour lui dire qu'il ne serait pas de retour avant une heure. Elle avait le temps de passer chercher le remède pour René. Les voici donc en route.

Ce n'est pas loin.

Les cris s'entendent bien avant d'arriver chez M. N'Diaye, qui n'est autre que le marabout de Soukeyna.

Dans la cour intérieure de la maison, des femmes se disputent sans retenue, entourées par un petit public qui commente la scène comme s'il était au spectacle. Au centre de la dispute semble se tenir une jeune femme habillée d'une robe somptueuse en dentelle bleu turquoise et d'une coiffe assortie.

Fanny, gênée, propose à Soukeyna de l'attendre dehors.

« Mais non, il fait trop chaud. Ce n'est rien. Elles se disputent en permanence. Le quartier n'en peut plus. Et c'est toujours la même chose. Celle qui crie, c'est la première femme du marabout. Les deux femmes là-bas sont également ses épouses et elles sont toutes furieuses parce que la plus jeune a dépensé l'argent de la semaine pour se faire tailler une robe pour les fêtes. »

Fanny est interloquée par ce que vient de lui dire Soukeyna.

« Il a quatre femmes ?

– C'est le maximum que tolère l'islam. Il a été gourmand mais maintenant il le regrette. Surtout pendant les fêtes : elles lui coûtent très cher. »

À l'intérieur de la maison, il fait sombre. Les volets sont fermés pour éviter la chaleur. Le mur est recouvert de photographies des épouses habillées avec grande coquetterie. Un homme d'une soixantaine d'années portant des lunettes noires est assis sur un fauteuil en velours imprimé recouvert de plastique. Fanny reste à distance. Soukeyna s'approche et lui parle en wolof. Elle aimerait qu'il vienne à l'hôtel pour venir voir le vieux, pas si vieux, qui aimerait retrouver la forme. On sent que sa jeunesse n'est pas loin, mais elle a du mal à s'exprimer dans son corps. Il aurait besoin d'être un peu aidé. Elle se penche vers lui pour qu'il touche la photo de René qui se prépare pour sa course matinale, sur l'écran de son portable. Le marabout est aveugle, mais il n'a pas besoin de voir pour comprendre qui est René. Il laisse sa main posée quelques secondes sur l'écran et repousse le téléphone vers Soukeyna. Il tourne la tête vers Fanny. Il sent la présence derrière lui et veut qu'elle s'approche pour lui jeter les cauris qui parlent à travers ses ancêtres. Soukeyna traduit. Fanny a un mouvement de recul mais c'est trop tard : il a déjà lancé les coquillages sur le tapis. Il pointe du doigt l'un des cauris et parle en français.

« Je vois une femme entre toi et ton mari. Un amour possible et un amour décidé. Ses pieds sont libres mais sa tête est attachée.

– Qu'est-ce qu'il raconte ? Dites-lui que je n'aime pas ces choses-là. Je vais vous attendre dehors. »

Soukeyna lui pose la main sur le bras pour la retenir : « Le destin vous emmène chez lui, il faut l'écouter. C'est un homme très respecté. Il voit la vie dans ses cauris. Ils sont très anciens. Ils ont appartenu à son arrière-arrière-grand-père. Ses ancêtres lui parlent à travers les coquillages et veulent vous dire quelque chose. »

Une fenêtre claque dans la pièce malgré l'air chaud et immobile. Fanny sursaute.

Le marabout continue : « Il faut faire des sacrifices avant que ses pieds puissent se décider ailleurs. »

Il prend ses coquillages et les secoue à nouveau. Fanny demande à Soukeyna ce qu'il se passe, pourquoi il recommence.

« Je suis aveugle mais pas sourd, vous pouvez vous adresser à moi directement, lui dit le marabout avec un gentil sourire. Ta tête est souciée. Les cauris veulent parler encore. Elles ont vu ton mari qui s'agite avec une femme plus jeune qui n'est pas toi, et toi, ça n'a pas l'air de te plaire.

– Mon mari ?

– Oui, un homme dont les cheveux commencent à se faire rares. Il masse son crâne mais c'est inutile. Ce ne sont pas ses ancêtres qui lui ont donné cette malédiction, ce sont les femmes. »

Comment peut-il connaître le rituel matinal d'Antoine avec ses petites ampoules antichute ? Fanny a envie d'en savoir plus.

« Quelles femmes ? Vous savez, mon mari... n'a pas plusieurs femmes. Il aurait peut-être aimé, comme tous les hommes, je crois, lui répond-elle avec un brin d'humour.

– C'est vrai, elle a raison, renchérit Soukeyna.
– Ce n'est pas ce que disent les cauris. Ils voient une autre, différente de vous mais qu'il aime aussi.
– Comment ça ?
– L'amour est large.
– Mais... vous êtes sûr ? C'est bien le présent dont on parle ? Vous ne parlez pas du passé ?
– Votre mari est un homme qui ne lâche pas son passé... Plusieurs fantômes le retiennent.
– Mais l'autre femme... Regardez encore, s'il vous plaît. »
Le marabout relance ses cauris. Trois se distinguent du lot.
« Vous voyez... La forte, c'est votre mari, la moyenne, c'est vous un peu éloignée et, juste en dessous de la forte, celle qui est petite mais lisse, c'est là que je vois qu'elle est plus jeune, c'est une autre épouse.
– Et il n'y a qu'un seul mari ?
– Oui...
– Parce qu'en fait mon mari n'a toujours eu qu'une seule épouse...
– Comme Mitterrand ? » dit-il avec un grand sourire narquois.
Fanny n'aime pas du tout la comparaison.
« Mais l'autre, celle dont vous parlez, a un mari...
– Je ne vois que ce qui vous préoccupe. Je ne suis qu'un médiateur, c'est vous qui posez les questions aux ancêtres à travers votre esprit.
– Vous pensez qu'il va me quitter ?
– Non, mais je vois le bateau familial qui part à la dérive. Il y a beaucoup d'anguilles sous roche. Le bateau peut couler. Mais les fuites peuvent être réparées avec un peu d'effort. »
Il relance les cauris.
« La deuxième épouse a du pouvoir.
– Quelle deuxième épouse ?

– Celle qui marche avec votre mari. La mère de Mazarine. »
Fanny se sent mal d'un coup. Elle murmure : « Je ne vois pas... »
Le marabout range ses cauris.
« Qu'est-ce que vous faites ?
– Vous n'êtes pas dans la vérité. Vous refusez la réalité. C'est le choix de votre vie... Mais vous ne pouvez pas empêcher le soleil d'aller se coucher. »
Fanny se tord nerveusement les mains. La pièce est plongée dans un silence profond. Les mouches ont arrêté de voler comme si elles aussi attendaient une réponse. Le marabout balance sa tête de gauche à droite, puis pointe le doigt vers un des petits coquillages et dit : « Mazarine n'existe pas ? »
Fanny secoue la tête.
« Il parle certainement de Sophie et de sa mère, dit Soukeyna, en lui posant gentiment la main sur le bras.
– Elle est mariée mais pas avec mon mari.
– Et Sophie n'est pas sa fille ?
– Pas vraiment. En fait oui. Sa fille à elle, c'est sûr. Mais c'est très compliqué. Mon mari, il y a longtemps... par faiblesse... Enfin, il l'a reconnue parce qu'il croit que c'est sa fille...
– Et il ne se trompe pas, lui dit le marabout.
– Il n'a jamais fait le test de paternité.
– Il n'a pas besoin, il sait qu'il est son père et l'enfant porte en elle l'âme de sa mère.
– Comment ça ?
– Votre mari a perdu sa mère quand il était enfant. »
Fanny se sent nue, déshabillée, un vêtement après l'autre, devant ces inconnus. Le marabout se lève. C'est l'heure de ses prières. En partant, il se retourne vers Fanny : « Il a fait un long voyage pour trouver sa fille aux cheveux longs. Les ancêtres murmurent qu'il est venu de très loin pour chercher... la fée qui blesse. »

Elle est sortie de la maison sans attendre. Elle en a assez entendu. Soukeyna entre dans une des chambres de la cour pour remettre une enveloppe d'argent à l'aînée des femmes.

Le chauffeur est devant la maison, appuyé contre la voiture, en grande conversation avec un passant. Fanny, vidée, les jambes flageolantes, s'installe à l'arrière. Soukeyna la rejoint.

La voiture roule déjà depuis une quinzaine de minutes quand elle brise le silence : « Le marabout va venir à l'hôtel cet après-midi voir monsieur René. Il faut parler pour qu'il puisse vous aider. Il n'y a pas de honte à souffrir en amour. Tout le monde passe par là. »

Fanny laisse aller sa tête contre l'arrière du dossier. Elle ne pense qu'à une chose : dormir.

49

« Auberge de jeunesse ». Les lettres sont écrites en blanc grossièrement au pinceau. L'immeuble est délabré. De la rue, on entend le son de plusieurs tam-tams. Nous montons les marches d'un escalier très sombre. Les battements sont de plus en plus forts. Encore un étage, pénible à monter dans cette chaleur, et nous voilà arrivés sur un toit-terrasse. Une odeur forte de marijuana. Une communauté de jeunes et vieux hippies occidentaux un peu partout. Quelques jeunes filles aux cheveux longs s'agitent très vite au son frénétique du tam-tam. Gabriel passe avec la photo de Sophie. Un homme barbu la lui prend des mains.

« Je la connais, cette fille.

– Sophie ? lui demande Antoine.

– Elle était ici un peu avant Noël.

– Quand avant Noël ? Plutôt le 15 ou plutôt le 24 ?

– Eh cool, *man*. Je ne fais plus attention aux dates ni à l'heure, tout ça, j'ai laissé ça derrière moi. Que la paix vous habite. Heureux celui qui sait lâcher prise. »

Je lui montre à nouveau la photo.

« Vous êtes sûr ? C'est bien elle ? »

Antoine me glisse à l'oreillc : « Ce n'est pas possible, elle est vraiment abonnée aux abrutis ! »

L'homme tente de se concentrer sur la photo de Sophie.

« Bon, elle n'avait pas les cheveux comme ça... Peut-être... Ils étaient attachés. Mais c'est elle, c'est sûr. On n'oublie pas une fille comme ça... Tous les gars ici, ils s'en souviennent. Elle a fait quoi ? Vous êtes de la police ? »

Gabriel s'empresse de répondre avant qu'Antoine perde son calme.

« Non, ses parents.

– Ah ! cool ! On a un peu parlé... Elle est sympa. »

Je le presse de me donner des détails. Avait-elle peur de quelque chose, de quelqu'un peut-être ?

« Non, elle m'avait l'air cool. Elle est venue ici faire de la musique le soir de Noël ou la veille je sais plus... Ils ont fait un bœuf avec tous les musicos. C'était cool. Le lendemain, elle partait voir la mer. Elle n'aime pas trop les fêtes de Noël... Moi non plus. Mais ça, c'est l'enfer de Babylone, consommez, consommez, consommez... »

Après sa petite litanie sur les méfaits du monde moderne, il se lance dans une histoire certainement très exagérée que Sophie lui aurait racontée sur notre famille. Nos disputes, nos mensonges... Il nous donne l'impression qu'elle vivait enfermée à Alcatraz. C'est difficile de comprendre s'il parle de lui ou de notre fille. Son père est militaire. Il l'a chassé de chez lui parce qu'il est homosexuel. Tout se mélange, se débride, dans les vapeurs de la marijuana.

Ce n'est ni le lieu ni le moment, mais je ne peux pas m'empêcher de penser que j'ai toujours adoré cette odeur. Antoine, qui n'en peut plus du tam-tam et de l'entendre parler, avec ses *yeah man* tous les cinq mots, lui coupe brutalement la parole pour lui demander si Sophie était seule.

« Non elle est venue ici avec Abdou... James Bond, on l'appelle ici. Il traîne pas là, il vient juste chercher quelques feuilles... Il y a toujours sa Mercedes noire avec les vitres fumées qui l'attend devant avec son chauffeur... On n'a pas le droit d'entrer dans la rue avec sa voiture normalement mais lui, James Bond, il se permet tout. Je crois qu'elle habite chez lui.

– C'est un homme dangereux ? » demande Antoine.

L'homme rit aux éclats : « *Peace, man*. Mais non, tout le monde le connaît ici, il est doux comme un agneau. Il est juste piégé dans Babylone. Sophie aussi, mais elle essaie de s'en défaire. Heureux celui qui... »

Le son du tam-tam est de plus en plus fort. L'homme ne finit pas sa phrase. Il agite ses cheveux frénétiquement pour suivre le rythme de la musique qui l'emporte.

« Comment ça ? » lui dis-je en criant.

Antoine me tire pas le bras.

« Tu ne vois pas qu'il est complètement drogué ? »

Gabriel perd patience et arrête la danse du hippie.

« Et cet Abdou, il habite où ? »

50

Nous sommes dans le hall d'entrée tout en marbre d'une somptueuse propriété. Couverts de poussière de la tête aux pieds, les vêtements débraillés, nous ressemblons à des baroudeurs perdus au milieu d'un palais.

Au loin, nous apercevons un homme noir d'une vingtaine d'années, magnifiquement bâti, qui sort de la piscine. Assez frimeur.

« Qu'est-ce que c'est que ce bordel ? » s'exclame Antoine.

Gabriel est sidéré par la carrure de l'homme et moi subjuguée par son extrême beauté. Je réajuste ma robe froissée. L'homme enfile une chemise et un pantalon en lin, il porte au poignet une ancienne Rolex de collection. Je la reconnais parce que Gabriel en rêve.

Une femme d'une soixantaine d'années arrive, habillée d'une robe traditionnelle en soie somptueuse, le port de tête altier, accentué par de grandes boucles d'oreilles en or dentelé. Elle s'approche de nous en nous toisant de la tête aux pieds.

« Qui vous a laissés entrer ? »

Nous nous excusons et lui disons que nous avons frappé.

« C'est l'heure de la prière ! Mes gens sont occupés !

– Virginie Schneider. Excusez-nous de débarquer sans prévenir. Nous cherchons notre fille, Sophie. Quelqu'un nous a donné votre adresse. Nous sommes ses parents. On nous a dit qu'elle... »

Antoine me coupe.

« Bonjour, madame, Antoine Berger. Je suis le père de Sophie, je cherche un certain Abdou. »

L'homme de la piscine s'approche et lui tend la main.

« Enchanté. Abdoulaye Sow. »

Il a l'air étonné de nous voir.

« Vous êtes les parents de Sophie ? »

Gabriel et Antoine sont ébranlés. Je ne sais pas à qui ils s'attendaient. Un petit garçon avec qui Sophie jouerait à la marelle ?

J'avance pour lui serrer la main puisque personne ne bouge.

« Vous connaissez Sophie ? Vous savez où elle est, comment elle va ? »

Je lui pose cette question pour meubler le silence mais je connais déjà la réponse. Sophie s'amuse. Elle n'est pas loin. J'en suis persuadée. Elle fait ce qu'elle a toujours fait. Je m'en rends compte à l'instant. La première fois, elle avait 5 ans, c'était à la plage dans le sud de la France. J'ai installé ma serviette et planté le parasol, puis me suis retournée pour lui parler, mais elle n'était plus là. J'ai levé la tête et je l'ai vue s'installer avec une famille un peu plus loin. Elle est venue en courant me dire à l'oreille « J'essaie une autre famille. »

Abdoulaye ne s'attendait pas à nous voir chez lui.

« Je connais Sophie... Très bien. Nous l'avons... Je l'ai hébergée deux jours avant son départ pour la France. La chambre près de la piscine. »

Antoine reste figé. Gabriel se passe la main dans les cheveux comme chaque fois qu'il est devant une énigme et murmure :

« Vous voulez dire qu'elle était tranquille... en vacances ?

– Il lui est arrivé quelque chose ? nous demande-t-il.

– Elle n'est pas rentrée en France, lui dis-je.

– Mais pourtant... »

La mère d'Abdoulaye s'énerve.

« Je te l'avais dit ! Elle va revenir. Elle est restée. Je reconnais tout de suite les femmes qui cherchent un mari.

– Maman ! S'il te plaît ! »

Elle lui parle en nous tournant le dos.

« Tu ne m'écoutes plus jamais. Depuis que tu as fait tes études à Paris, tu n'as plus que ce monde de toubabs en tête ! »

Elle se retourne vers Antoine.

« Je suppose que vous êtes venus ici pour que mon fils épouse votre fille ? »

Antoine s'étouffe. Une quinte de toux telle que je pense qu'il va vomir. La mère le regarde avec dégoût puis se retourne vers son fils : « Il est hors de question, Abdoulaye Sow, que tu épouses cette toubab ! »

Elle claque ses lèvres avec mépris.

« Une fille qui se promène seins nus comme si elle était dans la brousse ! C'est moi qui lui ai demandé de partir quand j'ai compris que, dès que j'avais le dos tourné, mon fils la faisait dormir ici. On ne se comporte pas comme ça quand on est une femme respectable. »

Elle continue en wolof en criant sur son fils.

« C'était seulement deux soirs dans la chambre d'invités, maman... pour la dépanner. »

Gabriel essaie de rester poli.

« Madame, il y a certainement un malentendu... »

Je me retourne vers Abdoulaye. Son visage est fermé. Il ne dit rien mais regarde sa mère avec respect. S'incline sans rien dire. Cet homme si grand. Si puissant. Beau comme un dieu. Respectueux devant l'autorité de sa mère. Ça en dit long sur l'éducation. Où avons-nous raté la marche ? Nos filles n'écoutent rien de ce qu'on leur dit. Claquent les portes à la moindre contrariété. C'est nous qui marchons sur des œufs pour tenter de ne pas les énerver et qui nous plions à toutes leurs demandes, et ce qu'elles exigent est un puits sans fond. La mère supérieure n'a pas dit que des choses insensées. « Un garçon. » Sophie était là. Je regarde la piscine à débordement, aux mosaïques bleu marine, qui semble se prolonger dans la mer. La colère m'envahit. J'ai honte. Elle a quitté l'orphelinat pour se prélasser au bord d'une piscine. Je pense aux années, aux heures par milliers passées à l'élever, à transmettre, à l'aimer, l'applaudir, la protéger, la soigner. Je pense à tous les enfants que l'on croise dans la journée, ces enfants des rues qui chantent, qui s'amusent d'un rien. Je vois la chambre de mes filles remplie d'objets, de vêtements qu'elles laissent au sol, sur lesquels elles marchent sans respect parce qu'elles en ont trop. J'entends les phrases ringardes de mes parents, en référence à la guerre parce qu'ils avaient été élevés par des parents traumatisés, qui me faisaient lever les yeux au ciel quand je laissais la moitié de mon assiette. Je ne voyais pas le rapport entre cette guerre et moi. Mais bien sûr qu'il y en avait un. Un rapport entre les autres et nous. Une obligation de relativité. Un respect pour les souffrances plus grandes que les nôtres. Faire du bonheur un devoir moral. Sophie avait sans doute manqué de certaines choses mais elle avait beaucoup reçu et cette escapade prenait des tournures d'enfant gâtée.

« Monsieur... savez-vous où elle se trouve ? lui dis-je d'une voix éteinte.

– En France ! C'est moi qui l'ai déposée à l'aéroport. Elle allait rejoindre sa famille pour Noël... On a bu un verre avec sa copine et elles sont parties toutes les deux prendre leur vol.

– Pamela ? La rousse ? américaine ? demande Antoine.

– Elle parlait français, dit Abdoulaye en fronçant les sourcils.

– Mais oui, Antoine, elle est française, je souffle à Antoine.

– Avec les tresses et les coquillages ? rugit Antoine.

– Oui, c'est ça. »

La mère d'Abdoulaye n'a pas aimé le ton qu'Antoine a employé pour parler à son fils.

« Comment oses-tu t'adresser à mon fils sur ce ton ? L'as-tu bien regardé ? C'est un prince. Ta fille l'a connu, elle a de la chance. Mais jamais au grand jamais, je le jure sur la tête de mes ancêtres les plus respectables, Abdoulaye n'épousera la fille d'un roturier ! »

Elle s'enveloppe dignement dans son châle et lui tourne le dos. Antoine est scié. Les propos racistes se sont retournés contre lui en boomerang.

51

Gabriel est au volant. Il se faufile tant bien que mal entre la foule, les animaux, les cars rapides et les milliers de taxis. Difficile de comprendre les priorités et la délimitation des trottoirs. Antoine s'énerve : Pamela ne répond pas. Gabriel essaie de le calmer avec des paroles positives. Il faut voir ce qui est. Sophie va bien. C'est l'essentiel.

« Elle a passé une semaine à se pavaner entre la piscine et le lit d'Abdoulaye Sow, un prince comme dirait sa mère.

– Oui mais tout ça, c'est normal, même si elle s'est un peu foutue de notre gueule avec son projet humanitaire ! »

Antoine fulmine.

« Je voudrais être là le jour où un Abdoulaye fricote avec ta Chloé quand elle aura l'âge.

– C'est pareil... Sophie.

– Non c'est pas pareil... Et je te dirai "T'inquiète mon vieux, elle fait du bénévolat"... Je te dirai même qu'elle est partie en Autriche !

– Bon, ça va tu commences à m'emmerder avec ton Autriche, ce n'est pas moi qui t'ai menti, c'est Sophie. Va savoir pourquoi... De toute façon, qu'elle soit partie en Autriche ou à Tombouctou, tu n'as jamais passé un Noël avec elle. Pas une seule fois. Rien. Elle n'a jamais eu de père entre Noël et le Jour de l'an. Si nous ne t'avions pas prévenu, tu n'aurais rien su. »

La voix du GPS se fait de plus en plus insistante :

« Si possible faites demi-tour. Si possible faites demi-tour.

– Qu'est-ce que tu fous, Gabriel ! Il faut repartir vers l'aéroport. C'est derrière ! Tu ne vois pas que la mer est à droite ! Je te le dis depuis le début, tu carbures trop sur l'embrayage ! »

Gabriel arrête le minibus, sort, fait le tour et tend par la fenêtre du côté passager les clés à Antoine. Dans son regard, une fureur froide. Je l'interroge du regard. Il me répond que tout va bien mais qu'il est temps qu'Antoine prenne le volant. Antoine me fait un signe complice. Il se met à la place du chauffeur, démarre une première fois, puis fait caler le moteur mais redémarre tout de suite. Il essaie d'éviter une vache. On entend l'embrayage crisser. Gabriel sourit.

52

Les enfants ont déposé partout dans les rues de Dakar les affiches avec la photo de Sophie promettant la récompense, comme Paul le leur avait demandé. Sur les pare-brise, au seuil des maisons, par les fenêtres des cars rapides, à la poste, au marché... Certaines se sont envolées et des gens les ont ramassées.

Paul est installé dans le bar Le Sénégal, à côté du salon. Il en est à sa troisième limonade. Le temps lui paraît immensément long quand il attend Chloé. Le temps lui paraît immensément court quand il pense à Ouly et se prend à rêver. Une jeune fille du salon est venue le voir pour le prévenir que ce serait un peu plus long que prévu. Il est déçu que ce ne soit pas Ouly qui soit venue. L'occasion d'être loin de tout le monde était inespérée. Que doit-il faire ? Attendre ? lui proposer de le rejoindre ? Que dirait René ? Absorbé dans ses pensées, il n'entend pas le barman qui s'adresse à lui : « Eh, beau gosse ?! »

Paul réfléchit. Il faudrait qu'au retour dans le taxi Chloé se mette devant, comme ça il pourrait se retrouver à l'arrière avec elle. S'ils ont de la chance, il y aura beaucoup de trafic et...

« Mon ami ?! »

Paul lève la tête vers le barman.

« Il faut arrêter avec les boissons d'enfants. Ta gazelle n'est pas venue ? lui dit-il en le charriant.

– Non, non. J'attends ma... sœur.

– Ah ! lui répond-il dubitatif. Je te sers une Flag ?

– Une Flag ?
– Une bière.
– Non, merci ça va aller.
– Tu as déjà goûté ?
– Oui, oui... Mais je ne suis pas très bière. »
L'homme rit de bon cœur en lui servant une Flag.
« C'est parce que tu ne connais pas la bière d'ici. Si tu la goûtes, c'est fini, tu reviendras toujours. Goûte, tu vas voir. »
Paul trempe ses lèvres dans le verre.
« Magnifique !
– C'est mon cadeau ! Mais n'oublie pas le Sénégal ! »

53

Dans le salon, Chloé est transformée avec ses longues nattes. Elle se regarde dans le miroir triptyque que lui tend la coiffeuse. Elle ne sait pas si elle aime. On voit peut-être un peu trop son crâne. Que dirait Sophie ? Elle prend un selfie pour lui envoyer sur WhatsApp. Sophie ne lui répond plus depuis une semaine. Ça la rend triste. Elle ne l'a pas dit à ses parents parce que tout ce qu'ils disent quand ils essaient de la consoler l'angoisse. Elle sait très bien que Sophie n'a pas disparu et son grand-père pense pareil. Heureusement qu'il est là. Hier soir, elle n'a pas réussi à s'endormir. Elle pensait trop à sa sœur. Elle a toujours rêvé d'être fille unique, mais pas comme ça, pas sans Sophie. La jeune coiffeuse lui demande si elle peut prendre un selfie avec elle. Bien sûr. Chloé prend un air triste un peu exagéré. La jeune fille arrête de sourire et l'imite. Tout le monde parle fort. La musique monte d'un cran. Une femme qui attend de se faire coiffer depuis un long moment essaie de faire sourire Chloé : « Une belle fille comme toi, il faut arrêter de faire ta mauvaise tête. Avec cette belle coiffure aux cheveux longs sans rajouts et cette belle taille, j'irais au marché en dansant ventilateur pour attirer tous les gazous. »

Elle commence à esquisser la danse du ventilateur au milieu du salon en tapant des mains et chantant : « Si je le vois passer dans sa Mercedes Benz, je danse ventilateur... »

Les femmes se tournent vers elle et rient de bon cœur. D'autres se mettent à danser « ventilateur », tournant leurs fesses comme les pales d'un ventilateur en marche. Une femme mime une jeune fille qui se promène au marché avec son sac en chantant.

« Si je le vois sourire, je danse radiateur. S'il s'approche, je danse climatiseur. »

Plusieurs se lèvent pour danser. D'autres les regardent en riant.

« S'il s'approche, je danse ordinateur... »

Chloé filme la scène avec son portable. Les nuages sont passés. Elle a retrouvé le sourire.

À part le trafic, le retour ne se déroule pas comme Paul l'avait souhaité. Chloé s'est mise à l'arrière et Ouly à l'avant. Pourvu qu'elle ne l'ait pas fait exprès pour ne pas se retrouver à côté de lui. Elle ne lui a pas jeté un seul regard depuis ce matin. Impossible qu'elle n'ait pas senti la foudre qui l'a frappé depuis qu'il a posé les yeux sur elle. Elle s'est retournée deux fois, laissant apparaître son profil parfait, pour parler à Chloé comme s'il n'existait pas. Peut-être a-t-elle peur de croiser son regard ? Ses pensées l'entraînent de plus en plus loin dans une mise en magie du destin. Rien, il y a trois jours, quand il était seul devant la fenêtre de sa chambre à regarder la neige tomber pendant que la famille s'agitait en bas à préparer Noël, n'aurait pu le laisser imaginer qu'il puisse se retrouver le lendemain projeté sur une autre planète. C'était effrayant et fascinant à la fois. Il avait suffi de moins d'une seconde pour tomber amoureux, pour que tout en lui se neutralise... et qu'il ne pense plus qu'à elle. Il remercie de tout son cœur cette sœur Sophie aux cheveux d'or, pour reprendre l'expression de la coiffeuse, qu'il n'a jamais rencontrée, pour ce cadeau imprévu de la vie qu'elle lui a offert sans le savoir. Il se fait la promesse de le lui dire en personne si un jour il vient à la croiser. Mais peut-être faut-il qu'elle reste disparue à jamais pour qu'ils continuent à la chercher nuit et jour, mois après mois, année après année, sans relâche.

C'est mieux, après tout, qu'Ouly soit assise devant. Paul peut ainsi contempler sa nuque tout en faisant un semblant de conversation à Chloé pour ne pas éveiller les soupçons. Il espère que la voiture mettra du temps à arriver à l'hôtel pour pouvoir rester en sa présence. Il sent son parfum ambré. Chloé a enfin mis ses écouteurs et regarde avec curiosité les scènes de rue se dérouler devant ses yeux. Il est seul avec ses pensées. Hypnotisé. Envoûté par la bretelle de la robe d'Ouly qui glisse sur son épaule. Le bonheur à l'état pur se situe là, dans quelques centimètres de coton bleu pâle qui recouvrent une peau couleur ébène.

54

Antoine est au volant, direction l'aéroport. Il se faufile tant bien que mal dans les rues de Dakar, entre les moutons, les Mobylette, les enfants, les poules, les chevaux aux côtes saillantes. Tout le monde klaxonne pour obtenir la priorité. Antoine rétrograde, freine brutalement, repasse en première.

« Mollo sur l'embrayage », lui dit Gabriel, agacé.

Une fumée noire inquiétante s'échappe du pot d'échappement. Un troupeau de moutons marche le long de la route. L'homme qui les guide avec son bâton fait un pas de côté pour rattraper sa bête qui s'éloigne des autres. Antoine donne un coup de volant un peu brusque pour l'éviter, Gabriel crie : « Qu'est-ce que tu fais, Antoine ? Le taxi ! »

Trop tard, les voitures se percutent. Antoine est rentré dans le taxi devant lui. La voiture est sérieusement endommagée. La fumée noire enveloppe le minibus. Antoine sort. Gabriel aussi. Antoine m'ouvre la porte à droite et Gabriel à gauche. Sans réfléchir, je sors du côté d'Antoine. D'un geste protecteur, il m'éloigne de la fumée. Gabriel le regarde mettre son bras autour de mes épaules. Nos regards se croisent une seconde mais je lis des années de frustration et de colère contre cet homme qui a toujours tenté de lui voler les moments de gloire. S'il faisait un pas, il fallait à tout prix qu'il en fasse deux. S'il tentait de faire une blague, Antoine faisait tout de suite un one-man-show. Quand il m'envoyait dix roses pour la fête des Mères, Antoine en envoyait cinquante. S'il offrait une guitare à Sophie, dans la semaine il avait fait livrer un piano...

Dans un concert de klaxons, le chauffeur de taxi se désespère devant la tôle froissée de sa carrosserie. Il court vers Gabriel, même si ce n'était pas lui le conducteur, il a la tête de l'emploi : le responsable, celui qui répare pendant que les autres cassent, celui qui pardonne, qui fait les premiers pas, celui qui écope du passé mais qu'on rend responsable de l'avenir.

« Il faut faire le constat au commissariat. Ton frère a conduit comme un chacal et maintenant il fuit comme la souris ! »

Gabriel ne répond pas. Il reste là, les yeux dans le vide, abruti par le bruit des klaxons. Antoine reste un peu à l'écart pour tenter de m'expliquer ce qu'il s'est passé. Les moutons. La brebis égarée. L'homme avec son bâton et Gabriel sur le siège passager qui augmentait son stress.

« Monsieur, le constat. Il faut dire à ton frère de venir avec moi au commissariat ! »

Le chauffeur du taxi, désespéré, le harcèle. Il est prêt à tout régler à l'amiable, son frère à lui est garagiste, pour un bon prix il peut réparer les deux véhicules.

« Monsieur, vous m'entendez ? Que veut faire ton frère avec les dégâts matériels qui sont énormes ? »

Gabriel perd la tête, abandonné au milieu du chaos. Il hurle en direction d'Antoine : « Ce n'est pas mon frère ! C'est rien pour nous, sauf des emmerdes ! C'est lui qui a bousillé votre taxi, adressez-vous à lui ! C'est le roi du monde, il va vous payer ! »

La foule se rassemble pour assister à la scène. L'accident risque de se transformer en bagarre, elle ne peut pas espérer meilleur spectacle. Un homme gare sa Mobylette sur le bas-côté pour être aux premières loges. Des enfants se faufilent entre les jambes des grandes personnes pour regarder les voitures endommagées et la fumée noire qui s'échappe du minibus.

Tout bascule en quelques secondes. Malgré la foule qui nous entoure, nous sommes seuls au monde. Antoine bondit vers Gabriel, prêt à se battre. Gabriel le fixe froidement, pas du tout impressionné par sa violence. Je crie leurs prénoms pour que ça s'arrête mais, comme dans mon cauchemar, personne ne m'entend. Les deux hommes sont à quelques centimètres l'un de l'autre. Antoine rugit : « C'est de moi que tu parles ? Ce n'est pas à cause de toi qu'on est dans la merde ?! Monsieur ne pouvait pas laisser faire la police, il fallait qu'il joue à Zorro ! Mais Zorro n'a pas d'épée ! Zorro n'a rien. »

Gabriel rit de rage comme s'il devenait fou.

« La police ? On aurait eu l'air bien d'arriver chez Abdou avec toute la police nationale ! Sophie n'a jamais disparu, elle s'est barrée. Et je la comprends ! Pourquoi tu crois qu'elle a choisi le jour de Noël ? À part ton pognon, tu ne lui as jamais rien donné ! »

La tension a commencé dans la voiture. Gabriel a pris sur lui pendant toutes ces années, parce qu'il n'avait jamais été en présence d'Antoine pendant quarante-huit heures d'affilée. Ces deux hommes sont incompatibles. De l'huile sur le feu. J'ai tenté maintes fois d'être l'eau, mais tout s'est embrasé. Je suis impuissante.

« Tu n'as jamais été père ! Tu es un lâche ! Ça a commencé à la naissance, tu n'as même pas été foutu d'être là quand Virginie a accouché ! Tu les as laissées seules ! Et pendant toutes ces années, tu as continué à fuir, faisant le boulot à moitié, pour être sûr qu'on ne te pique pas ta place ! Mille fois, ta fille t'a attendu, courant à la fenêtre dès qu'elle entendait le bruit d'une moto dans la rue, pensant que c'était toi ! Et même si c'était la centième fois que tu la plantais, elle allait se coucher en espérant, parce que tu as toujours été le champion pour balancer de la poudre aux yeux. Et tu pensais qu'elle n'allait jamais se réveiller ?! C'est plus une gamine à qui tu peux offrir un cheval à bascule pour qu'elle se calme !

– Gabriel, calme-toi. Je t'interdis de dire ça ! Antoine a toujours été là, c'est son père ! C'est lui son père et elle le sait ! »

Cette phrase m'avait échappé, un cri du cœur.

« Quand ? Tu te fous de moi ? Pour lui faire faire un tour de moto et la redéposer à la maison quand c'était l'heure des devoirs, ça oui ! Il ne fait jamais rien de ce qui l'emmerde ! Sophie, qui lui a appris à lire et à écrire ? Qui lui a lu des histoires parce qu'elle avait peur la nuit ? Tu crois qu'être son père c'est signer un papier officiel en bas d'une page à la mairie et faire le mariole cinq fois dans l'année ? »

Je m'étais mise physiquement, comme dans un mauvais film, entre les deux pour les empêcher de se battre. Antoine réplique.

« Non, être son père, mon vieux, c'est l'avoir dans sa chair. C'est peut-être toi qui la soignes mais c'est moi qui sais quand elle est malade. Alors tu peux lui en raconter des histoires avant qu'elle s'endorme, mais sa peur, je la ressens avant toi et c'est ça qui la rassure. Tu pensais qu'en me volant le quotidien de ma fille tu réussirais à me la prendre, mais heureusement, c'est pas con les enfants ! Tu ne serais rien pour elle si tu n'étais pas le mari de sa mère ! »

Gabriel accuse le coup. Il aurait préféré recevoir un coup de poing pour pouvoir le rendre. Mais que répondre à des mots aussi cruels qui résonnent en lui comme une vérité épouvantable ? Je regrette de les avoir séparés, les coups auraient été moins violents.

Le chauffeur s'interpose, il a peur que les toubabs essaient de s'en sortir avec arrogance. Si le constat n'est pas fait devant témoins, ils pourront se dégager de leurs torts.

« Il faudrait penser à mon véhicule et régler vos histoires de famille après ! » me dit-il.

J'essaie de calmer Gabriel. Je le sens dévasté. Mon cœur se serre. Tous mes mots sont maladroits. Je ne voulais pas le blesser. Je sais à quel point Sophie est un sujet sensible. À quel point il a toujours été là dans ce rôle ingrat, pour elle, mais aussi pour moi. Tout ce qu'il a fait, il l'a fait par amour. Antoine fait le malin avec ses gros bras mais je le sens ravagé par ce que vient de lui dire Gabriel. Il a compris très vite que Sophie était partie de son plein gré, comme moi, il l'avait senti dans sa chair. Je pense à ce que nous a dit sœur Augustine ; il y a quelque chose d'humiliant dans l'abandon.

« Occupez-vous du constat. Moi, je me charge du minibus et je rentre à l'hôtel », me dit froidement Gabriel.

Je sais que je ne peux rien dire pour le faire changer d'avis et c'est ce qu'il y a de plus raisonnable. Réparer les morceaux cassés. S'occuper du minibus qui ne veut plus avancer. Régler cette histoire de constat avec le chauffeur de taxi. Séparer les deux hommes à tout prix. Gabriel peut rester seul et s'en sortir. Antoine, au milieu de ce chaos, a besoin de moi. Je me sens écartelée entre deux rives. Deux hommes. Deux pères auxquels je suis liée à vie. J'ai décomposé une famille qui malgré l'absence de conventions en était une. J'ai recomposé une famille en emmenant des bouts de l'autre dans la nouvelle. À la naissance de ma seconde fille, j'ai élargi ma famille en essayant de construire un présent avec un passé, tout en nous projetant dans un avenir.

Avec cet accident au milieu de l'enfer de la circulation, l'affrontement violent d'Antoine et de Gabriel, mes maladresses, ces mots qui débordent d'émotion et qu'on prend à la lettre, dans ce nuage de fumée noire, entourée par la foule curieuse de nos malheurs, j'ai la sombre impression que tout ce que j'ai tenté de construire part à la dérive.

55

Il est presque 18 heures, les enfants ne devraient pas tarder à arriver. René et le Parisien, complices, ont raconté en détail à Fanny devant Soukeyna le départ des enfants chez cette fameuse cousine d'Oulimata qui tenait absolument à faire une jolie coiffure à Chloé. Soukeyna a essayé de comprendre de quelle cousine il s'agissait mais a vite abandonné. Fanny est épuisée par cette matinée sans fin et désemparée par sa rencontre avec le marabout. Une partie d'elle, raisonnable, rechigne à se laisser embobiner dans l'absurde, tandis que l'autre, lasse, a pris les mots du marabout pour argent comptant. Comment pouvait-il savoir qu'Antoine avait perdu sa mère enfant ? Comment avait-il deviné l'existence de l'Autre et de Sophie ? Elle ne savait pas si elle devait lutter ni contre quoi. Il n'y avait rien de pire que ces petites plaies impossibles à cicatriser. Il valait mieux une coupure profonde, raccommodée une bonne fois pour toutes avec quelques points de suture laissant une cicatrice apparente mais bien refermée.

À son retour, Minou l'attendait patiemment sur son lit avec un regard de petite bête abandonnée, réclamant une promenade. En réalité, ce petit malin rentrait d'une longue balade dans le jardin, à l'abri des regards : il avait réussi à sortir de la chambre par une petite ouverture dans la salle de bains. Après l'avoir sorti, Fanny s'est enfermée dans sa chambre, le panneau « Ne pas déranger » accroché à la porte, s'est allongée sur son lit et, quelques minutes après, a sombré dans un sommeil sans rêve.

En fin d'après-midi, comme promis le matin à Soukeyna, le marabout se présente à l'hôtel. Il cherche la chambre de René, effleurant les portes pour reconnaître qui loge où, et tombe sur la jeune femme de chambre. Elle le supplie de faire quelque chose pour elle : elle ne peut pas perdre son travail, ses enfants et son vaurien de mari comptent sur elle. Elle ne veut plus être poursuivie par le diablotin. Que fera-t-elle si le petit chien horrible aux yeux démoniaques réapparaît sur le lit ? Elle ne peut plus travailler en paix. L'animal peut surgir à tout moment. Rien ne l'arrête. Inutile de l'enfermer : il a le pouvoir de traverser les murs. Djibril, le chasseur, l'a vu se promener dans le jardin comme un rôdeur dès le départ de ses maîtres. La femme de chambre est persuadée que c'était elle qu'il cherchait. Si on ne se débarrasse pas de ce mauvais esprit, ce sera la fin de tout. Elle ne pourra même plus se rendre à la piscine pour récupérer les serviettes sales. Il faut que le marabout les aide à chasser cette malédiction.

« Ce chien m'intéresse, on apprend souvent avec les plus forts que soi, lui répond le marabout. Je vais d'abord voir le vieux dans la chambre du baobab et ensuite je m'occupe de toi. »

Assis en tailleur sur un tapis dans la chambre de René, le marabout secoue ses cauris au creux de ses deux mains.

Les deux hommes sont silencieux. Le marabout lance ses cauris et prononce quelques paroles inaudibles.

« Alors ?

– L'enfant n'est pas en danger. Elle marche de son plein gré.

– Je le sentais.

– Elle ne rentrera pas maintenant.

– On peut communiquer avec elle ?

– Non. Je ne converse qu'avec les morts.
– C'est pratique », lui dit René avec humour.
Le marabout reste sérieux.
« C'est à nous de trouver les mots pour dialoguer avec les vivants.
– Oui mais quand les vivants prennent la tangente... ce n'est pas facile.
– Ne vous inquiétez pas, vous retrouverez Mazarine.
– Sophie.
– L'enfant s'appelle Sophie ?
– Oui.
– Les prénoms ne sont pas importants. Les prénoms font partie de la destinée que l'homme veut imposer à l'autre à la naissance. Mais Dieu n'est pas toujours d'accord.
– Quelle tête de mule quand même ! »
Le marabout a de l'humour mais pas avec les affaires de Dieu.
« Vous savez ce que Dieu a dit à travers les mots du poète Hampâté Bâ ? Soixante-dix fois par jour, je regarde dans le cœur de l'homme pour y descendre, mais je le trouve presque toujours plein de lui-même et ne puis y pénétrer. »
René reprend son sérieux.
« Que puis-je faire pour vous ?
– Je ne sais pas. Vous voyez quelque chose dans vos coquillages sacrés ?
– Rien, je suis aveugle. »
C'est au tour du marabout de faire un peu d'humour et à René de ne pas comprendre.
« Excusez-moi... je ne voulais pas...
– Mais ne t'inquiète pas, je n'ai pas besoin de mes yeux pour voir. Le léopard inspire toujours la peur en forêt même quand il a perdu ses dents. Tu vois, dit-il en pointant un cauri qui s'est isolé des autres sur le tapis, ta mort est loin.
– Ah ! et c'est une bonne chose ? lui demande René en riant.

– Tu sais, même un éléphant n'a besoin que d'un jour pour mourir.

– Je ne comprends pas.

– Il ne faut pas toujours essayer de comprendre. C'est important de pouvoir lâcher sa connaissance. Aujourd'hui ta mort est loin, demain, elle peut être proche si tu ne fais pas ce qu'il faut faire.

– Bien.

– Alors, qu'est-ce que je peux faire pour toi ?

– J'ai... Comment dire ? Une femme m'a tapé dans l'œil.

– Dans l'œil ou dans le cœur ?

– Dans l'œil, c'est sûr... dans le cœur, peut-être.

– Ah ! les ennuis commencent...

– Ça ne m'était pas arrivé depuis longtemps.

– Ah !

– Et je voudrais retrouver ma jeunesse.

– Tu veux encore des enfants ?

– Ah non !

– Je te comprends. La vie avec eux, c'est bien, mais la vie sans eux, c'est aussi bien. C'est la meilleure et en même temps la pire chose qui puisse nous arriver. Tu as une épouse ?

– Elle est décédée.

– Ce n'est pas toujours un malheur.

– Ça fait longtemps maintenant.

– Oui, mais l'esprit des femmes est tenace. Celui de ton épouse t'a laissé tranquille ?

– Oui. Depuis longtemps.

– Tu es sûr ? Elle a quitté les meubles de ta maison ?

– J'ai tout vendu.

– Tu as fait le grand nettoyage ?

– Oui, mais aussi le grand vide.

– Et maintenant tu veux repartir à la chasse.

– Oui, enfin... C'est l'occasion, le hasard... ou bien la vie qui se rattrape pour tous les sales tours qu'elle nous joue. C'était inespéré que j'arrive jusqu'ici. »

Le marabout range ses cauris.

« Je dois te demander... Est-ce que ton chat attrape toujours des souris ?

– Pardon ?

– Ta chose... C'est toujours debout comme serpent qui ne gagne pas maison ?

– C'est-à-dire ? »

Le marabout rit doucement. On sent l'homme qui refait surface, laissant tomber le vêtement du sage : « J'entends ta voix qui frétille. Tu sais très bien de quoi je parle. Lève-toi. Montre-moi ta souplesse... Penche-toi en avant. »

René s'exécute, poussant au maximum sur ses reins. Le marabout vérifie avec sa canne l'espace entre les doigts et les orteils de René.

« Bien. La jeunesse est encore là. L'énergie circule. Il y a de la vie et de la volonté. Et tu as trouvé la femme qui te plaît. Un beau vieux comme toi, ce sera facile. Mme Soukeyna m'a dit : "Il est comme Clint Eastwood..."

– Si vieux ?

– Clint, c'est pas mal. Tu vois, tout de suite tu deviens gourmand », lui dit le marabout en riant.

Il sort de sa mallette une petite enveloppe en cuir, un flacon d'huile et une petite bouteille avec un liquide beigeâtre.

« Il faut mettre l'enveloppe sous ton matelas. L'huile, c'est pour masser ton serpent, de bas en haut. Et il faut que tu boives à cette bouteille, quelques gouttes, quand tu sens la fatigue et juste avant l'effort. C'est un mélange de gingembre et d'une racine ivoirienne. Tu vas courir comme un lapin et te coucher comme un lion. Goûte, tu vas voir.

– Vous êtes sûr que ce n'est pas un cocktail Viagra-MDMA ?
– C'est quoi, ça ?
– La drogue des Blancs, lui dit René en souriant.
– Ça, ce n'est pas de la drogue, c'est un remède. Je ne suis pas là pour créer l'accoutumance mais pour encourager la guérison. »

René ne discerne pas la différence mais aujourd'hui il est ouvert à tout type d'expérience. Soukeyna lui a assuré qu'il peut faire confiance à son marabout. Il boit une gorgée du liquide très amer, pose la bouteille et se souffle dans le biceps.

« Pas mal. Je sens déjà la fièvre qui monte.
– Tu as bien pris juste quelques gouttes ?
– Oui... peut-être... vous ne m'avez pas précisé.
– Fais attention, mon ami, tu es un homme d'excès. »

Il n'y a rien qui ne puisse faire plus plaisir à René : presque toute une vie qu'il a abandonné les excès pour devenir un homme raisonnable.

On entend soudain des pas précipités dans le couloir et plusieurs voix s'élever d'un coup, à l'étage en dessous.

« Je vais descendre voir ce qui se passe, dit René. C'est la bonne heure pour ma petite marche, en plus ! »

René trépigne, impatient d'expérimenter sa nouvelle condition physique.

Le marabout rassemble ses affaires. Rien dans sa gestuelle n'indique qu'il est non-voyant, si l'on excepte ses lunettes et sa canne. René se demande si ce n'est pas une posture, peut-être est-ce plus crédible pour communiquer avec les morts ? Comme s'il pénétrait ses pensées, le marabout fait glisser ses lunettes sur son nez et laisse apparaître des yeux vitreux, dépourvus de pupilles. René, gêné, voire effrayé, attrape sa canne en ébène et se hâte vers la porte.

56

Le taxi vient de déposer Paul et les filles à l'hôtel. Ouly file sans dire au revoir à Paul. Elle n'a pas disparu depuis quelques secondes qu'elle lui manque déjà. Il ne voit même pas René foncer droit sur lui.

« Mon garçon, reprends-toi ! »

La réception est envahie d'une foule nombreuse. Certains agitent les affichettes avec la photo de Sophie.

« Ça a marché ! » exulte Paul.

René lui fait un signe de triomphe.

Des femmes demandent en wolof où sont les parents de l'enfant disparue. Le Parisien leur demande de se calmer. Les enfants engagés par Paul pour poser les affiches partout dans la ville se faufilent entre les adultes pour arriver jusqu'à lui.

« C'est bien, les gars... Vous avez bien travaillé », leur dit Paul.

Soukeyna arrive en courant.

« Rentrez chez vous ! Nous ne sommes pas au marché de Sandaga ! Allez vous occuper de vos affaires dehors ! »

Un enfant lui tend une affiche. Elle savait bien que cette histoire allait lui poser des problèmes ! Mais elle ne voulait pas contredire René. Les clients sont rois.

« Nous avons des nouvelles de la toubab perdue ! »

René s'approche de Soukeyna.

« Vous êtes ravissante dans cette robe. »

Heureuse du compliment, mais troublée par la joie qu'il lui procure, elle s'empourpre.

« S'il vous plaît, laissez-les entrer. On va s'installer dans le jardin pour ne pas vous gêner, poursuit René sans la lâcher des yeux.

– Vous ne me gênez pas, vous êtes ici chez vous...

– Merci. »

Les gens continuent à s'amasser à la réception. Certains ne savent même pas pourquoi ils sont là, ils ont juste suivi le mouvement. La rumeur a vite fait son travail. C'est impressionnant de la voir concrétisée depuis les quatre coins de la ville.

« Ça m'étonne qu'ils aient tous vu Sophie quand même ! dit Soukeyna, dubitative.

– C'est vrai mais parmi eux, quelqu'un a peut-être vraiment des informations sur ma petite-fille ! Le hasard peut nous réserver de belles surprises. »

Soukeyna a l'air découragé.

« Haut les cœurs ! Et merci pour la petite séance de remise en forme... Il est... impressionnant, votre homme ! »

Soukeyna ne peut s'empêcher de sourire. Rien ne lui plaît plus dans la vie que les gens qui savent s'amuser.

Ouly trouve le marabout, la femme de chambre et Djibril en plein conciliabule dans la cuisine. La gêne s'installe quand ils l'aperçoivent.

« Que se passe-t-il ? »

La femme de chambre tord nerveusement sa serviette.

Le marabout prend la parole.

« Il paraît qu'un chien puissant empêche la jeune femme d'accomplir son travail.

– Oui, un chihuahua.

– Un chihuahua ?!

– Oui, c'est comme ça qu'ils l'appellent.

– Tu es sûre ?
– Certaine.
– Je peux le voir ? lui demande le marabout.
– Comment voulez-vous que je fasse ? Il est toujours avec sa maîtresse.
– Djibril vient de le voir passer dans le jardin. Sa maîtresse doit dormir, elle a mis un panneau à sa porte. Mais l'animal sait traverser les murs, répond vivement la femme de chambre.
– Si vous l'attrapez, je peux l'emporter pour offrir la paix à cette brave femme », dit le marabout en s'adressant à Ouly.
Silence.
La femme de chambre espère. Djibril se prépare psychologiquement à attraper la bête. Ouly réfléchit. Le marabout aussi. Il connaît l'origine de ce chien, le préféré des princesses aztèques, vénéré pour son courage. Un être qui ne ressent pas la peur. Il pourrait en faire don aux ancêtres.
« Je ne dirai rien. Je me fiche de ce qui arrive à ce chien », dit Ouly en tournant les talons.
Au pire, il tiendra compagnie à son mouton... dans la casserole. Elle croit dur comme fer à la loi du talion. La femme au chignon a fait vendre son mouton, elle se débarrassera de son chien. Elle est si mauvaise. Pauvre Paul, lui en revanche a l'air si gentil. Son regard fiévreux a même quelque chose de troublant, une passion qui lui rappelle son cousin Joseph, qu'elle aimait tant. Comment un toubab aussi blanc peut-il avoir les mêmes yeux que son cousin ? Mystère. Il vaut mieux qu'elle ne s'approche pas trop de lui, sinon elle se mettra à pleurer.

Djibril court chercher son filet et une boîte en carton pour capturer l'animal.
« Tu viendras me le déposer chez moi plus tard », lui dit le marabout en lui remettant un grigri.

L'idée de faire tout ce trajet avec le diable contre lui n'enchante pas Djibril. Un animal qui sait traverser les murs pourrait ne faire qu'une bouchée d'une paroi en carton.

Fanny émerge de son sommeil, réveillée par les voix qui montent du jardin. Elle se dirige vers le balcon et voit une longue file de gens devant une table où se tiennent René, Paul et Chloé. Le Parisien sert d'interprète à ceux qui ne parlent pas français. Fanny n'aime pas voir son fils traîner avec ces gens. Le père de Virginie semble être un homme très bien mais la petite est insupportable. Sans doute une jeune version de Sophie.

« Minou ? »

Elle ne voit son chien nulle part. A-t-elle bien fermé la porte ? Elle dévale l'escalier et est soulagée de voir apparaître Minou aussitôt arrivée dans le jardin. Le marabout, installé non loin à une table, pousse sa canne pour qu'elle puisse s'asseoir. Elle ne bouge pas. Minou s'échappe de ses bras pour courir derrière un oiseau. Elle veut le rattraper mais le marabout l'interpelle.

« C'est le chien que j'entends ? Laisse-le filer. Il ne partira pas loin. Si tu veux que ton mari revienne vers toi, il me faut un litre de sang de poule mélangé avec son grain, celui qu'elle a picoré, et trois cheveux de ton mari avec la racine. »

Elle ne dit rien.

« C'est important que ce soient ceux de ton mari... Et pour moi, ce que tu peux donner. L'amour n'a pas de prix. Je vais t'aider même sans cadeau. Mais un beau mouton pour la Tabaski ou peut-être des poules et...

– En fait, "toubab", pour vous, ça veut dire "crétin" ? »

Il ouvre sa mallette.

« Non, ça veut dire "étranger". »

Il lui tend une pochette en cuir et une petite enveloppe.

« C'est pour garder les cheveux. Et ça, c'est pour toi, dit-il en lui tendant une pochette en plastique contenant des feuilles séchées. En tisane, par la pipe ou roulées dans la cigarette. C'est naturel. Il faut lâcher ces sales médicaments qui te détruisent la santé. »

Fanny, perplexe, tend la main pour prendre ce que lui remet cet homme plus qu'intuitif.

Dans la cuisine, Djibril met le chien dans le carton en prenant mille précautions. La femme de chambre est soulagée. Minou se couche docilement dans le carton en leur jetant un regard doux. Il fait une petite grimace qui ressemble nettement à un sourire.

« Ce chien a vraiment les mille visages du diable. Maintenant il essaie de nous amadouer ! » s'écrie la femme de chambre.

Les interrogatoires se poursuivent dans le jardin.

« Vous êtes sûr, c'était bien elle ? Où l'avez-vous vue pour la dernière fois ? »

L'homme qui fait face à René est vêtu d'un imper à la Colombo.

« Non pas encore. Présentement je suis sans nouvelles, mais... »

Il lui tend une carte.

« Je suis détective. Je viens pour vous apporter mes compétences. »

René prend sa carte de visite.

« Merci. »

« Elle volait vers la Casamance », leur assure un homme avec des lunettes de pilote sur la tête.

« Elle zoukait en boîte de nuit. »

Une jeune fille très stylée leur dit : « Je lui ai vendu des robes. »

« Ses cheveux d'or ont allumé le lampadaire. La lumière m'a dit que j'avais gagné au loto ! » leur crie un enfant.

Une femme lui coupe la parole.

« Je me baladais place de l'Indépendance quand soudain j'ai entendu une voix. C'était la voix du marabout Cissé qui m'a dit : "Mets tes lunettes et regarde bien cette affiche." Je me suis approchée et j'ai reconnu la fille qui vit dans mon quartier depuis septembre. Voilà l'adresse. Où je dois passer pour prendre la récompense ? »

René lui rend le papier.

« Elle est arrivée en décembre. »

La femme s'éloigne en l'insultant en wolof.

Soukeyna leur apporte une citronnade et demande à René s'il veut qu'elle abrège ces interrogatoires qui ne mènent nulle part. Elle a déjà demandé à certaines personnes qui venaient se présenter à la réception de rentrer chez elles. L'espoir de trouver quelqu'un qui a vraiment rencontré Sophie s'éteint. Paul et Chloé sont déçus mais René continue à écouter attentivement. Une femme en tenue de fête leur parle depuis quelques minutes et lui demande :

« C'est toi, le chef de la famille ?

– Oui c'est lui », répond Chloé.

La femme le regarde en battant des cils.

« Et c'est toi qui donnes la récompense ? »

Soukeyna lui lance en wolof :

« Tu n'es pas venue ici pour trouver un mari. Va pêcher ton poisson chez toi ! La seule chose qu'il veut savoir, c'est si tu as vu sa petite-fille !

– Maintenant que je regarde bien la photo... je pense que ce n'est pas elle. C'est très dur de reconnaître les toubabs, ils se ressemblent tous ! »

Fanny s'approche.

« Bonsoir, monsieur, dit-elle en inclinant la tête vers René.

– Bonsoir, madame. »

Chloé détourne le regard. Hors de question de dire bonjour à cette femme qui a fait tant de mal à sa sœur et qui regarde sa mère comme si elle allait la tuer.

« Paul, tu n'as pas vu Minou ? lui demande Fanny pendant que René continue les rencontres.

– Tout à l'heure, dans le jardin, lui répond Paul.

– Je ne comprends pas comment il est sorti de la chambre... J'ai peut-être mal refermé la porte. Je me suis endormie.

– Il ne doit pas être très loin.

– Tu viens m'aider à le chercher ?

– Ben... je suis en train d'aider...

– ... à chercher notre sœur », termine Chloé avec insolence.

Fanny est estomaquée.

« Paul nous aide parce que c'est mon frère. C'est plus important de retrouver notre sœur que votre chien !

– Non, mademoiselle, un frère est quelqu'un avec qui on grandit parce qu'il a le même père et la même mère. Voilà ce que l'on appelle un "frère". En l'occurrence, Paul est fils unique. »

Ils sont interrompus par un son de cloche. Un très grand homme maigre, noir ébène, en costume de Père Noël dépenaillé, avec une fausse barbe blanche et une veste rouge élimée, les regarde en agitant sa cloche.

« Je suis le Père Noël. »

Chloé soutient le regard de Fanny quelques minutes avant de s'adresser à lui : « Excusez-moi, monsieur, mais le Père Noël n'existe pas. Nous n'aimons pas du tout Noël. Vous n'auriez pas pu rencontrer ma sœur parce qu'elle aussi déteste Noël. C'est la fête du mensonge où tous les parents prennent le droit de mentir à leurs enfants. Ils trouvent ça amusant de nous laisser croire à des histoires qui n'existent pas... Je trouve que c'est la fête la plus triste qu'on ait inventée. »

Chloé a la voix qui tremble et les larmes dans les yeux. Elle ne supporte pas l'image de cet homme en habit miteux et des petits colleurs d'affiches en haillons, tenant dans leurs mains la photo de sa sœur avec l'espoir d'un miracle.

René la prend avec douceur dans ses bras.

« Tu as raison, petite fille, répond le faux Père Noël, attristé. Le Père Noël n'existe pas. Je voulais vous apporter des cadeaux mais mon sac est vide. Je suis fatigué, très fatigué. J'ai marché beaucoup, dans tout le Sénégal, et je n'ai rien trouvé, mais en arrivant à Dakar *city*, j'ai trouvé l'affiche et j'ai pensé que peut-être le Père Noël m'attendait ici. Je vais rendre mon costume. Pardon, mademoiselle, tu as raison : on ne doit pas s'amuser à mentir aux enfants. »

Chloé pleure de plus belle. Son grand-père la serre contre lui : « Pleure mon enfant, pleure. »

René pense à sa mère. À l'époque où il était interdit pour un homme de pleurer, il devait avoir 15 ans, elle lui avait dit : « Pleure mon enfant, pleure. »

Et dans ses bras, ses larmes lui avaient semblé moins amères.

Quelques notes d'une musique cap-verdienne s'échappent du transistor que le Parisien vient d'allumer après avoir aidé Soukeyna à dresser les tables pour le dîner. Le soleil déclinant, qui teinte tout en orange, ajoute à la grâce de ce moment suspendu. Sous les yeux émerveillés de René, Soukeyna danse avec son frère, ses formes généreuses ondulent. Elle est belle, d'une beauté évidente qui, pleinement épanouie par la maturité, ne s'encombre plus des petits complexes de la jeunesse.

57

Les mains de Gabriel tremblent encore de son affrontement désastreux avec Antoine. « Ton frère », répète en boucle le chauffeur. « Ton frère », a-t-on appelé hier Antoine, sur le marché. Ils sont tout sauf frères, mais leurs filles sont sœurs.

Ce face-à-face avec ce frère qui n'en est pas un l'a déstabilisé. Il se considère comme spirituel et Antoine matériel. Lui est celui qui guide et Antoine celui qui pense aux richesses. Et si c'était l'inverse ? Et s'il n'avait donné que pour récolter la gloire d'être choisi ? Et s'il avait dérobé la place de héros dans la vie de Virginie et de Sophie ? Et s'il n'était que vanité ?

Le soleil baisse à vue d'œil. La dépanneuse n'est toujours pas là. On l'a prévenu, on ne sait pas quand les gens arrivent, mais ils arrivent toujours. C'est rassurant de savoir qu'il n'attend pas pour rien. Ses émotions sont en vrac. Abandonné sur le bord de cette route sans trottoir, il ne sait plus par quel bout prendre les événements. Tout est confusion. Ce voyage, ces bouts de famille éparpillés dans Dakar, déconnectés du monde et de l'espace temporel avec ce téléphone inutile sans carte SIM locale et sans Wi-Fi.

Ses efforts, toutes ces dernières années, pour construire une famille, lui paraissent vains. Sophie est partie sans rien dire, Virginie garde ses secrets pour elle, Chloé est enfermée dans la forteresse de l'adolescence et Antoine chassé dans le camp ennemi auprès de sa femme, ravagée par le chagrin.

La jeune femme de l'aéroport gare sa voiture derrière le minibus et court vers lui, perchée sur des talons vertigineux, en faisant signe à la dépanneuse de se mettre devant.

« Excusez-moi, vous attendez depuis longtemps ?

– Je ne sais même plus.

– Il y avait beaucoup de monde à l'aéroport.

– Ah ! vous aviez encore des véhicules à louer ?

– Très peu... Mais il fallait quand même accueillir les gens. »

Le soleil au loin, éblouissant, se couche sur la mer. La jeune fille baisse ses lunettes sur son visage et fait le tour du véhicule avec la même attention qu'au soir de leur arrivée.

« Le devant est sérieusement endommagé. Vous étiez en tort ?

– Oui. Enfin les moutons, les piétons, les Mobylette... Tout le monde s'en donne à cœur joie ! Et puis ce n'est pas seulement la collision, il y a déjà un problème avec l'embrayage et autre chose... Le moteur fume pas mal.

– Je ne comprends pas, tout était pourtant réparé à neuf, lui répond la jeune femme, avec un air sincèrement désolé.

– Il faut se méfier, vous savez avec les garagistes, on ne sait pas toujours si le travail est fait comme il faut. Parfois on a l'impression qu'ils font en sorte qu'il y ait toujours un soupçon de panne pour qu'on soit obligé de revenir régulièrement vers eux. En plus, moi, je n'y connais rien aux voitures !

– Oui, mais ce garagiste je le connais, c'est mon cousin. C'est ma famille.

– Eh bien justement ! ça ne marche pas toujours avec la famille. On croit qu'il suffit de mettre toutes les pièces ensemble pour que ça fonctionne... Mais il y a toujours une pièce qui résiste et là quand ça pète, tout s'arrête !

– C'est la psychologie du moteur », lui dit-elle en souriant.

Gabriel lui sourit à son tour.

« Ah ! c'est la pagaille, la famille, je vous le dis. »

La jeune femme opine de la tête. Par moments, elle n'en peut plus de la famille. Elle se rêve libre. Toute sa famille, au sens large, travaille dans la même entreprise. Elle donne toutes les voitures à réparer à son cousin, qui travaille mal. Elle voudrait changer de garage mais il lui est impossible de tourner le dos à sa famille. Air Afrique a coulé à cause du recrutement familial. La moitié des passagers voyageait gratuitement. On les faisait bénéficier de billets gratuits réservés aux personnels et à leurs familles, étendues à l'infini. Elle fait pareil avec les locations de voitures, distribuant des bons gratuits à tous les membres de sa famille. Ils trouveraient indécent qu'on les fasse payer. Ce lien est pesant mais c'est aussi grâce à la famille que la population tient le coup. En se présentant dans cette entreprise recommandée par son oncle, elle savait qu'elle ne repartirait pas sans travail. Elle a fait des études, la famille l'a engagée et maintenant au moins vingt personnes vivent à sa charge. On ne laisse jamais un parent à la rue. Il y a toujours un lit, une assiette, un toit, pour un frère, un neveu ou un arrière-petit-cousin. Cette vie est faite de pour et de contre, se dit-elle, et il faut prier Dieu qu'on ne se trompe pas entre toutes les fourches dont notre chemin est parsemé.

58

J'essaie encore et encore d'appeler Pamela, en vain. Je lui envoie un long SMS. J'essaie de rester polie et de ne pas céder à la colère. Je n'ai plus l'âge de jouer au chat et à la souris avec des gamines de 20 ans. Combien de fois se sont-elles enfermées toutes les deux dans la chambre de Sophie pour s'échanger leurs secrets ? Je repense au cinéma que nous a fait Pamela le soir de Noël. Insensible à nos visages désespérés, elle nous a laissé croire au pire. À quel moment ont-elles décidé de mettre en scène cette disparition ? Peut-être Sophie a-t-elle eu envie d'organiser une grande chasse au trésor. Elle adorait ça quand elle était enfant. Jusqu'à ses 14 ans, à toutes les grandes vacances, j'organisais, après avoir réfléchi pendant des semaines, une grande chasse au trésor. Elle me reprochait souvent de ne pas avoir assez compliqué les indices ou, si elle ne trouvait pas le trésor, de les avoir trop compliqués exprès pour la décourager. J'étais nulle pour tous ces jeux d'enfants. J'ai toujours préféré les affaires des adultes. Pourtant, je recommençais pour lui faire plaisir. Mais je n'ai jamais réussi à trouver la juste mesure entre le trop caché et le pas assez.

Quand nous avons quitté le palais en marbre de James Bond et sa piscine à débordement et nous sommes retrouvés à nouveau dans la rue, perdus, humiliés, j'étais triste, déçue et à deux doigts de refaire mes valises. Rentrer en France et attendre qu'elle revienne. Je n'ai jamais été de nature à courir derrière les gens qui ne veulent pas de moi. Et même si cette personne est ma maternel, je garde une propension …sme. Je trouve le silence de Sophie cruel, … face à ce qu'elle peut nous reprocher.

C'est Antoine qui m'a raisonnée. Il ne fallait pas lui en vouloir, même si ça paraissait injuste qu'elle choisisse d'apprendre la vie à nos dépens, il ne fallait pas que je doute du fait d'avoir été une excellente mère. Il ne fallait pas oublier que ce n'était pas personnel. Elle n'avait que 20 ans, c'est un âge où on ne peut voir la vie que de son point de vue et où, pour pouvoir aller de l'avant, on n'hésite pas à tout écraser sur son passage. Moi, même à 20 ans, j'avais une trop grande conscience du monde qui m'entourait. C'est peut-être la raison pour laquelle je n'ai jamais accompli mes rêves. Tout m'impressionnait. Ma vie n'avait été que précautions. J'avais toujours marché dans les champs en évitant d'écraser les fleurs sauvages. Sophie a été mon premier acte de courage. À sa naissance, j'étais vidée de toutes mes forces mais remplie d'une telle puissance que plus rien ne me faisait peur. Mes deux enfants ont assouvi mes rêves. Les autres, y compris l'écriture d'un roman, je les ai laissés de côté. Les bibliothèques du monde étaient pleines de chefs-d'œuvre. Mais que serait le monde sans mes enfants ? Je suis intimement persuadée qu'il ne pourrait pas faire sans elles.

Épuisée, j'ai appuyé ma tête sur l'épaule d'Antoine. Nous n'avons pas parlé de l'affrontement avec Gabriel. Il n'y a plus rien à dire. Je sais que, une fois sa violence retombée, il est très vite dans le regret. Son cœur est rempli de remords. Il ne l'a jamais admis mais je sens qu'il admire Gabriel et lui est reconnaissant de tout ce qu'il a apporté à sa fille. Dommage qu'il n'ait jamais pu lui dire. L'orgueil se met toujours en travers des grands sentiments. C'est aussi sa pudeur qui l'empêche de parler. En regardant par la fenêtre le paysage défiler, sans se retourner vers moi, il m'a demandé si c'était vrai qu'il n'avait pas été là pour la naissance de Sophie. Je n'ai pas répondu, je sais qu'il sait. La douceur avec laquelle il a posé sa question est sa manière à lui de me demander pardon. Tout ça est si loin. Je me revois seule dans cette chambre d'hôpital à l'attendre. J'ai envie de pleurer pour tous ces moments ratés entre deux personnes qui s'aiment.

Au commissariat central, il y a autant de monde que sur le marché. Les agents, qui ressemblent davantage à des assistants sociaux, reçoivent les dépositions les unes après les autres, sans perdre patience. Antoine n'en peut plus d'attendre. Il se lève pour foncer vers le bureau d'un agent enfin libre.

Le chauffeur de taxi le retient par la manche : « Il faut attendre son tour sur le banc. »

Antoine se rassoit. Il est à bout. Trois bureaux viennent de se libérer en même temps. L'espoir d'être pris tout de suite le fait patienter. Il arrête de se ronger les ongles. Nous patientons encore un peu. Un bébé, sur les genoux de sa mère, me regarde calmement. Gabriel m'a envoyé un message froid pour me dire qu'il ne serait pas rentré avant le dîner. L'ambiance n'est pas aux petits cœurs ni aux smileys. Je lui réponds sur le même ton. Face à nous, un homme qui était déjà là quand nous sommes arrivés prie, une feuille blanche pliée en quatre coincée entre ses mains jointes. Il est si absorbé que, s'il n'avait pas l'air si heureux, je pourrais croire qu'il a perdu un enfant et implore le ciel de le lui ramener. Dehors, la nuit tombe. Le bébé est plongé dans les bras de Morphée. Mes enfants n'ont jamais eu le sommeil facile, elles n'auraient jamais pu s'endormir dans un endroit aussi bruyant. Il fallait toujours faire attention, baisser la musique dans la pièce d'à côté, parler moins fort, marcher sur la pointe des pieds, pour ne pas les réveiller. Que fait Chloé ? C'est une bonne chose que mon père soit là. Il a bien fait d'insister. Comment aurions-nous fait sans lui ? Je ne le remercie jamais assez de tout ce qu'il fait pour mes filles. C'est un grand-père merveilleux, bien plus que le père qu'il était. Il avait toujours mieux à faire que de passer du temps avec moi. Il a toujours été très gentil mais absent, terriblement absent.

L'attente se prolonge. J'ai peur qu'on en ait pour la nuit. On entend certaines dépositions jusqu'ici. C'est long parce qu'il y a du monde, mais aussi parce que les récits des plaignants se prolongent. Je propose au chauffeur de lui laisser nos coordonnées et de revenir demain à la première heure. Il m'écoute avec un air buté et, après avoir pris quelques secondes pour réfléchir, me répond : « Non. Vous ne pouvez pas partir, il faut faire le constat. Les témoins ne reviendront pas demain et je vous trouve trop nerveux pour être fiables. »

Cinq personnes, qui nous regardent avec méfiance, ont accompagné le chauffeur pour témoigner et attendent patiemment sur le banc. Ces gens n'ont donc rien d'autre à faire ? Il ne s'agit pas d'une scène de crime mais d'un simple accident de la circulation.

Antoine, coincé entre un homme blessé au bras et moi qui agite nerveusement la jambe, dégouline de sueur dans cette pièce étouffante sans ventilation. D'un bond, il se lève pour m'entraîner vers la sortie :

« C'est de la folie ! On fera ça au calme demain à notre hôtel. C'est juste un constat, bordel ! Il faut qu'on rentre. Tout le monde nous attend là-bas.

– Non, patron, l'assurance a besoin du tampon de la police, sinon ils ne vont rien rembourser, lui dit le chauffeur.

– Mais non c'est des conneries ça, crie Antoine.

– Et les témoins ? Eux habitent loin. Ils ne pourront pas revenir demain.

– On n'a pas besoin d'eux, dites-leur de rentrer ! Vous ne pouvez pas prendre les gens comme ça, en otages toute la nuit.

– Non. Parce que nous ne sommes pas d'accord sur tout.
– On va faire trois dessins sur le constat et l'affaire sera pliée !
– Il n'y a rien à dessiner. Vous n'avez pas respecté la distance de freinage.
– Vous plaisantez ? Il n'y a pas un centimètre de distance possible dans ce bordel. Et puis je ne vous ai pas percuté par l'arrière, vous tentiez de vous faufiler sur ma gauche.
– Non monsieur quand j'ai entamé ma manœuvre... »
Antoine n'écoute plus, il faut qu'il sorte. Je le rattrape mais au moment où on s'apprête à passer la porte du commissariat : « Tu ne peux pas partir comme un voleur ! » lui crie le chauffeur.
Au mot « voleur » plusieurs personnes tournent la tête. On croise quelques regards menaçants. Antoine les défie puis se ravise. La journée a été trop longue. Il revient calmement s'asseoir à côté de moi.
« Cet accident... Ce n'est peut-être pas pour rien, lui dis-je pour trouver un sens à cette folie. On va pouvoir interroger la police. Faire un signalement. Tu avais raison, c'est par ici qu'on aurait dû commencer. Il faut nous rappeler que nous sommes là pour Sophie. L'accident est un détail, un incident de parcours... Il n'y aurait pas eu d'accident si Sophie n'avait pas disparu. Alors il faut se concentrer, profiter du fait que nous sommes là...
– Ce que je proposais, c'était la police française, pas ça.
– C'est pareil partout ! Tu es déjà allé à l'arrache dans un commissariat en France ? Nous, on y est allés, il n'y a même pas trois jours, dès qu'on a su que Sophie n'était pas rentrée. On pensait être reçus en urgence mais pas du tout, comme ici, on a attendu des plombes.
– Je sais, mais c'était mieux qu'on fasse comme ils ont dit, qu'on attende, qu'on s'organise, qu'on passe quelques coups de fil avant de tous débarquer ici comme des bœufs ! »
Silence.

« Mais bon maintenant on y est et on va la trouver, me dit Antoine. On a passé le pire... Je ne sais pas ce que j'ai préféré entre l'ambassade, le couvent et la maison des hippies... Vraiment, on a touché le fond de la connerie humaine. On ne peut aller que vers le mieux.

– N'empêche que la sœur Augustine avait raison...

– Elle aurait pu dire les choses autrement. Elle n'avait vraiment aucun tact. »

Cette réflexion, dans la bouche d'Antoine, me fait sourire.

« Et si on n'y arrive pas ?

– À quoi faire ?

– À la retrouver. Lui parler au moins...

– On n'est pas venus jusqu'ici pour rentrer bredouille. Et puis je suis sûr qu'on va avoir de ses nouvelles très vite. En fait, on devrait faire comme à la pêche, attendre que la bête ait faim. Parce que, crois-moi, elle va bientôt avoir besoin de pognon et, là, elle va sortir du buisson pour crier "Papa !".

– Antoine, pourquoi tu réduis toujours tout à ça ?

– Tu penses vraiment qu'à cet âge-là on leur sert à autre chose ?

– C'est triste ce que tu dis.

– Mais non, poussin, c'est merveilleux de pouvoir leur filer un peu de pognon quand on peut et de les voir sourire. Ils deviennent tout gentils et on fait semblant de ne pas les voir venir pour profiter de ces quelques instants où on est à nouveau les rois du monde !

– On a fait tout ça pour ça ?

– Oui. Et si c'était à refaire ?

– On le referait. En fait, je pensais ne pas l'être, mais je suis complètement maso. »

59

« *Salâm aleykoum.*
– *Aleykoum salâm.*
– Comment ça va ? Ça va bien ?
– Ça va ?
– Ça va bien et toi ?
– Ça va. Comment ça va ?
– Ça va, *hamdoulilah.*
– Bien. As-tu la paix ?
– *Jamm rekk.* J'ai la paix.
– Comment va ton mari ?
– Il va bien, Dieu merci, et ta fille ?
– Elle va bien. Et les affaires ?
– Tout va bien. Et toi ?
– Ça va. Comment va la maison ?
– Ça va bien.
– Ah, alors c'est bien. »

Une fois les salutations faites, cousin et cousine peuvent aborder les affaires.

Gabriel et la jeune femme, toujours perchée sur ses talons comme si elle allait en boîte de nuit, suivent le garagiste dans un gigantesque terrain vague, empli de centaines de carcasses de véhicules. Le sol est jonché de pièces détachées, boulons et autres, par milliers. Des enfants, au milieu de ce capharnaüm, courent en tenant des volants comme s'ils conduisaient des voitures de course, et font rouler de vieux pneus qu'ils guident avec un bâton. Le fameux cousin n'est pas du tout le jeune rigolo auquel Gabriel s'attendait, mais une sorte de Pr Tournesol, avec un crâne dégarni, de petites lunettes rondes et une audition capricieuse. Après avoir passé une quinzaine de minutes la tête dans le capot du minibus, il s'affaire au milieu des pièces détachées. La vision de cet homme vaut toutes les pannes de la Terre. Il met tellement de bonne volonté que c'est impossible de lui en vouloir. Ses yeux scrutent attentivement le sol pour trouver la pièce qu'il cherche, n'hésitant pas à parcourir plusieurs fois la même allée jusqu'à ce que... bingo ! Il pousse un cri de victoire après s'être penché pour ramasser une pièce rouillée. Il la trempe immédiatement dans un bac d'acide pour qu'elle reprenne un aspect neuf sous le regard dubitatif de sa cousine. Il se tourne vers Gabriel avec un grand sourire et lui dit :

« Ton moteur sera à nouveau content de te trimballer. Tu peux m'attendre là-bas, la voiture sera bientôt prête.

– Combien de temps ?

– Trente minutes. Une heure si la voiture résiste. Ou bien... tu as faim ? C'est bientôt l'heure de manger. »

Il interpelle deux jeunes qui mettent de l'ordre dans un lot de jantes et leur demande de s'approcher. Après quelques échanges en wolof, les jeunes regardent Gabriel en souriant et le saluent à tour de rôle. Deux enfants des rues habillés de haillons dévalent une pente pour lui serrer la main eux aussi. Le garagiste indique à Gabriel une vieille banquette de voiture en cuir pour qu'il s'installe. La jeune fille prend place à côté de lui. Les enfants courent dans tous les sens, pour eux la fête commence. On les envoie chercher du Fanta et du Coca. Ils poussent des cris de joie en serrant les pièces de monnaie dans leurs petites mains pour ne pas les perdre.

Une vieille bâche est étendue sur le sol. Sur cette table improvisée, les jeunes gens déposent un énorme plat de riz orangé avec des légumes et du poisson. Gabriel n'a pas mangé depuis ce matin. Ce repas généreux est plus que bienvenu. Le garagiste, après s'être lavé les mains minutieusement, s'assoit avec eux pour manger.

« Combien de temps vous pensez mettre pour réparer la voiture ? lui redemande Gabriel.

– Très vite, mon frère. La panne n'est pas compliquée et si tu veux tu reviendras demain pour la carrosserie. Mais pour aujourd'hui, ça ne sera pas long. »

Gabriel sait que ça peut signifier quelques heures. L'espace-temps est relatif. Chacun a son échelle d'évaluation du temps. Ici les gens vivent de manière continue. Les moments s'enchaînent les uns après les autres, sans rupture, laissant libre cours à toute sorte d'interférences. Un repas, une salutation, un mouton qu'il faut pousser... On ne décide même pas d'une heure où dormir parce qu'on vit au rythme des imprévus.

« Vous, les Européens, vous avez les horloges, mais nous, les Africains, on a le temps », lui a dit la charmante loueuse de voitures, le soir de leur arrivée.

Alors il fait comme elle, prend le temps de digérer, en attendant patiemment que le charmant cousin Tournesol finisse de réparer le moteur.

60

Je le reconnais. Je suis sûre que c'est lui. Le policier de l'aéroport. Assis derrière son bureau et sans son sifflet, il semble beaucoup plus doux. Il nous fait gentiment signe de nous asseoir.

« Que puis-je faire pour vous ? »

Le chauffeur prend immédiatement la parole : « Ces gens ont bousillé mon taxi ! Il faut faire un constat pour que je répare ça au plus vite... »

Antoine lui coupe la parole :

« J'essayais d'éviter du bétail qui se promenait sur la voie publique. Je ne comprends pas très bien dans ce pays d'où vient la priorité.

– La priorité vient de la droite. Comme en France.

– Quelle droite ? Ils arrivent de partout !

– Il y a toujours une droite et une gauche, monsieur.

– Je ne suis pas sûr que les vaches et les moutons comprennent le code de la route ! »

Le policier prend des notes puis il s'adresse au chauffeur.

« Nom, date de naissance ? »

Le chauffeur n'a pas l'air à l'aise.

« J'ai perdu ma carte d'identité.

– Nom de famille ?

– Je n'ai plus mon identité.

– Lieu de naissance ? »

Antoine tape du pied. Je sens son impatience.

« Mettez “Dakar”, dit-il en mimant le geste d’écrire rapidement. Vous êtes bien né à Dakar ?

– Non, en Casamance. »

Le chauffeur s’effondre, à notre grande surprise.

« J’ai tout perdu et maintenant j’ai bousillé le taxi de mon frère. Je suis un vaurien. »

Antoine hésite à l’attraper par le col.

« Vous me faites attendre depuis des heures et ce n’est même pas votre voiture ! »

La nervosité d’Antoine et la panique du chauffeur contrastent avec le calme de la voix du policier. On a presque l’impression qu’il est ailleurs.

« Quelle est votre profession ? demande-t-il au chauffeur.

– Je me débrouille.

– Tu débrouilles quoi ?

– Ce que je vois, je fais, ce que je ne vois pas, je ne fais pas. Mais quand je ne fais pas, ma femme me traite de paresseux et ça m’afflige parce que tout n’est pas de ma faute. Je cherche toujours du travail qui, lui, n’est pas toujours là. »

Le policier connaît la pression d’une femme mécontente. Même lui, avec ses galons et ses heures supplémentaires, n’en fait jamais assez. La vie est de plus en plus chère et le monde a de plus en plus de choses à proposer. Un toit, un bon repas et une belle robe ne suffisent plus. Il faut plus, toujours plus. Et il ne faut pas oublier la tradition des enveloppes pour la famille, plus grosses au moment des fêtes. On vient de passer Noël, la Saint-Sylvestre arrive, puis la Tabaski, et ses poches sont vides. Il n’a toujours pas de quoi offrir un mouton aussi grand que sa femme est belle. Mais il ne doit pas se plaindre parce que son fils est en bonne santé et, comme dit sa mère, les caprices de sa femme, il les a choisis. Celui qui veut le miel doit avoir le courage d’affronter les abeilles.

Virginie remarque qu'au-dessus de ses notes le policier a dessiné une fleur. Elle tousse pour le ramener à leurs affaires.

« Bon, la dernière fois que tu as travaillé, tu faisais quoi ?

– Je faisais le ménage chez le toubab de l'institut médical.

– Il était content de toi ?

– Je n'ai pas travaillé là-bas longtemps, mais j'ai fait du bon travail. Quand j'ai nettoyé le sol, ça brillait si bien que les gens tombaient comme des mouches. »

Le policier sourit.

J'essaie de ne pas regarder Antoine. Sinon le fou rire est inévitable.

L'homme qui priait vient s'asseoir au bureau d'à côté. Il déplie sa feuille de papier et... quel choc : c'est le visage de Sophie ! Je me lève. Antoine se précipite pour arracher le papier.

« Rendez-moi ça !

– C'est ma fille !

– Mais je la connais. »

L'agent, plus sévère que le nôtre, tend la main pour qu'on lui donne la feuille.

« Donne-la-lui, pour que je récupère ma rançon. »

Le mot « rançon » opère comme un sésame magique. La pièce devient presque silencieuse. Le policier s'adresse à Antoine : « Donne-moi ça. »

Antoine lui tend la feuille. Le temps qu'il la déchiffre.

L'homme très excité lui raconte qu'il est passé à l'hôtel pour récupérer sa rançon mais qu'on ne l'a pas laissé entrer.

« Quel hôtel ? lui demande le policier.

– Quel hôtel ? répète Antoine.

– Tu me coupes la parole en plein constat ? Le jarret n'est pas plus haut que la cuisse. Il faut respecter la hiérarchie », dit-il en ajustant sa veste.

J'interviens : « C'est notre fille, monsieur le commissaire. »

Le titre le flatte. Il me considère avec gentillesse.

« C'est vous qui avez mené cette enquête parallèle ?

– Non, je ne sais pas d'où sortent cette affiche ni cette histoire de rançon », lui dis-je.

Notre agent se lève du bureau pour s'approcher et regarde Antoine en plissant des yeux : « Mais toi, je te connais, je t'ai vu la nuit à l'aéroport. Tu es le frère de l'homme qui conduit comme la tortue quand on lui dit comme le lièvre, et le koala qui ne voit pas son vieux quand il s'approche », lui dit-il en lui tapant sur l'épaule comme si Antoine était son vieux camarade.

Il dit quelques mots en wolof à son subalterne et retourne à son bureau en nous demandant de le suivre.

Le chauffeur de taxi est expédié en deux minutes.

« Tu n'as pas tes papiers et le taxi n'est pas à toi, il va falloir revenir avec ton frère. »

Le chauffeur fait une seconde tentative pour amadouer l'agent, en vain. L'homme, en silence, découragé, prend sa veste, qu'il avait posée soigneusement sur la chaise et s'éloigne sans nous saluer. Antoine se lève pour lui dire quelques mots. L'homme, dubitatif, puis reconnaissant, lui serre la main chaleureusement. Je sais qu'il lui a proposé de lui payer ses réparations.

L'agent a compris que, vu le sourire du chauffeur et le montant de la rançon, ce toubab a les poches pleines. Un petit peu seulement suffirait pour acheter son mouton et peut-être les chaussures dont sa femme rêve. Il se tourne vers l'homme qui réclame sa rançon.

« Raconte.

– La disparue est partie ce matin vers Saly dans le car de mon cousin qui transporte les touristes.

– C'est quoi encore, Saly ? » demande Antoine.

Le policier insiste :

« Regarde bien. Tu es sûr que c'est la fille que tu as vue ?

– Oui patron, elle est partie sur la petite côte. »

Antoine demande si c'est loin.

« Cinq ou dix heures, selon le véhicule, lui répond l'homme.

– Et vous pouvez nous emmener ?

– Demain matin... peut-être.

– Pourquoi pas *maintenant* ? Ça existe "maintenant" dans votre vocabulaire ?

– Antoine, il fait nuit.

– Finissons-en ! S'il sait qu'elle est là-bas, allons-y ! Si ça se trouve, demain matin elle sera repartie.

– Il faut que je demande à mon cousin dans quel hôtel elle se trouve... »

Le policier lui parle en wolof. Toute cette histoire est une aubaine, un cadeau du ciel pour la Tabaski. Sa femme va pouvoir sourire. Elle aura son mouton et peut-être plus. Ça fait plusieurs nuits qu'elle lui tourne le dos. Ce n'est pas de la corruption. Il va seulement leur demander un petit cadeau. S'il tombe sur eux pour la seconde fois en deux jours, ce n'est pas le fruit du hasard. Parfois nos devoirs sont poussés par des vents contraires. Il faut savoir lâcher les voiles pour ne pas faire dériver son bateau.

« Tu prends bien la route des flamboyants, au croisement des quatre chemins, je t'attendrai là-bas au retour près de l'embranchement des trois arbres. Tu vois celui dont je te parle ?

– Oui, patron.

– Je serai là par hasard.

– À quelle heure ?

– J'attendrai de jour comme de nuit. Surtout, débrouille-toi pour que ce soit lui qui conduise au retour et encourage-le à se dépêcher. Si ça se passe bien, tu pourras garder la rançon puisque c'est toi qui la mérites. Moi je me débrouillerai avec le reste. »

L'agent regarde une dernière fois le visage de Sophie avec insistance, persuadé que ses cheveux de lumière, comme une salutation au soleil, sont un signe. Au bout d'une minute, il montre la photo de notre fille à l'homme de la rançon et lui dit :

« Tu es sûr, mon frère, c'est bien cette jeune fille que tu as vue ?

– Oui, chef », lui répond l'homme sans hésitation.

61

« Avec l'argent de ton père, j'ai vendu mon âme au diable ! » avait hurlé Antoine.

Ce jour-là, peu après la naissance de Sophie, Fanny s'était sentie si mal, une envie brusque de rendre son repas et toutes ces années de mariage mal digérées.

« La véritable tragédie, c'est qu'il n'y avait pas de diable pour nous acheter notre âme », aurait-elle voulu lui répondre en reprenant les mots de Romain Gary.

Fanny ne pouvait rien faire contre la colère d'Antoine. Il cherchait un responsable de son égarement. Sa femme était ce qu'il avait de plus proche et de plus évident, c'était tombé sur elle. Pourtant, on abandonne seul nos rêves d'absolu. Les autres n'y sont pour rien, parfois nos rêves ne sont que l'imagination mégalomane de croire en nos fantasmes forgée par nos manques et, très souvent, ce que l'on cherche n'existe pas. L'angoisse n'est que le résultat de cette quête improbable empirée par notre condition d'homme abandonné au milieu du paradis perdu.

Fanny est seule sur son balcon avec un verre à la main, une cigarette dans l'autre et une bouteille de vin blanc à ses pieds.

Le marabout n'avait pas tort, le bateau familial part à la dérive et risque de se fracasser sur des rives inconnues.

Son chien est parti parce qu'elle a mal refermé la porte. Son fils la fuit parce qu'elle l'a trop couvé et protégé de la vérité.

Antoine l'a délaissée parce qu'elle l'a trop aimé. Mal aimé ? Quelle a été son erreur ? L'argent peut-être ? celui de son père ? Antoine était sans le sou, elle était riche, elle le faisait rêver. Elle se rappelle leur premier Noël chez elle : il était émerveillé devant la réunion de famille, la grandeur du sapin et la table pleine de victuailles. Combien de fois, enfant, avait-il rêvé en passant devant les fenêtres de maisons comme la sienne ? C'était facile pour elle, la princesse du royaume, de le séduire. Elle avait le pouvoir de l'eau sur une terre desséchée. Au début, elle résiste, puis elle cède et finit par l'engloutir, délivrée et avide d'en recevoir encore. Elle l'avait acheté comme on achète une voiture de collection. Son père, qu'elle respectait tant, avait dit non et puis, après cinq jours de grève de la faim, avait fini par céder, à contrecœur. Il était resté méfiant envers cet homme à l'opposé de ce qu'il souhaitait pour sa fille. Il était sûr qu'elle souffrirait. Il savait que rien ne pouvait arrêter le voyage d'un homme qu'on surnommait « le Viking ». Antoine n'était pas un sédentaire qu'on pouvait installer au coin du feu sans en subir les conséquences, même s'il en avait le fantasme. Tout en lui criait l'aventure. Choisir la bourgeoisie était une manière de se venger du destin. Mais la vengeance est un plat qu'on ne savoure qu'une seule fois. Ensuite, on reste l'estomac vide.

Une voiture s'arrête devant l'hôtel. Fanny entend des voix, un aboiement, puis un autre, plus faible. Elle sort de sa chambre, un peu ivre, et descend rapidement les escaliers dans un fol espoir : on a dû retrouver son chien dans la rue, caché derrière un arbre ou dans une maison. Mais non c'est son mari. Elle ne l'attendait plus.

Elle ralentit puis s'arrête net, au bas des marches, en entendant la voix d'Antoine mêlée à celle de l'Autre. Ses jambes tremblent, elle doit s'asseoir. La lumière qui éclairait l'escalier s'éteint. Elle n'a pas la force de rallumer. Les voix résonnent dans le noir. Elle se laisse presque tomber sur la dernière marche, espérant se faire un peu mal. Que la douleur de son corps soulage celle de son âme.

Antoine et Virginie traversent la réception, chacun pensant retrouver les siens, quand ils entendent : « Antoine ? »

Il se retourne vers le son de la voix, Virginie se fige. Antoine fait quelques pas vers les escaliers.

« Antoine ? »

Virginie continue à marcher vers la terrasse. Antoine s'approche de sa femme :

« Qu'est-ce que tu fais là toute seule dans le noir ?

– J'ai perdu Minou.

– Comment ça ? »

Elle pleure des larmes de tristesse, de rage et d'impuissance.

« J'ai mal refermé la porte, il s'est retrouvé dans le jardin... Je suis descendue, il a couru vers moi... puis il s'est échappé à nouveau. Je ne sais pas par où il est sorti. Ça m'étonne qu'il soit allé dans la rue.

– C'est sûr. Tu le connais, il fait le malin chez lui mais dehors il est assez peureux.

– On nous l'a volé. C'est certain.

– Mais qui ? Ici ? Mais ils n'en ont rien à faire des chiens. Personne n'en veut. Ils les laissent dans la rue.

– Mais Minou n'est pas un chien comme les autres, dit-elle en se levant. Je vais retourner dans la rue pour faire un tour. Tu viens avec moi ? dit-elle en titubant.

– Il faut que tu te couches.

– Non. Je dois le chercher.

– Fanny...

– Viens avec moi.

– Je suis épuisé.

– En fait, tu t'en fous.

– Arrête avec ce chien ! Il est forcément quelque part. Il va revenir.

– C'est tout ce que j'ai, ce chien », murmure Fanny dans un accès de désespoir.

Antoine commence à s'engager dans les escaliers. Il se retourne pour voir si Fanny le suit mais elle ne bouge pas.

« Viens, Fanny... s'il te plaît. On n'est pas obligés de rester là, dans les escaliers. »

Elle se lève et le suit.

« Tu devais revenir pour déjeuner...

– Je sais... Si tu savais la journée que j'ai passée, dit-il en arrivant devant la porte. Tu as la clé ? »

Fanny ouvre la porte.

« Ça va durer combien de temps, tout ça ? demande-t-elle en se dirigeant vers le balcon.

– Tu as laissé les fenêtres ouvertes sans mettre la moustiquaire ?

– Combien de temps ?

– Quoi ?

– Tes escapades avec l'Autre... pendant que j'attends. Tu penses que je vais t'attendre toute ma vie parce que je n'ai rien de mieux à faire ? lui dit-elle en se servant un verre de vin.

– Je n'ai pas envie de parler quand tu es dans cet état.

– Tu n'as jamais envie de parler. Qu'est-ce qu'on fait ici ? Tu te rends compte de la situation ?

– Je suis là pour ma fille.

– Uniquement pour elle ? Tu es sûr ? »

Antoine se déshabille.

« Il est où, son mari ?

– On est tombés en panne... Un accident. Un vrai bordel. En plein milieu de la route. Il est resté pour s'occuper de la voiture.

– Il vous a laissés partir tous les deux ? »

Antoine ne répond pas.
« C'est vraiment ce qu'on appelle un "gentleman" », dit-elle en tirant sur sa cigarette.
« Tu crois qu'on l'a laissé sur le bord de la route pour aller s'amuser ?! » lui répond Antoine, agacé.
Silence.
« Il est tard. Vous étiez où jusqu'à maintenant ?
– Au commissariat.
– Tu ne pouvais pas rentrer à une heure convenable ? Paul t'a attendu... Je ne sais plus quoi lui dire. Il voit bien... qu'entre nous ça ne va plus. Il était triste ce soir. Je suis restée avec lui mais il avait la tête ailleurs... On a un peu parlé mais c'est surtout à toi de lui parler.
– Je le ferai...
– Quand ?
– Je pensais qu'il y avait des choses qui devaient rester taboues ? Maintenant, tu es pressée que je lui parle ?
– Écoute... Au point où on en est... Déballons...
– Je vais me coucher.
– Évidemment, dès qu'on parle des choses qui t'emmerdent, tu tournes le dos. Tout le monde pense que c'est moi la méchante, si tu avais vu tout à l'heure comment la petite m'a parlé... Ça m'a fait froid dans le dos. En fait, je suis la méchante et toi le type qui fait rire... On pardonne beaucoup trop aux gens qui font rire. »
Fanny s'approche d'Antoine. La colère monte : « C'est toi qui mens, qui trompes, qui caches mais c'est à toi qu'on fait les plus beaux sourires parce que c'est toi qui as le charisme... ça a toujours été comme ça ! »
Antoine craque. La journée a été trop longue. Il a encore en travers de la gorge tout ce que Gabriel lui a balancé.
« Tu veux vraiment qu'on parle de ce qui m'emmerde, Fanny ?

– Tu n'es pas obligé de hurler pour que tout le monde t'entende.

– Ma fille n'a pas disparu, elle s'est barrée. J'en ai rien à foutre des autres, de ton chien avec ses colliers en velours et ses toilettes de nabot ! »

Fanny le regarde, sonnée par sa violence.

« Sophie, que ça ne te plaise ou non, est ma fille.

– Tu n'en sais rien.

– Tais-toi. Tu recommences avec ça et je me barre !

– Mais barre-toi !

– Je n'en peux plus de vivre comme ça.

– Tu as raison. Moi non plus. Je n'en peux plus. Je ne pense qu'à ça depuis vingt ans. »

Elle s'assoit de son côté du lit. Le vin lui tourne la tête. Elle ne se souvient plus si elle a pris un somnifère ou non. Elle les compte dans sa petite boîte à pilules. Combien y en avait-il ? Deux ? trois ? Elle aurait dû en acheter au marchand ambulant. Sa vie, ce soir, n'est que regrets. La petite enveloppe en cuir que lui a donnée le marabout repose sur sa table de nuit. Elle vacille entre rage et désespoir.

« Pourquoi tu ne m'as pas quittée ? murmure-t-elle, si bas qu'elle est certaine qu'il ne l'a pas entendu.

– Toi aussi tu aurais pu me quitter, lui dit Antoine, qui s'est allongé à sa place, la tête relevée par deux oreillers.

– C'est ce que tu attendais ? »

Silence. Antoine regrette. Il est tombé dans le piège. Il aurait dû se taire. Il ne sait que dire des mots qu'il ne pense pas et penser des mots qu'il ne sait pas dire.

« C'est trop facile, lui dit Fanny. Si tu veux partir... pars. »

Antoine met gentiment sa main sur sa hanche. Fanny tient la petite enveloppe en cuir noir.

« Qu'est-ce que c'est ? lui demande Antoine.

– Un cadeau. »

Antoine fait la grimace.

« C'est moche. Tu devrais le jeter... Allez, couche-toi ma chérie.

– Tu penses que le bateau familial est en train de couler ?

– Non, je pense que c'est vraiment l'heure de dormir... Je repars à l'aube.

– Je viens avec toi.

– Non, je préfère que tu restes avec Paul.

– Il est très bien ici... Avec les autres.

– On verra demain. Mais c'est loin. On sait où elle est... Je t'expliquerai. »

Antoine éteint.

Fanny sort sur le balcon prendre un dernier verre et regarder les étoiles.

28 décembre

62

Sur la terrasse du petit déjeuner, Gabriel aperçoit Fanny, seule à une table, sous la pergola fleurie, avec ses lunettes noires. Il s'approche.

« Asseyez-vous, lui dit gentiment Fanny, comme si elle voyait arriver un ami.

– Je ne veux pas vous déranger.

– Vous ne me dérangez pas. J'attends mon troisième café, sourit-elle. Ça ne vous dérange pas si je garde mes lunettes de soleil ? J'ai très mal aux yeux...

– Bien sûr... J'aurai dû penser à prendre les miennes. »

Pour s'asseoir en face d'elle, dos au jardin, Gabriel tire vers lui la chaise en fer forgé blanc qui fait un bruit désagréable en rayant le sol. Fanny fait la grimace.

« Excusez-moi, elles font toutes cet horrible bruit... Et depuis que nous sommes arrivés, j'oublie.

– Ils devraient mettre des patins.

– Sur des chaises de jardin ?

– Pourquoi pas ? Vous savez, cette mousse qu'on trouve... Enfin ce n'est pas très grave. »

Gabriel déplie et replie sa serviette puis se lance sans plus attendre dans le vif du sujet.

« Ils sont partis tous les deux à l'aube.

– Oui.

– Vous avez compris vers où ils sont allés ?

– Non. Ce n'était pas très clair… Je suis étonnée de vous voir d'ailleurs… Antoine ne m'a pas dit qu'il partait sans vous. Nous devions même partir ensemble. Enfin je l'avais suggéré et il ne m'avait pas dit non… Mais je me suis couchée trop tard et je ne l'ai pas entendu partir. Un peu trop de vin et pas assez de sommeil. En même temps, il n'a rien fait pour me réveiller. Je sais que c'est loin… Plusieurs heures de route. Sans moi… Sans vous. Juste tous les deux, en tête à tête. Franchement, au point où nous en sommes, ne nous gênons plus. Ce serait vraiment dommage qu'ils fassent des manières et s'encombrent de leurs époux respectifs ! Non ? »

Gabriel a un air pensif.

« Et vous ? Vous savez quoi ?

– Pas grand-chose non plus. Une chose est sûre, c'est qu'on sait que Sophie n'a pas disparu et qu'elle a même trouvé des endroits pour s'amuser… »

Gabriel sourit en repensant à la piscine à débordement dans le palais en marbre :

« Elle est hors danger alors… ?

– Oui. Je pense. En même temps, ce n'est pas toujours rassurant les enfants qui s'amusent. »

Fanny sourit, encore légèrement ivre de la veille.

« C'est vrai ce que vous dites. Un jour, Paul devait avoir 6 ans, nous étions en train de déjeuner entre adultes, invités chez des amis, vous savez ces longs déjeuners du dimanche, agréables, où on passe des heures à table à refaire le monde… Nos enfants jouaient à l'étage. Nos amis ont une grande maison et la chambre est vraiment au bout d'un long couloir… On les avait oubliés. C'est reposant parfois, d'oublier ses enfants.

– Oui, abonde Gabriel, avec un petit sourire.

– Ce calme n'a pas duré longtemps… Du salon, je vois une petite fille, Marie, venir prendre de l'eau dans une carafe de dînette, suivie des autres qui venaient tous remplir avec le robinet de la cuisine des tout petits récipients. Au début, je ne faisais pas attention plus que ça, ravie que Paul s'amuse avec toutes ces filles, mais la course des enfants s'accélérait alors je me suis levée et j'ai demandé à mon fils : "Vous faites quoi, Paul ?" Il m'a fait des yeux fuyants, et Marie lui a donné un coup de coude et m'a répondu à sa place avec un air pincé : "On s'amuse !" Paul avait l'air d'avoir repris ses esprits et il a répété : "On s'amuse, maman..." Il a eu une intonation qui ressemblait à une supplication, qui m'a mis la puce à l'oreille. Alors je suis montée dans la chambre et figurez-vous qu'il y avait des flammes d'un mètre au moins qui consumaient le rideau. Les enfants pensaient pouvoir l'éteindre avec le service de dînette ! "On s'amuse", "On s'amuse", disaient-ils. »

Gabriel rit.

« Alors, vous avez bien raison. Toujours se méfier des enfants qui s'amusent.

– À propos, les enfants ? Paul ? Chloé ? Ils sont réveillés ?

– Je n'ai vu personne. Mais je crois qu'ils se sont rencontrés et que ça ne se passe pas mal.

– Ah bon ?

– Oui. Je les ai vus discuter hier. Et puis, il y a votre beau-père, tout à fait charmant, qui fait sa gymnastique au bord de la piscine et qui organise des grandes battues pour retrouver sa petite-fille.

– Ah bon ?

– Oui, demandez-lui qu'il vous raconte. C'était épique hier à l'hôtel !

– Avec lui aussi, il faut se méfier quand il s'amuse ! Il a beaucoup d'imagination et rien ne l'arrête.

– Les enfants ont l'air de l'adorer.

– Oui, parce qu'il les adore aussi. C'est un grand-père extraordinaire. »

Gabriel appelle le serveur pour commander un café, des croissants, des œufs, du pain grillé avec de la confiture.

« J'ai une faim de loup. Il me semble que ça fait trois jours que je n'ai rien mangé. En fait non ce n'est pas vrai, hier en attendant la voiture j'ai goûté au plat national... Délicieux. »

Fanny sourit, puis demande au serveur la même chose.

« C'est vrai que ça creuse, tout ça !

– Vous avez un programme aujourd'hui ?

– J'ai perdu mon chien, lui dit-elle, la voix voilée par la tristesse.

– Comment ça ?

– Je ne sais pas. Il était là et puis il a disparu.

– Vous avez cherché aux alentours ?

– Oui. Hier soir pendant deux heures et encore ce matin. Tout le monde est prévenu. Je suis inquiète parce qu'il y avait beaucoup de monde hier ici dans le jardin, je me dis qu'on l'a peut-être volé.

– Mais non, ils ne volent pas les chiens ici. Vous avez vu des gens se promener dans la rue avec un chien en laisse ? Ils font partie du paysage mais ils n'appartiennent à personne.

– C'est ce que m'a dit Antoine.

– Ah ! il ne dit pas que des conneries alors ! »

Fanny sourit.

« C'est peut-être une affaire de religion.

– Quoi ?

– Le fait qu'ils n'aient pas de chiens.

– Je pense que c'est culturel... Ils n'ont pas la même culture de la propriété privée. Il y a un rapport à la possession très différent de chez nous, comme si rien ne leur appartenait du monde extérieur... Comme s'ils avaient la conscience aiguë que nous vivons sur une terre empruntée. C'est peut-être ça, leur secret du bonheur. Le lâcher-prise.

– C'est vrai », lui répond Fanny comme si elle avait aperçu une lueur passer sous sa porte jusqu'ici dissimulée dans la nuit noire.

L'infime, mais réel espoir de pouvoir changer ce quelque chose en elle. Trouver le moyen de lâcher prise sans s'autodétruire.

« Mais ne vous inquiétez pas, vous allez le retrouver », lui dit Gabriel avec douceur.

Les mots et la voix de Gabriel ont quelque chose de très rassurant.

« J'espère vraiment... de tout mon cœur.

– Je n'ai jamais eu de chien mais j'imagine...

– Non, on n'imagine pas à quel point on s'attache, à quel point on peut aimer un animal... Vous savez, c'est doux d'aimer un être qui ne vous fait jamais aucun mal.

– Peut-être. Mais je ne suis pas un homme à chien, ni à chat d'ailleurs.

– Je comprends aussi.

– On va vous changer les idées. On peut sortir de l'hôtel et essayer d'aller déjeuner quelque part. Au lieu de rester ici à attendre avec des adolescents qui ne veulent pas de nous et des époux en fuite ! »

Fanny est ravie de la proposition.

« Oui. C'est très bien mais j'ai une petite course à faire. J'attendais Djibril, vous savez, l'homme à tout faire, il doit m'accompagner mais apparemment il y a un problème avec la voiture de l'hôtel.

– Ah ! je vais leur dire que j'ai rencontré un supergaragiste. Pas sûr qu'il répare bien les voitures. Mais c'est un passionné et il y met beaucoup de bonne volonté. Il est très, très sympathique.

Je le sais, j'ai passé une grande partie de la soirée avec lui. J'ai récupéré la voiture juste au moment où je n'espérais plus rien. D'ailleurs, elle est garée dans la cour, je peux vous emmener faire votre course. C'est loin ?

– Je ne pense pas.

– Parfait, parce que je pense quand même qu'il faut éviter les longues distances. Mais le moteur ne fume plus... C'est déjà ça ! »

63

L'émerveillement : quel bonheur d'apprendre qu'il ne meurt jamais ! René a passé une nuit divine. Il a parlé une grande partie de la nuit avec Soukeyna, puis ils ont dansé sur une musique envoûtante qui parlait d'amour. Soukeyna lui traduisait les paroles qu'elle connaissait par cœur. Ça faisait au moins trente ans qu'il n'avait pas dansé un slow et ne s'était pas intéressé aux paroles d'une chanson.

Avant de se quitter, ils se sont embrassés. Tout doucement, juste la sensation de ses lèvres sur les siennes. Un baiser furtif, mais prometteur, qui est venu réveiller des émotions enfouies. Des sentiments intacts, sans une ride. Il se sent immortel.

Avec cette femme, tout est à vivre. Il veut profiter au mieux de l'instant présent. C'est merveilleux d'avoir son âge et de ne pas avoir à se soucier des contraintes de l'amour. Il sent depuis ce matin qu'il amorce la plus belle période de sa vie. Il n'y a pas d'enfant à faire, de parents à satisfaire ni de carrière à construire. Il est libre comme l'air !

Il a déjà fait deux grands tours au pas de course sans se laisser ralentir par la chaleur. Il regarde droit devant lui pour ne pas se laisser distraire par la beauté des fleurs qui embaument le jardin. Tout appelle à la paresse, les petits recoins bien choisis où l'on a déposé un banc à l'ombre des arbres, les oiseaux qui marchent à pas lents, cherchant une miette de pain oubliée, et son cœur débordant de tendresse qui préférerait qu'il flâne pour rêvasser en paix.

Il commence son troisième tour par l'allée principale, qui va jusqu'à la maison du Parisien. Ce matin, à la fin de son premier tour, il a entendu, pure coïncidence, le même air de musique que celui sur lequel Soukeyna et lui ont fait plus ample connaissance hier soir.

Les fleurs aux couleurs vives lui font penser à Soukeyna. Cette nuit, trop heureux pour dormir, il a fait des allers-retours entre son fauteuil sur le balcon pour admirer la Lune et son lit qui lui refusait le sommeil, à se remémorer chaque instant passé avec elle. Chaque minute contient des centaines de souvenirs. Il redessine de mémoire chaque détail de ses robes. Elle prend un tel plaisir à sa toilette que la voir arriver est un spectacle chaque fois. Mais ce n'est pas seulement cette féminité, dont elle abuse presque en laissant ses hanches se balancer de gauche à droite comme si elle esquissait chaque fois qu'elle se déplace des pas de danse, qui lui plaît tant. Il y a ce rire, cette force, cette dignité accentuée par son port de tête altier et son intelligence concrète si adaptée à la vie, qu'à ses côtés il ne peut être qu'heureux.

René finit son tour avec des enjambées de plus en plus dynamiques. Il a l'impression de ne faire aucun effort. Ce matin, il n'a même pas eu recours à la potion du marabout. Ouly l'appelle de loin : on l'attend au téléphone.

Il est obligé de faire un grand détour pour ne pas passer devant le manguier. Ce matin, il a entendu l'oiseau au cri de singe et n'a aucune intention de se prendre sur les épaules la merde du jour.

Il n'a pas croisé sa fille ce matin et craint qu'elle soit un peu fâchée. Hier soir, en montant se coucher, il l'a trouvée pensive, affalée dans un fauteuil. Elle ne lui a pas dit depuis combien de temps elle était là, mais le reproche dans ses yeux indiquait qu'elle avait sûrement entendu des bribes de sa conversation avec Soukeyna. Ils n'avaient pas évoqué la pluie et le beau temps. Ils avaient parlé d'amour. Il avait dû noircir un peu son mariage avec la mère de Virginie, comme à la naissance d'un nouvel amour on a cette fâcheuse tendance à dénigrer les amours passées. Il n'y a rien de tel que l'amour pour faire table rase.

Virginie accorde trop d'importance aux mots, depuis qu'elle est enfant. Elle a toujours écouté aux portes pour être sûre de connaître la vérité sur tout. Difficile de lui faire entendre que souvent cette dernière se situait ailleurs.

Il a dû insister pour qu'elle l'accompagne jusqu'à sa chambre. Après un silence gênant, Virginie lui a dit, comme s'il était un petit garçon : « Tu bois du whisky maintenant ? »

Et lui s'était mis à bégayer et avait répondu : « Juste un petit... Et je n'ai pas fini mon verre. »

Elle n'a pas eu besoin d'en dire plus pour qu'il comprenne que cette intimité avec Soukeyna ne lui avait pas plu. Il sentait dans son silence le reproche, mais la crainte aussi, celle de le perdre pour quelqu'un d'autre. C'était tellement plus simple de ne pas avoir à le partager. Elle l'aimait, c'est sûr. Comme un vieux tableau qu'on adorait dans une maison de famille, qu'on ne regardait jamais, mais qu'on voulait garder.

Peut-être est-ce elle qui l'appelle pour s'excuser ? Virginie adore demander pardon. Elle ne supporte pas qu'on puisse rester sur un malentendu, ne serait-ce que quelques heures. Elle sait que cette bouderie est déplacée. Virginie est un être gentil qui souhaite par-dessus tout le bonheur de chacun.

Il est maintenant debout à la réception, le téléphone encore dans les mains. Abasourdi. Heureux. Ému. Décidément, c'est sa journée. Les astres font la fête au-dessus de sa tête et l'invitent à leur table. Il boirait bien un peu de champagne. Il a envie de sauter à pieds joints. De danser.

Que demande le peuple ? Il est au mieux de sa forme, galvanisé par ses sentiments naissants, dans cet hôtel merveilleux, entouré de gens délicieux, et maintenant ça.

La voix de sa petite-fille !

Pas une voix consciente de la folie dans laquelle elle a entraîné tout le monde, non, une voix qui porte toute l'insouciance de ses 20 ans.

Grâce à sa petite-fille, il a été arraché à l'ennui du quotidien et a retrouvé l'envie d'aimer. Sophie a mis en scène et misé le tout pour le tout. Disparaître, quelle idée de génie !

Que ceux qui m'aiment prennent l'avion ! a-t-elle crié silencieusement. René ignore si tout le monde sera de son avis mais il sait qu'il a raison. Sophie a réussi en quelques jours ce qu'aucun d'eux n'a réussi en vingt ans. Elle a changé la musique. Et de surcroît, ils se souviendront tous de ce qu'ils ont vécu ici, à Dakar, entre Noël et le Jour de l'an.

Et en plus, l'aventure n'est pas finie, elle ne fait que commencer !

« Vous avez reçu de bonnes nouvelles ? lui demande Soukeyna.

– Très. Vous savez où est ma fille ?

– Djibril m'a dit qu'elle était partie très tôt ce matin. Juste après la prière. Avec le père de Paul.

– Ah ! et vous savez quand ils rentrent ?

– Ils n'ont rien dit.

– Très bien. Moi aussi j'ai promis de ne rien dire. Mais quand même il faudrait que je dise quelque chose. J'aurais besoin de quelques conseils.

– Dites-moi.

– Voilà... »

René se lance dans un long récit sur sa petite-fille et sa fille.

Il se sent pris dans un conflit de loyauté. Sa petite-fille l'a appelé pour lui demander de la rejoindre, parce qu'il sait garder des secrets - et qu'elle a besoin d'un peu d'argent, bien sûr. Et, en même temps, il doit rassurer sa fille sans qu'elle prenne ombrage du fait que Sophie ne l'ait pas appelée, elle. Virginie est habituée à être la reine du royaume de Sophie, comme un pacte passé à sa naissance pour la protéger contre l'adversité, et elle tient à ce privilège.

Soukeyna l'écoute avec attention et lui conseille vivement d'appeler sa fille et de lui expliquer les choses comme il vient de le faire, avec sincérité. Il est son père et elle doit l'écouter. Sans attendre, elle lui tend son portable.

« Vous pouvez l'appeler avec mon téléphone... Elle a WhatsApp ?

– Pardon ?

– Vous savez, l'application pour appeler par Internet.

– Non, je ne sais pas.

– Donnez-moi son numéro. »

La tonalité retentit mais personne ne décroche.

« Elle a WhatsApp mais elle n'est pas connectée. En même temps, ça dépend où elle est. Il faut qu'elle ait Internet. »

René lui montre un papier sur lequel il a écrit l'adresse que lui a donnée Sophie.

« C'est loin, ça ?

– C'est à côté d'un village que je connais bien. Oui c'est loin. Il faut y aller en train. Ma famille habite tout près.

– Eh bien c'est parfait !

– Pourquoi ?

– Il faut que j'y aille. Je dois porter quelque chose à ma petite-fille.

– Vous ne voulez pas attendre de prévenir la maman ?

– Comment voulez-vous qu'on fasse ? Ils n'ont pas Internet ! Ils font comme si on n'était pas là. On va faire pareil. Mais nous, comme on est sympas, on va laisser un mot. Je vais dire aux enfants de se préparer et c'est parti pour l'aventure !

– Je peux vous accompagner...

– Je n'osais pas vous le demander », dit-il en posant sa main sur son cœur.

Soukeyna a l'air ravi.

« Et les autres ? Vous êtes sûr, on ne les attend pas ?

– Ils sont partis comme d'habitude, la tête dans le guidon. J'ai essayé de leur parler mais ça fait longtemps qu'on ne m'écoute plus. Vous comprenez, ils n'ont pas le temps !

– Bon, il faut quand même que je m'organise un peu...

– Prenez le temps qu'il vous faut, de toute façon, vous serez toujours plus rapide que Chloé ! Je cours la réveiller ! »

64

Impossible de trouver une place. Gabriel attend au volant de la voiture devant un étalage de jouets fabriqués en Chine. Le marché, en cette fin de matinée, bat son plein.

Quand il a arrêté la voiture, les vendeurs ont immédiatement fondu sur eux, gênant l'ouverture des portes. Il a suffi à Djibril de crier quelque chose en wolof pour que la portière de Fanny se dégage. Elle lui avait à nouveau proposé de le rejoindre plus tard, en taxi, pour ne pas le faire attendre, mais il était hors de question qu'il l'abandonne dans un chaos pareil. Elle paraissait soulagée de le savoir là et a promis qu'elle ferait vite. Gabriel ne l'a pas questionnée sur sa course mystérieuse mais, avant de descendre de la voiture, Fanny lui a dit d'elle-même qu'elle lui expliquerait plus tard. Il l'observe s'éloigner d'un pas léger avec Djibril, qui éclate de rire à l'une de ses remarques. *Cette femme est très drôle*, se dit-il. Elle a un humour anglais, qui ne provoque pas forcément un rire immédiat mais vous atteint par surprise et vous fait sourire encore longtemps après. Elle disparaît au détour d'une ruelle. Gabriel est content de la sentir moins triste. Dans ce marché aux couleurs vives, disparaissant le sourire aux lèvres, elle ne ressemble plus à ces grands albatros échoués sur la plage après une marée noire. La facilité avec laquelle elle s'est livrée à lui ce matin, l'entrain avec lequel elle a sympathisé avec Djibril sont la preuve qu'elle souffre de sa solitude. Le chagrin, l'humiliation et la honte l'ont conduite à se replier sur elle-même, comme une pestiférée. Il a l'intuition qu'elle a pris l'habitude, pour conserver la tête haute, de tout garder pour elle. Il doit faire attention à ne pas briser ce fil d'amitié ténu et inespéré qui se tisse entre eux. Elle s'est abandonnée à lui facilement, sans doute parce qu'elle a pensé qu'il comprenait son désarroi. En réalité, Gabriel a confiance en l'amour et en Virginie. Malgré ses réticences, il veut se rapprocher de Fanny : il sent que c'est crucial pour la paix de sa famille. Les armes doivent tomber. La nuit a porté conseil et il n'a que cette mission en tête depuis ce matin. Prenant exemple sur le garagiste-Pr Tournesol dans son terrain vague, il veut essayer de trouver la pièce manquante et espère qu'elle n'est pas trop rouillée par le temps et les larmes. La haine entre Virginie et Fanny est un poison qui ne se distille pas seulement dans leurs cœurs à elles, mais aussi dans celui des enfants et le sien. Gabriel est persuadé que ces deux femmes, malgré les apparences, ont des choses en commun et ne peuvent que s'entendre. Il a échoué à mettre fin à cette guerre avec Antoine, parce qu'il a trop cultivé leur rivalité. Mais avec Fanny, il veut essayer de trouver la bonne clé, celle de la paix, pour donner du sens à ce voyage. Fanny et Virginie sont d'une honnêteté rare. Dans d'autres circonstances, elles auraient pu devenir amies. Le seul bémol est d'avoir aimé le même homme en même temps.

Il attend depuis quinze bonnes minutes déjà, en essayant d'ignorer les marchands qui l'interpellent sans relâche.

Il fait l'erreur de regarder quelques secondes de trop une ceinture avec une boucle incrustée de brillants, se demandant qui porte des choses pareilles. Le visage du vendeur s'éclaire : « Monsieur, une belle ceinture pour les fêtes ! Pour plaire à ta gazelle ou pour aller danser ! Tu as le sourire de l'homme qui danse. C'est la fièvre du samedi soir, chef, tu seras le roi de la piste avec ta belle ceinture. »

Le vendeur se met à imiter parfaitement John Travolta. Les autres s'éloignent pour lui laisser de l'espace, l'un d'eux chante et tape des mains pour l'accompagner : « *Ah, ha, ha, ha, stayin' alive, stayin' alive...* »

Il ne manque plus que la piste lumineuse ! En quelques secondes, un attroupement se forme autour du danseur, qui semble avoir oublié qu'il voulait vendre une ceinture.

Fanny arrive juste à temps avec Djibril qui tire un énorme mouton, suivi par des porteurs, les bras et la tête chargés de courses plus étranges les unes que les autres. Que fait-elle avec cette cage remplie de poules ? Gabriel, sans essayer de comprendre, sort de la voiture pour leur ouvrir le coffre. Djibril peine à faire monter à l'intérieur la bête qui résiste. Il tire, Gabriel pousse l'arrière-train du mouton et, enfin, l'animal se décide à entrer.

Ce voyage n'a décidément plus ni queue ni tête.

Fanny se tient devant le marabout.

Gabriel est resté dehors avec le mouton. À ses pieds, des sacs de riz, que Djibril a déposés avant de repartir à l'hôtel, où sa patronne l'attend, et une immense cage pleine de poules qui se battent en laissant les plumes s'accrocher au grillage. Gabriel donne de petits coups sur les côtés pour qu'elles arrêtent de se crêper le chignon mais le résultat n'est pas fantastique, au contraire ça a l'air de les exciter.

Le marabout est assis sur une natte en plastique, il finit son repas. Au son de la voix de Fanny, la gêne s'empare de lui. Il ne pensait pas qu'elle débarquerait à l'improviste. Il espère que le chien continuera à dormir. Il comptait justement appeler Djibril pour lui dire de récupérer cette bête qui ne lui convient pas du tout. Il ne peut rien en faire. Même les Mandingues, les marchands du marché de Tilène qui lui vendent de quoi préparer ses grigris (mains de singes, têtes de crocodiles, queues de serpents, caméléons et pénis séchés de lions...), n'en veulent pas : le comportement humain de ce petit chien les impressionne, ils ne peuvent pas le sacrifier. Le marabout est persuadé que les toubabs, à force de le serrer contre leur cœur, lui ont donné un bout de leur âme et l'ont investi d'un pouvoir redoutable.

« Je vous ai acheté des poules, un mouton, vingt kilos de riz, j'ai arraché les cheveux de mon mari alors qu'il sait exactement combien il en a, il les compte tous les matins. Vous pensez que je peux obtenir des résultats ? le questionne Fanny.

– J'ai fait des sacrifices. Hier, je n'ai pas dormi, j'ai prié pour vous. Je ne suis pas le seul à décider... Allah est grand et nous joue parfois des tours.

– Mais vous êtes sorcier.

– Ah non ! Madame, ne m'attirez pas la malédiction, je ne suis pas sorcier, je suis marabout ! »

Fanny lui jette un regard méfiant. Elle trouve insupportable d'être là, dans ce salon sombre, à attendre un miracle. Elle qui a toujours été quelqu'un de rationnel ne sait plus vers quoi se tourner. Elle a réussi - difficilement - à se procurer trois cheveux d'Antoine avec leur racine, il faut bien que ça serve à quelque chose.

« Si tu veux que je t'aide, il ne faut pas que tu te méfies de moi. Si tu aimes l'huile, il ne faut pas tuer le coupeur de noix. Tu fais les choses sans y croire et tu rends les autres responsables de tous tes malheurs. Mais tu te trompes si tu crois que tu es faible. Tu es un roseau qui plie mais ne rompt jamais. Tu dois faire confiance à ta force. »

Silence. Fanny se retient de pleurer. Personne ne lui a jamais dit une chose pareille mais les mots du marabout résonnent en elle comme une vérité.

« Mon mari est parti ce matin.

– Je sais. Avec l'Autre.
– Oui.
– C'est pour ça que tu es ici.
– Oui... Je vous ai apporté des cadeaux pour les fêtes.
– Où sont ses cheveux ? »

Fanny lui tend une petite enveloppe en cuir. C'est vrai qu'elle est moche. Elle espère que le marabout n'a pas créé une poupée à l'effigie d'Antoine et prévu d'y planter des aiguilles. Elle se sent tout à coup déloyale de faire cet échange dans le dos de son mari.

« Vous ne lui ferez pas de mal ? demande-t-elle, prise de remords.
– J'ai fait le nécessaire, mais c'est l'amour qui décide. »

La jeune épouse du marabout s'approche de Fanny sans faire de bruit et lui glisse à l'oreille : « Tout à l'heure, je te donnerai l'huile des inséparables. Appliques-en sur tes parties intimes avant l'amour. Ton homme restera. »

Fanny est subitement découragée. Elle veut bien donner un petit coup de pouce au destin, mais avant tout elle veut que ce soit aussi le choix d'Antoine.

« Bintou, laisse-nous travailler... »

La jeune femme disparaît aussi sec, emportant l'assiette vide de son mari à la cuisine.

Il n'a pas entendu les mots qu'elle a murmurés à l'oreille de Fanny, mais il se demande s'il n'est pas l'arroseur arrosé : ses épouses ont-elles consulté des marabouts bien plus puissants que lui ? Il a toujours eu des doutes sur cette maladie qui l'a rendu aveugle juste après son second mariage... Il doit se reposer. Si les pensées l'assaillent, il ne trouvera jamais la paix. Il lance une dernière fois ses cauris sur le tapis.

« Madame Fanny, je vois qu'il n'y a pas seulement ton mari qui a fui.

– Mon chien...
– Oui je le vois... Un chien qui est comme ton fils.
– Non. Personne n'est comme mon fils, lui répond sèchement Fanny.
– Ah ! je suis heureux de te l'entendre dire. Parce qu'il reviendra vers toi à une seule condition, c'est que tu lui redonnes sa place d'animal. Ce chien ne peut pas manger dans ton assiette et ne doit pas dormir sur ton lit... Surtout, ne le laisse pas dans ta chambre quand tu n'es pas là. »
Le marabout a décidé de lui faire rapporter le chien. C'est sa façon de remercier cette femme qui lui a apporté tous ces présents mais aussi une manière de soulager la femme de chambre, qui ne perdra pas son travail. Les ingrédients les plus difficiles à trouver ne sont pas ceux qu'on se procure au marché de Tilène mais les précieux conseils qui arrivent à trouver bon entendeur. Quelques mots magiques pour dissiper la peur des uns à l'égard des autres. La peur, cet ennemi féroce que tout le monde essaie de combattre.
Fanny fait quelques pas vers la porte puis se retourne vers le marabout pour lui demander de lui rendre les cheveux de son mari.
L'aveugle sourit et lui serre longuement la main. Les femmes ont en elles, se dit-il, surtout dans ces choses de l'amour, des dons de clairvoyance qui dépassent les siens.

65

Le chauffeur est un véritable pilote de rallye. La route, mélange de macadam et de piste, est épuisante. Nous avons traversé des kilomètres de paysages plats parsemés de filaos, les sapins de l'Afrique comme nous l'a indiqué le guide. Et puis le paysage change, nous traversons des villages et des kilomètres de routes longées par des arbres spectaculaires. Les deux fenêtres de devant sont grandes ouvertes et laissent entrer des flots de poussière rougeâtre. Je demande à Antoine de remonter sa vitre.

« Il fait une chaleur de bête ! Je ne comprends pas pourquoi il n'y a pas la clim dans ce machin. »

Le chauffeur ralentit pour laisser passer une vingtaine de moutons. Un homme au teint clair, le visage enturbanné dans un bleu touareg, guide le troupeau. Parmi les bêtes, on distingue un énorme mouton.

« T'as vu le bestiau ! Je n'ai jamais vu ça, on dirait un veau, crie Antoine.

– L'éleveur va devenir très riche. C'est un Mauritanien. Tout le monde va lui acheter des moutons pour la fête, lui lance notre guide, qui a aussi l'air très impressionné par la taille de l'animal.

– Il va où comme ça ?

– Il marche jusqu'à Dakar, c'est la bonne période pour lui parce qu'en période de Tabaski il n'y a pas de taxe sur le mouton.

– Vous aussi, vous faites la fête du mouton ? lui demande Antoine.

– Oui, tout le monde fête la Tabaski ici.

– C'est quoi le principe de cette Tabaski, lui demande Antoine. C'est une fête religieuse ?

– Oui. »

Un trou dans la route nous fait tous rebondir. Ma tête touche légèrement le toit en mousse grise. Le chauffeur s'en sort comme un chef en faisant tourner le volant d'une seule main ; on dirait que c'est un jeu pour lui. Après quelques mètres de silence, il poursuit :

« Dieu a demandé à Abraham d'égorger son fils pour prouver sa foi, sa fidélité à lui. Abraham, en bon serviteur, est parti prendre un couteau pour tuer son fils dans la nuit, pendant qu'il dormait...

– Il était somnambule ?

– Pendant que le fils dormait.

– Ah !

– Mais au moment où la lame allait toucher son cou... un mouton, sorti de nulle part, a pris sa place pour épargner une vie humaine.

– Mais alors, pourquoi on tue les moutons maintenant ? lui dis-je. Il faudrait plutôt les mettre à l'honneur.

– C'est la symbolique, dit-il en riant.

– Nous sommes surtout de sacrés barbares, lui dis-je.

– Ce n'est pas moi qui vais me plaindre il n'y a rien de meilleur qu'un bon méchoui ! nous dit Antoine.

– Tu devrais venir chez nous avec la famille. Pendant que certains font leur pèlerinage à La Mecque, ici tout le monde les accompagne en sacrifiant le mouton et on fait le méchoui, on achète les habits neufs pour les enfants et toute la famille. Ça coûte beaucoup... Mais chacun son sacrifice et Dieu nous le rendra.

– C'est bien, la confiance règne », lui dit Antoine.

J'ai les cheveux et le visage couverts de poussière. L'impression d'en avaler par pelletées.

« C'est encore loin ?
– Pas trop.
– Pourquoi vous quittez la route ?
– Je dois m'arrêter au village pour l'essence. »
La voiture se gare devant une pompe à essence qui date des années 1960. Je prie pour qu'elle fonctionne. Miracle ! Le compteur tourne. Jusqu'ici tout va bien. On ne perdra pas trop de temps. Antoine aperçoit une affiche publicitaire sur le mur d'un petit commerce : « Traitement du cheveu. Repousse immédiate ».
« Je vais chercher à boire.
– Je viens avec toi, lui dis-je.
– J'en ai vraiment pour deux minutes. Je te prends de l'eau ?
– Une bière !
– Et vous, chef ?
– De l'eau, ça va. Merci. »
La petite baraque est sombre. Antoine cherche des yeux le fameux produit. Il le pointe du doigt avec nonchalance, cachant son excitation, et interroge le vendeur : « Ça marche, votre truc ? J'ai oublié mon traitement ce matin. »
Le vendeur lui tend le produit.
« Oui, si tu l'appliques bien, tes cheveux vont repousser en pagaille. »
Antoine regarde la notice. Il s'applique le produit sur la tête en se massant le crâne. Le vendeur le regarde en souriant :
« C'est l'oiseau qui a bouffé ton cheveu ?
– Non, c'est l'âge. »
Le vendeur regarde Virginie, qui attend appuyée contre la voiture.
« Les toubabs que je vois passer ici avec des jeunes gazelles comme la tienne... ils n'ont plus de cheveux. Alors il faut faire attention patron et ne pas être trop gourmand ! »

Antoine sort sans rien dire. Le vendeur lui crie par la fenêtre : « Tu as raison, elle est très jolie, ta gazelle ! »

Antoine s'approche de moi. Il fait une tête bizarre et ses cheveux frisottent sur l'avant. Je lui demande ce qu'il s'est mis sur la tête.

« Ben, rien, de l'eau. J'ai chaud. J'ai peur de faire une insolation. Tu devrais faire pareil. »

Nous arrivons enfin au bout de notre périple. Encore quelques mètres à pied pour rejoindre la pirogue. Nous sommes finalement arrivés, accompagnés par un envol de flamants roses, dans un endroit qui semble reculé de toute civilisation. Au bord de la mer, devant l'embarcadère de la pirogue, attendent à notre grand étonnement une soixantaine de touristes. Le club de vacances se situe sur l'île en face, nous explique le guide. Je suis épuisée. Le départ est prévu dans vingt minutes. J'en profite pour acheter des bananes et des arachides enveloppées de sucre.

Dans la pirogue, j'essaie de ne pas toucher le sol, recouvert d'une dizaine de centimètres d'eau stagnante. Je relève mes jambes et cale mon dos sur celui d'Antoine pour ne pas perdre l'équilibre. Antoine est très silencieux. Je n'ose pas lui demander à quoi il pense. Le guide lui parle. Antoine acquiesce, les yeux dans le vide. Ses cheveux frisent de plus en plus sur le haut de son crâne, c'est étrange mais je ne dis rien. Le guide essaie de nous faire la conversation mais notre cœur n'y est plus.

« Encore vingt minutes et après vous retrouvez votre fille ! » me dit-il, essayant de mettre un peu d'entrain dans notre expédition.

La pirogue avance sur la mer dans la lumière de fin d'après-midi. J'essaie d'imaginer ma fille dans ce périple. À quoi pensait-elle ? Elle a presque l'âge que j'avais quand j'ai rencontré son père.

Les gens qui nous entourent sont bruyants. Ils ont sorti leur téléphone pour prendre en photo le soleil qui décline.

L'arrivée est brutale. Je ne m'imaginais pas un endroit pareil dans un lieu si reculé. Où sont passés les paysages de forêts de baobabs, de parterres de coquillages et de routes sableuses avec la mer au loin ? Nous posons les pieds sur une île uniquement consacrée au village de vacances pour Occidentaux.

« Suivez-moi », nous dit le guide.

De toute façon, c'est la seule chose à faire. Le suivre et ne surtout pas le perdre. Nous traversons le village de vacances. Un client et sa femme nous arrêtent : « Vous venez d'arriver ? Vous jouez au bridge ? »

Antoine les regarde sans répondre. Le client lui donne une bonne tape familière dans le dos. Antoine gonfle sa cage thoracique comme un taureau en colère. Je pose ma main sur son bras.

« Allez, haut les cœurs ! Bienvenue *in Africa* ! » lui lance l'homme sans aucune conscience du danger qui le guetterait si je n'étais pas là pour calmer Antoine. Le couple, habillé en tenue de plage un peu vulgaire, disparaît en dansant. Le cauchemar.

Notre guide, plus loin, discute avec quelqu'un à la réception qui lui glisse une enveloppe. Il n'a pas l'air content. Il nous pointe du doigt en s'énervant en wolof. On y croit encore. Le guide s'énerve pour qu'on s'occupe de nous. C'est ça. On s'approche rapidement de la réceptionniste qui nous fait signe. Le guide s'éloigne. Un groupe de danseurs en costume de cérémonie tribale traverse l'immense hall d'entrée. Un homme sans regard avec une coiffe immense cousue de perles et de raphia tourne la tête vers moi. Où est notre guide ? Je suis prise de panique. Cet endroit sans lui n'a aucun sens. C'est lui qui sait où est Sophie. Je m'appuie sur le bras d'Antoine pour ne pas m'écrouler.

Le comptoir est décoré pour les fêtes de fin d'année. « Joyeux Noël » en lettres d'or. « Bonne année » en lettres d'argent. Des boules. Des guirlandes en synthétique. Combien de tonnes de ces décorations affreuses arrivent de Chine par cargo et se déversent aux quatre coins du monde ?

Une soirée karaoké en habits parme et blanc est annoncée sur le cadran lumineux. Antoine se débat avec une femme qui ne comprend rien à ce qu'il dit. Elle appelle un collègue pour nous aider.

« Où est notre guide ?

– Sous quel nom est votre réservation ?

– *Donde esta el guido ?*

– Pourquoi tu lui parles comme ça ?

– J'essaie de me faire comprendre.

– Tu lui parles espagnol ? On est en Afrique !

– Non, on n'est plus dans aucun pays, là ! »

Il regarde la réceptionniste en la fusillant du regard.

« Notre fille, Sophie Berger. Regardez dans vos arrivées, elle doit être arrivée ici le 24. Berger, B-E-R-G-E-R, lui épelle-t-il avec énervement.

– Prenez déjà votre chambre, après on s'occupe de votre problème. On peut vous donner au même prix qu'une single la suite nuptiale vue sur la mer...

– Quelle chambre ?! Madame, je vous explique... »

Les larmes me montent aux yeux, je tire Antoine par la manche.

« Elle n'est jamais venue ici Antoine. On s'est fait avoir !

– Mais non !

– Mais si. Et je ne sais pas si tu te rends compte où on est. Le guide a disparu... On n'est nulle part. »

66

Gabriel a croisé Ouly, qui lui a résumé la situation en quelques mots : Sophie qui a appelé son grand-père, René qui est parti la retrouver, en train. Il s'est installé à l'ombre près de la piscine sur un grand lit d'extérieur. Il peut enfin se reposer. Sophie est bien saine et sauve. Rien d'étonnant à ce qu'elle ait appelé René. Ses petites-filles le considèrent comme un héros. Il fait passer les parents pour des vieux cons qui répètent inlassablement les mêmes choses mais qui n'entendent rien. Un coup de fil et René n'a pas hésité une seule seconde. Ce qu'Ouly n'a pas su dire à Gabriel, c'est si Virginie et Antoine ont eu l'information ou s'ils sont partis dans une tout autre direction. Lui ne peut rien faire d'autre qu'attendre. Attendre qu'on l'appelle si on a besoin de lui.

Fanny rapproche un transat et sort de son sac une cigarette roulée.

« C'est un remède du marabout pour calmer les nerfs. Pour dormir... Ça remplace soi-disant les somnifères... Un mélange de plantes d'ici. »

Gabriel lui prend la cigarette des mains et la renifle.

« C'est bien, comme remède. Ça ne sent pas tout à fait le cannabis mais je pense qu'on n'en est pas loin. »

Fanny la met entre ses lèvres et l'allume. Elle tire une taffe.

« Ne dites pas de bêtises. »

Elle la tend à Gabriel, qui tire sur la cigarette.

« Il ne s'est pas moqué de vous, votre copain le marabout. Alors racontez-moi, le marché, le lait au creux des arbres, les poules... »

Fanny rit.

« Ne riez pas, racontez-moi, ça m'intéresse beaucoup.

– Trois arbres entrelacés symbolisent les trois grandes croyances. Les Sénégalais pratiquent plus ou moins d'anciennes croyances par des petits remerciements ou demandes de protection en versant du lait au pied d'un arbre, au pied d'un baobab surnommé la “maison des esprits”. C'est quand même fascinant, un peuple entier qui croit en quelque chose. C'est rassurant. Tout est sacré chez eux.

– Ça doit être doux de vieillir ici, lui répond Gabriel, le sourire aux lèvres.

– Oui enfin, malheureusement les contes de fées n'existent pas.

– Tant mieux, j'ai horreur des contes de fées, dit-il en tirant sur la cigarette. J'espère vraiment que les enfants ne vont pas débarquer.

– Apparemment non. Votre beau-père a repris les commandes.

– C'est pas plus mal.

– Vous savez pourquoi ici ils respectent les vieux ?

– Parce qu'ils ont la place de les accueillir...

– Pas seulement. En Afrique, traditionnellement, les vieux détiennent le secret de la fabrication des objets fétiches. Ils sont, d'après ce que m'a raconté Soukeyna, tous capables de sorcellerie. On craint les vieux et donc on les respecte. Les vieux deviendront bientôt les ancêtres... La mort n'est pas perçue comme une fin mais comme un début. Si un vieux perd la tête, on ne le parque pas comme chez nous dans une maison pour vieux déments...

– Ça risque de nous arriver plus vite qu'on ne le croit...

– Ici, on le perçoit comme un enfant avant le langage. On le dit en contact avec les morts et les esprits. La maladie d'Alzheimer, ce n'est pas un sujet ici.
– Vous en avez appris des choses. J'ai l'impression que tout le monde ne fait pas le même voyage.
– Ce serait trop simple.
– Les vieux dans la société... Je cherchais un sujet pour mes élèves... C'est bien, ça.
– Ils disent aussi que, comme nous n'avons aucune possibilité de véritable relation avec les morts, les vieux pourraient être les messagers, ceux qui les précèdent dans cette rencontre.
– Peut-être après tout. Tout ça ne manque pas de logique.
– C'est moins difficile de vieillir ici parce que la vieillesse garde une fonction. Le mot "vieux" en Afrique reste attaché aux honneurs, à la priorité, au pouvoir. Vous voyez, je serai bientôt une reine !
– Vous avez encore le temps !
– Oh, non, détrompez-vous, j'ai commencé le voyage.
– Une très belle reine alors, si vous insistez. »
Gabriel sourit :
« C'est vrai ce que vous m'avez dit tout à l'heure ?
– Quoi donc ?
– Vous lui avez arraché des cheveux ? »
Silence. Fanny ferme les yeux. Son corps est léger. Le poids dans son cœur n'existe plus.
« C'était pour sauver mon mariage... C'est absurde. Vous imaginez où j'en suis. Si on m'avait dit un jour... »
Gabriel est pris d'un fou rire.
« C'est extraordinaire. Vous lui avez volé des cheveux ! Racontez-moi... Comment on s'y prend ?
– C'est un peu comme un renard qui vole des poules. On attend la nuit et là... »

Fanny rit toute seule en revoyant la scène.

Antoine dormait profondément. Elle s'est servie de la lampe de son téléphone et, à genoux sur le lit, elle s'est approchée tout doucement du crâne d'Antoine pour lui arracher un cheveu. Avec le bulbe, comme précisé par le marabout. C'est là que résidait toute la complexité de l'opération. Premier cheveu : Antoine n'a pas réagi. Elle l'a glissé dans la petite enveloppe en cuir. Pas simple. Et puis, elle en a arraché un deuxième. Cette fois : aïe ! Antoine, qui dormait encore, a mis la main sur sa tête comme pour se protéger. La mission devenait de plus en plus compliquée. Elle a attendu, assez longtemps qu'il se rendorme vraiment, et hop ! elle en a arraché un troisième.

« C'est là qu'il a ouvert les yeux, qu'il s'est redressé et m'a dit, comme s'il était normal que sa femme soit réveillée : "Il est où, le produit à moustiques ? Je me fais dévorer, Fanny !" »

Gabriel rit aux éclats.

« Vous imaginez la mission. Il s'est mis à ronfler à nouveau. J'ai regardé dans l'enveloppe et, malheur, je ne voyais plus le troisième cheveu. Je n'en pouvais plus. Je n'ai jamais été quelqu'un de patient. Mais quand je commence quelque chose je suis obligée d'aller jusqu'au bout. Alors, c'est reparti, je m'approche à nouveau tout doucement de son crâne, j'attrape un autre cheveu et tire d'un coup. Cette fois, il se lève d'un bond et hurle. Il allume la lumière.

– Mais non ?

– Oui, oui et moi je lui dis : "Mais qu'est-ce qui te prend de crier comme ça ?" Et lui : "Je me suis fait piquer par un truc monstrueux !" Moi : "Mais non, tu as dû faire un cauchemar..." Je vous avoue que j'étais contente de lui avoir fait un peu mal !

– Vous êtes sadique.

– Très.

– Et ?

– En sueur, il a foncé devant le miroir de la salle de bains pour inspecter son crâne et m'a dit cette chose magnifique, parce qu'il faut avouer qu'il est quand même très drôle : "C'est comme si un moustique géant enfonçait son dard dans mon crâne et me filait une saloperie comme le palu ou la méningite." J'ai fait semblant de ne pas l'entendre et il s'est recouché, inquiet, puis s'est relevé tout à coup. Un énorme moustique est passé au-dessus de nos têtes comme si le marabout avait tout prévu. Il était peut-être dans l'enveloppe en cuir. Je ne sais pas je n'ai pas fait attention.

– Je ne crois pas...

– Moi non plus. Mais c'était tellement parfait, l'insecte de ses cauchemars qui vole au-dessus de nos têtes, malgré la moustiquaire, dans un parfait timing, que ça devenait presque mystique !

– Faites attention, Fanny, vous filez un mauvais coton, lui dit Gabriel en la taquinant.

– Antoine a ouvert un œil et m'a dit : "Chut ! N'éteins pas..." Le sifflement du moustique s'est arrêté et puis comme s'il était Tarzan il a poussé un cri de victoire en écrasant l'insecte avec son oreiller. "Saloperie ! Si tu croyais que tu allais m'avoir !"

– Eh bien oui mon ami, elle t'a eu !

– Trois cheveux, c'est un bon début quand on veut récupérer son mari ! Il faut bien commencer quelque part.

– Qu'est-ce que c'est drôle, lui dit Gabriel.

– C'est vrai qu'il est drôle, c'est pour ça que je lui pardonne tout.

– Mais vous aussi...

– On riait bien ensemble, avant. Cette histoire a été très douloureuse mais il y a eu des moments très hilarants.

– Je pense que le moustique va entrer dans les annales.

– Vous savez quand on est poussé à l'extrême...

– C'est sûr que la tragédie, c'est le meilleur fonds de commerce des comiques.

– Jamais je n'aurais pensé pouvoir faire une chose pareille. J'ai même failli craquer au milieu de la mission, quand il m'a demandé le produit à moustiques, mais je me suis dit *Non Fanny, tiens bon, c'est la dernière chose que tu fais pour essayer de sauver ton mariage. Après franchement si ça, ça ne marche pas, jette l'éponge, ma vieille !*
– Pourquoi, "vieille" ? Arrêtez avec ces petits qualificatifs subliminaux. Les gens finissent par vous voir comme vous vous décrivez.
– C'est vrai. J'arrête. Je suis très jeune... Dans la fleur de l'âge, dit-elle en rallumant une nouvelle cigarette roulée par le marabout.
– Faites attention, c'est fort quand même.
– Non... ça va. Vous ne savez pas tout ce que je prends pour m'endormir...
– Pourquoi sauver ce mariage à tout prix ?
– Parce que... La peur d'être seule... L'amour ? l'habitude ? Je ne sais plus.
– Vous l'aimez toujours ?
– Je ne sais pas. Parfois oui. Parfois non. Ça fait si longtemps que le ver est dans la pomme qu'elle a fini par se ronger de l'intérieur. Tout n'est pas pourri. Parfois je garde espoir. C'est important, l'espoir...
– C'est vital.
– Je suis plutôt du genre à rafistoler qu'à jeter. L'abandon me peine profondément. Je le trouve inutile. Surtout qu'il y a toujours de grands moments de bonheur entre nous. L'important, c'est de ne pas les oublier dans les moments où on pense que tout est fini. C'est pour ça que je me dis que c'est dommage de ne pas essayer. Notre mariage a été plusieurs mariages à la fois, heureux, difficile, mais toujours le même sentiment qui prédomine... Ne pas envisager sa vie sans l'autre. Moi en tout cas, c'est ce que je ressens.

– Je suis sûr qu'il vous aime.

– Quand il a rencontré votre femme... Je ne voulais rien savoir et en même temps, je voulais tout savoir. Quand je le harcelais, il finissait par me lâcher les choses par bribes et j'imaginais toujours le pire. Votre femme était très jeune quand il l'a rencontrée... Elle dormait sur un matelas à même le sol. Il trouvait ça sexy. C'est le mot qu'il a employé. Vous imaginez tout ce qu'on peut mettre sous ce mot. Quand on est trompée, chaque mot prend une autre dimension. Ce matelas au sol dans un intérieur sans bibelot où le seul décor est la vue des toits qu'on aperçoit par la fenêtre, ça lui ressemblait, disait-il. Il s'était toujours délecté du confort, avec moi, il n'avait jamais dit que ça le gênait, bien au contraire... Un soir de dispute, il m'a dit qu'il ne pouvait plus supporter le canapé posé au pied de notre lit, que j'avais reçu de mon père, et que c'était certainement à cause de ce canapé qu'il était parti. Quelle humiliation de se sentir réduite à un canapé ! J'ai pensé à le transformer mais je me suis dit, ne prenons pas de risque, jetons-le et puis si on veut s'asseoir, on se mettra par terre. Je m'en suis débarrassée. Antoine ne s'en est même pas rendu compte. C'est triste parfois, ce que l'amour nous fait faire. J'ai jeté ce pauvre canapé, mais je regrette. Je l'aimais bien, moi. Plus que bien, il était rempli de mes souvenirs d'enfance. C'est pour ça que mon père me l'avait donné en vidant sa maison. Je l'ai mis sur le trottoir avec les objets encombrants. Je voulais partir mais je n'y arrivais pas. Il aurait fallu qu'on me prenne comme un objet encombrant et qu'on m'emmène ailleurs. J'aurais pu attendre des jours sur le trottoir, personne ne serait venu me chercher...

– Pour ça, il aurait fallu que vous choisissiez les bons trottoirs ! »

Fanny rit.

« Vous savez, vous continuez à le regarder comme un grand prix, Antoine, mais il n'est plus tout jeune... C'est vrai qu'il a dû certainement être très beau mais maintenant regardez-le, il a du ventre... Où voulez-vous qu'il aille ? En plus si vous lui enlevez ce qui lui reste sur le crâne !

– Au moins ça vous fait rire.

– Vous êtes une femme magnifique... Arrêtez d'avoir peur. Si ce n'est pas lui, vous en trouverez un autre.

– Vous pensez que les amours sont interchangeables ? Antoine est l'homme de ma vie.

– Arrêtez de vous dire ça et peut-être que vous le regarderez autrement. Je pense qu'il ne faut pas aimer dans la peur... Personne ne mérite de vivre comme ça. Vous l'investissez d'un pouvoir infini...

– Je sais, je n'ai jamais été très stratégique en amour. C'est pour ça que je voulais essayer les conseils de quelqu'un qui n'a rien à voir avec la situation et qui n'a rien à voir même avec tout ce qu'on connaît. Du coup, j'ai tellement bien fait les choses qu'ils sont partis tous les deux ! »

Gabriel lui prend la cigarette des mains :

« C'est votre premier pétard ?

– Ne dites pas de bêtises...

– En fait votre marabout, c'est un superdealer.

– Vous riez mais il m'a dit des choses étonnantes.

– Vous savez, en amour votre sorcier a une chance sur deux de voir juste... C'est à peu près toujours pareil. Et quand vous venez vers lui c'est que forcément ça ne va pas. Donc il joue sur le facteur probabilité.

– Mais justement je ne lui ai rien demandé, j'étais là avec Soukeyna... Je n'aurais jamais fait cette démarche. Je suis plutôt du genre à aller voir des spécialistes. Des médecins...

– En même temps ce qu'il fait, c'est un peu du comportementalisme.

– C'est vrai... J'y ai pensé. Mais quand même il m'a dit des choses vraies, très perturbantes... Et il pense qu'entre votre femme et mon mari, il y a anguille sous roche...

– Voyons Fanny, ne me dites pas que vous croyez aux chapeaux pointus et aux baguettes magiques.

– N'empêche que si mon mariage est en danger c'est à cause de votre femme. C'était clair dans les cauris. Il a aussi vu Sophie... »

C'était le moment que Gabriel attendait pour parler du sujet brûlant.

« Pourquoi vous lui en voulez ? Ce n'est pas facile pour elle... Elle ne sait pas ce qu'elle a fait mais elle se sent toujours coupable.

– Le marabout l'a appelée Mazarine.

– Le symbole est clair.

– C'est vrai que ça m'a fait réfléchir.

– Elle a toujours un blues vertigineux au moment de Noël...

– Je la comprends. Moi aussi depuis qu'elle est née. Avant j'adorais ces moments de fête. Mais je vois bien dans les yeux d'Antoine qu'il y a quelque chose d'important qui lui manque. »

Silence.

« En fait un jour j'ai compris, elle attendait son père. Elle avait appris qu'il se déguisait en Père Noël et elle voulait comprendre ce qu'il se passait là-bas, chez lui, un endroit qui lui était interdit. Et vous savez, même avec tout l'amour du monde, c'est dur de se battre contre le fantasme d'une enfant qui se sent abandonnée.

– En gros, tout est de ma faute.

– Non. Je suis loin de dire ça. Tout n'est pas aussi limpide. C'est seulement maintenant, depuis que Sophie est partie, que je prends réellement conscience des répercussions que ça a pu avoir.

– Elle a eu de la chance de vous avoir comme beau-père. Vous pensez que mon indifférence à ce qu'elle a pu ressentir, à sa souffrance, m'a rendue cruelle à son égard ?

– Non, parce que je pense vraiment, en vous connaissant maintenant, que vous n'étiez pas dans la connaissance de ce mal.

– C'est certain. Pour moi Sophie était dans une famille aimante et Antoine était son bonus. Mon fils, Paul, n'a que lui et Antoine n'est pas un père facile. Il n'a pas grandi avec quelqu'un comme vous pour adoucir l'image du père.

– Ah ! vous savez je suis comme tout le monde, je regarde midi à ma porte. Le beau-père frustré qui fait tout bien et qui n'a pas la reconnaissance qu'il mérite. La stupidité de penser que je pouvais remplacer le poivre par le sel, que si Antoine était absent ce ne serait pas trop grave parce que moi je serais là. Quelle prétention quand j'y pense.

– En fait, il nous faudrait une tête qui tourne à trois cent soixante degrés, comme les hiboux.

– Vous dites ça parce que vous venez d'entendre la chouette ? Chut ! Écoutez. »

La chouette se fait à nouveau entendre. Ouly leur apporte le repas du soir. Fanny la trouve jolie. Gabriel lui fait remarquer qu'elle a tapé dans l'œil de son fils. Fanny a compris ce qui se passe dans le cœur de Paul et lui a pardonné son insolence.

Ils restent un moment dans le silence, hypnotisés par le clair de lune qui éclaire la façade de l'hôtel et bercés par la musique du Parisien.

« C'est quand même surréaliste ce qu'on est en train de vivre, finit par dire Fanny.

– Surréaliste. Tout ça grâce à elle. Et à votre marabout, je dois dire.

– C'est vrai... Elle est comment, cette Sophie ?

– C'est vraiment une belle personne. Si gentille. C'est dommage que Paul ne la connaisse pas... Vous aussi d'ailleurs.

– Je ne sais pas... Vous savez j'ai une idée assez conventionnelle de la famille...

– Il existe une convention de la famille ?

– Un enfant adultérin...

– Nous sommes en 2016... Notre famille se recompose comme elle peut.

– Une enfant qu'un mari reconnaît... À qui il donne notre nom comme ça, sans réelle preuve de paternité... Tout ça est trop flou, trop humiliant. Et puis c'est difficile d'avoir devant vous les ressemblances avec le visage d'une femme qui vous a fait tant souffrir.

– Ça, je comprends...

– Comment on la présente à ses voisins, à sa famille, à qui on n'a même pas dit clairement qu'il y avait eu un problème aussi conséquent dans notre mariage. Avouez que c'est un peu gênant... Mortifiant même. Quand on est blessée, c'est vital de garder un peu d'honneur. Je viens d'une famille dans laquelle les codes du mariage voulaient dire quelque chose. On passe par des crises, ça ne veut pas dire qu'il faut tout saccager. C'est précieux, l'amour. Nous sommes responsables des gens qui nous aiment. Nous ne sommes pas des sauvages !

– Ah bon ! vous pensez ? Je pense qu'on est tous un peu sauvages ! »

Fanny esquisse un sourire.

« Vous me trouvez bourgeoise ? »

Gabriel, s'endormant à moitié : « Très. Et je vous préviens, c'est complètement *has been.* »

67

Je suis assise sur un transat mouillé par une serviette utilisée que je n'ai pas eu le courage d'enlever, au bord d'une piscine qui se vide de ses nageurs avec la tombée de la nuit. J'attends Antoine qui essaie de trouver un moyen de quitter l'île. J'ai envoyé un SMS à Gabriel, juste après avoir quitté l'hôtel ce matin, qui m'a répondu : « OK, je t'attends, fais pour le mieux. » Comment faire le mieux dans le pire ? À part mon mari, je ne sais pas qui y arrive. Il est comme ces grands chefs qui de quelques restes font des plats somptueux. J'aurais aimé lui parler, qu'il me conseille. Ce transat humide dans cet hôtel glauque à force d'être faussement joyeux est tout ce que je déteste. Il suffisait d'un coup d'œil pour comprendre que Sophie ne pouvait pas être là mais on y a quand même cru. C'est dire à quel point nous sommes perdus.

Antoine est assis sur une chaise en plastique bleu dans une petite baraque qui coordonne les activités du club.

« La prochaine pirogue est à quelle heure ? »

La jeune femme sénégalaise qui tient le registre des activités lui répond sans enthousiasme : « Les horaires sont affichés devant vous. »

Antoine se lève, regarde mais ne voit rien.

La jeune femme se penche au-dessus de son comptoir pour voir :

« Ah ! ils ont dû voler l'affiche. Les gens sont égoïstes. Ils emportent les horaires avec eux pour ne pas avoir à se déplacer.

De toute façon il n'y a pas de pirogue avant demain matin 9 heures.

– Impossible ! crie Antoine.

– Mais si, monsieur, c'est comme ça. Ce n'est pas moi qui fais les horaires. Ni le temps.

– Mais il y a urgence et nous ne pouvons pas passer la nuit sur l'île. Vous voyez ma femme là-bas, dit-il en me pointant du doigt, elle est très inquiète parce que... son père, un homme très vieux, très respectable, l'attend. Il est malade et va peut-être mourir cette nuit. »

J'attends toujours. Je vois Antoine de loin se débattre. J'imagine que les nouvelles ne sont pas bonnes. Je regarde l'horizon. La terre ferme est visible. Est-ce envisageable à la nage ? Il est hors de question que je passe la nuit ici.

Antoine me rejoint d'un pas rapide avec sa drôle de tête aux cheveux qui frisent de plus en plus. C'est tellement étrange pour lui qui a d'habitude les cheveux si raides.

« Alors, on en est où ? »

Silence.

« Qu'est-ce que tu as fait à tes cheveux ?

– Quoi ? dit-il en se les aplatissant.

– On dirait que tu as fait une permanente.

– Ben, rien, dit-il avec un air un peu bizarre. Comment ça, une permanente ? »

Je n'ai pas la force de répondre. Je m'allonge sur le transat. Je regarde vers le ciel. La seule chose qu'ils n'ont pas pu enlaidir. Dans cet endroit tout est moche, du crépi jaunâtre qui recouvre les multiples dépendances jusqu'à la piscine sans charme vouée aux séances d'aquagym sur musique techno. Mais le ciel, avec sa lumière exceptionnelle au soleil déclinant, est majestueux. La nature a du goût. Dommage que les ploucs qui imaginent des endroits aussi laids ne s'en inspirent pas. Nous sommes en

Afrique. À l'origine du monde. Huit mille kilomètres de désert saharien nous éloignent de l'Occident. Un jour des hommes ont décidé d'entreprendre ce voyage à pied. Des explorateurs. Le temps doit paraître moins long quand on marche vers l'espoir de trouver des merveilles. Je viens de parcourir plus de trois cents kilomètres inutiles avec l'espoir de trouver ma fille qui ne veut plus me voir. J'ai la tête lourde, peut-être une insolation. Antoine me regarde, inquiet, il ose à peine m'exposer la situation.

« Il n'y avait plus de pirogue jusqu'à demain matin... »

Silence.

« J'ai dû faire un peu de forcing.

– On peut nager.

– Mais non, qu'est-ce que tu racontes ? Ce n'est pas le moment de craquer, poussin. Quelqu'un va nous sortir de là. Il arrive. J'allais te dire de prendre un air désespéré... Mais c'est bien ne change rien. Sinon il va croire que je me suis foutu de sa gueule.

– Pourquoi ? Tu leur as dit quoi ?

– Que ton père était malade... très malade et que peut-être il ne tiendrait pas cette nuit. »

Mon sang ne fait qu'un tour. Malgré ma rage, je ne vois pas rouge, j'y vois clair. Antoine est capable de tout. Mentir sur les choses graves ne lui pose aucun problème.

« Tu es dingue ? Pourquoi tu lui as dit ça ? Que mon père allait mourir ?

– Tu voulais rester bloquée là toute la nuit ? Ici ils ne respectent que les vieux !

– Qui "ils" ? Sois précis s'il te plaît.

– Les gens d'ici. Les Africains...

– Et c'est reparti...

– Arrête ! Tu as bien vu comment ça se passe. C'est comme un sésame magique. Vive les cheveux blancs, les cannes, les dentiers, les rhumatismes. Les vieux deviennent les rois du monde. Je t'en foutrais de la sagesse !

– Tu as dit que mon père était mort ?

– Non pas encore... Mais que ça risquait d'arriver cette nuit si on ne rentrait pas. Qu'est-ce que tu voulais que j'invente ? Tu préférais passer la soirée dans la suite nuptiale ? »

Antoine. La mauvaise foi. L'absence de scrupules. Les mensonges. La haine autour de notre enfant. Qu'a-t-il raconté de notre coup de foudre ? de la naissance de Sophie ? Tout s'éclaircit mais j'ose à peine y croire. Je reste fixée sur l'horreur évoquée de mon père qui meurt. Je cherche les yeux d'Antoine qui fuient mon regard. Il a cette façon bien à lui de pencher la tête sur le côté quand il ment. Une attitude d'enfant mais des mensonges d'adulte, ceux qui sont graves parce qu'ils se répercutent à l'infini et se faufilent dans les arbres généalogiques.

« Pourquoi tu mens ? C'est quand même fou ! En plus, tu te sers de mon père. Tu n'avais qu'à dire que ta femme allait mourir. Cette vieille folle qui nous a pourri la vie pendant vingt ans avec ses principes de réac de merde ! Tout le monde chez soi, tout le monde à sa place ! C'est bien ça, non ? On vit chez les rois, notre fille est une bâtarde ? Et il ne faut surtout pas qu'elle s'approche pour ne pas salir la famille !

– Qu'est-ce que tu racontes ?

– Sophie est une légitime sans légitimité et salie par tes mensonges. »

Antoine me regarde, sidéré. L'honnêteté prend le dessus dès que je prononce le prénom de sa fille. Il a le sentiment sincère, on peut lui reconnaître ça. Il ne sait pas contenir ses émotions, elles débordent et dégoulinent sur les autres. C'est grisant et épuisant à la fois parce qu'il en a à la pelle. Ce n'est pas un intellectuel, il ne réfléchit jamais avant de faire, avant de parler, il avance à l'instinct, à la conquête, comme un Viking. C'est ce danger qui nous attire, c'est aussi le même qui nous endommage.

L'ambiance autour de nous a changé, nous ne sommes plus seuls. Les clients sont arrivés au bord de la piscine, la plupart avec les cheveux encore mouillés de leur journée balnéaire, habillés en parme et en blanc pour leur soirée à thème. Le rendez-vous bridge est déjà plié. Pas une seconde à perdre. Les vacances sont minutées. L'ennemi ici, c'est l'ennui, il faut le combattre à tout prix. Un couple s'agite sur *I will survive*. Tout le monde mime les paroles. Il n'y a pas que la religion qui unit. Il y a aussi ces bons vieux tubes qui brassent les souvenirs. Les bons et les mauvais. « *First I was afraid, I was petrified, thinking I could never live without you by my side.* » Ces paroles appropriées viennent s'immiscer dans notre conversation comme un clin d'œil du destin pour nous rappeler à quel point nous sommes banals. On vit inlassablement les mêmes choses. Mais je me lance à cœur perdu dans la dispute parce que je n'ai rien d'autre à faire sur ma chaise longue que de soulever les plus vieilles émotions du monde. L'amour, la déception, l'euphorie, le chagrin, l'illusion, l'humiliation, comme une ronde qui n'en finit pas.

« Quelle conne ! Quand je pense que j'ai fantasmé pendant des années une vie avec toi. »

La foule danse sur la musique qui s'est accélérée. L'excitation. On saute, on tape des mains. J'élève la voix pour me faire entendre.

« Mais elle n'aurait ressemblé à rien, ma vie ! »

Silence d'Antoine. Décibels de la musique à fond. Je lis sur ses lèvres.

« Je n'aurais jamais quitté ma femme. »

Des larmes jaillies du passé me montent aux yeux.

« Et tu as mis vingt-cinq ans à me le dire ?

– C'est pas facile...
– Pourquoi tu voudrais que ce soit simple ? lui dis-je en écrasant une larme.
– Virginie... »
J'ai peur de la cascade. De longs sanglots qui ne s'arrêtent plus. C'est grotesque. J'ai rencontré l'homme de ma vie, un homme merveilleux que j'aime. Une nouvelle vie, comme on dit. Mais non, c'est justement la même qui continue et malheureusement aucune cicatrice ne s'efface.
« Virginie... »
Je ne veux pas qu'il prononce mon prénom. Nous ne sommes pas là pour ça, pour faire couler des larmes qui ne vont nulle part.
« Et pour Sophie, tu lui as présenté comment les choses à ta femme ? Tu lui as dit que c'était toi qui m'avais supplié de te faire un enfant ? »
Silence.
« Ou bien tu lui as laissé croire que c'était moi qui t'avais fait un enfant dans le dos ? Antoine, réponds-moi. Tu lui as dit que c'était moi qui t'avais piégé ? Que Sophie était un hold-up ? »
Antoine ne prend pas la peine de nier. Tout se lit dans son regard. Je ne suis même plus en colère, je suis profondément triste.
« On ne peut pas mentir sur des choses aussi graves. On ne peut pas entacher l'origine des choses. C'est comme un faux départ.
– C'est ma fille. Je l'ai reconnue même avant qu'elle ne naisse. Je l'aime. Tu le sais. Je voudrais qu'elle revienne et pouvoir lui dire à quel point », murmure Antoine.
Je l'aime. Je t'aime. Ces deux mots merveilleux, sésame magique de la douleur. Antidote passager au chagrin. Il aime Sophie, c'est l'essentiel. Le reste se répare, s'adoucit tout au moins. Je pose ma tête sur la chaise longue en plastique blanc.

« Elle le sait, que tu l'aimes. Ce qu'elle ne comprend pas, c'est que tu n'oses pas le dire aux autres. Elle n'a jamais passé un seul Noël avec toi. C'était important pour elle. Comme une preuve qu'elle attendait. Pourquoi tu ne l'as jamais emmenée ? Pour préserver quoi ? Tu n'as même pas essayé. »

Antoine voulait lui avouer qu'il avait tenté mais il ne voulait rien dire qui puisse desservir Fanny.

« Je lui ai toujours fait des cadeaux. Tout ce qu'elle me demandait...

– En cachette. Tu crois qu'elle ne voit pas que, encore aujourd'hui, vingt ans après, tu écris comme un amant infidèle “Essence” dans ton chéquier quand tu l'invites au restaurant pour ne pas que ta femme l'apprenne ? Comme si une maîtresse transmettait directement son statut aux enfants. Sophie n'a trompé personne.

– Je sais mais il y a des vérités qui sont tellement barbares. Comment dire à une femme qu'on aime et qui nous aime qu'on a pu en aimer une autre... À qui on a fait un enfant parce qu'on le désire profondément alors même qu'elle n'y arrive pas. Comment dire à une femme, toi, cette mère magnifique, qu'on ne regrette rien, que la naissance de Sophie est un des plus beaux jours de sa vie même si on n'était pas là parce que j'étais terrifié à l'idée de blesser ces femmes que j'aimais ? Comment gérer un cœur qui se dédouble ? Je ne voulais faire de mal à personne... J'ai fait du mal à tout le monde. Et je te demande pardon. »

Heureusement, la nuit était tombée. Je pouvais cacher mes larmes.

28 au 29 décembre

68

Il n'y a plus d'essence dans le moteur de la seule pirogue disponible, mais ce n'est pas un problème. Le pêcheur nous propose la traversée malgré tout.

« On avancera un peu moins vite, l'important c'est de quitter l'île. »

Il ne parle pas français. C'est la jeune femme du camp de vacances, qui pense que mon père va mourir dans la nuit, qui sert de traductrice. L'homme rit. Je ne sais pas pourquoi. Un rire franc sans moquerie. Un jet de bonheur qui me réchauffe le cœur. Je n'ai jamais vu Antoine aussi calme, il est certainement épuisé, vidé. Nous embarquons enfin. Gabriel me manque. Je les ai abandonnés, lui et Chloé. La disparition de Sophie m'a fait perdre la tête. Je ne pense plus qu'à elle. Ce que j'ai fait, ce que je n'ai pas su faire. Ai-je échoué en tant que mère ?

Un seul être vous manque et tout est dépeuplé. Cette phrase de Lamartine me vient à l'esprit. Je l'avais gravée au compas sur mon bureau d'école. Aucun être ne m'a manqué comme ma fille depuis ces quelques jours. Hier, j'ai encore fait un rêve. J'étais dans un marché bondé, ici au Sénégal, mais tous les Sénégalais avaient disparu, il n'y avait que des têtes de dos avec les longs cheveux blonds de Sophie, et quand j'avais crié le nom de ma fille, tout le monde s'était retourné en même temps, et là, ce n'étaient que des visages sénégalais, jeunes et vieux, qui souriaient. Je courais dans les allées étroites entre les étalages de fruits et légumes mais Sophie n'était nulle part.

Le manque de mon enfant est installé aux creux de mes reins. Des pointes de douleurs aiguës qui me font sursauter. Il paraît que c'est le bébé qui décide quand il veut venir au monde. Sophie est née à l'aube avec les premiers rayons du soleil. C'était au mois de juillet. La pièce était remplie d'une lumière divine. Mettre un enfant au monde est surréaliste. Un destin qui dès la première respiration ne nous appartient plus. Une rupture violente qui peut entraîner une dépression sévère. J'étais seule. Antoine était avec Fanny. Qui a appelé son fils Paul. Sophie et Paul. Ils sont cousins dans *Les Malheurs de Sophie*. Gentil hasard. Il faut pouvoir faire quelque chose de nos chagrins. Parfois des choses merveilleuses naissent de nos plus grandes douleurs.

L'homme longiligne pagaie avec ferveur, faisant glisser la pirogue sur la mer lisse. Nous voguons dans la pénombre.

Tout à l'heure, en attendant la pirogue dans la douceur de la nuit, loin du bruit de la secte des vacanciers, nous nous sommes assis sur la plage, la jeune traductrice nous a offert un thé à la menthe et nous a raconté que notre sauveur, celui qui nous ramènerait sur la terre ferme, était lébou. Une ethnie qui vit essentiellement de la pêche et qui, d'après la tradition orale, est arrivée pour s'installer dans les villages côtiers après plus d'un millénaire d'errance. Ils auraient traversé l'Afrique d'est en ouest en vivant dans des royaumes où ils défendaient leur identité et devaient régulièrement reprendre leur route. Au XVe siècle, ils se sont installés dans la presqu'île du Cap-Vert et ont constitué une république autonome placée sous l'autorité de leurs imams et de leurs chefs coutumiers, sans castes.

Pendant qu'elle nous parlait, je regardais les traits de la jeune femme qui ressemblait à une princesse des *Mille et une nuits*.

Elle était d'une beauté irréelle et racontait à merveille. Gabriel aurait adoré être là pour qu'elle lui relate toutes ces choses fascinantes sur son peuple. Elle était peule. Une ethnie aux mille légendes. On dit que les Peuls descendent de tribus proche-orientales israélites, d'une légion romaine perdue dans les sables du désert, héritiers de la civilisation pharaonique ou de pasteurs venus de l'Inde. La jeune femme était fière de sa beauté qui lui venait de si loin. Je pense à toutes ces origines qui dessinent nos traits. La chevelure spectaculaire de ma fille, que tout le monde lui envie, d'où vient-elle ? Antoine me dit toujours qu'elle ressemble à sa mère. J'aurais tant aimé la connaître.

La silhouette sombre du pêcheur se confond dans la nuit. J'écoute le bruit de l'eau agitée par les rames. Antoine est plongé dans ses pensées. Nous regardons ensemble au loin les lumières du continent qui se profilent.

« Ça fait du bien de retourner en Afrique », me dit Antoine en plaisantant.

Tout va bien, son humour refait surface et moi, à chacune de ses pointes, je souris.

« C'est vrai que c'était... Comment dire ? Une expérience ? »

Silence. Il reprend son sérieux.

« Il a raison, ton mari, je ne me suis pas comporté comme un pèrc avec Sophie. Je fais pareil avec mon fils. Je n'ai pas cette fibre-là. J'ai vu l'autre soir ton père regarder Paul qui riait aux éclats, tellement heureux, et j'ai reconnu le même pincement au cœur que quand je vois Gabriel sourire à Sophie et qu'elle le regarde avec tendresse. Je ne sais pas si c'est de la jalousie... ou de l'impuissance.

– Gabriel est un ami pour Sophie. Elle n'a jamais voulu lui donner une place de père et lui n'a jamais voulu la prendre... C'est compliqué, les rapports d'une fille avec son père. L'homme idéal, l'adversaire, celui qui protège et en même temps celui qu'on aimerait materner. Un père, c'est le point de départ à partir duquel on choisit nos hommes. Tout ça est si compliqué. Quand je me vois moi avec papa... je n'arrive pas à m'en défaire. On vit même ensemble. Je pense que je rattrape des manques d'enfant. Il était souvent absent...

– C'est vrai, ce que dit Sophie... Il est patient, Gabriel, avec les manques de chacun.

– Je ne sais pas comment il fait pour supporter tout ça... Je l'assomme de mon passé et lui englobe tout. La mélancolie ne lui fait pas peur.

– Je pense que c'est un mec qui aime s'occuper des autres. C'est un réparateur.

– C'est vrai. C'est ce que dit Sophie. Il a l'art de ne rien prendre personnellement... Ça aide, dans le rapport aux autres.

– Mais bon, ton père, je pense qu'il est temps que tu le laisses se débrouiller un peu seul.

– Hier soir quand nous sommes rentrés du commissariat, je n'avais tellement pas envie de croiser ta femme dans les escaliers que je suis restée blottie dans un fauteuil en retrait en attendant que vous montiez. Mon père était sur la terrasse avec Soukeyna...

– J'ai bien vu qu'elle lui avait tapé dans l'œil !

– Arrête !

– C'est gros comme une maison.

– J'étais coincée, je ne voulais pas les interrompre et en même temps de l'autre côté il y avait vous...

– Et tu adores écouter aux portes.

– J'aurais préféré ne rien entendre.

– Parfois, c'est mieux.

– Il disait qu'il n'avait jamais aimé ma mère.

– Il crânait.

– Il avait l'air sincère.

– Toujours quand on drague, ma chérie ! » me répond Antoine en me tendant la main pour m'aider à sortir de la pirogue.

La première lueur du matin éclaire le paysage. Deux hommes sur la rive ont déjà étendu leur tapis pour la prière ou peut-être ont-ils tout juste fini de prier. Le pêcheur les interpelle en wolof. L'un d'eux s'approche. L'image semble être tournée au ralenti. La djellaba blanche flotte lentement au vent dans une lumière à peine sortie des ténèbres et de grands oiseaux blancs, déployant leurs ailes sans effort, volent au loin avec des cris diffus.

Le pêcheur nous indique le petit chemin de sable qu'il faut remonter pour rejoindre le transfert prévu. L'homme traduit.

« Une voiture blanche avec le logo du club de vacances. Elle arrive dans trente minutes !

– Vous êtes sûr ?

– Oui, oui, ne vous inquiétez pas, elle va arriver. »

Je regarde notre pêcheur dans les yeux le temps de la traduction.

« Nous sommes très inquiets, mais que faire, on ne peut pas y aller en pirogue », lui dis-je gentiment en tentant de faire un peu d'humour.

Il met la main sur le cœur et se penche en avant en guise de salut. Je pense à mon client Lamine de la librairie. C'est vrai que votre pays a de la magie. Les paysages que nous avons traversés hier avec ces arbres inoubliables, mais surtout, cette gentillesse permanente exprimée avec pudeur.

Miracle ! La chance est de notre côté, la voiture avec laquelle nous étions arrivés jusqu'ici est garée au même endroit. On s'approche, incrédules, notre fameux guide dort tranquillement à l'intérieur. Jamais il ne pensait nous voir arriver si tôt, certain que nous serions bloqués sur l'île jusqu'à l'arrivée de la première pirogue. Il a sous-estimé les ressources de son pays, l'obstination de la jeune femme et le courage du pêcheur qui n'a pas hésité à faire la traversée à la rame.

« Regarde-moi ce fumier ! » me dit Antoine, plus amusé qu'énervé, soulagé de voir un véhicule au milieu de nulle part.

Antoine s'approche doucement de la vitre et colle son visage sur la paroi de la fenêtre en émettant des cris aussi stridents qu'un cochon qu'on égorge. Le guide pousse un cri de terreur. Ce visage blanc écrasé contre la vitre l'épouvante. Il croit aux esprits, il a eu le temps de nous raconter des anecdotes, qui faisaient beaucoup rire Antoine, en parcourant son pays. Quand il pêchait et qu'une lotte sortait de l'eau, il la rejetait directement à la mer, parce qu'un poisson aussi laid ne pouvait être qu'une créature du diable, un homme mauvais qui après sa mort avait été métamorphosé.

L'homme se confond en excuses, bredouillant un mensonge improbable. Il a de la chance, après ce que je viens de vivre avec Antoine, je ne suis plus à un mensonge près et mon humeur est au pardon.

29 décembre

69

Le jour s'est complètement levé. Direction Dakar.

Le retour paraît moins long. Le chauffeur a proposé à Antoine de prendre le volant. Antoine est ravi de ne plus se laisser emmener en balade. Le guide a continué sa nuit sur le siège arrière. On le réveille à chaque carrefour pour être sûrs de ne pas se tromper de route. À l'approche de Dakar, il nous demande de prendre à droite. Je ne reconnais plus la route. Il nous affirme que c'est plus court. On n'a pas d'autre choix que de le croire. Soudain, un policier surgit au milieu de la route, au milieu de nulle part, sortant de l'ombre de l'arbre. Son apparition est si brusque qu'Antoine freine brutalement. Notre guide se réveille, effaré. Nous nous garons au bord de la route. Sans lâcher son sifflet, le policier court vers nous. Nous le reconnaissons au même moment. L'aéroport, le commissariat, et maintenant, cette route.

« C'est une plaisanterie ? s'exclame Antoine. Où est la caméra cachée ? »

En effet, j'ai l'impression d'être plongée dans une grande farce, un jeu, une émission de télé-réalité à laquelle on nous aurait inscrits pour tester nos nerfs ! Arrête, Sophie, la plaisanterie a assez duré.

Le policier s'adresse au guide en wolof. L'homme s'est réveillé d'un coup, il a l'air inquiet. Le policier fait lentement le tour de la voiture et revient vers Antoine : « Tu sais pourquoi je t'arrête ? »

Antoine ne répond pas.

« Excès de vitesse ! Tu es trop kamikaze ! Tu as déjà provoqué un accident hier et tu recommences !

– Monsieur, lui dis-je, le panneau indique 60.

– Et nous roulions à 50, lui dit Antoine.

– Le panneau est faux ! Papiers !

– Vous vous moquez de nous ! lui dis-je, à bout de nerfs.

– Nous sommes partis sans rien, monsieur, mais montez dans la voiture nous ne sommes pas loin de Dakar. »

Antoine comprend tout de suite.

« Nous n'avons pas de papiers, pas de portefeuille. Nous avons tout laissé à Dakar. »

Le policier hésite puis monte dans le véhicule. Le guide se pousse contre la fenêtre et ne desserre pas les dents. Antoine démarre. Très vite, il enfonce le pied sur l'accélérateur. 110, 120... 180. Il rit comme un fou. Je crie : « Qu'est-ce que tu fais, Antoine ? »

Le policier tremble à l'arrière. Le destin le punit de sa compromission. Il a donné son âme à la corruption.

Antoine le regarde dans le rétroviseur.

« Les panneaux sont faux ! C'est pas ça, mon frère ? Les panneaux sont faux ! Alors on fait ce qu'on veut !

– Laissez-moi descendre, nous allons mourir, lui hurle le policier.

– Calmez-vous, au contraire... je ne me suis jamais senti aussi vivant », dit Antoine en hurlant de joie.

Au bout de quelques minutes à cette vitesse infernale, en entrant dans Dakar, Antoine ralentit et laisse descendre le policier, tremblant de peur. Antoine redémarre et rit de bon cœur.

« Tu as vu sa tête ?! »

Ce cher policier était de mèche avec le guide. Antoine a compris qu'il ne risquait pas grand-chose en participant à sa façon à ce jeu diabolique.

Je regarde descendre le policier tout chancelant de la voiture. Il réajuste sa veste avec dignité.

70

La corruption est la gangrène de la société africaine. Chacun s'y livre sans remords, sans aucune conscience. C'est faux.

Quand notre policier rentrait de l'école, épuisé par ses heures de marche, sa mère, une femme d'une grande sagesse, lui disait : « Celui qui veut le charbon doit supporter la fumée. »

Ses mots résonnent en lui : c'est à l'honnêteté de ses parents qu'il pense au moment où Antoine appuie sur l'accélérateur comme un fou. C'est pour ça qu'il ne dit rien en descendant de la voiture. Il a voulu de l'argent mal gagné, il supportera l'humiliation. Son uniforme ne le protégera pas. En cédant à l'appât du gain, il s'est dépouillé de son autorité. Pas celle du pouvoir, qui détruit toutes les valeurs, mais celle qui donne un sens à la vie. Un sens au plus près de ce qui est juste. Il est devenu policier pour protéger et faire respecter les lois, pas pour les enfreindre.

Il ôte son képi, déboutonne sa veste, laisse passer des voitures qu'il pourrait arrêter grâce à son uniforme. Certaines ralentissent mais il leur fait signe de continuer leur chemin. Il marchera jusqu'à chez lui, de l'autre côté de Dakar. Huit heures s'il marche vite. Telle sera sa pénitence. Telle sera sa délivrance. Il espère retrouver dans cette marche libératoire ses quelques rêves d'innocence. La force de ses certitudes. Depuis qu'il est enfant, il sait que son bonheur dépend d'une chose simple : devenir une pierre précieuse posée sur l'édifice d'un monde meilleur. Dès qu'il s'éloigne de son chemin, il s'asphyxie, comme un poisson qu'on retire de la mer.

Une fois chez lui, il expliquera à sa femme que, cette année, il n'y aura pas de mouton ni de robe farfelue. Il est épuisé de lui mentir, de lui faire miroiter une vie illusoire. Elle peut partir si elle le souhaite. Jamais il ne la retiendra prisonnière d'un mariage qui la rend malheureuse. Il sera profondément triste, mais soulagé. Il veut que son enfant soit fier de lui plus tard. Rester sur le droit chemin nécessite des sacrifices : il est difficile de marcher à contre-courant d'un système si bien accepté. Les gens ont parfois simplement l'impression de manger dans le plat commun, comme il est d'usage dans toutes les maisons. L'assiette individuelle est une habitude occidentale. Mais, malgré ce traditionnel sens du partage au Sénégal, certaines habitudes peuvent se transformer en mal. Nafi N'Gom Keita disait que le pays entier ne pouvait pas manger dans le même plat, sinon il ne resterait plus que les arêtes du fameux riz au poisson.

Son rôle de père l'investit d'un devoir, qui prend le pas sur sa vie d'homme amoureux, parce qu'il est responsable de l'homme que son fils deviendra.

La vie humaine est comme un grand arbre et chaque génération est comme un jardinier. Le bon jardinier n'est pas celui qui déracine. Pour croître en hauteur et étendre ses branches, un arbre a besoin de profondes et puissantes racines, disait Hampâté Bâ.

Et l'eau dans laquelle les racines familiales puisent doit être propre. Il veut que ses enfants et petits-enfants puissent dire qu'il a bien fait, n'a pas voulu toucher au gâteau empoisonné. Grâce à ça, il est vivant. Nous sommes vivants et fiers !

Il n'en veut pas au toubab d'avoir manqué de respect à sa fonction. Ce toubab qui le poursuit depuis l'aéroport n'est qu'un acteur du destin lancé sur sa route pour le forcer à réfléchir.

En voiture, lui qui a toujours eu peur de la vitesse a cru mourir. L'homme au volant n'avait pas peur de la mort. Jamais il n'oubliera son regard dans le rétroviseur : celui de quelqu'un qui ne se soumettrait jamais à un guet-apens minable. À quoi pensait-il en élaborant ce plan ? En entraînant avec lui dans la corruption son frère sénégalais. Il a honte. Il est furieux contre lui-même d'avoir voulu de la vie plus que ce qu'elle lui a déjà offert. Sa famille est en pleine santé. Jamais il n'a eu à affronter un vrai malheur. Un miracle. Jusqu'ici la mort ne lui a fauché personne. La maladie l'a laissé tranquille. La plus belle femme de Dakar a accepté de danser avec lui, le soir du bal populaire, puis de l'épouser. Elle lui a offert un fils magnifique. Il a un travail respectable et mange à sa faim. Il se sent redevable. Les dieux n'hésiteront pas à tout lui reprendre s'il continue à demander plus.

Il marche le long de la route de ce pays qu'il adore. Jamais il ne se lasse de la beauté de ses paysages. Il a eu la chance de naître sur une partie de la Terre qui déborde de richesses pour les yeux. Le monde entier jalouse leurs arbres, la douceur de leur climat, leur ciel bleu, leur mer pleine de poissons, la beauté de leurs femmes, le son de la kora, la couleur de leurs tissus, le talent de leurs poètes et de leurs musiciens. Il marche le rire aux lèvres. Les gens qui le croisent doivent le prendre pour un fou mais il est tout simplement fier d'être sénégalais. Le ciel le protège. À chaque pas, il entend son cœur battre dans ses tempes. Le sang de ses ancêtres coule dans ses veines. Jamais il ne s'est senti aussi heureux d'être vivant.

71

Gabriel et Fanny se sont endormis à la belle étoile dans le jardin, incapables de s'enfermer dans une chambre après avoir abattu tant de murs. Minou est revenu se blottir aux pieds de Fanny. Ouly et le Parisien les ont épiés toute la soirée, essayant de comprendre cette étrange famille. Paul est parti avec son grand-père. Le matin, avant de partir, il a aidé Ouly à installer les matelas à la piscine. Elle a senti qu'il aurait aimé lui parler, mais elle a eu peur de cette intimité et s'est enfuie chez son oncle jusqu'à ce qu'elle soit sûre qu'il était bien parti. Elle a trop de choses à accomplir pour s'amuser avec les garçons. Et même si elle aime bien Paul, il vit en France. Ouly n'aime pas les causes perdues.

L'hôtel est presque vide. Elle en a profité pour s'avancer sur son travail scolaire. Avec son oncle, ils ont parlé de politique. Ouly s'interrogeait sur la constitution de la famille. On peut comprendre une société en observant la façon dont s'organisent les familles. Elle a été choquée d'apprendre que Paul n'avait jamais rencontré sa sœur, qu'ils passaient tous les uns devant les autres sans se parler et que le grand-père avait peur de ses enfants. Ce régime familial est trop capitaliste. Chacun pense à lui sans se soucier de l'autre. Elle croit au socialisme y compris au sein des familles. Pendant que Gabriel et Fanny fouillaient les zones d'ombre de leur histoire commune, l'oncle et la nièce ont refait le monde. Ouly est belle quand elle s'enflamme. Elle paraît alors être habitée par son ancêtre résistante. Le Parisien prend un plaisir fou à provoquer ces joutes oratoires. Fier de sa nièce, il est heureux que sa sœur lui ait donné la chance de faire des études.

« Le communisme est une utopie ! lui dit-il. L'histoire nous l'a appris...

– Je ne te parle pas du socialisme stalino-léniniste...

– J'ai bien compris...

– Ni du marxisme tropical véhiculé par l'URSS mais, tonton, regarde, Mamadou Dia, le seul homme du monde qui a réussi à le mettre en place et n'a cessé de se battre pour le faire...

– C'était dans les années 1960...

– Oui, mais il a installé les bases d'un socialisme réel !

– C'est vrai.

– Qui n'a jamais, dans aucune partie du monde, à part au Sénégal, connu un tel développement. »

Assis dans son fauteuil préféré, le Parisien regarde le ciel étoilé en fumant sa pipe et se délecte des paroles de la jeunesse.

« Tu en apprends des choses à l'école.

– Oui. Mais je lis aussi.

– Mamadou Dia était un idéaliste.

– Oui, mais de ses rêves, il a fait du concret. Il a développé un socialisme enraciné dans la tradition des villages. Dans la communauté que forme chaque village, que forme avec leurs contradictions la réunion de plusieurs villages et de plusieurs cantons. C'est une vraie exception, le Sénégal. C'est un pays à part, fort de sa démocratie.

– C'est bien, tu aimes ton pays.

– Oui et je sais que, comme certains Occidentaux, tu ne fais pas confiance aux Sénégalais pour se gouverner eux-mêmes. Mais c'est scandaleux de dire une chose pareille ! Tu ne t'en rends pas compte parce que tu as grandi et travaillé dans l'administration coloniale...

– Il n'y avait pas que du mauvais.

– Arrête de dire ça, tonton... Ça m'enrage. Ils ont débarqué chez nous comme s'ils étaient chez eux en regardant le peuple de haut et en nous traitant comme leurs esclaves.

– Mais parfois quand les gens viennent chez les autres, ils laissent des cadeaux. Des opportunités. La France a été notre malheur mais aussi une amie...

– C'est le syndrome de Stockholm... On finit par s'attacher à son bourreau.

– C'est plus complexe que ça.

– Tu ne sais pas le peuple que nous serions devenu si les choses avaient été autrement !

– C'est pour ça qu'il faut aller de l'avant et tenter d'évacuer le mal. C'est pareil pour tout dans la vie. Aller de l'avant !

– Je sais et il reste tellement de choses à faire. Des choses à changer mais aussi des choses à garder. Je veux rester ici. Maman se trompe quand elle croit que j'irai en France. Mon cousin Joseph, mon cousin adoré, est mort parce qu'il a cru que l'espoir était ailleurs. Je ne pourrai jamais traverser la mer qui l'a englouti.

– Je te comprends... Mais moi, je te promets qu'un jour j'irai marcher sur les Champs-Élysées, lui répond-il en riant. Parce que Paris, c'est quand même Paris. Et qu'est-ce qu'un Parisien s'il ne connaît pas Paris ? »

72

Fanny et Gabriel n'ont pas eu le temps d'effacer leur sourire. Ils prennent leur petit déjeuner quand Antoine et moi arrivons. Leur nouvelle complicité est flagrante. Malgré mon malaise, je ne suis pas étonnée de les voir ensemble et je suis trop vidée par notre périple pour y opposer une résistance. Je connais mon mari. Depuis notre arrivée à Dakar, il n'aspire qu'à enterrer la hache de guerre. Mille fois, pendant notre mariage, il m'en a parlé et mille fois je lui ai répondu que c'était impossible.

Fanny me dit bonjour avant Antoine. Un peu mécaniquement, sans vraie gentillesse, comme si elle s'en était fait une mission, mais la haine a quitté son regard. Le premier pas sur la Lune. Virginie reste méfiante. Antoine est perplexe. Gabriel a l'air heureux. C'est un génie des rapports humains. Personne ne lui résiste, personne ne lui fait peur. Sa confiance en l'humanité déverrouille toutes les portes. Je suis moins habile : je crains l'hostilité. Et rien de tel que la peur pour enflammer la haine.

Antoine a une tête effrayante avec sa chevelure blonde frisottée, pratiquement afro. Quelques mèches sur le côté restent lisses mais tout le haut a complètement frisé. Après l'épisode du policier, il m'a finalement avoué qu'il s'était renversé sur la tête un produit acheté sur le bord de la route. En fait, c'était une permanente. Le vendeur lui a vendu la formule comme un produit de repousse. Peut-être pensait-il que les frisottis feraient illusion. J'ai remarqué qu'ici les gens ont une vue d'ensemble, les détails leur importent peu. Ce n'est pas de la négligence mais une absence totale de caprices. Un jus de fruits est un jus de fruits, peu importe qu'il soit de pomme, d'orange, d'ananas, de pamplemousse ou de pastèque. La société de surconsommation aux multiples choix dans laquelle nous vivons nous rend très facilement insatisfaits.

Antoine continue à regarder Fanny avec stupeur. Il ne s'est pas remis de ce bonjour qu'elle m'a adressé clairement, naturellement, très simplement, comme si elle me disait bonjour tous les matins. Maintenant, elle observe Antoine avec curiosité. Après quelques minutes de silence, elle se met à rire en jetant un regard à Gabriel pour voir s'il voit la même chose qu'elle ou si c'est elle qui hallucine grâce au remède du marabout.

« Je ne sais pas ce que tu as fait..., dit-elle entre deux éclats de rire. Mais je te préférais dégarni.

– Je me suis... enfin, il suffit de laver.

– Je ne crois pas, dit-elle sans pouvoir s'arrêter de rire.

– Bon, on arrête...

– Je pense que tu vas devoir les défriser. »

Gabriel s'approche de moi et m'explique, en me demandant de ne pas l'interrompre : l'appel de Sophie, le départ de mon père avec Chloé et Paul, gentiment accompagnés par Soukeyna, qui les hébergera dans sa famille. Je me mets à pleurer, parfaitement soulagée. Enfin. Sophie.

Ouly va chercher son oncle : il a pour mission de nous conduire à la gare pour que nous puissions prendre un train et retrouver Sophie. Ouly a recommandé à son oncle, s'il va là-bas, de passer le bonjour à Paul. Le Parisien a tenté un petit sourire de connivence, mais Ouly l'a tout de suite rembarré en insistant sur le fait que c'est une simple marque de politesse, pour un gentil garçon qui l'a aidée ce matin. Le Parisien fait semblant de la croire.

Antoine est prêt à reprendre la route, galvanisé par cette aventure qui n'en finit jamais.

« Je vais vous emmener à la gare, monsieur l'Africain blanc, dit le Parisien en faisant allusion à sa nouvelle coiffure.

– Vous allez prendre le train avec nous ?

– Si vous le souhaitez.

– Vous n'auriez pas un chapeau à me prêter ?

– Oui, je vous en apporte un. Vous voulez aussi un costume pour revoir votre fille ?

– Ça ira, merci.

– Je ne fais plus un pas. Si Sophie veut nous voir, elle sait où on est. »

Mes mots sont sortis sans réfléchir. Je n'en peux plus. Tout va trop vite. Je ne peux pas.

« Si tu ne viens pas pour Sophie, viens pour Chloé, me dit Gabriel avec douceur. Tu pourras dormir dans le train. Qu'est-ce que tu veux qu'on fasse ici ? On ne va pas s'installer au bord de la piscine alors que tout le monde est là-bas... »

Il me prend dans ses bras et je respire, enfin.

73

C'est comme ça que nous nous sommes retrouvés à la gare. Plus vraiment à la poursuite de Sophie mais pour continuer le mouvement.

Nous montons dans le train, accompagnés par le Parisien, qui a laissé Oulimata seule responsable de l'hôtel. Antoine s'installe. Une femme énorme s'approche. Elle est très chargée, elle porte des sacs, un enfant dans le dos et un dans ses bras. Elle s'installe à côté d'Antoine sans faire attention à Fanny qui s'apprêtait à prendre place. Antoine veut se lever mais Fanny lui fait signe de rester assis, elle va s'installer plus loin. Gabriel, qui a suivi la scène, s'installe immédiatement à côté du Parisien, en espérant que je m'assoie à côté de Fanny.

Avant de ranger tous ses bagages, la grosse femme pose un de ses deux enfants sur les genoux d'Antoine. L'enfant le regarde droit dans les yeux, se demandant s'il doit rire ou pleurer.

Je m'approche de Fanny, qui déplace son sac pour me laisser m'asseoir à côté d'elle.

Le train démarre. Une petite fille chante derrière nous en wolof. Je ne comprends pas les paroles. La mélodie ressemble à un air de Noël qui remonte dans ma mémoire. Une chanson apprise à l'école.

Antoine a toujours l'enfant sur les genoux. Sa mère semble l'avoir oublié. Elle donne le sein à l'autre qui boit avec avidité. L'enfant pose sa tête sur la poitrine d'Antoine, tout en regardant sa mère qui allaite son frère. Antoine lui tapote maladroitement la tête. C'est sa manière à lui d'être affectueux.

La petite fille derrière moi chante toujours avec sa voix un peu rauque.

Le train traverse des paysages bas et sableux. Le décor est aride et la végétation maigre. Le pays manque cruellement d'eau. Une série de baobabs au loin avec leurs branches tordues vers le ciel et leur tronc massif. Je pense à cette phrase du poème de Senghor que m'avait offert Lamine : la terre « où se tordent les bras des baobabs d'angoisse ».

Le Parisien nous explique que nous prenons la route du Mali et que nous descendrons du train vers Thiès, avant Tambacounda. Certains baobabs, avec leur écorce grise ridée comme la peau des éléphants, doivent avoir mille ans. Ils ressemblent à des arbres généalogiques. En imaginant la taille des racines, j'imagine la puissance des familles. Ce qui nous lie entre nous. Des liens tortueux et solides. Nos vies aussi fragiles que les feuilles.

La locomotive klaxonne pour chasser les animaux qui traversent la voie et les enfants qui jouent au foot entre les rails. Tous les quarts d'heure, le train s'arrête pour faire descendre ou monter des passagers parfois sans même qu'une gare existe. D'une steppe désertique, nous passons à une savane peu dense et enfin nous entrons dans une grande forêt de baobabs.

Des enfants courent le long du train, poussant des cris de bonheur. Ils nous font des signes de la main pour nous saluer.

Gabriel regarde par la fenêtre les enfants courir. Inquiet, il se retourne vers son voisin :

« C'est très dangereux de courir comme ça le long des voies. Il y a beaucoup d'accidents ?

– Parfois, mais c'est rare... Il ne faut pas s'inquiéter, ce sont des enfants de la voie ferrée, ils habitent tout près et sont habiles de leurs jambes. Ils ont l'habitude du danger. Quand j'étais petit, je courais comme ça à côté des trains. Parfois, quand ils s'arrêtaient, avec mes amis nous montions sur le toit et je faisais voler mon drapeau français, qu'un toubab m'avait donné, et je criais : "Je pars pour Paris !" C'est depuis qu'on me surnomme le Parisien. »

Il rit en se remémorant ce moment d'enfance.

« Vous connaissez la France ?

– Dans les livres... Je la connais par cœur.

– Vous aimeriez vous y rendre ?

– Ah ! oui, c'est mon rêve mais l'occasion ne s'est jamais présentée. J'ai un passeport français en plus.

– Ah bon ?

– Ça fait cinquante ans que je le refais tous les dix ans.

– Sans avoir jamais mis les pieds en France ?

– Exactement. Mon père a été tirailleur pendant la guerre. Ce n'était pas un guerrier mais il a été convaincu par Blaise Diagne. S'il s'engageait volontairement pour la France, il accédait à la nationalité française pleine et entière, pour lui et ses descendants. Alors voilà d'où sort ce fameux passeport français que beaucoup m'envient, gagné grâce au courage de mon père.

– Ils ne se rendent pas compte ces gosses de tout ce qu'on fait pour eux, lui dit Gabriel en souriant.

– Il faut leur laisser le temps.

– Si vous venez en France, essayez d'éviter l'hiver. Il fait froid, le ciel est bas, il neige parfois ou il tombe une pluie triste et glacée...

– Je sais... J'irai au début de l'été... Un jour, si tout se passe bien. C'est aussi beau qu'on le dit, Paris ?

– Oui... Vraiment c'est une ville magnifique.

– Ah, je ne serai pas déçu alors. Et les Parisiens ?

– Ils sont bougons, mais si on ne prend pas les choses personnellement, ça va. »

Il rit.

« Et vous avez des amis là-bas ?

– Oui, deux fils, des neveux, un frère, des amis et des cousins en pagaille.

– Alors c'est bien, vous ne serez pas seul ! »

Le Parisien rit de bon cœur et prononce ces phrases que Gabriel n'est pas près d'oublier : « Malheureusement, la solitude n'existe pas. Nous ne sommes jamais seuls. »

Antoine s'est endormi, l'enfant, la tête appuyée contre son torse puissant, regarde calmement par la fenêtre les paysages qui défilent.

Je jette des coups d'œil de temps en temps vers Fanny, qui a gardé ses lunettes noires. J'aimerais trouver les mots, lui expliquer que je ne lui ai jamais voulu aucun mal et que, peut-être, si j'avais été moins jeune, j'aurais vécu les événements avec plus de nuance. J'aimerais qu'elle sache que jamais je n'aurais fait un enfant dans le dos à qui que ce soit. Mais c'est à Antoine de le lui dire.

« Excusez-moi, je n'enlève pas mes lunettes... j'ai très mal à la tête, me dit-elle sans vraiment me regarder.

– Ce n'est pas grave, je pense que je vais dormir un peu », lui dis-je, bercée par le son de la locomotive.

74

J'ai dormi profondément, épuisée par ma nuit blanche, jusqu'à ce que le train arrive à sa destination.

Mon père nous attend sur le quai. Chloé et Paul sont restés dans la famille de Soukeyna, où nous sommes invités pour le déjeuner. Je saisis immédiatement dans le regard de mon père que Sophie est repartie. Elle a rencontré Paul. Je ne sais pas lequel des deux était le plus impressionné. Chloé était la plus émue.

Mon père a un mot à nous remettre. Adressé à Antoine et à moi.

La lettre comporte des bribes de mon rêve.

Maman, Papa,

Je n'ai rien décidé. Ça s'est fait comme ça.

Tu te rappelles, maman, ce livre que tu m'as offert, *L'Appel de la forêt* ? Voilà, c'est aussi simple que ça.

Je ne connais pas la raison qui m'a poussée à partir ni celle qui m'a poussée à ne pas vous attendre mais, s'il vous plaît, ne m'en voulez pas.

Je vous embrasse tendrement,

Sophie

« Parc'que t'as les yeux bleus
Que tes cheveux s'amusent à défier le soleil
Par leur éclat de feu
Parc'que tu as vingt ans
Que tu croques la vie, comme à un fruit vermeil
Que l'on cueille en riant,
Tu te crois tout permis. »

Charles Aznavour, *Parce que*

La couverture de *L'Absente de Noël* a été imprimée sur
une carte Rives Sensation tactile Gloss
avec un marquage à chaud coloré n° RE80.
Les polices utilisées sont la Domaine Display
et la NewParis Headline.
L'ouvrage, composé en Romain BP,
est imprimé sur papier Lac 2000.